हिन्द पॉकेट

मोहन राकेश की यादगारी कहानियाँ

मोहन राकेश नई कहानी आन्दोलन के सशक्त हस्ताक्षर थे। पंजाब विश्वविद्यालय से हिन्दी और अंग्रेजी में एम.ए. किया। कुछ वर्षों तक *सारिका* के संपादक रहे और इसी दौरान लेखन कार्य में जुट गए। *आषाढ़ का एक दिन, आधे अधूरे* और *लहरों के राजहंस* आपकी प्रसिद्ध रचनाएं हैं। संगीत नाटक अकादमी से सम्मानित आपको साहित्य के क्षेत्र में अनेक पुरस्कार मिले हैं। 3 जनवरी 1972 को नयी दिल्ली में आपका आकस्मिक निधन हुआ।

मोहन राकेश की यादगारी कहानियाँ

मोहन राकेश

हिन्द पॉकेट बुक्स
पेंगुइन रैंडम हाउस इम्प्रिंट

हिन्द पॉकेट बुक्स

यूएसए। कनाडा। यूके। आयरलैंड। ऑस्ट्रेलिया। सिंगापुर
न्यू ज़ीलैंड। भारत। दक्षिण अफ्रीका। चीन

हिन्द पॉकेट बुक्स, पेंगुइन रैंडम हाउस ग्रुप ऑफ़ कम्पनीज़ का हिस्सा है,
जिसका पता global.penguinrandomhouse.com पर मिलेगा

पेंगुइन रैंडम हाउस इंडिया प्रा. लि.,
चौथी मंजिल, कैपिटल टावर -1, एम जी रोड,
गुड़गांव 122 002, हरियाणा, भारत

पेंगुइन
रैंडम हाउस
इंडिया

प्रथम हिन्दी संस्करण हिन्द पॉकेट बुक्स द्वारा 2010 में प्रकाशित
यह हिन्दी संस्करण हिन्द पॉकेट बुक्स में पेंगुइन रैंडम हाउस द्वारा 2022 में प्रकाशित

10 9 8 7 6 5 4 3 2

ISBN 9789353496258

मुद्रकः रेप्रो इंडिया लिमिटेड

www.penguin.co.in

FSC www.fsc.org
MIX
Paper from
responsible sources
FSC® C047271

This is a legitimate digitally printed version of the book and therefore might not have certain extra finishing on the cover.

अनुक्रम

नये बादल

उस रात तत्ता पानी धर्मशाला में खास हलचल दिखाई दे रही थी। धर्मशाला का चौकीदार हाथ में लालटेन लिए हुए व्यवस्थापूर्वक नीचे से ऊपर और ऊपर से नीचे आ जा रहा था। धर्मशाला में कुल सोलह कमरे थे जिनमें से ग्यारह कमरे शाम होने से पहले ही भर गए थे। शेष कमरों में से दो कमरों को उसने दोहरा ताला लगा रखा था क्योंकि कभी कोई मालिक का परवाना लेकर आ पहुँचता तो उसे जगह देना आवश्यक हो जाता था। इस तरह उसके पास कुल तीन कमरे खाली थे और जगह चाहनेवाले लगभग बारह-चौदह व्यक्ति उसके आगे-पीछे घूम रहे थे। इतने लोगों का साथ होना ही उसके लिए मुसीबत थी। लोग एक-एक करके आते तो वह उनसे मौके के मुताबिक चार-चार, आठ-आठ आने लेकर उन्हें कमरे खोल देता। मगर इतने लोगों के साथ होने से वह किसी से भी पैसे की बात नहीं कर सकता था। बिना पैसे लिए किन्ही तीन लोगों को कमरे दे देना भी सम्भव नहीं था क्योंकि इससे और लोग शिकायत करते की वह पक्षपात कर रहा है। वह चाबियाँ ढूँढ़ने के बहाने कभी इधर से उधर और कभी ऊपर-नीचे आ-जा रहा था कि किसी तरह दो-एक लोगों से अकेले में ही बात करने का मौका लग जाए तो वह उनसे पैसे लेकर पक्षपात के दोष से बच जाए। पैसे लेकर तो वह ईमानदारी से कह सकता था कि वे लोग औरों से पहले उसके पास आए हैं, इसलिए कमरों पर पहला हक उन्हीं का है।

उस रात इतने लोगों के एक साथ आ जाने का खास कारण था। वैसे तो हर अमावस को बहुत-से यात्री शिमला और हिमाचल प्रदेश के विभिन्न भागों से वहाँ गन्धक के चश्मे में नहाने के लिए आया करते थे, पर उनमें से आठ-दस ही रात को धर्मशाला में ठहरते थे। ज़्यादातर लोग संध्या से पहले ही वापस चले जाते थे। परन्तु उस दिन सोमवती अमावस होने के कारण एक तो अधिक संख्या

में लोग बाहर से आए थे, और दूसरे, बादल घिरे रहने के कारण वर्षा के डर से बहुत कम लोग लौटकर गए थे।

सम्भव था कि यह अनिश्चय की स्थिति देर तक बनी रहती, परन्तु वर्षा की बड़ी-बड़ी बूँदों ने सहसा ही समस्या को सुलझा दिया। समस्या के इस तरह समाधान की न चौकीदार ने कल्पना की थी और न स्वयं उन लोगों ने जो बूँदें पड़नी आरम्भ होते ही अपना सामान उठाकर उन कमरों में घुस गए जिनमें दूसरे लोग पहले से ठहरे हुए थे। चौकीदार ने रोकने की चेष्टा की। अन्दर वालों ने विरोध किया, दो-एक जगह गाली-गलौज और हाथापाई भी हुई, पर क्योंकि यह कदम सामूहिक रूप से उठाया गया था और हरएक के सामने दूसरों का दृष्टान्त मौजूद था, इसलिए जो एक बार जिस कमरे में पहुँच गया वह फिर वहाँ से बाहर नहीं निकला। इस तरह कुछ कमरों में तो तीन-तीन, चार-चार नए आदमी पहुँच गए और कुछ कमरे बिलकुल ही बचे रह गए। एक कमरे का अधिकारी, जिसके पास चार अतिथियों ने आश्रय ले लिया था, बाहर निकलकर चौकीदार को धमकाने और उससे अपनी अठन्नी वापस माँगने लगा, तो चौकीदार ने घोषणा कर दी कि उसे चाबियों का गुच्छा मिल गया है और उसने सभी बन्द कमरे खोल दिए। कमरे खुलने की सूचना पाकर भी बलात् कमरों में घुसे हुए लोग अपनी-अपनी जगह से नहीं हिले। अलबत्ता जिन्होंने चौकीदार को पैसे देकर कमरे लिए थे, उनमें से कई व्यक्ति एक-एक स्वतन्त्र कमरे पर अधिकार करने के इरादे से बिस्तर लपेट बाहर निकल आए, और इस तरह पाँच कमरों के लिए सात-आठ अधिकारी बाहर पहुँच गए। उनमें फिर गाली-गलौज और हाथापाई हुई और दो-एक ने उसी तरह दूसरों द्वारा अधिकृत कमरों के आधे-आधे भाग पर कब्जा जमा लिया जैसे कुछ देर पहले बाहर के लोगों ने उनके कमरों में आकर किया था। जो एक सज्जन भद्रतापूर्वक लौट आए, उन्होंने देखा कि उनकी सुरक्षित जगह पर तब तक नवागन्तुकों ने बिस्तर बिछा लिए हैं, जो उतनी-सी देर में सो भी गए हैं और उनके लिए दहलीज के पास जगह छोड़ दी गई है जहाँ वर्षा की हल्की फुहार आ रही है।

खैर, थोड़ी देर में हंगामा शान्त हो गया। रात की निःस्तब्धता में अब सतलुज के बहने का शब्द सुनाई दे रहा था या वर्षा की बूंदों का शब्द। बीच-बीच में दूर खच्चरों की घंटियों की आवाज सुनाई देने लगती थी जो क्रमशः पास आती जाती थी। फिर लकड़ी के पुल पर खच्चरों के चलने का शब्द सुनाई देता था। उसके बाद घंटियों की आवाज़ रुक जाती थी। दरिया के इस पार खच्चर वालों के डेरे थे।

धर्मशाला के चार नम्बर के कमरे में चबूतरे पर एक मद्धम-सा दिया जल रहा था। दिये के पास चबूतरे पर ही एक अधेड़ उम्र का व्यक्ति लेटा था जिसने चौकीदार को अठन्नी देकर वह कमरा लिया था। चौकीदार ने अठन्नी के बदले उसे चौधरी का रुतबा दे दिया था, और वहाँ शाम से उसका वही नाम चल रहा था। कमरे में दिया रखने के लिए उसने चौकीदार को अलग से एक इकन्नी दी थी, पर उसमें से चौकीदार ने तेल पर पच्चीस फीसदी से अधिक खर्च नहीं किया था, इसलिए दिये की लौ अब बुझने को हो रही थी।

जिस समय बाहर से तीन व्यक्ति उसके कमरे में घुस आए, उस समय चौधरी दिया बुझाकर सोने जा रहा था। तीन व्यक्तियों को अनाधिकार अपने कमरे में प्रवेश करते देख पहले तो वह कुछ अव्यवस्थित हुआ; फिर उसने साहस बटोरकर उन्हें बतलाया कि वह उसका कमरा है, वे लोग भूल से वहाँ आ गए हैं। इस पर जब एक नवयुवक ने स्थिति स्पष्ट की कि बाहर वर्षा होने लगी है इसलिए वे भीगने के डर से कमरे में शरण ले रहे हैं, तो वह कुछ क्षण असन्तोष के भाव से उनकी ओर देखता रहा। फिर वह चौकीदार को आवाज़ देने के लिए दरवाजे तक गया। वहाँ से उसने आसपास के कमरों से आते हुई झगड़े की आवाज़ें सुनीं और वस्तुस्थिति का ठीक परिचय पाकर अपने स्थान पर लौट आया। उसका क्रोध खीझ में बदल गया। पहले उसने निश्चय किया कि उस घटना की ओर से ध्यान हटाकर दिया बुझाकर सो जाए। परन्तु फिर उसे लगने लगा कि उसने दिया बुझा भी दिया तो नींद नहीं आएगी। उसके हृदय में यह भाव व्याप्त हो रहा था कि उसे इस स्थिति के सम्बन्ध में कुछ न कुछ अवश्यक कहना या करना चाहिए। वह लेटा हुआ कई क्षण चुपचाप आगन्तुकों तक के चेहरों का अध्ययन करता रहा। एक नवयुवती दरी पर लेटकर छत की ओर देख रही थी। एक नवयुवक अपने घुटने पर पुस्तक और पुस्तक पर कागज़ रखकर कुछ लिख रहा था। एक नवयुवक दीवार से टेक लगाए हल्की-हल्की सीटी बजा रहा था। चौधरी उनके पारस्परिक सम्बन्ध के विषय में कल्पना करने लगा। क्या वे तीनों भाई-बहन थे? वह बहुत ध्यान से उनके चेहरों की रेखाओं का अध्ययन करने लगा। उसे उनके चेहरों में कोई समानता दिखाई नहीं दी। दोनों नवयुवक आकृति में एक-दूसरे से बहुत भिन्न थे। उनकी त्वचा और बालों के रंग भी नहीं मिलते थे। हाँ, नवयुवती के बालों का रंग थोड़ा एक नवयुवक के बालों से मिलता था। परन्तु बालों का रंग इस बात का प्रमाण कैसे माना जा सकता कि वे भाई-बहन हैं? फिर उनके साथ घर का कोई और व्यक्ति क्यों नहीं था? तो क्या वह नवयुवती उनमें से

किसी एक की पत्नी थी? चौधरी को यह भी सम्भव प्रतीत नहीं हुआ क्योंकि नवयुवती के भाव, चेष्टाओं और वस्त्रों में पत्नीत्व का कोई लक्षण नहीं था। व्यवहार में संकोच न रहने पर भी उसके चेहरे पर कौमार्य की छाया विद्यमान थी। तो क्या? और तीसरी संभावना पर आते ही जैसे चौधरी को निश्चित उत्तर मिल गया। उसे लगा जैसे वह आरम्भ से ही वही बात सोच रहा था। वे लड़के अवश्य उस लड़की को भगाकर लाए थे। उसका तर्क इस विचार की पुष्टि करने लगा। उन लोगों के पास सामान बहुत थोड़ा था। उनके चेहरों से उद्विग्नता झलक रही थी। फिर वे बहुत थके हुए प्रतीत होते थे। चौधरी निष्कर्ष पर पहुँचकर उठ बैठा। कुछ क्षण वह नैतिक चेतना की दृष्टि से उन्हें देखता रहा। फिर उसने एक नवयुवक को लक्षित करके पूछा, "तुम लोग कहाँ से आए हो?"

उसके शब्द वातावरण की ध्वनियों में खोकर रह गए। नवयुवक उसकी ओर ध्यान न देकर लिखने में व्यस्त रहा। चौधरी को लगा कि वह शब्दों का उच्चारण खुले गले से नहीं कर पाया। उसने गला साफ करके ज़रा ऊँचे स्वर में पूछा, "तुम लोग कहाँ से आए हो?"

इस बार नवयुवक उसकी ओर ज़रा देखा और पुनः अपने काम में व्यस्त हो गया।

"तुम लोग कहाँ से आए हो?" चौधरी ने उठकर उनके निकट जाते हुए प्रश्न फिर से दोहराया।

चौधरी के आने पर नवयुवती उठकर बैठ गई। वह नवयुवक जो दीवार से टेक लगाकर सीटी बजा रहा था, सीधा हो गया। उसने कुछ उत्तेजित स्वर में चौधरी से पूछा, "क्या बात है? आप क्या चाहते हैं?"

ऐसे स्वर में सम्बोधित किए जाने से चौधरी ने अपने को अपमानित अनुभव किया। उसने नवयुवक को तीखी नजर से देखा। वह उनसे कई प्रश्न पूछने के लिए तैयार होकर उठा था। पहले प्रश्न का उत्तर पाकर वह दूसरा प्रश्न पूछता कि उनका आपस में क्या सम्बन्ध है! फिर वह पूछता कि वे तत्ता पानी किस मतलब से आए हैं। परन्तु अब वह कुछ न पूछकर दरवाज़े की ओर चल पड़ा।

चौधरी इस विचार से दरवाज़े की ओर चला था कि वह आसपास के लोगों से उस सम्बन्ध में बात करके उन्हें साथ लेकर आएगा। पर बाहर वर्षा ज़ोर की हो रही थी। कमरे से निकलते ही पूरी तरह भीग जाने का डर था। वह कुछ क्षण अनिश्चित-सा खड़ा रहकर फिर चबूतरे पर लौट आया। दिये की लौ अब बहुत मन्द हो गई थी। किसी भी क्षण उसके बुझ जाने की संभावना थी। चौधरी

को महसूस हो रहा था कि कमरे में दिये का जलते रहना आवश्यक है। क्यों, इसका उसे कोई चेतन आभास नहीं था। बस दिया जलता रहना चाहिए, यही अस्पष्ट-सा आभास था। उसने और तेल मँगवाने के उद्देश्य से खिड़की के पास से चौकीदार को आवाज़ दी, "चौकीदार।"

परन्तु चौकीदार रात की कमाई सँभालकर अपनी कोठरी में चला गया था और बाहर मूसलाधार वर्षा का स्वर गूँज रहा था, अतः उसकी आवाज़ चौकीदार के कानों तक नहीं पहुँच सकी। उसने तीसरी बार चेष्टा की पर कोई परिणाम नहीं निकला। हारकर वह पुनः चबूतरे पर लेट गया और दिये की मद्धम पड़ती हुई लौ को देखने लगा।

सहसा दिये की लौ झपककर बुझ गई। अँधेरा हो जाने से चौधरी के हृदय पर आघात-सा लगा। बादल जोर से गरजा। चौधरी उठकर बैठ गया। वर्षा का स्वर भी तेज हो गया था। सावन के बादलों का इस तरह बरसना चौधरी को अस्वाभाविक लग रहा था। प्रकृति जैसे जानबूझकर अनैतिकता को प्रश्रय दे रही थी। कमरे के दूसरे भाग में ज़रा भी आहट सुनाई देती तो चौधरी की आँखें घूर-घूरकर उस दिशा की ओर देखने लगतीं, यद्यपि अँधेरा इतना था कि अपना हाथ भी देख पाना असम्भव था। आँखें देखने में जितनी असमर्थ थीं, चौधरी की कल्पना उस समय उतनी ही उर्वर होकर उसे कितना कुछ दिखला रही थी। उसने पुनः एक बार सो जाने की चेष्टा की पर उसे नींद नहीं आई। वह देर तक करवटें बदलता पड़ा रहा।

कुछ समय के बाद कमरे के दूसरे भाग से नवयुवकों के धीमे स्वर में बातचीत करने का शब्द सुनाई देने लगा। चौधरी की सम्पूर्ण चेतना उस ओर उन्मुख हो उठी। परन्तु बहुत चेष्टा करके भी वह उनकी बातचीत का आशय नहीं समझ सका। एक तो शब्दों का उच्चारण स्पष्ट नहीं था और दूसरे, उनकी बातचीत में कोई ऐसा सूत्र नहीं मिल रहा था, जिसे पकड़कर चौधरी की कल्पना आगे बढ़ सकती। बातचीत में बार-बार 'सुकेत' शब्द का प्रयोग होने से वह इतना ही समझ सका कि या तो वे लोग सुकेत से आए हैं या सुकेत को जा रहे हैं। कुछ देर के बाद बातचीत रुक गई और चौधरी के पास आगे बढ़ने के लिए अपनी कल्पना ही रह गई।

धीरे-धीरे वर्षा धीमी पड़ गई। जब वर्षा का शब्द बिलकुल रुक गया तो चौधरी बाहर जाने के उद्देश्य से अपने स्थान से उठा। उसने टटोलकर अपने कोट की जेब से माचिस की डिबिया निकाली और एक दियासलाई जलाई। दियासलाई

कुछ अस्पष्ट-सी रेखाएँ दिखाकर जलते ही बुझ गई। उसने दूसरी दियासलाई जलाई और हाथ की ओट करके उसे ठीक से लौ पकड़ लेने दिया। हाथ हटाने पर उसने देखा कि वे तीनों दो दरियाँ साथ-साथ बिछाकर उन पर सो गए हैं। वह कुछ क्षण असमंजस में खड़ा रहा। फिर कमरे से बाहर निकल आया।

हल्की-हल्की फुहार अब भी पड़ रही थी। सतलुज के बहने का शब्द अब अधिक स्पष्ट सुनाई दे रहा था। बाहर आते ही चौधरी के शरीर में हल्की-सी कंपकंपी दौड़ गई। आसपास के कमरों का वातावरण निःस्तब्ध प्रतीत हो रहा था। केवल दो नम्बर कमरे के पास बैठी हुई एक रोगिणी कुतिया बिलबिला रही थी। चौधरी ने एक क्षण रुककर सोचा और फिर धीरे-धीरे चार नम्बर कमरे की दहलीज पर चला गया। उस कमरे में कई बिस्तर बिछे हुए थे—एक बिस्तर तो बिलकुल दहलीज़ के पास सटा हुआ था। चौधरी के एक दियासलाई जलाते ही दहलीज के पास सोया हुआ व्यक्ति बड़बड़ा कर बोल उठा, ''कौन हो? क्या कर रहा है इस वक्त यहाँ?''

चौधरी वहाँ से उल्टे पाँव लौट पड़ा। उसका फिर और किसी कमरे में जाने का साहस नहीं हुआ। उसने क्षण-भर अपने कमरे के बारह रुककर सोचा और यह निश्चय किया कि लोगों को जगाकर उनसे बात करने की अपेक्षा चौकीदार को जगाकर उससे बात करना ज्यादा अच्छा है। वह चौकीदार की कोठरी की ओर चल दिया। वहाँ पहुँचकर उसने दो बार उसका दरवाजा खटखटाया, पर चौकीदार की आँख नहीं खुली। चौधरी साथ उसे आवाज़ भी देने लगा।

तीन-चार आवाज़ देने पर चौकीदार थोड़ा कुनमुनाया। उसने वाक्य के साथ गाली जोड़कर अन्दर से पूछा कि कौन इतनी रात गए उसकी नींद खराब कर रहा है। चौधरी ने यथासम्भव थोड़े शब्दों में उसे बतलाया कि वह चार नम्बर वाला चौधरी है, जिसने अठन्नी देकर उससे कमरा लिया था। फिर वह संक्षिप्त सी भूमिका के साथ बतलाने लगा कि उसके कमरे में एक नवयुवती और दो नवयुवक सोए हुए हैं, जिनके सम्बन्ध में वह उससे कुछ बात करना चाहता है।

''अब सो ज़ाओ जी, सवेरे बात करना'', चौकीदार निद्रित और उकताए हुए स्वर में बोला, ''सब कमरों में एक-सा ही हाल है।'' और उसने पुनः वाक्य के साथ गाली जोड़कर कहा कि सारा अपराध बादलों का है, जिन्होंने मौसम के आरम्भ में ही ऐसी झड़ी लगा दी है।''

''तुम बाहर निकलकर बात तो सुनो,'' चौधरी ने भुंझुलाकर कहा, ''मुझे उन लोगों पर कुछ शक हो रहा है। मेरा ख्याल है कि वे लड़के उस लड़की को भगाकर लाए हैं।''

परन्तु उत्तर में चौकीदार के खुर्राटे भरने का शब्द सुनाई देने लगा। चौधरी बहुत कठिनता से अपना झुंझलाहट दबाकर वहाँ से लौटा। कुछ क्षण वह फिर अपनी दहलीज के बाहर रुका रहा। अब उसने निश्चय किया कि वह सवेरे तड़के ही उठकर लोगों से न केवल सन्देह की बात करेगा, बल्कि चौकीदार की भी शिकायत करेगा कि वह धर्मशाला की चौकीदारी करने के लायक कतई नहीं।

उस समय पास के खच्चर वालों के डेरे से एक नवयुवक के गाने का शब्द सुनाई दे रहा था। डेरे में टीन के छप्पर के नीचे उन लोगों ने शायद रोशनी रखने के लिए आग जला रखी थी। आग की लपटें सामने की पहाड़ियों पर अस्थिर रोशनी डाल रही थीं। वर्षा के बाद ज़मीन में से हल्की-हल्की बास उठने लगी थी। चौधरी भीगे हुए वातावरण पर एक असंतुष्ट दृष्टि डालकर अपने चबूतरे पर लौट आया। बहुत देर बाद जब उसकी आँख लगी तो रात आधी से अधिक बीत चुकी थी।

सवेरे जिस समय चौधरी की आँख खुली, दिन काफी चढ़ चुका था, यद्यपि बादल छाए रहने के कारण लगता था कि अभी तड़का ही है। उठते ही पहले चौधरी की नजर कमरे के दूसरे भाग की ओर गई। वे लोग वहाँ नहीं थे। उनका सामान भी नहीं था। केवल दो मसले हुए कागज़ इधर-उधर पड़े थे। चौधरी जल्दी से उठकर बाहर निकल आया। उसकी दृष्टि अनायास सुकेत जाने वाली सड़क की ओर उठ गई। कुछ खच्चरें सुकेत की ओर से आ रहीं थीं। दो-एक मज़दूर आलुओं के बोरे लिए आ रहे थे। उसी समय चौकीदार पास के एक कमरे से निकला। चौधरी ने उससे उन लोगों के सम्बन्ध में पूछा और यह जानकर कि वे दो घण्टे पहले वहाँ से चले गए हैं, वह उसे उसकी अनवधानता के लिए डाँटने लगा। चौधरी का विवरण सुनकर चौकीदार ज़रा तुनककर बोला, ''मैं धर्मशाला की चौकीदारी करता हूँ जी, यहाँ आनेवालों के धर्म-ईमान की चौकीदारी नहीं करता। मुझे क्या पता कि कौन क्या है और कौन कैसा है। अभी चार नम्बर वाले कह रहे थे कि रात को कोई चोर उनके कमरे में आया था और दियासलाई जलाकर इधर-उधर देख रहा था। एक बाबू उसे पकड़ने के लिए उठा तो वह भाग गया। बताइए, मैं किस-किसके पीछे जा सकता हूँ? मेरा काम आप लोगों को कमरे दे देना है, बस और कुछ नहीं।''

चार नम्बर की घटना के विषय में सुनकर चौधरी चुप रह गया। उस घटना की वास्तविकता से वह अकेला ही परिचित था। आशंका की हल्की अनुभूति के साथ उसके मन में यह ग्लानि भी उत्पन्न हुई कि लोग किस तरह वास्तविकता

से परिचित होते हुए किसी विषय में यों ही कहानी गढ़ लेते हैं। वह कमरे में लौट आया। जमीन पर जो मसले हुए कागज इधर-उधर पड़े थे, उनमें से एक कागज उसने उठा लिया। उसमें कुछ रकमें लिखकर रुपए-पैसे का हिसाब किया गया था। उसे फेंककर उसने दूसरा कागज़ उठाया। उस पर अँग्रेजी में कुछ लिखा था। चौधरी कुछ क्षण उन शब्दों की आकृतियाँ देखता रहा। फिर वह चश्मे पर जाने के इरादे से नहाने का सामान लेकर बाहर निकला और कमरे को ताला लगाने लगा। पास ही एक बाबू-स्वरूप कन्धे पर तौलिया डाले खड़ा दातुन कर रहा था। चौधरी ने ताला बन्द करके दरवाज़ा खोल लिया और अन्दर जाकर वह मसला हुआ कागज उठा लाया, जिस पर अँग्रेजी में कुछ लिखा था। अब निकलकर उसने ताला लगाया और उस बाबू-स्वरूप व्यक्ति के निकट जाकर कागज उसकी ओर बढ़ाते हुए कहा, "बाबू साहब, जरा पढ़िए इस कागज़ पर क्या लिखा है।" साथ ही वह उस कागज़ का इतिहास सुनाने लगा कि दो लड़के एक लड़की के साथ रात को उसके कमरे में ठहरे थे, जो सवेरे तड़के ही उठकर यहाँ से चले गए हैं; उनकी गतिविधि से प्रतीत होता था कि वे लड़के उस लड़की को भगाकर लाए हैं; और उस कागज़ की लिपि उन्हीं लड़कों में से एक के हाथ की है।

चौधरी के विवरण के समाप्त होने तक उस व्यक्ति ने कागज़ ऊपर से नीचे तक पढ़ लिया था। चौधरी का ध्यान उसके चेहरे की ओर नहीं था, अतः वह उसकी बदलती हुई भंगिमा को लक्षित नहीं कर सका। चौधरी के बात समाप्त करते ही उस पर एक ऐसी दृष्टि डालकर जैसे उस पर उसे पागल होने का सन्देह हो, उस व्यक्ति ने कागज उसके हाथ में दे दिया और हटाने के ढंग से हाथ हिलाकर कहा, "जाओ।"

उस व्यक्ति का ऐसा व्यवहार चौधरी को असह्य लगा। परन्तु एक अपरिचित जगह पर उसने झगड़ा मोल लेना उचित नहीं समझा। किसी तरह अपना आवेश दबाकर तौलिया सम्भाले हुए वह गन्धक के चश्मे की ओर चल दिया।

जिस समय चौधरी नहाने के लिए गन्धक के चश्मे में बैठा, वर्षा की हल्की-हल्की बूँदें फिर पड़ने लगीं। उस समय वहाँ उसके अतिरिक्त एक ही और व्यक्ति था, जो अब नहाकर लौटने की तैयारी कर रहा था। सुकेत के रास्ते पर दूर खच्चरों की घंटियाँ सुनाई दे रही थीं। वर्षा आरम्भ हो जाने के कारण कुछ लोग उस रास्ते पर भागते हुए आ रहे थे और धर्मशाला की दिशा में जा रहे थे। क्षण-भर चौधरी कुछ आशा के साथ उस ओर देखता रहा। उस रास्ते पर

दूर आगे जाती हुई तीन आकृतियों की कल्पना से उसकी चेतना में फिर कुछ विह्वलता-सी भर गई। उसने चश्मे से निकलकर अपनी कमीज़ उठाई और उसे एक जगह पत्थर की ओट में रखकर उसकी जेब से वह कागज निकाल लिया। जो व्यक्ति नहाकर लौट रहा था, उसे सम्बोधित करते हुए उसने पूछा, "भाई साहब, यह कागज़ ज़रा पढ़ दीजिएगा?"

इस बार उसने कागज़ का इतिहास पहले से सुनाना उचित नहीं समझा।

उस व्यक्ति ने कागज़ पढ़ा और चौधरी को बतलाया कि उस पर केवल पुस्तकों और स्थानों के नाम लिखे हैं। चौधरी बहुत उत्सुकतापूर्वक उस कागज़ की लिपि का अर्थ जानने की प्रतीक्षा कर रहा था। यह जानकर उसे ऐसा अनुभव हुआ जैसे सहसा उसके पास से कुछ खो गया हो। उसके स्वर में कुछ उलझन और अविश्वास की ध्वनि आ गई, जब उसने कहा, "ज़रा ऊपर से पढ़कर बता दीजिए, मेरा तो ख्याल था कि..."

और वह लम्बी सूची पढ़ता गया। चौधरी अवाक् भाव से उसकी ओर देखता रहा। जब वह व्यक्ति कागज़ उसके हाथ में देकर अपने रास्ते पर चला गया, तो वह फिर से आकर गन्धक के चश्मे में बैठ गया। दो फुट के अन्दर पर सतलुज की धारा आवाज़ करती हुई बह रही थी। आस-पास की मिट्टी में से काफी बास उठ रही थी। चौधरी गन्धक के धुएँ में घिरा हुआ गर्म पानी अपने शरीर पर मलता रहा। उसकी नज़र अब भी सुकेत जानेवाले रास्ते पर लगी थी और वह रह-रहकर सोच रहा था कि उस कागज़ की लिपि का उन लोगों के साथ क्या सम्बन्ध हो सकता है और आखिर वे एक-दूसरे के क्या लगते हैं...?

एक और ज़िन्दगी

…और उस एक क्षण के लिए प्रकाश के हृदय की धड़कन जैसे रुकी रही। कितना विचित्र था वह क्षण—आकाश से टूटकर गिरे हुए नक्षत्र जैसा! कोहरे के वक्ष में एक लकीर-सी खींचकर वह क्षण सहसा व्यतीत हो गया।

कोहरे में से गुज़रकर जाती हुई आकृतियों को उसने एक बार फिर ध्यान से देखा। क्या यह सम्भव था कि व्यक्ति की आँखें इस हद तक उसे धोखा दें? तो जो कुछ वह देख रहा था, वह यथार्थ ही नहीं था?

कुछ ही क्षण पहले जब वह कमरे से निकलकर बालकनी पर आया था, तो क्या उसने कल्पना में भी यह सोचा था कि आकाश के ओर-छोर तक फैले हुए कोहरे में, गहरे पानी की निचली सतह पर तैरती हुई मछलियों जैसी जो आकृतियाँ नज़र आ रही हैं, उनमें कहीं वे दो आकृतियाँ भी होंगी? मंदिरवाली सड़क से आते हुए दो कुहरीले रंगों पर जब उसकी नज़र पड़ी थी, तब भी क्या उसके मन में कहीं ऐसा अनुमान जागा था? फिर भी न जाने क्यों उसे लग रहा था जैसे बहुत समय से, बल्कि कई दिनों से, वह उनके वहाँ से गुजरने की प्रतीक्षा कर रहा हो, जैसे कि उन्हें देखने के लिए ही वह कमरे से निकलकर बालकनी पर आया हो और उन्हीं को ढूँढ़ती हुई उसकी आँखें मन्दिर वाली सड़क की तरफ मुड़ी हों।—यहाँ तक कि उस धानी आँचल और नीली नेकर के रंग भी जैसे उसके पहचाने हुए हों और कोहरे के विस्तार में वह उन दो रंगों को ही खोज रहा हो। वैसे उन आकृतियों के बालकनी के नीचे पहुँचने तक उसने उन्हें पहचाना नहीं था। परन्तु एक क्षण में सहसा वे आकृतियाँ इस तरह उसके सामने स्पष्ट हो उठी थीं जैसे जड़ता के क्षण के अवचेतन की गहराई में डूबा हुआ कोई विचार एकाएक चेतना की सतह पर कौंध गया हो।

नीली नेकर वाली आकृति घूमकर पीछे की तरफ देख रही थी। क्या उसे

भी कोहरे में किसी की खोज थी? और किसकी? प्रकाश का मन हुआ कि उसे आवाज़ दे, मगर उसके गले से शब्द नहीं निकले। कोहरे का समुद्र अपनी गम्भीरता में खामोश था, मगर उसकी अपनी खामोशी एक ऐसे तूफान की तरह थी जो हवा न मिलने से अपने अन्दर ही घुमड़कर रह गया हो। नहीं तो क्या वह इतना ही असमर्थ था कि उसके गले से एक शब्द भी न निकल सके?

वह बालकनी से हटकर कमरे में आ गया। वहाँ अपने अस्त-व्यस्त सामान पर नज़र पड़ी, तो शरीर में निराशा की एक सिहरन दौड़ गई। क्या यही वह ज़िन्दगी थी जिसके लिए उसने...? परन्तु उसे लगा कि उसके पास कुछ भी सोचने के लिए समय नहीं है। उसने जल्दी-जल्दी कुछ चीज़ों को उठाया और रख दिए जैसे कि कोई चीज़ ढूँढ़ रहा हो जो उसे मिल न रही हो। अचानक खूँटी पर लटकती पतलून पर नज़र पड़ी, तो उसने पाजामा उतारकर जल्दी से उसे पहन लिया। फिर पल-भर खोया-सा खड़ा रहा। उसे समझ नहीं आ रहा था कि वह क्या चाहता है। क्या वह उन दोनों के पीछे जाना चाहता था? या बालकनी पर खड़ा होकर पहले की तरह उन्हें देखते रहना चाहता था।

अचानक उसका हाथ मेज़ पर रखे ताले पर गया, तो उसने उसे उठा लिया। ज़ल्दी से दरवाज़ा बन्द करके वह जीने से उतरने लगा। जीने पर आकर ध्यान आया कि जूता नहीं पहना! वह पल-भर ठिठककर खड़ा रहा, मगर लौटकर नहीं गया। नीचे सड़क पर पहुँचते ही पाँव कीचड़ में लथपथ हो गए। दूर देखा—वे दोनों आकृतियाँ घोड़ों के अड्डे के पास पहुँच चुकी थीं। वह जल्दी-जल्दी चलने लगा। पास से गुज़रते एक घोड़े वाले से उसने कहा कि आगे जाकर नीली नेकर वाले बच्चे को रोक ले—उससे कहे कि कोई उससे मिलने के लिए आ रहा है। घोड़े वाला घोड़ा दौड़ाता हुआ गया, मगर उन दोनों के पास न रुककर उनसे आगे निकल गया। वहाँ जाकर न जाने किसे उसने उसका सन्देश दे दिया।

जल्दी-जल्दी चलते हुए भी प्रकाश को लग रहा था जैसे वह बहुत आहिस्ता चल रहा हो, जैसे उसके घुटने जकड़ गए हों और रास्ता बहुत-बहुत लम्बा हो गया हो। उसका मन इस आशंका से बेचैन था कि उसके पास पहुँचने तक वे लोग घोड़ों पर सवार होकर वहाँ से चल न दें, और जिस दूरी को वह नापना चाहता था, वह ज्यों की त्यों न बनी रहे। मगर ज्यों-ज्यों फासला कम हो रहा था, उसका कम होना भी उसे अखर रहा था। क्या वह जान-बूझकर अपने को एक ऐसी स्थिति में नहीं डाल रहा था जिससे उसे अपने को बचाए रखना चाहिए था?

उन लोगों ने घोड़े नहीं लिए थे। वह जब उनसे तीन-चार गज़ दूर रह गया, तो सहसा उसके पाँव रुक गए। तो क्या सचमुच अब उसे उस स्थिति का सामना करना ही था?

"पाशी!" इससे पहले कि वह निश्चय कर पाता, अनायास उसके मुँह से निकल गया।

बच्चे की बड़ी-बड़ी आँखें उसकी तरफ घूम गईं—साथ ही उसकी माँ की आँखें भी। कोहरे में अचानक कई-कई बिजलियाँ कौंध गईं। प्रकाश दो-एक कदम और आगे बढ़ गया। बच्चा हैरान आँखों से उसकी तरफ देखता हुआ अपनी माँ के साथ सट गया।

"पलाश, इधर आ मेरे पास", प्रकाश ने हाथ से चुटकी बजाते हुए कहा, जैसे कि यह हर रोज की साधारण घटना हो और बच्चा अभी कुछ मिनट पहले ही उसके पास से अपनी माँ के पास गया हो।

बच्चे ने माँ की तरफ देखा। वह अपनी आँखें हटाकर दूसरी तरफ देख रही थी। बच्चा अब और भी उसके साथ सट गया और उसकी आँखें हैरानी के साथ-साथ एक शरारत से चमक उठीं।

प्रकाश को खड़े-खड़े उलझन हो रही थी। लग रहा था कि खुद चलकर उस दूरी को नापने के सिवा अब कोई चारा नहीं है। वह लम्बे-लम्बे डग भरकर बच्चे के पास पहुँचा और उसे उसने अपनी बाँहों में उठा लिया। बच्चे ने एक बार किलककर उसके हाथों से छूटने की चेष्टा की, परन्तु दूसरे ही क्षण अपनी छोटी-छोटी बाँहें उसके गले में डालकर वह उससे लिपट गया। प्रकाश उसे लिए हुए थोड़ा एक तरफ को हट आया।

"तूने पापा को पहचाना नहीं था क्या?"

"पैताना ता," बच्चा बाँहें उसके गले में डाले झूलने लगा।

"तो तू झट से पापा के पास आया क्यों नहीं?"

"नहीं आया", कहकर बच्चे ने उसे चूम लिया।

"तू आज ही यहाँ आया है?"

"नहीं, तल आया ता।"

"अभी रहेगा या आज ही लौट जाएगा?"

"अबी तीन-चाल दिन लहूँदा।"

"तो पापा के पास मिलने आएगा न?"

"आऊँदा।"

प्रकाश ने एक बार उसे अच्छी तरह अपने साथ सटाकर चूम लिया, तो बच्चा किलककर उसके माथे, आँखों और गालों को जगह-जगह चूमने लगा।

"कैसा बच्चा है!" पास खड़े एक कश्मीरी मज़दूर ने सिर हिलाते हुए कहा।

"तुम तहाँ लहते हो!" बच्चा बाँहें उसी तरह उसकी गरदन में डाले जैसे उसे अच्छी तरह देखने के लिए थोड़ा पीछे को हट गया।

"वहाँ!" प्रकाश ने दूर अपनी बालकनी की तरफ इशारा किया, "तू कब तक वहाँ आएगा?"

"अबी ऊपल जातल दूद पिऊँदा, उछके बाद तुमाले पाछ आऊँदा।" बच्चे ने अब अपनी माँ की तरफ देखा और उसकी बाँहों से निकलने के लिए मचलने लगा।

"मैं वहाँ बालकनी में कुरसी डालकर बैठा रहूँगा और तेरा इन्तज़ार करूँगा।," बच्चा बाँहों से उतरकर अपनी माँ की तरफ भाग गया, तो प्रकाश ने पीछे से कहा। क्षण-भर के लिए उसकी आँखें बच्चे की माँ से मिल गईं, परन्तु अगले ही क्षण दोनों दूसरी-दूसरी तरफ देखने लगे। बच्चा जाकर माँ की टाँगों से लिपट गया। वह कोहरे के पार देवदारों की धुँधली रेखाओं को देखती हुई बोली, "तुझे दूध पीकर आज खिलनमर्ग नहीं चलना है?"

"नहीं", बच्चे ने उसकी टाँगों के सहारे उछलते हुए सपाट जवाब दिया। "मैं दूद पीतल पापा ते पाछ जाऊँदा।"

तीन दिन, तीन रातों से आकाश घिरा था। कोहरा धीरे-धीरे इतना घना हो गया था कि बालकनी से आगे कोई रूप, कोई रंग नज़र नहीं आता था। आकाश की पारदर्शिता पर जैसे गाढ़ा सफेदा पोत दिया गया था। ज्यों-ज्यों वक्त बीत रहा था, कोहरा और घना होता जा रहा था। कुरसी पर बैठे हुए प्रकाश को किसी-किसी क्षण महसूस होने लगता जैसे वह बालकनी पहाड़ियों से घिरे खुले विस्तार में न होकर अन्तरिक्ष के किसी रहस्यमय प्रदेश में बनी हो—नीचे और ऊपर केवल आकाश ही आकाश हो—अतल में बालकनी की सत्ता अपने में पूर्ण और स्वतन्त्र एक लोक की तरह हो।

उसकी आँखें इस तरह एकटक सामने देख रही थीं, जैसे आकाश और कोहरे में उसे कोई अर्थ ढूँढ़ना हो—अपनी बालकनी के वहाँ होने का रहस्य जानना हो।

कोहरे के बादल कई-कई रूप लेकर हवा में इधर-उधर भटक रहे थे। अपनी गहराई में फैलते और सिमटते हुए वे अपनी थाह नहीं पा रहे थे। बीच में कहीं-कहीं देवदारों की फुनगियाँ एक हरी लकीर की तरह बाहर निकली थीं—कुहरीले आकाश

पर लिखी गई एक अनिश्चित-सी लिपि जैसी। देखते-देखते वह लकीर भी गुम हुई जा रही थी—कोहरे का उफान उसे भी रहने देना नहीं चाहता था। लकीर को मिटते देखकर प्रकाश के स्नायुओं में एक तनाव-सा भर रहा था—जैसे किसी भी तरह वह उस लकीर को मिटने से बचा लेना चाहता हो। परन्तु जब लकीर एक बार मिटकर फिर कोहरे से बाहर नहीं निकली, तो उसने सिर पीछे को डाल लिया और खुद भी कोहरे में कोहरा होकर पड़ रहा...। अतीत के कोहरे में कहीं वह दिन भी था जो चार साल में अब तक बीत नहीं सका था...।

बच्चे की पहली वर्षगाँठ थी उस दिन—वही उनके जीवन की भी सबसे बड़ी गाँठ बन गई थी...।

ब्याह के कुछ महीने बाद से ही पति-पत्नी अलग रहने लगे थे। ब्याह के साथ जो सूत्र जुड़ना चाहिए था, वह जुड़ नहीं सका था। दोनों अलग-अलग जगह काम करते थे और अपना स्वतन्त्र ताना बाना बुनकर जी रहे थे। लोकाचार के नाते साल-छः महीने में कभी एक बार मिल लिया करते थे। वह लोकाचार ही इस बच्चे को दुनिया में ले आया था...।

बीना समझती थी कि इस तरह जान-बूझकर उसे फँसा दिया गया है। प्रकाश सोचता था कि अनजाने में ही उससे कसूर हो गया है।

साल-भर बच्चा माँ के ही पास रहा था। बीच में बच्चे की दादी छः-सात महीने उसके पास रह आई थी।

पहली वर्षगाँठ पर बीना ने लिखा था कि वह बच्चे को लेकर अपने पिता के पास लखनऊ जा रही है। वहीं पर बच्चे के जन्मदिन की पार्टी देगी।

प्रकाश ने उसे तार दिया था कि वह भी उस दिन लखनऊ आएगा। अपने एक मित्र के यहाँ हज़रतगंज में ठहरेगा। अच्छा होगा कि पार्टी वहीं दी जाए। लखनऊ के कुछ मित्रों को भी उसने सूचित कर दिया था कि बच्चे की वर्षगाँठ के अवसर पर वे उसके साथ चाय पीने के लिए आएँ।

उसने सोचा था कि बीना उसे स्टेशन पर मिल जाएगी, परन्तु वह नहीं मिली। हज़रतगंज पहुँचकर नहा-धो चुकने के बाद उसने बीना के पास सन्देश भेजा कि वह वहाँ पहुँच गया है, कुछ लोग साढ़े चार-पाँच बजे चाय पीने आएँगे, इससे पहले वह बच्चे को लेकर ज़रूर वहाँ आ जाए। मगर पाँच बजे, छः बजे, सात बज गए। बीना बच्चे को लेकर नहीं आई। दूसरी बार सन्देश भेजने पर पता चला कि वहाँ उन लोगों की पार्टी चल रही है। बीना ने कहला भेजा कि

बच्चा आठ बजे तक खाली नहीं होगा, इसलिए वह अभी उसे लेकर नहीं आ सकती। प्रकाश ने अपने मित्रों को चाय पिलाकर विदा कर दिया। बच्चे के लिए खरीदे हुए उपहार बीना के पिता के यहाँ भेज दिए। साथ में यह सन्देश भेजा कि बच्चा जब भी खाली हो, उसे थोड़ी देर के लिए उसके पास ले आया जाए।

मगर आठ के बाद नौ बजे, दस बजे, बारह बज गए, पर बीना न तो खुद बच्चे को लेकर आई, और न ही उसने उसे किसी और के साथ भेजा।

वह रात-भर सोया नहीं। उसके दिमाग की जैसे कोई छैनी से छीलता रहा। सुबह उसने फिर बीना के पास सन्देश भेजा। इस बार बीना बच्चे को लेकर आ गई। उसने बताया कि रात को पार्टी देर तक चलती रही, इसलिए उसका आना सम्भव नहीं हुआ। अगर सचमुच उसे बच्चे से प्यार था, तो उसे चाहिए था कि उपहार लेकर खुद उनके यहाँ पार्टी में चला आता...।

उस दिन सुबह से शुरू हई बातचीत आधी रात तक चलती रही। प्रकाश बार-बार कहता रहा, ''बीना, मैं इसका पिता हूँ। उस नाते मुझे इतना अधिकार तो है ही कि मैं इसे अपने पास बुला सकूँ।''

परन्तु बीना का उत्तर था, ''अपने पास पिता का दिल होता, तो आप पार्टी में न आ जाते? यह तो एक आकस्मिक घटना ही है कि आप इसके पिता हैं।''

''बीना!'' वह फटी-फटी आँखों से उसके चेहरे की तरफ देखता रह गया। ''मैं नहीं समझ पा रहा कि तुम दरअसल चाहती क्या हो!''

''मैं कुछ भी नहीं चाहती। आपसे मैं क्या चाहूँगी?''

''तुमने सोचा है कि तुम्हारे इस तरह व्यवहार करने से बच्चे का क्या होगा?''

''जब हम अपने ही बारे में कुछ नहीं सोच सके, तो इसके बारे में क्या सोचेंगे!''

''क्या तुम पसन्द करोगी कि बच्चे को मुझे सौंप दो और खुद स्वतन्त्र हो जाओ?''

''इसे आपको सौंप दूँ?'' बीना के स्वर में वितृष्णा गहरी हो गई, ''किस चीज़ के भरोसे? कल को आपकी जिन्दगी क्या होगी, यह कौन कह सकता है? बच्चे को उस अनिश्चित ज़िन्दगी के भरोसे छोड़ दूँ—इतनी मूर्ख मैं नहीं हूँ।''

''तो क्या तुम यही चाहोगी कि इसका फैसला करने के लिए अदालत में जाया जाए?''

''आप अदालत में जाना चाहें, तो मुझे कोई एतराज़ नहीं है। ज़रूरत पड़ने पर मैं सुप्रीम कोर्ट तक आपसे लड़ूँगी। आपका बच्चे पर कोई हक नहीं है।''

बच्चे को पिता से ज्यादा माँ की ज़रूरत होती है—कई दिन, कई सप्ताह वह मन ही मन संघर्ष करता रहा। जहाँ उसे दोनों न मिल सकें वहाँ माँ तो उसे मिलनी ही चाहिए। अच्छा है, मैं बच्चे की बात भूल जाऊँ और नए सिरे से अपनी ज़िन्दगी शुरू करने की कोशिश करूँ...।"

मगर...।

"फिज़ूल की भावुकता में कुछ नहीं रखा है। बच्चे-अच्चे तो होते ही रहते हैं। सम्बन्ध-विच्छेद करके फिर से ब्याह कर लिया जाए, तो घर में और बच्चे हो जाएँगे। मन में इतना ही सोच लेना होगा कि इस बच्चे के साथ कोई दुर्घटना हो गई थी...।"

सोचने-सोचने में दिन, सप्ताह और महीने निकलते गए। मन में आशंका उठती —क्या सचमुच पहले की ज़िन्दगी को मिटाकर इन्सान नए सिरे से ज़िन्दगी शुरू कर सकता है? ज़िन्दगी के कुछ वर्षों को वह एक दुःस्वप्न की तरह भूलने का प्रयत्न कर सकता है? कितने इन्सान हैं जिनकी ज़िन्दगी कहीं न कहीं, किसी न किसी दोराहे से गलत दिशा की तरफ भटक जाती है। क्या उचित यह नहीं कि इन्सान उस रास्ते को बदलकर अपने को सही दिशा में ले आए? आखिर आदमी के पास एक ही तो ज़िन्दगी होती है—प्रयोग के लिए भी और जीने के लिए भी। तो क्यों आदमी एक प्रयोग की असफलता को ज़िन्दगी की असफलता मान ले? कोर्ट में कागज़ पर हस्ताक्षर करते समय छत के पंखे से टकराकर एक चिड़िया का बच्चा नीचे आ गिरा।

"हाय, चिड़िया मर गई," किसी ने कहा।

"मरी नहीं, अभी जिन्दा है," कोई और बोला।

"चिड़िया नहीं है, चिड़िया का बच्चा है," किसी तीसरे ने कहा।

"नहीं, चिड़िया है।"

"नहीं, चिड़िया का बच्चा है।"

"इसे उठाकर बाहर हवा में छोड़ दो।"

"नहीं, यहीं पड़ा रहने दो। बाहर इसे कोई बिल्ली-विल्ली खा जाएगी।"

"पर यह यहाँ आया किस तरह?"

"जाने किस तरह? रोशनदान के रास्ते आ गया होगा।"

"बेचारा कैसे तड़प रहा है!"

"शुक्र है, पंखे ने इसे काट नहीं दिया।"

"काट दिया होता, तो बल्कि अच्छा था। अब इस तरह लुंजे पंखों से बेचारा क्या जिएगा!"

तब तक पति-पत्नी दोनों ने कागज़ पर हस्ताक्षर कर दिए थे। बच्चा उस समय कोर्ट के अहाते में कौओं के पीछे भागता हुआ किलकारियाँ भर रहा था। वहाँ आसपास धूल उड़ रही थी और चारों तरफ मटियाली-सी धूप फैली थी...।

फिर दिन, सप्ताह और महीने...!

अढ़ाई साल गुज़र जाने पर भी वह फिर से ज़िन्दगी शुरू करने की बात तय नहीं कर पाया था। उस बीच बच्चा तीन बार उससे मिलने के लिए आया था। वह नौकर के साथ आता और दिन-भर उसके पास रहकर अँधेरा होने पर लौट जाता। पहली बार वह उससे शरमाता रहा था, मगर बाद में उससे हिल-मिल गया था। वह बच्चे को लेकर घूमने चला जाता, उसे आइसक्रीम खिलाता, खिलौने ले देता। बच्चा जाने के वक्त हट करता, "अबी नहीं दाऊँदा। दूद पीतल दाऊँदा। थाना थातल दाऊँगा।"

जब बच्चा इस तरह की बात कहता, तो उसके अन्दर कोई चीज़ दुखने लगती। उसका मन होता था कि नौकर को झिड़ककर वापस भेज दे और बच्चे को कम से कम रात भर के लिए अपने पास रख ले। जब नौकर बच्चे से कहता, "बाबा, चलो, अब देर हो रही है," तो उसका मन एक हताश आवेश से काँपने लगता, और बहुत मुश्किल से वह अपने को सँभाल पाता। आखिरी बार बच्चा रात के नौ बजे तक रुका रह गया तो एक अपरिचित व्यक्ति उसे लेने के लिए चला आया।

बच्चा उस समय उसकी गोदी में बैठा खाना खा रहा था।

"देखिए, अब बच्चे को भेज दीजिए, इसे बहुत देर हो गई," उस अजनबी ने कहा।

"आप देख रहे हैं, बच्चा खाना खा रहा है", उसका मन हुआ कि मुक्का मार कर उस आदमी के दाँत तोड़ दे।

"हाँ-हाँ, आप खाना खिला लीजिए," अजनबी ने उदारता के साथ कहा। "मैं नीचे इन्तज़ार कर रहा हूँ।"

गुस्से के मारे उसके हाथ इस तरह काँपने लगे कि उसके लिए बच्चे को खाना खिलाना असम्भव हो गया।

जब नौकर बच्चे को लेकर चला गया, तो उसने देखा कि बच्चे की टोपी वहीं रह गई है। वह टोपी लिए हुए दौड़कर नीचे पहुँचा, तो देखा कि नौकर और अजनबी के अलावा बच्चे के साथ कोई और भी है–उसकी माँ। वे लोग चालीस-पचास गज़ आगे चल रहे थे। उसने नौकर को आवाज़ दी, तो चारों ने

मुड़कर एक साथ उसकी तरफ देखा। फिर नौकर टोपी लेने के लिए लौट आया और शेष तीनों आगे चलने लगे।

उस रात कम्बल में मुँह-सिर लपेटकर वह देर तक रोता रहा।

तब नये सिरे से फिर वही सवाल उसके मन में उठने लगा। क्यों वह अपने को इस अतीत से पूरी तरह मुक्त नहीं कर लेता? अगर बसा हुआ घर-बार हो, तो उसकी चहल-पहल में वह इस दुःख को भूल नहीं जाएगा? उसने अपने को इसीलिए तो बच्चे से अलग किया था कि अपनी ज़िन्दगी को एक नया मोड़ दे सके—फिर इस तरह अकेली ज़िन्दगी जीकर वह यह यन्त्रणा किसलिए सह रहा है?

परन्तु नये सिरे से ज़िन्दगी शुरू करने की कल्पना में सदा एक आशंका मिली रहती थी। वह जितना उस आशंका से लड़ता था, वह उतनी ही और तीव्र हो उठती थी—जब उसका एक प्रयोग सफल नहीं हुआ, तो कैसे कहा जा सकता था कि दूसरा प्रयोग सफल होगा?

वह पहले की भूल दोहराना नहीं चाहता था, इसलिए उसकी आशंका ने उसे बहुत सतर्क कर दिया था। वह जिस किसी लड़की को अपनी भावी पत्नी के रूप में देखता, उसके चेहरे में उसे अपने पहले जीवन की छाया नज़र आने लगती। हालाँकि वह स्पष्ट रूप से इस विषय में कुछ भी सोच नहीं पाता था, फिर भी उसे लगता कि वह किसी ऐसी ही लड़की के साथ जीवन बिता सकता है जो हर लिहाज़ से बीना के उलट हो। बीना में बहुत अहंकार था, वह उसके बराबर पढ़ी-लिखी थी, उससे ज्यादा कमाती थी। उसे अपनी स्वतन्त्रता का बहुत मान था और उस पर भारी पड़ती थी। बातचीत भी वह खुले मरदाना ढंग से करती थी। वह अब एक ऐसी लड़की चाहता था जो हर लिहाज से उस पर निर्भर करे और जिसकी कमजोरियाँ एक पुरुष के आश्रय की अपेक्षा रखती हों।

कुछ ऐसी ही लड़की थी निर्मला—उसके मित्र कृष्ण जुनेजा की बहन। दो-बार उसने उस लड़की को जुनेजा के यहाँ देखा था। बहुत सीधी-सी लड़की थी। साधारण पढ़ी-लिखी थी और साधारण ढंग से ही रहती थी। छब्बीस-सत्ताईस की होकर भी देखने में वह अठारह-उन्नीस से ज्यादा की नहीं लगती थी। वह जुनेजा के घर की कठिनाइयों को जानता था। उन कठिनाइयों के कारण ही शायद इतनी उम्र तक उस लड़की की शादी नहीं हो सकी थी। जब निर्मला के साथ उसके ब्याह की बात उठाई गई, तो उसे सचमुच लगा कि उसकी ज़िन्दगी अब सही पटरी पर आ जाएगी। बात तय हो जाने के बाद उसे अपना-आप काफी भरा-भरा

सा लगने लगा। हवा और आकाश में उसे एक और ही आकर्षण लगने लगा। निर्मला ब्याह कर घर में आई भी नहीं थी कि वह शाम को लौटते हुए फूलों की बेनियाँ खरीदकर घर लाने लगा। अपना पहला घर उसे छोटा लगने लगा, इसीलिए उसने एक बड़ा घर ले लिया और नया फर्नीचर खरीदकर उसे सजा दिया। पास में ज्यादा पैसे नहीं थे, फिर भी कर्ज़ लेकर उसने निर्मला के लिए कितना कुछ बनवा डाला...।

निर्मला हँसती हुई उसके घर में आई—मगर वह एक ऐसी हँसी थी जो हँसने का मौका न रहने पर भी थमने में नहीं आती थी।

पहले कुछ दिन तो वह समझ नहीं सका कि वह हँसी क्या है। निर्मला कभी भी बिना बात के हँसना शुरू कर देती और देर तक हँसती रहती। वह हैरान होकर उसे देखता रहता। तीन-चार साल के बच्चे भी वैसे आकस्मिक ढंग से नहीं हँसते थे जैसे वह हँसती थी। कोई उसके सामने गिर जाए या कोई चीज़ किसी के हाथ से गिरकर टूट जाए, तो उसके लिए अपनी हँसी रोकना असम्भव हो जाता था। ऐसे में लगातार दस-दस मिनट तक वह हँसी से बेहाल रहती। वह उसे समझाने की चेष्टा करता कि ऐसी बातों पर नहीं हँसा जाता, तो निर्मला को और भी हँसी छूटती। वह उसे डाँट देता, तो वह उसी आकस्मिक ढंग से बिस्तर पर लेटकर हाथ-पैर पटकती हुई रोने लगती, चिल्ला-चिल्लाकर अपनी मरी हुई माँ को पुकारने लगती, और अन्त में बाल बिखेरकर देवी बन जाती और घर-भर को शाप देने लगती। कभी अपने कपड़े फाड़कर उधर-उधर छिपा देती, अपने गहने जूतों के अन्दर सँभाल देती। कभी अपनी बाँह पर फोड़ की कल्पना करके दो-दो दिन उसके दर्द से कराहती रहती और फिर सहसा स्वस्थ होकर कपड़े धोने लगती और सुबह से शाम तक कपड़े धोती रहती।

जब मन शान्त होता, तो मुँह गोल किए वह अँगूठा चूसने लगती।

उठते-बैठते, खाते-पीते, प्रकाश के सामने निर्मला के तरह-तरह के रूप आते रहते और उसका मन एक अन्धे कुएँ में भटकने लगता। रास्ता चलते हुए उसके मन में एक शून्य-सा घिर आता और वह भौंचक्का-सा सड़क के किनारे खड़ा होकर सोचने लगता कि वह घर से क्यों आया है और कहाँ जा रहा है। उसका किसी से मिलने या कहीं भी आने-जाने को मन न होता। कई बार वह बिलकुल जड़ होकर देर-देर तक एक ही जगह खड़ा या बैठा रहता। एक बार सड़क पर चलते हुए वह खम्भे से टकराकर नाली में गिर गया। एक बार बस पर चढ़ने की कोशिश में नीचे गिर जाने से उसकी बुश्शर्ट पीछे से फट गई और वह इससे

बेखबर दूसरी बस में चढ़कर आगे चल दिया। उसे पता तब चला जब किसी ने रास्ते में उससे कहा, "जेंटलमैन, तुम्हे घर जाकर कपड़े बदल लेने चाहिए?"

उसे लगता जैसे वह जी न रहा हो, अन्दर ही अन्दर घुट रहा हो। क्या यही वह ज़िन्दगी थी जिसे पाने के लिए उसने इतने साल अपने से संघर्ष किया था?

उसे गुस्सा आता कि जुनेज़ा ने उसके साथ ऐसा क्यों किया? उस लड़की को मानसिक अस्पताल में भेजने की जगह उसका ब्याह क्यों कर दिया? उसने जुनेजा को इस सम्बन्ध में पत्र लिखे, परन्तु उसकी ओर से कोई उत्तर नहीं मिला। उसने जुनेजा को बुला भेजा, तो वह आया भी नहीं। वह स्वयं जुनेजा से मिलने गया, तो जबाब मिला कि निर्मला अब उसकी पत्नी है—उसके मायके के लोगों का उनकी ज़िन्दगी में कोई दखल नहीं है।

और निर्मला रात-दिन घर में उसी तरह हँसती और रोती रहती...!

"तुम मेरे भाई से क्या पूछने गए थे?" वह बाल बिखेरकर 'देवी' का रूप धारण किए हुए कहती, "तुम बीना की तरफ मुझे भी तलाक देना चाहते हो? किसी तीसरी को घर में लाना चाहते हो? मगर मैं बीना नहीं हूँ वह सती स्त्री नहीं थी। मैं सती स्त्री हूँ। तुम मुझे छोड़ने की बात मन में लाओगे, तो मैं इस घर को जलाकर भस्म कर दूँगी—सारे शहर में भूचाल ले आऊँगी। लाऊँ भूचाल?" और बाँहे फैलाकर वह चिल्लाने लगती, "आ भूचाल, आ...आ! मैं सती स्त्री हूँ, तो इस घर की ईंट से ईंट बजा दे। आ, आ, आ!"

वह उसे शान्त करने की चेष्टा करता, तो वह कहती, "देखो, तुम मुझसे दूर रहो। मेरे शरीर को हाथ मत लगाओ। मैं सती स्त्री हूँ। देवी हूँ। तुम मेरा सतीत्व नष्ट करना चाहते हो? मुझे खराब करना चाहते हो? मेरा तुमसे ब्याह कब हुआ है? मैं तो अभी कँवारी हूँ। छोटी-सी बच्ची हूँ संसार का कोई भी पुरुष मुझे नहीं छू सकता। मैं आध्यात्मिक जीवन जीती हूँ। मुझे कोई छूकर देखे तो... ।"

और बाल बिखरे हुए इसी तरह बोलती-चिल्लाती कभी वह घर की छत पर पहुँच जाती और कभी बाहर निकलकर घर के आस-पास चक्कर काटने लगती। उसने दो-एक बार होठों पर हाथ रखकर निर्मला का मुँह बन्द करना चाहा, तो वह और भी जोर से चिल्लाने लगी, "तुम मेरा मुँह बन्द करना चाहते हो? मेरा गला घोटना चाहते हो? मुझे मारना चाहते हो? तुम्हें पता है मैं देवी हूँ? मेरे चारों भाई चार शेर हैं! वे तुम्हें नोच-नोचकर खा जाएँगे। उन्हें पता है उसकी बहन देवी है। कोई मेरा बुरा चाहेगा, तो वे उसे उठाकर ले जाएँगे और काल-कोठरी में बन्द कर देंगे। मेरे बड़े भाई ने अभी-अभी नई कार ली है। मैं उसे चिट्ठी लिख

दूँ, तो वह भी कार लेकर आ जाएगा, और हाथ-पैर बाँधकर तुम्हें कार में डालकर ले जाएगा। छः महीने बन्द रखेगा, फिर छोड़ेगा। तुम्हें पता नहीं वे चारों के चारों शेर कितने ज़ालिम हैं? वे राक्षस हैं, राक्षस। आदमी की बोटी-बोटी काट दें और किसी को पता भी न चले। मगर मैं उन्हें नहीं बुलाऊँगी। मैं सती स्त्री हूँ, इसलिए अपने सत्य से ही अपनी रक्षा करूँगी...!''

सब कोशिशों से हार कर वह थका हुआ अपने पढ़ने के कमरे में बन्द होकर पड़ जाता, तो भी आधी रात तक वह साथ के कमरे में उसी तरह बोलती रहती। फिर बोलते-बोलते अचानक चुप कर जाती और थोड़ी देर बाद उसका दरवाज़ा खटखटाने लगती।

''क्या बात है?'' वह कहता।

''इस कमरे में मेरी साँस रुक रही है,'' निर्मला जवाब देती, ''दरवाज़ा खोलो, मुझे अस्पताल जाना है!''

''इस समय सो जाओ,'' वह कहता, ''सुबह तुम जहाँ कहोगी, वहाँ ले चलूँगा।''

''मैं कहती हूँ दरवाज़ा खोलो, मुझे अस्पताल जाना है, और वह ज़ोर-ज़ोर से धक्के देकर दरवाज़ा तोड़ने लगती।

वह दरवाज़ा खोल देता, तो वह हँसती हुई उसके सामने आ जाती।

''तुम्हें हँसी किस बात की आ रही है?'' वह कहता।

''तुम्हें लगता है मैं हँस रही हूँ?'' निर्मला और भी ज़ोर से हँसने लगती, ''यह हँसी नहीं, रोना है रोना।''

''तुम अस्पताल चलना चाहती हो?''

''क्यों?''

''अभी तुम कह रही थीं...!''

''मैं अस्पताल जाने के लिए कहाँ कह रही थी? मैं तो कह रही थी कि मुझे उस कमरे में डर लगता है, मैं यहाँ तुम्हारे पास सोऊँगी।''

''देखो निर्मला, इस समय मेरा मन ठीक नहीं है। तुम बाद में चाहे मेरे पास आ जाना, मगर इस समय थोड़ी देर... ।''

''मैं कहती हूँ मैं अकेली उस कमरे में नहीं सो सकती। मेरे जैसी छोटी-सी बच्ची क्या अभी अकेली सो सकती है?''

''तुम छोटी बच्ची नहीं हो, निर्मला!''

''तो तुम्हें मैं बड़ी नज़र आती हूँ? एक छोटी-सी बच्ची को बड़ी कहते

तुम्हारे दिल को कुछ नहीं होता? इसलिए कि तुम मुझे अपने पास सुलाना नहीं चाहते? मगर मैं यहाँ से नहीं जाऊँगी। तुम्हें मुझे अपने साथ सुलाना पड़ेगा। मैं विधवा हूँ जो अकेली सोऊँगी? मैं सुहागिन स्त्री हूँ। कोई सुहागिन क्या कभी अकेली सोती है? मैं भाँवरें लेकर तम्हारे घर में आई हूँ, ऐसे ही उठाकर नहीं लाई गई। देखती हूँ तुम कैसे मुझे उस कमरे में भेजते हो?" और वह उसके पास लेटकर उससे लिपट जाती।

कुछ देर में जब उसके स्नायु शान्त हो चुकते तो लगातार उसे चूमती हुई कहती, "मेरा सुहाग! मेरा चाँद! मेरा राजा! मैं तुम्हें कभी अपने से अलग रख सकती हूँ? तुम मेरे साथ एक सौ छत्तीस साल की उम्र तक जिओगे। मुझे यह वर मिला है कि मैं एक सौ छत्तीस साल की उम्र तक सुहागिन रहूँगी। जिसकी भी मुझसे शादी होती, वह एक सौ छत्तीस साल की उम्र तक जीता। तुम देख लेना मेरी बात सच निकलती है या नहीं। मैं सती स्त्री हूँ और सती स्त्री के मुँह से निकली बात कभी झूठ नहीं होती...।"

"तुम सुबह मेरे साथ अस्पताल चलोगी?"

"क्यों, मुझे क्या हुआ है जो मैं अस्पताल जाऊँगी? मुझे तो आज तक कभी सिरदर्द भी नहीं हुआ। मैं अस्पताल क्यों जाऊँगी?"

एक दिन प्रकाश उसके लिए कई किताबें खरीद लाया। उसने सोचा था कि शायद पढ़ने से निर्मला के मन को एक दिशा मिल जाए और वह धीरे-धीरे अपने मन के अँधेरे से बाहर निकलने लगे। मगर निर्मला ने उन किताबों को देखा, तो मुँह बिचकाकर एक तरफ हटा दिया।

"ये किताबें मैं तुम्हारे पढ़ने के लिए लाया हूँ", उसने कहा।

"मेरे पढ़ने के लिए?" निर्मला हैरानी के साथ बोली, "मैं इन किताबों को पढ़कर क्या करूँगी? मैंने तो मार्क्सवाद, मनोविज्ञान और सभी कुछ चौदह साल की उम्र में ही पढ़ लिया था। अब इतनी बड़ी होकर मैं ये किताबें पढ़ने लगूँगी?"

और उसके पास से उठकर अँगूठा चूसती हुई वह दूसरे कमरे में चली गई।

"पापा!"

कोहरे के बादलों में भटका मन सहसा बालकनी पर लौट आया। खिलनमर्ग की सड़क पर बहुत-से लोग घोड़े दौड़ाते जा रहे थे—एक धुँधले चित्र की बुझी-बुझी आकृतियाँ जैसे कुछ वैसे ही बुझी-बुझी आकृतियाँ क्लब से बाज़ार की तरफ आ रहीं थीं। बाईं तरफ बर्फ से ढकी पहाड़ी की एक चोटी कोहरे से बाहर निकल आई थी, और जाने किधर से आती धूप की एक किरण ने जिसे जगमगा दिया

था। कोहरे में भटके कुछ पक्षी उड़ते हुए उस चोटी के सामने आ गए, तो सहसा उनके पंख सुनहरे हो उठे—मगर अगले ही क्षण वे फिर धुँधलके में खो गए।''

प्रकाश कुर्सी से उठ खड़ा हुआ और झाँककर नीचे सड़क की तरफ देखने लगा। क्या वह आवाज़ पलाश की नहीं थी? मगर सड़क पर दूर तक वैसी कोई आकृति दिखाई नहीं दे रही थी। आँखों से टूरिस्ट होटल के गेट तक जाकर वह लौट आया और गले पर हाथ रखकर जैसे निराशा की चुभन को रोके हुए फिर कुर्सी पर बैठ गया। दस के बाद ग्यारह, बारह और फिर एक बज गया था और बच्चा नहीं आया था। क्या बच्चे के पहले जन्मदिन की घटना आज फिर दोहराई जानी थी?

''पापा!''

प्रकाश ने चौंककर सिर उठाया। वही कोहरा और वही धुँधली सुनसान सड़क। दूर घोड़ों की टापें और धीमी चाल से उस तरफ को आता एक कश्मीरी मजदूर! क्या वह आवाज़ उसे अपने कानों के अन्दर से सुनाई दे रही थी?

तभी कानों के अन्दर दो नन्हें पैरों की आवाज़ भी गूँज गई और उसके बहुत पास बच्चे का स्वर किलक उठा, ''पापा!'' साथ ही दो नन्हीं बाँहें उसके गले से लिपट गई और बच्चे के झंडूले बाल उसके होंठों से छू गए।

प्रकाश ने बच्चे के शरीर को सिर से पैर तक छू लिया। फिर उसके माथे और आँखों को हल्के से चूम लिया।

''तो मैं जाऊँ, पलाश?''...एक भूली हुई मगर परिचित आवाज़ ने प्रकाश को फिर चौंका दिया। उसने घूमकर पीछे देखा। कमरे के दरवाजे के बाहर बीना दाईं तरफ न जाने किस चीज़ पर आँखें गड़ाई खड़ी थी।

''आप?...अन्दर आ जाइए आप...!'' कहता हुआ वह बच्चे को बाँहों में लिए अस्तव्यस्त-सा कुर्सी से उठ खड़ा हुआ।

''नहीं, मैं जा रही हूँ,'' बीना ने फिर भी उसकी तरफ नहीं देखा। ''मुझे इतना बता दीजिए कि बच्चा कब तक लौटकर आएगा।''

''आप...जब कहें, तभी भेज दूँगा।'' प्रकाश बालकनी की दहलीज लांघकर कमरे में आ गया।

''चार बजे इसे दूध पीना होता है।''

''तो चार बजे तक मैं इसे वहाँ पहुँचा दूँगा।''

''इसने हल्का-सा स्वेटर ही पहन रखा है। दूसरे पुलोवर की जरूरत तो नहीं पड़ेगी?''

"आप दे दीजिए। ज़रूरत पड़ेगी, तो मैं इसे पहना दूँगा।"

बीना ने दहलीज़ के उस तरफ से पुलोवर उसकी तरफ बढ़ा दिया। उसने पुलोवर लेकर उसे शाल की तरह बच्चे को ओढ़ा दिया। "आप...", उसने बीना से फिर कहना चाहा कि अन्दर आ जाए, मगर उससे कहा नहीं गया। बीना चुपचाप जीने की तरफ चल दी। प्रकाश कमरे से निकल आया। जीने से बीना ने कहा, "देखिए, इसे आइसक्रीम वगैरह मत खिलाइएगा। इसका गला बहुत जल्द खराब हो जाता है।"

"अच्छा!"

बीना पल-भर रुकी रही। शायद उसे और भी कुछ कहना था। मगर फिर बिना कुछ कहे नीचे उतर गई। बच्चा प्रकाश की बाँहों में उछलता हुआ हाथ हिलाता रहा, "ममी, टा टा! टा टा!" प्रकाश उसे लिए बालकनी पर लौट आया तो वह उसके गले में बाँहें डालकर बोला, "पापा, मैं आइछक्लीम जलूल थाऊंदा।"

"हाँ-हाँ बेटे! प्रकाश उसकी पीठ पर हाथ फेरने लगा, "जो तेरे मन में आए सो खाना।"

और कुछ देर वह अपने को, बालकनी को, और यहाँ तक कि बच्चे को भी भूला हुआ सामने कोहरे में देखता रहा।

कोहरे का पर्दा धीरे-धीरे उठने लगा, तो मीलों तक फैले हरियाली के रंगमंच की धुँधली रेखाएँ स्पष्ट हो उठीं।

वे दोनों गॉल्फ-ग्राउण्ड पार करके क्लब की तरफ जा रहे थे। चलते हुए बच्चे ने पूछा, "पापा, आदमी के दो टांगें क्यों होती हैं? चार क्यों नहीं होतीं?"

प्रकाश ने चौंककर उसकी तरफ देखा और कहा, "अरे!"

"क्यों पापा," बच्चा बोला, "तुमने अरे क्यों कहा है?"

"तू इतना साफ बोल सकता है, तो अब तक तुतलाकर क्यों बोल रहा था?" प्रकाश ने उसे बाँहों से उठाकर एक अभियुक्त की तरह सामने कर लिया। बच्चा खिलखिलाकर हँसा। प्रकाश को लगा कि यह वैसी ही हँसी है जैसी कभी वह स्वयं हँसा करता था। बच्चे के चेहरे की रेखाओं से भी उसे अपने बचपन के चेहरे की याद हो आई। उसे लगा जैसे एकाएक उसका तीस साल पहले का चेहरा उसके सामने आ गया हो और वह खुद उस चेहरे के सामने एक अभियुक्त की तरह खड़ा हो।

"ममी तो ऐछे ही अच्छा लदता है," बच्चे ने कहा।

"क्यों?"

''मेले तो नहीं पता। तुम ममी छे पूछ लेना।''

''तेरी ममी तुझे जोर से हँसने से भी मना करती है?'' प्रकाश को वे दिन याद आए जब उसके खिलखिलाकर हँसने पर बीना कानों पर हाथ रख लिया करती थी।

बच्चे की बाँहें उसकी गरदन के पास कस गई। ''हाँ,'' वह बोला, ''ममी तहती है अच्छे बच्चे जोल छे नहीं हँछते।

प्रकाश ने उसे बाँहों से उतार दिया। बच्चा उसकी उँगली पकड़े घास पर चलने लगा। ''त्यों पापा,'' उसने पूछा, ''अच्छे बच्चे जोल छे त्यों नहीं हँछते?''

''हँसते हैं बेटा!'' प्रकाश ने उसके सिर को सहलाते हुए कहा, ''सब अच्छे बच्चे जोर से हँसते हैं।''

''तो ममी मेले तो त्यों लोतती है?''

''अब वह तुझे नहीं रोकेगी। और तू तुतलाकर नहीं ठीक से बोला कर। तेरी ममी तुझे इसके लिए भी मना नहीं करेगी। मैं उससे कह दूँगा।''

''तो तुमने पहले ममी छे, त्यों नहीं तहा?''

''ऐसे नहीं, कह कि तुमने पहले ममी से क्यों नहीं कहा?''

बच्चा फिर हँस दिया, ''तो तुमने पहले ममी से क्यों नहीं कहा?''

''पहले मुझे याद नहीं रहा। अब याद से कह दूँगा।''

कुछ देर दोनों चुपचाप चलते रहे। फिर बच्चे ने पूछा, ''पापा, तुम मेरे जन्मदिन की पार्टी में क्यों नहीं आए? ममी कहती थी तुम विलायत गए हुए थे।''

''हाँ, मैं विलायत गया हुआ था।''

''तो पापा, अब तुम विलायत नहीं जाना।''

''क्यों?''

''मेरे को अच्छा नहीं लगता। विलायत जाकर तुम्हारी शकल और ही तरह की हो गई है।''

प्रकाश एक रूखी-सी हँसी हँसा। ''कैसी हो गई है शक्ल?''

''पता नहीं कैसी हो गई है? पहले दूसरी तरह की थी, अब दूसरी तरह की है।''

''दूसरी तरह की कैसे?''

''पता नहीं। पहले तुम्हारे बाल काले-काले थे। अब सफेद-सफेद हो गए हैं।''

''तू इतने दिन मेरे पास नहीं आया, इसलिए मेरे बाल सफेद हो गए हैं।''

बच्चा इतने जोर से हँसा कि उसके कदम लड़खड़ा गए। ''पापा, तुम तो

विलायत गए हुए थे," उसने कहा, "मैं तुम्हारे पास कैसे आता? मैं क्या अकेला विलायत जा सकता हूँ?"

"क्यों नहीं जा सकता? तू इतना बड़ा तो है।"

"मैं सचमुच बड़ा हूँ न पापा?" बच्चा ताली बजाता हुआ बोला, "तुम यह बात भी ममी से कह देना। वह कहती है मैं अभी बहुत छोटा हूँ। मैं छोटा नहीं न पापा!"

"नहीं, तू छोटा कहाँ है?" प्रकाश मैदान में दौड़ने लगा। "अच्छा भागकर मुझे पकड़।"

बच्चा अपनी छोटा-छोटी टाँगे पटकता हुआ दौड़ने लगा। प्रकाश को फिर अपने बचपन की याद आई। उसे दौड़ते देखकर तब एक बार किसी ने कहा था, "अरे यह बच्चा कैसे टाँगे पटक-पटककर दौड़ता है! इसे ठीक से चलना नहीं आता क्या?"

बच्चे की उँगली पकड़े प्रकाश क्लब के बार-रूम में दाखिल हुआ, तो बारमैन अब्दुल्ला उसे देखकर दूर से मुस्कराया। "साहब के लिए दो बोतल बियर," उसने पास खड़े बैरे से कहा। "साहब आज अपने साथ एक मेहमान को लाया है।"

"बच्चे के लिए एक गिलास पानी दे दो," प्रकाश ने काउंटर के पास रुककर कहा, "इसे प्यास लगी है।"

"खाली पानी?" अब्दुल्ल बच्चे के गालों को प्यार से सहलाने लगा। "और सब दोस्तों को तो साहब बियर पिलाता है और इस बेचारे को खाली पानी?" और पानी की बोतल खोलकर वह गिलास में पानी डालने लगा। जब वह गिलास बच्चे के मुँह के पास ले गया, तो बच्चे ने यह अपने हाथों में ले लिया, "मैं अपने आप पिऊँगा," उसने कहा, "मैं छोटा थोड़े ही हूँ? मैं तो बड़ा हूँ।"

"तू बड़ा है? अब्दुल्ला हँसा, "तब तो तुझे पानी देकर मैंने गलती की है। बड़े लोगों को तो मैं बियर ही पिलाता हूँ।"

"बियर क्या होता है?" बच्चे ने मुँह से गिलास हटाकर पूछा।

"बियर होता नहीं, होती है।" अब्दुल्ला ने झुककर उसे चूम लिया, "तुझे पिलाऊँ क्या?"

"नहीं", कहकर बच्चे ने अपनी बाँहें प्रकाश की तरफ फैला दीं। प्रकाश उसे लेकर ड्योढ़ी की तरफ चला, तो अब्दुल्ला भी उन दोनों के साथ-साथ बाहर चला आया, "किसका बच्चा है, साहब?" उसने पूछा।

"मेरा लड़का है", कहकर प्रकाश बच्चे को सीढ़ी से नीचे उतारने लगा।

अब्दुल्ला हँस दिया। "साहब बहुत खुशदिल आदमी है," उसने कहा।

"क्यों?"

अब्दुल्ला हँसता हुआ सिर हिलाने लगा, "आपका भी जबाब नहीं है।"

प्रकाश कुछ कहने को हुआ, मगर अपने को रोककर बच्चे को लिए हुए आगे चल दिया। अब्दुल्ला ड्योढ़ी में रुककर पीछे से सिर हिलाता रहा। बैरा शेर मोहम्मद अन्दर से निकलकर आया, तो वह और भी खुलकर हँस दिया।

"क्या बात है, अकेला खड़ा कैसे हँस रहा है?" शेर मोहम्मद ने पूछा।

"साहब का भी जबाब नहीं है," अब्दुल्ला किसी तरह हँसी पर काबू पाकर बोला।

"किस साहब का जबाब नहीं है?

"उस साहब का," अब्दुल्ला ने प्रकाश की तरफ इशारा किया, "उस दिन बोलता था कि इसने इसी साल शादी की हैं और आज बोलता है कि यह पाँच साल का बाबा इसका लड़का है। जब आया था, तो अकेला था। और आज इसके लड़का भी हो गया!" प्रकाश ने एक बार घूमकर तीखी नज़र से उसकी तरफ देख लिया। अब्दुल्ला एक बार फिर खिलखिला उठा। "ऐसा खुशदिल आदमी मैंने आज तक नहीं देखा।"

"पापा, घास हरी क्यों होती है? लाल क्यों नहीं होती?" क्लब से निकलकर प्रकाश ने बच्चे को एक घोड़ा किराए पर ले दिया था। लिनेनमार्ग को जानेवाली पगडण्डी पर वह खुद उसके साथ-साथ पैदल चल रहा था। घास के रेशमी फैलाव पर कोहरे का आकाश इस तरह झुका था जैसे अन्दर की उमड़ती वासना उसे अपने को उस पर दबा देने के लिए विवश कर रही हो। बच्चा उत्सुक आँखों से आसपास की पहाड़ियों और सामने से बहकर जाती पानी की पतली धार को देख रहा था। कभी कुछ क्षण वह अपने को भूला रहता, फिर अपने अन्दर के किसी भाव से प्रेरित होकर काठी पर उछलने लगता।

"हर चीज़ का अपन रंग होता है," प्रकाश ने बच्चे की जाँघ को हाथ से दबाए हुए कहा और कुछ देर खुद भी हरियाली के फैलाव में खोया रहा।

"हर चीज का अपना रंग क्यों होता है?"

"क्योंकि कुदरत ने हर चीज को अपना रंग बना दिया है।"

"कुदरत क्या होती है?"

प्रकाश ने झुककर उसकी जाँघ को चूम लिया। "कुदरत यह होती है," उसने कहा। जाँघ पर गुदगुदी होने से बच्चा भी हँसने लगा।

"तुम झूठ बोलते हो," उसने कहा।

"क्यों?"

"तुमको इसका पता ही नहीं है।"

"अच्छा, तो तू बता, घास का रंग हरा क्यों होता है?"

"घास मिट्टी के अन्दर से पैदा होती है, इसलिए इसका रंग हरा होता है।"

"अच्छा? तुझे इसका कैसे पता चल गया?"

बच्चा उछलता हुआ लगाम को झटकने लगा। "मेरे को ममी ने बताया था।" उसके और बीना के बीच एक द्वन्द्व चल रहा हो और बीना उस द्वन्द्व में उस पर भारी पड़ने की चेष्टा कर रही हो। "तेरी ममी ने तुझे और क्या-क्या बता रखा है?" वह बोला, "यह भी बता रखा है कि आदमी के दो टाँगे क्यों होती हैं और चार क्यों नहीं?"

"हाँ। ममी कहती थी कि आदमी के दो टाँगें इसलिए होती हैं कि वह आधा ज़मीन पर चलता है, आधा आसमान में।"

"अच्छा?" प्रकाश के होंठों पर हँसी और मन में उदासी की एक रेखा फैल गई। "मुझे इसका पता नहीं था।"

"तुमको तो किसी बात का भी पता नहीं है, पापा!" बच्चा बोला, "इतने बड़े होकर भी पता नहीं है!"

घास, बर्फ और आकाश के रंग दिन में कई-कई बार बदल जाते थे। बदलते रंगों के साथ मन भी और से और होने लगता था। सुबह उठते ही प्रकाश बच्चे के आने की प्रतीक्षा करने लगता। बार-बार वह बालकनी पर जाता और टूरिस्ट होटल की तरफ देखता हुआ देर-देर तक वहाँ खड़ा रहता। नाश्ता या खाना खाने जाने के लिए भी वह वहाँ से नहीं हटना चाहता था। उसे डर था कि बच्चा इस बीच वहाँ आकर लौट न जाए। तीन दिन में उसे साथ लिए वह कितनी ही बार घूमने के लिए गया था, उसके घोड़े के पीछे-पीछे दौड़ा था और उसके साथ घास पर लौटता रहा था। बच्चा जानबूझकर रास्ते के कीचड़ में अपने पाँव लथपथ कर लेता और होंठ बिसोरकर कहता, "पापा, पाँव धो दो।" वह उसे उठाए इधर-उधर पानी ढूँढ़ता फिरता। बच्चे को वह जिस किसी कोण से देखता, उसी कोण से उसकी तसवीर ले लेना चाहता। जब बच्चा थक जाता और लौटकर अपनी ममी के पास जाने का हठ करने लगता, तो वह उसे तरह-तरह के लालच देकर अपने पास रोक रखना चाहता। एक बार उसने बच्चे को अपनी माँ के साथ दूर से आते देखा और उतरकर नीचे चला गया। जब वह पास पहुँचा, तो बच्चा दौड़कर उसकी तरफ आने की जगह माँ के साथ फोटोग्राफर की दुकान

के अन्दर चला गया। वह कुछ देर सड़क पर रुका रहा, फिर यह सोचकर ऊपर चला आया कि फोटाग्राफर की दुकान से निकलकर बच्चा अपने-आप ऊपर आ जाएगा। मगर बालकनी पर खड़े-खड़े उसने देखा कि बच्चा दुकान से निकलकर उस तरफ आने की बजाए हठ के साथ अपनी माँ का हाथ खींचता हुआ उसे वापस टूरिस्ट होटल की तरफ ले जा रहा है। उसका मन हुआ कि फिर नीचे जाकर बच्चे को अपने साथ ले आए, मगर कोई चीज़ उसके पैरों को रोके रही और वह वहीं खड़ा उसे देखता रहा। शाम तक न जाने कितनी बार वह बालकनी पर आया और कितनी-कितनी देर वहाँ खड़ा रहा। आखिर उससे नहीं रहा गया, तो उसने नीचे जाकर कुछ चेरी खरीदी और बच्चे को देने के बहाने टूरिस्ट होटल की तरफ चल दिया। अभी वह टूरिस्ट होटल से कुछ फासले पर था कि बच्चा अपनी माँ के साथ बाहर आता दिखाई दिया। मगर उस पर नज़र पड़ते ही वह वापस होटल की गैलरी में भाग गया।

प्रकाश जहाँ था, वहीं खड़ा रहा। पल-भर के लिए उसकी आँख बीना से मिलीं। उसे लगा कि बीना का चेहरा पहले से कुछ साँवला हो गया है और उसकी आँखों के नीचे स्याह दायरे उभर आए हैं। वह पहले से काफी दुबली भी लग रही थी। कुछ पल रुके रहने के बाद प्रकाश आगे बढ़ गया और चेरीवाला लिफाफा बीना की तरफ बढ़ाकर खुश्क गले से बोला, ''यह मैं बच्चे के लिए लाया था।''

बीना ने लिफाफा ले लिया, मगर लेते हुए उसकी आँखें दूसरी तरफ मुड़ गईं। ''पलाश!'' उसने कुछ अस्थिर आवाज़ में बच्चे को पुकारा, ''यह ले, पापा तेरे लिए चेरी लाए हैं।''

''मैं नहीं लेता,'' बच्चे ने गैलरी से कहा और भागकर और भी दूर चला गया। बीना ने एक असहाय नज़र बच्चे पर डाली और प्रकाश की तरफ देखकर बोली, ''कहता है, मैं पापा से नहीं बोलूँगा। वे सुबह रुके क्यों नहीं, चले क्यों गए?''

प्रकाश बीना को उत्तर न देकर गैलरी में चला गया और कुछ दूर बच्चे का पीछा करके उसने उसे बाँहों में उठा लिया। ''मैं तुमसे नहीं बोलूँगा, कभी नहीं बोलूगा,'' बच्चा अपने को छुड़ाने की चेष्टा करता कहता रहा।

''ऐसी क्या बात है?'' प्रकाश उसे पुचकारने की चेष्टा करने लगा, ''पापा से इस तरह नाराज़ होते हैं क्या?''

''तुमने मेरी तसवीरें क्यों नहीं देखी?''

''कहाँ थी तेरी तसवीरें? मुझे तो पता ही नहीं था।''

''पता क्यों नहीं था? तुम दुकान के बाहर से ही क्यों चले गए थे?''

"अच्छा ला, पहले तेरी तसवीरें देखें, फिर घूमने चलेंगे।"

"यह सुबह आपको दिखाने के लिए ही तसवीरें लेने गया था," बीना के साथ खड़ी एक युवा स्त्री ने कहा। प्रकाश ने ध्यान नहीं दिया था कि उसके साथ कोई और भी है।

"तसवीरें मेरे पास थोड़े ही न हैं? उसी के पास हैं।"

"सुबह फोटोग्राफर ने निगेटिव दिखाए थे, पाजिटिव वह अब इस वक्त देगा," उसी स्त्री ने फिर कहा।

"तो चल, पहले दुकान पर चलकर तेरी तसवीरें ले लें। देखें तो सही कैसी तसवीरें हैं!"

"मैं ममी को साथ लेकर जाऊँगा", बच्चे ने उसकी बाँहों में मचलते हुए कहा।

"हाँ, हाँ, तेरी ममी भी साथ आ रही है," कहते हुए प्रकाश ने एक बार बीना की तरफ देख लिया। बीना होंठ दाँतों से दबाए आँखें झपक रही थी। वह चुपचाप उसके साथ चल दी।

फोटोग्राफर की दुकान में दाखिल होते ही बच्चा प्रकाश की बाँहों से उतर गया और फोटोग्राफर से बोला, "मेरे पापा को मेरी तसवीरें दिखाओ।" फोटोग्राफर ने तसवीरें निकालकर मेज़ पर फैला दीं, तो बच्चा एक-एक तसवीर उठाकर प्रकाश को दिखाने लगा, "देखो पापा, यह वहीं की तसवीर है न जहाँ से तुमने कहा था, सारा कश्मीर नज़र आता है? और यह तसवीर भी देखो जो तुमने मेरी घोड़े पर बैठे हुए उतारी थी...।

"दो दिन से बिलकुल साफ बोल रहा है," बीना के साथ की युवा स्त्री ने कहा, "कहता है पापा ने कहा है तू बड़ा हो गया है, इसलिए अब तुतलाकर मत बोला कर।"

प्रकाश कुछ न कहकर तसवीरें देखता रहा। फिर दस का एक नोट निकालकर फोटोग्राफर को देते हुए कहा, "इसमें से आप अपने पैसे काट लीजिए!"

फोटोग्राफर पल-भर असमंजस में उसे देखता रहा। फिर बोला, "पैसे तो अभी आप ही के मेरी तरफ निकलते हैं। मेम साहब ने जो बीस रुपए दिए थे, उनमे से दो-एक रुपए अभी बचते होंगे। कहें तो अभी हिसाब कर दूँ।"

"नहीं, रहने दीजिए हिसाब बाद में हो जाएगा," कहकर प्रकाश ने नोट वापस जेब में रख लिया और बच्चे की उँगली पकड़े दुकान से बाहर निकल आया। कुछ कदम चलने पर पीछे से बीना का स्वर सुनाई दिया, "यह आपके साथ घूमने जा रहा है?"

“हाँ!” प्रकाश ने थोड़ा चौंककर पीछे देख लिया। “मैं अभी थोड़ी देर में इसे वापस छोड़ जाऊँगा।”

“देखिए, आपसे एक बात कहनी थी...।”

“कहिए...।”

बीना पल-भर कुछ सोचती हुई चुप रही। फिर बोली, “इसे ऐसी कोई बात मत बताइएगा जिससे यह...।”

प्रकाश को लगा जैसे कोई ठण्डी चीज़ उसके स्नायुओं से छूट गई हो। उसकी आँखें झुक गईं और उसने धीरे से कहा, “नहीं, मैं ऐसी कोई बात इससे नहीं कहूँगा।” उसे खेद हुआ कि एक दिन पहले जब बच्चा हठ करके कह रहा था कि ‘पापा’ और ‘पिताजी’ एक ही व्यक्ति को नहीं कहते–‘पापा’ को पापा कहते हैं और ‘पिताजी’ ममी के पापा को–तो वह क्यों उसकी गलतफहमी दूर करने की कोशिश करता रहा था।

वह अकेला बच्चों के साथ क्लब की सड़क पर चलने लगा, तो कुछ दूर जाकर बच्चा सहसा रुक गया। “हम कहाँ जा रहे हैं, पापा?” उसने पूछा।

“पहले क्लब चल रहे हैं,” उसने कहा, “वहाँ से घोड़ा लेकर आगे घूमने जाएँगे।”

“नहीं, मैं वहाँ उस आदमी के पास नहीं जाऊँगा,” कहकर बच्चा सहसा पीछे की तरफ चल दिया।

“किस आदमी के पास?”

“वह जो वहाँ क्लब में था। मैं उसके हाथ से पानी भी नहीं पिऊँगा।”

“क्यों?”

“मुझे वह आदमी अच्छा नहीं लगता।”

प्रकाश पल-भर बच्चे को देखता रहा, फिर उसकी तरफ मुड़ आया। “हाँ, हम उस आदमी के पास नहीं चलेंगे,” उसने कहा, “मुझे भी वह आदमी अच्छा नहीं लगता।”

बहुत दिनों के बाद उस रात प्रकाश को गहरी नींद आई। ऐसी नींद, जिसमें सपने दिखाई न दें, उसके लिए लगभग भूली हुई चीज़ हो चुकी थी फिर भी जागने पर उसे अपने में ताज़गी का अनुभव नहीं हुआ, अनुभव हुआ एक खालीपन का। जैसे कोई चीज़ उसके अन्दर उफनती रही हो, जो गहरी नींद सो लेने से चूक गई हो। रोज़ की तरह उठकर वह बालकनी पर गया। देखा आकाश साफ है। रात को सोया था, तो बारिश हो रही थी। मगर उस धुले-निखरे आकाश को

देखकर आभास तक नहीं होता था कि कभी वहाँ बादल भी घिरे रहते थे। सामने की पहाड़ियाँ सुबह की धूप में धुलकर उजली हो उठी थीं।

प्रकाश काफी देर वहाँ खड़ा रहा—अपनी ताज़गी में एक जड़ता अनुभव करता हुआ। फिर दूर उठते बादल की तरह कोई चीज़ उसे अपने में उमड़ती महसूस होने लगी और उसका मन एक दबी-सी आशंका से सिहर गया। कहीं ऐसा तो नहीं कि...?

वह बालकनी से हट आया। पिछली शाम बच्चे ने उसे बताया था। उसकी ममी कह रही थी कि दिन साफ हुआ, तो वे लोग सुबह वहाँ से चले जाएँगे। रात को जैसी बारिश हो रही थी, उससे सुबह तक आसमान खुलने की कोई सम्भावना नहीं लगती थी। इसलिए सोते वक्त वह इस तरफ से लगभग निश्चिन्त था। मगर रात-रात में आसमान का रूप बिलकुल बदल गया था। तो क्या सचमुच आज वे लोग वहाँ से चले जाएँगे?

उसने कमरे में बिखरे सामान को देखा—कुछ इनी-गिनी चीज़ें थीं। चाहा कि उन्हें सहेज, दे, मगर किसी भी चीज़ को रखने-उठाने को मन नहीं हुआ। बिस्तर को देखा। उसमें रोज़ से बहुत कम सलवटें थीं। लगा जैसे रात की गहरी नींद के लिए वह बिस्तर ही दोषी हो, और गहरी नींद बरसते आकाश के साफ हो जाने के लिए!

धीरे-धीरे दोपहर की तरफ बढ़ने लगी। इससे उसके मन को कुछ सहारा मिला। वह चाह रहा था कि इसी तरह शाम हो जाए और फिर रात—और बच्चा उससे विदा लेने न आए। मगर जब दोपहर भी ढलने लगी और बच्चा नहीं आया, तो उसके मन में एक और आशंका सिर उठाने लगी। कहीं ऐसा तो नहीं कि उसकी ममी सुबह-सुबह ही उसे लेकर वहाँ से चली गई हो?

वह बार-बार बालकनी पर जाता—एक धड़कती आशा लिए। बार-बार टूरिस्ट होटल की सड़क पर नज़र दौड़ाता और पहले से अधिक अस्थिर होकर कमरे में लौट आता। उसकी धमनियों में लहू की हर बूँद उत्कण्ठित और व्याकुल थी। उसने सुबह से कुछ खाया नहीं था, इसलिए भूख भी उसे परेशान कर रही थी। कुछ देर बाद कमरा बन्द करके वह खाना खाने चला गया। बड़े-बड़े कौर निगलकर किसी तरह दो रोटियाँ गले से उतारीं और जल्दी से वापस चला आया। मगर उतनी देर भी कमरे से बाहर रहना उसे एक अपराध-सा लग रहा था। लौटते हुए उसने सोचा कि उसे खुद जाकर टूरिस्ट होटल से पता कर लेना चाहिए।

मगर सड़क की चढ़ाई चढ़ते हुए उसने दूर से देखा—बीना बच्चे के साथ उसकी बालकनी के नीचे सड़क पर खड़ी थी।

वह तेज़-तेज़ चलकर उनके पास पहुँच गया। मगर बच्चे ने उसकी तरफ नहीं देखा। वह अपनी माँ का हाथ खींचता हुआ किसी चीज़ के लिए हठ कर रहा था। प्रकाश ने उसकी बाँह हाथ में ली, तो वह बाँह छुड़ाने के लिए ज़मीन पर लोटने लगा। ‘‘मैं तुम्हारे घर नहीं जाऊँगा,’’ उसने लगभग चीखकर कहा। प्रकाश अचकचा गया और उसकी बाँह छोड़कर जड़-सा खड़ा रहा।

‘‘मुझसे नाराज़ है क्या?’’ उसने बिना दोनों में से किसी की तरफ देखे पूछ लिया।

‘‘ममी, मेरे साथ ऊपर क्यों नहीं चलती?’’ बच्चा उसी तरह चिल्लाया।

प्रकाश और बीना की आँखें मिलने को हुईं, मगर पूरी तरह नहीं मिल पाईं। प्रकाश ने बच्चे की बाँह फिर हाथ में ले ली और तटस्थ स्वर में बीना से कहा, ‘‘आप भी आ जाइए न!’’

‘‘इसे आज जाने क्या हुआ!’’ बीना कुछ झुंझलाहट के साथ बोली। ‘‘सुबह से बात-बात पर तंग कर रहा है!’’

‘‘इस वक्त यह अकेला मेरे साथ ऊपर नहीं जाएगा,’’ प्रकाश ने स्वर की तटस्थता अब भी बनाए रखी।

‘‘चल, मैं तुझे जीने तक पहुँचा देती हूँ’’ बीना उसे उत्तर न देकर बच्चे से बोली, ‘‘ऊपर से जल्दी लौट आना। घोड़े वाले उधर तैयार खड़े हैं।’’

प्रकाश को मन में एक नश्तर-सा चुभता महसूस हुआ। मगर जल्दी ही उसने अपने को सँभाल लिया। ‘‘आप लोग आज ही जा रहे हैं?’’ उसने चेष्टा की कि शब्दों से उसके मन का भाव प्रकट न हो।

‘‘जी हाँ,’’ बीना दूसरी तरफ देखती रही। ‘‘जाना तो सुबह ही था, मगर इसके हठ की वजह से इतनी देर हो गई। अब भी यह...।’’ और बात बीच में ही छोड़कर उसने बच्चे से फिर कहा, ‘‘चल, तुझे जीने तक पहुँचा दूँ।’’

बच्चा प्रकाश के हाथ से बाँह छुड़ाकर कुछ दूर भाग गया। ‘‘मैं नहीं जाऊँगा,’’ उसने कहा।

‘‘अच्छा आ,’’ बीना बोली, ‘‘मैं तुझे ऊपर पहुँचा देती हूँ—उस दिन की तरह।’’

‘‘मैं नहीं जाऊँगा,’’ और बच्चा कुछ कदम और दूर चला गया।

"आप क्यों नहीं जाती? यह इस तरह अपना हठ नहीं छोड़ेगा।", प्रकाश ने होंठ काटते हुए कहा। बीना ने आँख झपकने तक उसकी तरफ देख लिया। उस दृष्टि में एक तीखा चुभता-सा भाव था। मगर आँख झपकने के साथ ही वह भाव धुल गया और उसने अपने को सहेज लिया। उसके चेहरे पर एक दृढ़ता आ गई और उसने बच्चे को बाँहों में उठा लिया। "चल, मैं तेरे साथ चलती हूँ," उसने कहा।

बच्चे का रुआँसा भाव हँसी में बदल गया और उसने माँ के गले में बाहें डाल दीं। प्रकाश उनसे आगे-आगे जीना चढ़ने लगा।

ऊपर पहुँचकर बीना ने बच्चे को बाँहो से उतार दिया और कहा, "ले अब मैं जा रही हूँ।

"नहीं," बच्चे ने उसका हाथ पकड़ लिया, "तुम यहीं रहो।"

"बैठ जाइए न," प्रकाश ने कुर्सी पर पड़ी दो-एक चीज़ें जल्दी से हटा दीं और कुर्सी बीना की तरफ बढ़ा दी। बीना कुर्सी पर न बैठकर चारपाई के कोने पर बैठ गई। तभी बच्चे का ध्यान न जाने किस चीज ने खींच लिया। वह उन दोनों को छोड़कर बालकनी में चला गया और वहाँ से उचककर सड़क की तरफ देखने लगा।

प्रकाश कुर्सी की पीठ पर हाथ रखे जैसे खड़ा था, वैसे ही खड़ा रहा। बीना चारपाई के कोने में और भी सिमटकर दीवार की तरफ देखने लगी। असावधानी के एक क्षण में उनकी आँखें मिल गईं, तो बीना ने अपनी पूरी शक्ति संचित करके पूछ लिया, "कल इसकी जेब में कुछ रुपए मिले थे। वे आपने रखे थे?"

"हाँ", प्रकाश ने अटकते स्वर से कहा, "सोचा था, उनसे यह ...कोई चीज़ बनवा लेगा।"

बीना पल-भर चुप रही। फिर बोली, "क्या चीज़ बनवानी होगी?"

"कोई भी चीज़। कोई अच्छा-सा ओवरकोट या...।"

कुछ देर फिर चुप्पी रही। फिर बीना ने पूछ लिया, "कैसा कोट बनवाना होगा?"

"कैसा भी। जैसा इसे अच्छा लगे, या...जैसा आप ठीक समझें।"

"कोई खास तरह का कपड़ा लेना हो, तो बता दीजिए।"

"खास कपड़ा कोई नहीं...कैसा भी हो।"

"कोई खास रंग...?"

"नहीं...हाँ...नीले रंग का हो, तो ज्यादा अच्छा है।" कहकर प्रकाश को थोड़ा अफसोस हुआ। उसे पता था बीना को नीले रंग पसन्द नहीं है।

बच्चा उछलता हुआ बालकनी से लौट आया और बीना का हाथ पकड़कर बोला, "अब चलो।"

"पापा से प्यार तो किया नहीं और आते ही चल भी दिया?" प्रकाश ने उसे बाँहों में ले लिया। बच्चे ने उसके होठों से होंठ मिलाकर एक बार अच्छी तरह उसे चूम लिया और फिर झट से उसकी बाँहों से निकलकर माँ से बोला, "अब चलो।"

बीना चारपाई से उठ खड़ी हुई। बच्चा उसका हाथ पकड़कर उसे बाहर की तरफ खींचने लगा। 'तलो न ममी देल हो लही है," वह फिर तुतलाने लगा और बीना को साथ खींचता हुआ दहलीज़ पार कर गया।

"तू जाकर पापा को चिट्ठी लिखेगा न? प्रकाश ने पीछे से आवाज़ दी।

"लिथूँदा।" मगर उसने पीछे मुड़कर नहीं देखा। पीछे मुड़कर देखा एक बार और जल्दी से आँखें हटा लीं। आँखों की कोरों में अटके आँसू उसने बहने नहीं दिए। "तूने पापा को टा-टा नहीं किया," उसने बच्चे के कन्धे पर हाथ रखे हुए कहा।

"टा-टा पापा!" बच्चे ने बिना पीछे की तरफ देखे हाथ हिलाया और जीने से बीना उतरने लगी। आधे जीने से फिर उसकी आवाज़ सुनाई दी, "पापा का धल अच्छा है ममी, हमाला धल अच्छा है। पापा ने धल में तो कुछ छामान नहीं है... ।"

"तू अब चुप करेगा कि नहीं!" बीना ने उसे झिड़क दिया, "जो मुँह में आता है बोलता जाता है।"

"नहीं तुम तलूँदा, नहीं तलूँदा तुप...", बच्चे का स्वर फिर रुआँसा हो गया और वह तेज़-तेज़ नीचे उतरने लगा। "पापा का धल दन्दा! पापा का धल थू... ।"

रात होते-होते आकाश फिर घिर गया। प्रकाश क्लब के बाथरूम में बैठा एक के बाद एक बियर की बोतलें खाली करता रहा। बारमैन अब्दुल्ला लोगों के लिए रम और ह्विस्की के पेग ढालता हुआ बार-बार कनखियों से उसकी तरफ देख लेता। इतने दिनों में पहली बार वह प्रकाश को इस तरह पीते देख रहा था। "लगता है आज साहब ने कहीं से बड़ा माल मारा है," उसने एकाध बार शेर मोहम्मद से कहा, "आगे कभी एक बोतल से ज्यादा नहीं पीता था, और आज चार-चार बोतलें पीकर भी बस करने का नाम नहीं ले रहा।"

शेर मोहम्मद ने सिर्फ मुँह बिचका दिया और अपने काम में लगा रहा।

प्रकाश की आँखें अब्दुल्ला से मिलीं, तो अब्दुल्ला मुसकरा दिया। प्रकाश कुछ क्षण इस तरह उसे देखता रहा जैसे वह आदमी न होकर एक धुँधला-सा साया हो, और सामने का गिलास परे सरकाकर उठ खड़ा हुआ। काउंटर के पास जाकर उसने दस-दस के दो नोट अब्दुल्ला के सामने रख दिए। अब्दुल्ला बाकी पैसे गिनता हुआ खुशामदी स्वर में बोला, ''आज साहब बहुत खुश नजर आता है।''

''हाँ!'' प्रकाश इस तरह उसे देखता रहा जैसे उसके सामने से वह साया धुँधला होकर बादलों में गुम हुआ जा रहा हो। वह चलने को हुआ, तो अब्दुल्ला ने पहले सलाम किया, फिर आहिस्ता से पूछ लिया, ''क्यों साहब, वह कौन बच्चा था उस दिन आपके साथ? किसका लड़का है वह?''

प्रकाश को लगा जैसे साया अब बिलकुल गुम हो गया हो और सामने सिर्फ बादल ही बादल घिरा रह गया हो। उसने जैसे बादल को चीरकर देखने की चेष्टा करते हुए कहा, ''कौन लड़का?

''अब्दुल्ला पल-भर भौंचक्का-सा हो रहा। फिर खिलखिलाकर हँस पड़ा। ''तब तो मैंने शेर मोहम्मद से ठीक ही कहा था...'' वह बोला।

''क्या?''

''कि साहब तबीअत का बादशाह हैं। जब चाहे किसी के लड़के को अपना लड़का बना ले, और जब चाहे...यहाँ गुलमर्ग में यह सब चलता है। आप जैसा हमारा एक और साहब है...।''

प्रकाश को लगा कि बादल बीच से फट गया और चीलों की कई पंक्तियाँ उस दर्रे में से होकर दूर उड़ी जा रही हैं—वह चाह रहा है कि दर्रा किसी तरह भर जाए जिससे वे पंक्तियाँ आँखों से ओझल हो जाएँ; मगर दर्रे का मुहाना धीरे-धीरे और बड़ा होता जा रहा है। उसके गले से एक अस्पष्ट-सी आवाज़ निकली और वह अब्दुल्ला की तरफ से आँखें हटाकर वहाँ से चल दिया।

''बस एक बाज़ी और...!'' अपनी आवाज़ की गूँज प्रकाश को स्वयं अस्वाभाविक-सी लगी। उसके साथियों ने हल्का-सा विरोध किया, मगर पत्ते एक बार फिर बँटने लगे।

कार्ड-रूम तब तक लगभग खाली हो चुका था। कुछ देर पहले तक वहाँ काफी चहल-पहल थी—कई-कई नाजुक हाथों से पत्तों की नाजुक चालें चली जा रही थीं और तिरपाइयों पर शीशे के नाज़ुक गिलास रखे उठाए जा रहे थे। मगर अब आस-पास चार-चार खाली कुर्सियों से घिरी चौकोरे मेज़ें ही रह गई थीं जो

बहुत अकेली और उदास लग रही थीं। पॉलिश की चमक के बावजूद उनमें एक वीरागनी उभर आई थी। दीवार में बुखारी की आग कब की ठण्डी पड़ चुकी थी। जाली के उस तरफ कुछ बुझे-अधबुझे अंगारे रह गए थे—सर्दी से ठिठुरकर स्याह पड़ते और राख में गुम होते हुए।

उसने पत्ते उठा लिए। हर बार की तरह इस बार भी सब बेमेल पत्ते थे—ऐसी बाज़ी कि आदमी चुपचाप फेंककर अलग हो जाए। मगर उसी के ज़ोर देने से पत्ते बँटे थे, इसलिए वह उन्हें फेंक नहीं सकता था। उसने नीचे से पत्ता उठाया, तो वह और भी बेमेल था। हाथ से कोई भी पत्ता चलकर वह उन पत्तों का मेल बिठाने की कोशिश करने लगा।

बाहर मूसलाधार बारिश हो रही थी—पिछली रात की बारिश से भी तेज़। खिड़की के शीशों से टकराती बूँदें एक चुनौती लिए आतीं मगर बेबस होकर नीचे ढुलक जातीं। उन्हें देखकर लगता जैसे कई चेहरे खिड़की के साथ सटकर लगातार आँसू बहा रहे हों। किसी क्षण हवा से किवाड़ हिल जाते, तो वे चेहरे जैसे हिचकियाँ लेने लगते। हिचकियाँ बन्द होने पर गुस्से से घूरने लगते। उन चेहरों के पीछे घना अँधेरा था जहाँ लगता था, कोई चीज़ छटपटाती हुई दम तोड़ रही है।

"डिक्लेयर!" प्रकाश चौंक गया। उसके हाथ के पत्तों में अब भी कोई मेल नहीं था—इस बार भी उसे फुल हैंड देना था। पत्ते फेंककर उसने पीछे टेक लगा ली और फिर खिड़की से सटे चेहरों को देखने लगा।

"तुम बहुत खुशकिस्मत आदमी हो प्रकाश, हममें सबसे खुशकिस्मत तुम्हीं हो...!" प्रकाश की आँखें खिड़की से हट आईं। पत्ते उठाकर रख दिए गए थे और मेज़ पर हार-जीत का हिसाब किया जा रहा था। हिसाब करने वाला आदमी ही उससे कह रहा था, "कहते हैं न, जो पत्तों में बदकिस्मत हो, वह ज़िन्दगी में खुशकिस्मत होता है! अब देख लो सबसे ज़्यादा तुम्हीं हारे हो, इसलिए मानना पड़ेगा कि सबसे खुशकिस्मत आदमी तुम्हीं हो।"

प्रकाश ने अपने नाम के आगे लिखे जोड़ को देखा। पल-भर के लिए उसकी धड़कन बढ़ गई कि जेब में उतने पैसे हैं भी या नहीं। उसने पूरी जेब खाली कर ली। लगभग हारी हुई रकम के बराबर ही पैसे थे। रकम अदा कर देने के बाद दो-एक छोटे सिक्के ही उसके पास बच रहे—और उनके साथ वह अन्तर्देशीय पत्र जो शाम की डाक से आया था और जिसे जेब में रखकर वह क्लब चला आया था। पत्र निर्मला का था जो उसने अब तक खोलकर पढ़ा नहीं था। जेब में पड़े-पड़े वह काफी मुचड़ गया था। निर्मला के अक्षरों पर नज़र पड़ते ही उसके

कई-कई चेहरे उसके सामने उभरने लगे—उसके हाथ का एक-एक अक्षर जैसे एक-एक चेहरा हो! घर से चलने के दिन भी वह उसके कितने-कितने चेहरे देखकर आया था! एक चेहरा हँस रहा था, एक रो रहा था; एक बाल खोले जोर-जोर से चिल्ला रहा था और धमकियाँ दे रहा था और एक...एक भूखी आँखों से उसके शरीर को निगलना चाह रहा था! उसने अपनी ज़रूरत का कुछ सामान साथ लाना चाहा था, तो एक चेहरा उसके साथ कुश्ती करने पर उतारू हो गया था।

"निर्मला!" उसने हताश होकर कहा था, "तुम्हें इस तरह गुत्थमगुत्था होते शरम नहीं आती?"

"क्यों?" निर्मला हँस दी थी, "मरद और औरत रात-दिन गुत्थमगुत्था नहीं होते क्या?"

वह बिना एक कमीज़ तक साथ लिए घर से निकल आया था। बनियानें, तोलिये, कमीजें सब कुछ उसने आते हुए रास्ते में खरीदा था। यह सोचने के लिए वह नहीं रुका था कि उसके पास जो चार-पाँच सौ रुपए हैं, वे इस तरह कितने दिन चलेंगे! बिछाने-ओढ़ने का सारा सामान भी उसने वहीं से किराए पर लिया था...!

और वहाँ आने के चौथे-पाँचवें दिन से ही निर्मला के पत्र आने शुरू हो गए थे—वह उसके किसी मित्र के यहाँ जाकर उसका पता ले आई थी। उन पत्रों में भी निर्मला के सब चेहरे झलक जाते थे...वह सख्त बीमार है और अस्पताल जा रही है...उसके भाई पुलिस में खबर करने जा रहे हैं कि उनका बहनोई लापता हो गया है... वह रात-दिन बेचैन रहती है और दीवारों से पूछती रहती है कि उसका पति कहाँ है...वह जोगन का वेश धारण करके जंगलों में जा रही है.. .दो दिन के अन्दर-अन्दर पत्र का उत्तर न आया, तो उसके भाई उसे हवाई जहाज़ में वहाँ भेज देंगे...उसके छोटे भाई ने उसे बहुत पीटा है कि वह अपने 'खसम' के पास क्यों नहीं जाती...!

अन्तर्देशीय पत्र प्रकाश की उँगलियों में मसल गया था। उसे फिर से जेब में रखकर वह उठ खड़ा हुआ। बाहर ड्योढ़ी में कुछ लोग खड़े थे—इस इन्तज़ार में कि बारिश रुके, तो वहाँ से चलें। उनके बीच से होकर वह बाहर निकल आया।

"आप इस बारिश में जा रहे हैं?" किसी ने पूछ लिया। उसने उत्तर नहीं दिया और चुपचाप कच्चे रास्ते पर चलने लगा। सामने नीडोज़ होटल की बत्तियाँ जगमगा रही थीं—बाकी सब तरफ, दाएँ-बाएँ और ऊपर-नीचे अँधेरा ही अँधेरा था। क्लब के अहाते से निकलकर वह सड़क पर पहुँचा, तो पानी और तेज़ हो गया।

उसका सिर पूरा भीग गया था और पानी की धारें गरदन से होकर कमीज़ के अन्दर जा रही थीं। हाथ-पैर सुन्न हो रहे थे, फिर भी आँखों में एक जलन-सी महसूस हो रही थी। कीचड़ से लथपथ जूता चलने में आवाज़ करता, तो शरीर में कोई चीज़ झनझना जाती। तभी एक नई सिहरन उसके शरीर में दौड़ गई। उसे लगा कि वह सड़क पर अकेला नहीं है—कोई और भी अपने नन्हें-नन्हें पाँव पटकता उसके साथ चल रहा है। रास्ते की नाली पर बना लकड़ी का पुल पार करते हुए उसने घूमकर पीछे देख लिया। उसके साथ-साथ चल रहा था एक भीगा कुत्ता—कान झटकता हुआ, खामोश और अन्तर्मुख!

वासना की छाया में

पहले-पहल पुष्पा को मैंने घर के सामने पम्प पर पानी भरते देखा था। उसकी आँखें मुझे पतली कौड़ियों जैसी लगीं। उसने दो-तीन बार आँख भरकर मुझे देखा तो मुझे लगा कि या तो मेरे बाल बहुत सफेद हो गए हैं, या मैं अपनी उम्र से चार-पाँच साल छोटा लगता हूँ। नहीं तो कोई कारण नहीं था कि वह उस सहज विश्वास-भरी दृष्टि से मुझे देखती, मानो कह रही हो, ''चलो आँखमिचौनी खेलते हो?''

पुष्पा की उम्र तेरह साल होगी। अधिक से अधिक चौदह साल होगी। उसका रंग गोरा पंजाबी था। उसके शरीर को पूरा खिलने में दो-तीन साल रहते थे, फिर भी उसकी आँखों में वह विस्मय भर गया था जो यौवन का अर्थ पहले-पहल समझने पर कुछ दिनों के लिए रहता है। उसे जैसे आश्चर्य था कि क्या वह अकेली ही जानती है कि गुलाब का रंग गुलाबी क्यों है?''

''आप पानी भर लीजिए,'' पुष्पा ने अपनी बाल्टी हटाकर मुझसे कहा।

''नहीं, तू भर ले,'' मैंने यह सोचकर कहा था कि शायद वह मेरे सफेद बालों का सम्मान कर रही है।

''आपको दफ्तर जाना है, आप भर लीजिए,'' उसने कहा। मुझे खुशी हुई कि उसे मेरे अस्तित्व का पता है, काम-काज का पता है और उसका लिहाज़ मेरे सफेद बालों तक सीमित नहीं।

''तेरा नाम क्या है?'' मैंने अपनी बाल्टी में पानी भरते हुए पूछा।

''पुष्पा'', उसने संकोच के साथ उत्तर दिया।

''किस क्लास में पढ़ती है?''

वह और भी संकुचित हो गई। बिना मेरी ओर देखे बोली, ''मैं स्कूल नहीं जाती।''

"क्यों?" मुझे आश्चर्य हुआ कि इतनी अच्छी आँखों वाली लड़की स्कूल क्यों नहीं जाती? यूँ मैं किसी लड़की से ज़्यादा सवाल नहीं करता, क्योंकि वे ज़रा-से परिचय को घनिष्ठता समझने लगती हैं। पर पुष्पा अभी उस रेखा से दूर थी जहाँ जाकर एक लड़की मेरे लिए लड़की बन जाती है।

"मैं यहाँ नहीं रहती," पुष्पा ने इस तरह कहा जैसे मेरा प्रश्न बिलकुल असंगत रहा हो। "मैं बापू के साथ गाँव से आई हूँ। बापू को यहाँ थोड़ा काम है। उसका काम हो जाएगा तो हम अपने गाँव चले जाएँगे।"

मैंने देखा कि उसकी आँखों ने अभी लजाना नहीं सीखा। उसके अन्दर अभी वही ताज़गी थी जो नई बहार की कलियों में होती है। वह गाँव से आई थी और गाँव चली जाएगी। वहाँ जाकर सरसों के पीले-पीले फूलों से खेलेगी और मीठा नरम साग खाएगी। कोई रात को आग के पास हीर गाएगा और विभोर होकर सुनेगी। नहीं तो सरसराती हवा का संगीत ही सही—वह उसके रोम-रोम का थपथपाकर उसे सुला देगा।

सुबह उठकर वह पशुओं को चारा देगी। प्रभात के स्वर उसे फसलाएँगे तो वह नंगे पैरों नदी की ओर भाग जाएगी। जब तक मन में आएगा वहाँ तैरती रहेगी। लौटती हुई वह धान के खेत से मूलियाँ और शलजम उखाड़ लाएगी। उसके गीले बाल रूखे ही सूख जाएँगे, पर उसे चिन्ता न होगी। उसके फूटते हुए वक्ष उसकी गली कमीज़ में कटोरियाँ-सी निकाल देंगे, पर उसे उसकी होश न होगी। वह घर लौटकर गणित के प्रश्नों से नहीं उलझेगी। भूगोल की रेखाएँ नहीं याद करेगी। कोश लेकर कविताओं के अर्थ नहीं ढूँढ़ेगी। वह जिधर देखेगी कविताएँ फूटने लगेंगी।

अचानक मैंने देखा कि मैं पम्प चलाए जा रहा हूँ, हालाँकि बाल्टी भर चुकी है और पानी इधर-उधर बिखर रहा है। अपनी अन्यमनस्कता छिपाने और पुष्पा के सौजन्य का बदला चुकाने के लिए मैंने अपनी बाल्टी उठाई और उसका सारा पानी पुष्पा की बाल्टी में डाल दिया।

'ऊई!" वह एक कदम पीछे हट गई, "मेरी बाल्टी छू गई।"

"छू कैसे गई?" मैंने लज्जा और अपमान महसूस करते हुए पूछा। पुष्पा ने मेरे छिपे हुए भाव को भाँप लिया। उसने क्षमा माँगने के ढंग से कहा, "जी, मैं बाल्टी माँजकर लाई थी। आपकी बाल्टी मँजी हुई नहीं थी।"

यह सुनकर मेरी आत्मा फिर उदार हो गई। मैंने अपने को याद दिलाया कि बाल्टी को राख से मला जाए, तभी जाकर वह पवित्र होती है। फिर चाहे गलीज फर्श पर रखकर उसमें पानी भरो, चाहे चबाई हुई दातुनों के ढेर पर।

"मेरी बाल्टी भी मँजी हुई है, मैंने सवेरे माँजी थी," मैंने झूठ बोला। झूठ बोलना मेरी आदत है। बिना कारण के झूठ बोलता हूँ। दिन में कई-कई बार बोलता हूँ। यह मुझे अच्छा भी लगता है, मैं सच कह रहा हूँ।

जो मुँह से झूठ नहीं बोला, वह मन में झूठ बोलता है। जो मन से झूठ बोलता है, वह मुझसे ज़्यादा खतरनाक है, क्योंकि वह सच का दावेदार है, इसलिए वह और भी झूठा है।

पुष्पा ने मुस्कराकर बाल्टी का पानी गिरा दिया और ज़मीन से मिट्टी उखाड़कर बाल्टी को मलने लगी। मैं अपनी बाल्टी में फिर से पानी भरने लगा।

किसी ने दूर से उसे पुकारा, "पप्पी ऽ!"

"आई बाबू ऽ!" उसने पुकारकर उत्तर दिया।

"अभी पानी नहीं भरा?"

"नहीं बाबू ऽ!"

"जल्दी कर सिर मुंडी ऽ।"

मैंने उधर देखा। एक लम्बा बूढ़ा जाट सामने की कोठी के बरामदे में खड़ा सिर पर पगड़ी लपेट रहा था। एक तो उसकी आवाज़ बहुत कर्कश थी, दूसरे उसकी सफेद दाढ़ी ऐसी नोकदार थी, जैसे उसी से वह मुर्गियाँ झटकता रहा हो! उसकी आँखों का रंग बताता था कि उसने रात को खूब शराब पी है, क्योंकि नशा अभी तक उसकी पुतलियों में तैर रहा था। पगड़ी लपेटकर उसने दाढ़ी पर हाथ फेरा और पुष्पा को फिर आवाज़ दी, "जल्दी कर, लाड़ की बच्ची, नहीं तेरा झोंटा सेकूँ!"

यह देखकर कि मेरी बाल्टी अभी आधी भरी है, मैं जल्दी-जल्दी पम्प चलाने लगा। जाट ने पीठ मोड़ ली। पुष्पा मेरी ओर दो कौड़ियों का एक दाँव फेंककर मुस्कराई। उसकी मुस्कराहट ने मुझसे कहा, 'तुम बेवकूफ हो। बापू की गालियाँ बेटी को नहीं लगा करतीं।'

उसके बाद दो-तीन बार फिर मैंने पुष्पा को देखा। न जाने क्यों उसे देखकर हर बार मुझे गहरे लाल रंग के मखमली फूल याद आ जाते। बचपन में मैं वे फूल अपने कोट पर लगाया करता था।

दो-तीन बार पुष्पा के बापू को भी मैंने देखा—दातून करते, जूड़ा बाँधते या गालियाँ बकते। उसकी मुझ पर कुछ ऐसी छाप पड़ी जैसे बरसात होकर हटी हो और पुराने गले हुए टीन के छप्पर पर से महीनों का सूखा बीट पानी के साथ गल-गलकर टपक रहा हो।

उस दिन दफ्तर से लौटते हुए मैं अड्डा नकोदर से फर्लांग-भर आया था जब मैंने लक्षित किया कि सफेद दाढ़ी वाला वह जाट मुझसे दो कदम हटकर साथ-साथ चल रहा है। मैं ज़रा तेज़ चलने लगा वह भी तेज़ चलने लगा। मैंने चाल धीमी कर दी। उसने भी चाल धीमी कर दी।

मुझे यह कभी सह्य नहीं कि मैं सड़क पर किसी के साथ-साथ चलूँ क्योंकि मैं जिसके साथ चलता हूँ, वह अपेक्षा करता है कि मैं उसी की तरह चलूँ और उसी की तरह सोचूँ। पर कोई मेरे साथ-साथ चले तो वह मुझे बहुत अच्छा लगता है, क्योंकि वह मेरी तरह चलता है और अपनी तरह सोचता है।

"कहाँ चल रहे हो, बाबूजी?" पुष्पा के बापू ने मेरा ध्यान अपनी ओर खींचने के लिए पूछा।

"मॉडल टाउन," मैंने इस अन्दाज़ में कहा कि वह जान ले कि मैं एक महत्त्वपूर्ण व्यक्ति हूँ और सिर्फ इसलिए पैदल चल रहा हूँ कि मुझे संध्या के समय पैदल घूमने का शौक है।

"हम भी वहीं चल रहे हैं। डॉक्टर गुरबख्श सिंह मदान को जानते हैं? वे हमारे ही गाँव के हैं। शहर में आकर हमारा उन्हीं के घर डेरा होता है" फिर पास आकर बोला, "चलो राह चलते एक से दो भले।"

मैंने कहना तो चाहा कि मेरे चलने में उसे भले ही लाभ हो, उसके साथ चलने में मुझे कोई लाभ नहीं, पर इसलिए नहीं कहा कि कहीं दोआबा का जाट जोश में आकर मेरे सिर का पंजाब न बना दे।

"आप इधर के ही हैं? जाट ने अब परिचय बढ़ाने की चेष्टा की।

"नहीं," मैंने उत्तर दिया।

"तो जालन्धर में कब से हैं?"

मैंने उचित समझा कि वह जितने सवाल पूछ सकता है, उन सबका उत्तर एक साथ ही उसे दे दूँ, जिससे उसकी जिज्ञासा पूरी शान्त हो जाए। इसलिए मैंने कहा कि मैं दो महीने से यहाँ हूँ। सेक्रेटरियट में असिस्टेंट सुपरवाइज़र हूँ। वेतन एक सौ बीस रुपया है। ऊपरी आमदनी हो जाने की आशा है। अभी ब्याह नहीं हुआ। लड़की देख रहा हूँ। पढ़ाई की चौदह जमातें पास की हैं। तरकारियों में मुझे गोभी पसन्द है। फलों में मैं आम पसन्द करता हूँ। हर इतवार को शरीर पर कड़वे तेल की मालिश करता हूँ। मेरी रोटी एक गढ़वाली पकाता है। उसकी उम्र चालीस साल है। मेरे बरतन उसकी लड़की मलती है। उसकी उम्र बीस साल है।

यह सब उसे सुनाकर मैंने मन में कहा कि पूछ ताऊ, अब क्या पूछता है?

पर जाट ने फिर भी पूछा, "क्यों जी, गढ़वाली ने अभी तक लड़की का ब्याह नहीं किया?"

यह हद थी! मगर मैंने धैर्य नहीं छोड़ा। सन्तोष-असन्तोष अपने घर की चीज़ है। पर पीठ का दर्द जाकर डॉक्टर को दिखलाना पड़ता है। मुझे अपनी आत्मा पर इस बात का गर्व है कि वह हवा का रुख देखकर फौरन तिरछी से सीधी हो जाती है। मैंने जाट का प्रश्न बिलकुल स्वाभाविक समझकर उसका स्वाभाविक-सा उत्तर दिया, "उसकी लड़की विधवा है।"

"अच्छा जी, विधवा है? फिर तो वह उसे दूसरी जगह बिठाएगा।"

मैं आधुनिक इतिहास का विद्यार्थी होता तो गढ़वाली से पूछ रखता कि वह अपनी लड़की को दूसरी जगह बिठाएगा या नहीं। पर इतिहास में मेरी रुचि तैमूरलंग की लड़ाई तक ही रही है, उससे आगे नहीं। फिर भी जाट को उत्तर देना आवश्यक था। उसकी मूँछों के बाल अँगड़ाइयाँ लेने लगे थे। मैंने रास्ता काटने की नीयत से कहा, "वह देख-भाल तो कर रहा है। आगे लड़की की तकदीर है।"

"लड़की देखने में अच्छी है?" जाट ने पूछा।

"देखने में अच्छी है और स्वभाव की भी मीठी है", मैंने इसलिए कहा कि कम से कम बात में तो थोड़ा रोमांस रहे।

"अच्छा जी!" जाट बोला, "सच पूछो तो सबसे बड़ा गुण यही है। काम अच्छा करती है?"

"काम में वह सुस्त है। हाँ, बातें बहुत करती है।"

"अच्छा जी!" जाट बोला, "रगों में जवानी हो तो काम नहीं सुहाता।"

उसकी टिप्पणी का मजा लेते हुए मैंने उसकी ओर देखा तो उसकी आँखों में भूखी बिल्ली की-सी जलन दिखाई दी। उसके होंठ बूढ़ी वासना की लार से गीले हो रहे थे। उसका रस-भंग करने के लिए मैंने रुककर जूतों को झाड़ा और कहा, "इन कच्चे रास्तों पर सरदारजी जूतों का तो कचूमर निकल जाता है।"

जाट ने मेरे अभिनय और शब्दों की ओर ध्यान नहीं दिया। अपनी ही धुन में कहा, "बाबूजी, आज आपके गढ़वाली से मुलाकात हो सकती है?"

"क्यों?" मैंने उसकी ओर देखकर पूछा। मुझे लगा कि वासना का लार चू-चूकर लम गया है और इन्सान के आकार में धरती पर रेंग रहा है।

"मुझे एक ज़मींदारनी की ज़रूरत है, बाबूजी!" जाट ने कहा। "मैं ज़मीदार हूँ। पास के गाँव में मेरी चार एकड़ जमीन है। पाँच एकड़ ज़मीन जिला करनाल में है। ब्याह कर दूँ तो मेरी देख-भाल करने वाला कोई नहीं है। घर में एक गाय

और दो भैंसे हैं। घरवाली आ जाए तो उनका चारापानी हो जाएगा और मेरी भी दो रोटियाँ हो जाएँगी।" फिर उसने मेरी बाँह पकड़कर मिन्नत के लहजे में कहा, "आपके गुण गाऊँगा सरकार, मेरा यह काम ज़रूर करा दीजिए।"

वह बोल रहा था तो उसके शब्दों की गूँज अपना अर्थ मुझे और तरह समझा रही थी। वह कह रही थी, "मुझे औरत के गर्म मांस की ज़रूरत है, बाबू जी! मैं चाहे बूढ़ा हूँ, पर मेरे अकेले के पास नौ एकड़ ज़मीन है। घर में गाय-भैसें हैं और सब-कुछ है, सिर्फ औरत ही नहीं है। मेरी अपनी हड्डियों पर गर्म मांस नहीं रहा, पर बूढ़ी हड्डियाँ गर्म मांस का चारा अब भी माँगती हैं। इनके लिए चारा चाहिए, सरकार जैसे भी हो सके इनके चारे का प्रबन्ध कर दीजिए।"

किसी तरह गला छुड़ाने के लिए मैंने कहा, "गढ़वाली पंजाबियों के साथ ब्याह नहीं करते, सरदारजी! उसका बाप उसे किसी गढ़वाली के घर ही बिठाएगा।" मेरी सुनकर जाट ढीला हो गया। उसकी मूँछों के बाल, जो अब तक अँगड़ाइयाँ ले रहे थे, सुस्त होकर बैठ गए। वह ठण्डी साँस लेकर बोला, "कहीं भी कामयाबी नज़र नहीं आती। लोग कहते थे कि रिफ्यूजी कैम्पों से मिल जाती हैं पर मैं सवा साल से चक्कर लगा-लगाकर हार गया, कोई नहीं मिली। डॉक्टर साहब ने एक पहाड़िन चार सौ में ठीक की थी, वह भी मेरी दाढ़ी देखकर मुकर गई।"

"पर तुमको तो घर की देख-भाल के लिए ज़रूरत है न, सरदारजी?" मैंने कहा, "एक नौकर क्यों नहीं रख लेते?"

"नौकर उतना काम नहीं दे सकता, बाबूजी! जमींदार का घर है। चार आने वाले, चार जाने वाले। फिर सेवा के लिए एक गाय, दो भैंसे। इतना कुछ तो घरवाली ही सँभाल सकती है।"

"तो तुम चाहते हो कि जवान लड़की आकर तुम्हारे गुर्दे भी दुरुस्त करे और तुम्हारी गाय-भैंसों का दूध भी दुहे?"

"वह क्यों दुहे सरकार? वह आराम से घर में बैठे। दूध दुहने को हम क्या मर गए हैं?"

यह आज़माने के लिए कि वह अपने को कहाँ तक सौदे में डालता है, मैंने उपदेश के रूप में कहा, "इस उम्र में कोई मिलेगी भी तो ऐसी ही मिलेगी सरदारजी, जो पहले कई घरों में घूम चुकी हो और जिसे दूसरा ठौर-ठिकाना न हो। ऐसी को घर में डाल लोगे?"

मैंने देखा, जाट की मूँछों के बाल फिर अँगड़ाइयाँ लेने लगे हैं। उसने आगे बढ़कर फिर मेरी बाँह पकड़ ली और बोला, "आपके पास है बाबूजी, ज़रूर आपके पास कोई है!"

मैंने नहीं सोचा था कि मेरे शब्दों का यह अर्थ भी निकल सकता है। थोड़ा भद्दा पड़कर मैंने स्पष्ट करने के लिए कहा, "यह मतलब नहीं सरदार जी, कि मेरे पास कोई है। मैं तो सिर्फ बात के लिए बात कर रहा हूँ।"

"नहीं बाबूजी, आपके पास ज़रूर कोई है", जाट ने विनय और अनुरोध के साथ कहा। "मेरी पगड़ी अपने पैरों पर समझो और मेरा काम करा दो। दो-चार सौ मैं आपके सिर से वार दूँगा—एक बार अपने मुँह से कह दो कि है।"

मैंने जाट को सिर से पैर तक देखा। उसकी भौहें सफेद हो रही थीं। आँखें छोटी होकर केवल दाग कर गई थीं। गालों का माँस लटक आया था। दाँत आधे टूट चुके थे। जो दाँत शेष थे, उनकी जड़ों में लहू रिस-रिसा रहा था। बोलते-बोलते उसका थूक दाढ़ी के सफेद बालों में फैल गया था और वह मुझसे विश्वास माँग रहा था कि मैं कह दूँ है—एक औरत है, जो उसके लिए चारा बन सकती है, जो अपना यौवन राँधकर उसे खिला सकती है, क्योंकि वह ज़मींदार है और उसके घर में एक गाय और दो भैंसे हैं, और उसकी हड्डियों में जितना ज़ोर है, उससे कहीं अधिक उसकी गाँठ में पैसा है।

"बोले नहीं बाबूजी?" जाट व्याकुल उत्सुकता के साथ बोला।

"मैं किसी को नहीं जानता सरदारजी," मैंने धीरे से उत्तर दिया।

मॉडल टाउन अब सामने ही था। पक्की सड़क पर जाकर मेरी नज़र पुष्पा पर पड़ी जो बरामदे में खड़ी अपने बापू की प्रतीक्षा कर रही थी।

मुझे फिर लाल फूल याद हो आए। मैंने जाट की ओर देखकर पूछा, "तुम अभी कुछ दिन तो हमारे पड़ोसी हो न, सरदारजी?"

"नहीं जी, हम कल अपने गाँव जा रहे हैं," जाट ने कहा। "यहाँ अब किसके भरोसे बैठे रहें? वहीं चलकर देख-भाल करेंगे। और नहीं तो बदले में ही कोई लड़की देखेंगे..."

"बदले में?" मैंने हैरान होकर पूछा।

"हमारे में यह रिवाज है, बाबूजी! बराबर का रिश्ता हो तो दो घर आपस में लड़कियाँ बदल लेते हैं। मैं जाकर अपने जैसा ही कोई घर देखूँगा।" मैंने देखा पुष्पा प्रतीक्षा कर रही है। बापू जो गाली देता है, वह गाली उसे नहीं लगती। पर बापू जो गाली नहीं देता, वह गाली उसे लग रही है।

खंडहर

सड़क की बत्तियाँ बुझ गईं।

बरफ के कारखाने का भोंपू स्वर में सुबह की चेतावनी देकर चुप हो गया।

अभी पहला कौआ भी नहीं बोला था कि किला भंगियाँ के चौराहे पर तिल कूटनेवालों का शब्द अपने निश्चित स्वर-ताल में गूँजने लगा—हियँः अः-अः! हियँः अः-अः! हियँ अः-अः!

छः गठे हुए गंदुमी शरीर, उनकी उभरी हुई पेशियाँ और चमकती हुई त्वचाएँ हाथों में उठते-गिरते मूसल, बीच मे कुटते तिलों का अंबार—ये सब और चारों तरफ की घुटी हुई हवा, सारा वातावरण ही बोल रहा था—हियँ अः-अः! हियँ अः-अः!

और तिलों का अंबार पसीज रहा था। वह कूटने वालों को रोटी देगा। आधी चाहे सूखी, चने की या छिलके की रोटी उन्हें ताकत देगी। ताकत पाकर वे फिर अन्नदाता को कूटेंगे। अन्नदाता उन्हें फिर रोटी देगा। वे उसे फिर कूटेंगे और सिलसिला चलता रहेगा।

उधर सड़क पर लेटा हुआ साँड़ जिसकी आजीविका भक्तों के खिलाए गोग्रासों से चलती थी, और जिसे इसके लिए सुबह-शाम नमक मण्डी तक के घरों का चक्कर काटना होता था, धीरे से अपनी टाँगों पर खड़ा हुआ, और पूँछ हिलाकर चलने के लिए तैयार हो गया।

तभी एक हरिकीर्तन करता वृद्ध गण्डानवाले बाजार की तरफ से आया। गोपुत्र को कान हिलाते देखकर उसने उसे प्रणाम किया। फिर बिना तिल कूटने वालों की तरफ देखे बिना उनकी जाँघों की मछलियाँ लक्ष्य किए, खाँसता, थूकता, खँखारता और साँस आने पर हरिकीर्तन करता बाबा बाँके बिहारी के मंदिर में चला गया।

उस सँकरी गली से, जिसका कोई नाम नहीं, और जिसकी नालियों की बदबू बाबा बाँके बिहारी के मंदिर के धूप-गुग्गुल की गन्ध में मिलकर एक नया संगम बनाया करती है, एक स्याही रँगे कपड़े वाली प्रौढ़ा अपनी हरे दोपट्टे वाली कन्या के साथ निकली। दोनों नंगे पाँव वहाँ से गुजरीं जहाँ एक अन्नदाता छिल रहा था, पिट रहा था और प्रसन्न हो रहा था। प्रौढ़ा ने देखा तो छः हिलते हुए शरीर थे और पसीना ही पसीना था। उसे घृणा हुई। युवती ने देखा तो युवा लहू चिकनी देहों से उबल रहा था। उसे सिहरन हुई। माँ-बेटी जल्दी-जल्दी बाबा बाँके बिहारी के मंदिर में चली गई।

शहर अमृतसर रात की नींद से जाग रहा था।

सत्तू हलवाई की दुकान अभी आधी खुली थी। उसका नौकर नगीना अपनी स्लेट जैसी कमीज से, जो जब सिली तब सफेद थी, और जब उसे मिली तब भूरी गंदगी या ठीक-ठीक उस रंग की थी जो इन्सान की मैल और बू से तैयार होता है, रात की मंजी हुई बाटियों को मटके के पानी से धो-धोकर पोंछ रहा था। राख मिला पानी लकड़ी के गले हुए फट्टे पर से फिसलकर धार के या बूँदों के रूप में गिरता हुआ उस बेंच को भिगो रहा था, जो सड़क पर ग्राहकों की सेवा और सुविधा के लिए रखी गई थी।

हलवाई के सामने की दुकान का भोलूशाह दस दिन की उसी सफेद दाढ़ी के नीचे पिचके हुए झुर्रीदार गालों को फैलाकर घंटा-भर चबाई दातून से अन्दर गले तक की झाग निकालने की कोशिश में परेशान होकर जोर-जोर से उबकार रहा था—आऽऽक्! आऽऽक्! आऽऽक्!

आऽऽक् आऽऽक् आऽऽक्! में वह गले, छाती और आसन का जोर लगा रहा था। उसका बाप भी इसी तरह करता था। बाप का बाप भी इसी तरह करता था। अमृतसर वह शहर है, जहाँ दातून करने की ही नहीं, थूकने-खुजलाने की भी विशेष शैली है और उस शैली का उस शहर जितना ही पुराना इतिहास है।

भोलूशाह के मुँह से लार निकल रही थी और सड़क पर झाड़ देते हुए भंगी की उड़ाई धूल उसके नासा-रंध्रों में जा रही थी। फिर भी भोलूशाह एकचित्त होकर जीभ और तालू का व्यायाम किए जा रहा था। उसकी कला कला के लिए थी।

धूल भोलूशाह के वक्त-खाए शरीर को ढककर आगे बढ़ी और भक्तों के उस समुदाय में पहुँच गई जो मंगला-दर्शन के लिए बाबा बाँके बिहारी के मंदिर की दहलीज के पास जमा जो रहा था। वृद्ध का शरीर मारे खाँसी के दोहरा हो गया। हरे दोपट्टे वाली लड़की ने मुँह एक तरफ हटाकर धूल से बचने की चेष्टा

की। उधर से उसे वृद्ध के मुखामृत का छींटा मिला। उसने मुँह दोपट्टे में छिपा लिया।

उधर सामने कुएँ की चर्खी पर एक लाल लंगोट वाले की गागर ने उषा का पहला राग छेड़ दिया।

पर अभी भगवान के दर्शन खुलने में देर थी। भगवान के पुजारी गोस्वामी नृसिंहदत्त ने छत की पिछली कोठरी में शरीर से कम्बल उतारा ही था। अस्त-व्यस्त अंगोछे को, जो सोने के समय उसका एकमात्र परिधान था, कसकर कमर से लपेटते हुए उसने मंगला का पहला मन्त्र पढ़ा, "चेतू, कहाँ मरा है रे?"

चेतू, जो नीचे लंगोट और ऊपर खादी की कमीज़ पहने साथ की कोठरी की दीवार के सहारे ऊँघ रहा था, गुरु की कर्कश आवाज़ सुनते ही अपने को झटकर सचेत हो गया और झुक-झुककर संस्कृत व्याकरण का पाठ करने लगा—"इको यणचि इकः स्थाने यण् क्यादचि परे सहितायां विषये...।

इधर आ रे यणचि के यण्! गोस्वामी नृसिंहदत्त ने मंत्र पूरा किया, "हुक्का भर जल्दी दे।"

बारह साल का चेतू तत्परता से उठ पड़ा। उसे मंदिर में रहते कई महीने हो चुके थे। वह पुजारी की गालियों से ही नहीं, उसकी मार से भी पूरी तरह परिचित था। गोस्वामी जब भी कोई धमकी देता, चेतू के दिमाग में एक भँवर-सा घूमने लगता। उसके मन में आता था कि गोस्वामी की नाक को पकड़कर इतना खींचे, इतना खींचे कि गोस्वामी का गणेश बन जाए, मगर उसका साहस नहीं पड़ता था क्योंकि गोस्वामी उसे रोटी देता था, कपड़ा देता था और सबसे बड़ी चीज विद्या देता था। रात को गोस्वामी उसे बड़ी रुचि के साथ अलंकार पढ़ाया करता था और हाथ से आकार बना-बनाकर बतलाया करता था कि इतने-इतने स्तनों वाली नारी को 'श्यामा' कहते हैं, और इतने-इतने स्तनों वाली नारी को 'पद्मिनी' कहते हैं। चेतू अभ्यास के तौर पर मंदिर में आने वाली युवतियों की छातियों की तरफ देखा करता था कि उनमें से कौन-सी 'श्यामा' है और कौन-सी 'पद्मिनी'। फिर वह कॉपी पर उन स्तनों की तस्वीरें बनाया करता था।

चेतू, जिसका असली नाम चेतनराम था, मोगा तहसील के एक छोटे-से गाँव का रहने वाला था। कुछ महीने पहले तक वह सतलुज के किनारे खड़ा होकर उस पार से आने वाले कबूतरों के झुण्डों को देखा करता था। उसे गहरे पानी की हल्की लहरों पर बादलों की घनी छायाएँ बहुत अच्छी लगा करती थीं। पर उसके चाचा ने एक दिन 'लघु सिद्धान्त कौमुदी' हाथ में देकर उसे शास्त्री प्रीतमदेव

के पास पढ़ाई के लिए अमृतसर भेज दिया। यहाँ आकर उसने जो दुनिया देखी, उसमें कबूतर बिजली के तारों पर बैठे रहते थे और बादल कभी आ जाते, तो पक्की छतों के ऊपर गरज-बरसकर और काले छातों को भिगोकर चले जाते थे। हाँ, गाँव में वह सिर्फ रात को ही 'हीर' और 'माहिया' के गीत सुना करता था, पर यहाँ दोपहर को भी, जब लाला लोग भल्ले, पकौड़ी और तले हुए बेसन के साथ रोटी खाकर विश्राम के लिए लेटते, तो चारों तरफ से रेडियों पर दर्द-भरे फसाने सुनाई देते रहते थे।

चेतू ने जब तक हुक्का भरकर गोस्वामी को दिया, तब तक शास्त्री प्रीतमदेव की आँख भी खुल गई थी। शास्त्री प्रीतमदेव का मंदिर में वही स्थान था जो घरों में उस पुराने बर्तन का होता है जिसमें कई साल तक पानी पिया जा चुका हो और जिसी सतह में अब जगह-जगह सूराख हो गए हों। उसने लगातार बारह साल तक मंदिर में रहकर ज्योतिष और मीमांसा का अध्ययन किया था और उसका वह सारा ज्ञान इस काम आता था कि दोनों समय ठाकुर जी के सामने शंख और घण्टी बजाया करे।

गोस्वामी हुक्का गुड़गुड़ाता और विष्णु-सहस्त्र-नाम का पाठ करता हुआ अपनी कोठरी से बाहर निकला। उसे आते देखकर शास्त्री प्रीतमदेव भी धीरे-धीरे गुनगुनाने लगा–

"जय हनुमान ज्ञान गुन सागर।
जय कपीश तिहुँ लोक उजागर।"

गोस्वामी अपना पाठ अधूरा छोड़कर, हुक्का जमीन पर रखता हुआ शास्त्री प्रीतमदेव के पास आकर बैठ गया। उसके पास आ बैठने से शास्त्री की आवाज बन्द हो गई, "सिर्फ उसके होंठों का हिलना जारी रहा।

मिनट-दो-मिनट चुप रहने के बाद गोस्वामी ने मुलायम आत्मीयता-भरे स्वर में पूछ लिया, "रात कितने बजे लौटकर आए थे?"

शास्त्री के होंठ कुछ देर और चुपचाप हिलते रहे। पाठ पूरा करने के बहाने थोड़ा अवकाश लेकर उसने हवा को माथा नवाया, और गोस्वामी की घूरती-आँखों से बिना आँखें मिलाए उत्तर दिया, "नौ बजे, गुरुजी!"

शास्त्री प्रीतमदेव गोस्वामी को 'गुरुजी' कहा करता था क्योंकि किताबी विद्या चाहे उसने गागरमल विद्यालय में पाई थी, पर असली विद्या उसे भी गोस्वामी से ही मिली थी।

"दस-ग्यारह बजे तक तो मैं ही जाग रहा था।" गोस्वामी ने सहज स्वर में कहा कि जिसका मतलब था कि जा, एक झूठ माफ किया, अब और झूठ बोलने की कोशिश मत करना।

"तो ज़रा देर हो गई होगी!" अब भी शास्त्री ने गोस्वामी से आँखें मिलाने का साहस नहीं किया।

"रंगवाला सेठ भगत आदमी है।" गोस्वामी असली बात पर आ गया। "खिलाया-पिलाया तो उसका पूछना ही क्या है!"

और गोस्वामी ने उसे सीधी नज़र से देखा। रात को रंगवाले सेठ बिशनदास की लड़की का ब्याह था। जाना वहाँ गोस्वामी को खुद ही था क्योंकि वह रंगवाले सेठों का कुलपुरोहित था, पर कल शाम को उसके शरीर में हवा का दौरा बढ़ गया था जिस वजह से ही उसे रात को ग्यारह बजे नींद की गोली खाकर सो जाना पड़ा था, नहीं तो ये सवाल-जवाब वह रात को ही कर चुका होता।

शास्त्री प्रीतमदेव अभी तक उससे आँखें चुरा रहा था। उसने गोस्वामी के सवाल का छोटा-सा जवाब दिया, "बड़ा सुन्दर भोजन बना था!" फिर उसने दरवाजे की तरफ देखते हुए कहा, "गुरुजी, मंगला-दर्शन कितनी देर में खोलने हैं?"

"अरे, खुल जाएँगे मंगला-दर्शन," गोस्वामी ने अपनी अधीरता दबाने की चेष्टा करते हुए कहा, "यह बता कि सेठ ने दिया क्या-क्या है?"

शास्त्री प्रीतमदेव थोड़ा हिचकिचाया। मगर, गोस्वामी की ब्रह्मतेज-भरी आँखों ने उसे झूठ नहीं बोलने दिया। उसने होंठों पर ज़बान फेरकर कहा, "इक्कीस रुपए...।"

"और?"

"और..." शास्त्री ने शब्दों को ज़रा लम्बा करते हुए कहा, "...एक कपड़ा।"

"क्या कपड़ा"

"धो...दोशाला।"

"और कुछ नहीं?"

"नहीं।"

"देखूँ, कहाँ है?"

"अभी दिखाऊँ?"

"और कोई मुहूर्त निकलवाना है?"

शास्त्री न चाहता हुआ भी उठा, और पिछले कोने में रखे घिसे-पुराने संदूक की घिसी-पुरानी ताली को उसने ठोंक-पीटकर खोला। संदूक के अन्दर से अपना

अंगोछा निकालकर उसने माथे का पसीना पोंछा, फिर संदूक के अन्दर ही हाथों से कुछ कारसाज़ी करने लगा, जब गोस्वामी उसके सिर पर आ खड़ा हुआ। गोस्वामी के सिर पर आ जाने से वह दोशाले की तह में रखी धोती और धोती की तह में रखे रेशमी रूमाल को छिपा नहीं सका।

"साले, झूठ बोलता था?" गोस्वामी ने शास्त्री की खोपड़ी पर धौल जमाकर कहा, और कपड़े उससे लेकर बोला, "ला, रुपए भी निकाल।"

"रुपए भी क्या मेरे नहीं हैं, गुरुजी?" शास्त्री का नपुंसक साहस पहली बार बोला।

"तेरे नहीं, तेरी..." और वाक्य को अधूरा छोड़कर गोस्वामी आगे बोला, "तू रंगवाले सेठों का जमाई है न! वे भगवान के जीव हैं, सो भगवान के निमित्त दे देते हैं। तू साले, रोज़ भगवान के घर में नारंगियाँ-केले खाता है, दूध-दही भक्षण करता है, फिर भी तेरी तृष्णा नहीं मरती? यहाँ अब देनेवाले रहे कितने हैं? जो आता है, मुफ्त में ही भगवान के दर्शन करके चला जाता है। ला निकाल, रुपए कहाँ हैं!"

शास्त्री प्रीतमदेव ने संदूक में रखे अपने एकमात्र कोटी की जेब में हाथ डालते हुए कहा, "दो रुपए तो मुझसे गुरुजी खर्च हो गए हैं।"

"खर्च हो गए हैं? कहाँ खर्च हो गए हैं?"

शास्त्री ने जेब से उन्नीस रुपए दो आने निकालकर गोस्वामी की तरफ बढ़ा दिए, और ज़मीन की तरफ देखते हुए कहा, "सिनीमा चला गया था।"

"सिनीमा चला गया था!" गोस्वामी ने रुपए उससे लेते हुए कहा, और उसकी खोपड़ी पर एक और धौल जमाकर दोहराया, "सिनीमा चला गया था।"

गोस्वामी अब अपनी कोठरी की ओर जाने के लिए मुड़ा, तो शास्त्री ने पीछे से दीन स्वर में कहा, "मेरे पास एक भी धोती नहीं है, गुरुजी!"

"यह जो पहने है, यह धोती नहीं है?" गोस्वामी ने उसे कुत्ते की तरह दुत्कारा।

"यह तो बिलकुल फट गई है, गुरुजी! यह आज वाली नहीं, तो वह पारो वाली धोती ही दे दीजिए।"

गोस्वामी रुक गया। पारो का नाम लेकर शास्त्री ने जैसे उसे चुनौती दे दी थी कि एक धोती दे दो, हाँ, वरना...।

"कौन-सी पारो वाली धोती?" गौस्वामी ने फीकी पड़ती उग्रता के साथ पूछा।

शास्त्री की नाभि के पास से मुसकराहट उठी जिससे उसकी छाती फूल गई। पर उसका गला इतना खुश्क हो रहा था कि मुसकराहट होंठों तक नहीं आ पाई।

"पता नहीं...उस दिन पारो कह रही थी...।"

"क्या कह रही थी तुझसे पारो?"

शास्त्री को गोस्वामी का फीकापन देखकर फिर मज़ा आया। पर मज़े का स्वाद उसके होंठों पर नहीं फैला, उसकी आँखों में भर गया।

"कहती थी, वह मेरे लिए एक धोती लाई थी, पर आपने वह पहले देख ली, इसलिए..."

"तो वह राँड तेरे साथ भी...!" और यह 'भी' कहकर गोस्वामी ने महसूस किया कि उसने लीद कर दी है। बिना बात को आगे बढ़ाए उसने हाथ की धोती शास्त्री को दे दी और कहा, "तुझे धोती चाहिए, सो ले ले। पर पारो ठगनी की बातों पर तू विश्वास मत किया कर।"

धोती लेकर शास्त्री के मन में इतना आनन्द उमड़ा कि विभोर होकर वह फटे स्वर में गाने लगा, "प्रभुजी मोरे अवगुन चित न धरो।"

नीचे मंदिर की दहलीज़ के पास भक्तों की भीड़ काफी बढ़ गई थी। कुछ धोती-कुर्ते और पगड़ी वाले सज्जन थे, कुछ धोती और दोपट्टे वाली देवियाँ थीं, दो-एक तिल्ले-किनारे की साड़ी वाली नई ब्याहताएँ थी, दो-एक खुले आम और काली गोल टोपी वाले नौजवान थे, एक खुली शिखा वाला ब्रह्मचारी था, एक सोने के बटनों वाला पहलवान था, और आठ-दस—'भगवान के अपने ही रूप'—छोटे-छोटे बच्चे।

बाहर सड़क पर अखबार बेचनेवाले चिल्ला रहे थे—"मिलाप, प्रताप, ट्रिब्यून अखबार। अजीत पढ़िए, वीरभारत—ताज़ा-ताज़ा खबरें!"

"अमरीका में हाइड्रोजन बम बनने शुरू हो गए!"

"सरहिन्द के नज़दीक गाड़ी उलट गई!"

"पाकिस्तान ने लड़कर कश्मीर लेने की धमकी दे दी!"

और मंदिर के बाहर सत्तू हलवाई की दुकान पर लस्सी पीनेवालों का जमघट लस्सी के साथ-साथ सत्तू की बातों का मज़ा ले रहा था! सत्तू मोटे किशनचन्द से, जो इस समय अपने मोटे होंठों से लस्सी अन्दर खींच रहा था, और मन्दिर के अन्दर जाने-वाली हर आकृति को घूर रहा था, कह रहा था, 'रौनकें देख रहे हो, लाला जी? देखो, देखो बाहर से ही भगवान के दर्शन करो। भगवान कोई न कोई फल ज़रूर देगा।"

बिशनदास को मुसकराते छोड़कर सत्तू ठिगने कद के मुनीम गुरांदित्तामल से बोला, "लाला गुरांदित्ताजी! दूर क्यों खड़े हो? इधर आओ बादशाहो! आज बीवी ने कितनी लस्सी पीने को कहा है? आधा सेर की या तीन पाव की?"

और गुरांदित्तामल को खीस निपोरते छोड़ वह मोटे मोहनलाल से बोला, "क्यों मोहनलाल जी, मछलियाँ गिन रहे हो भगवान के तालाब की? कितनी हैं? तुम जाल फेंकोगे जो उसे मगरमच्छ ही ले जाएँगे। अरे यार, कुछ तो भगवान की शरम करो। इधर आओ, लस्सी पियो।

सामने भोलूशाह 'किटकिट' रेवड़ियाँ काट रहा था। उसके साथ का नत्थू पंसारी मिर्चे कूट रहा था। चौराहे की दूकान पर तिल कूटने वाले अब भी उसी तरह तिल कूट रहे थे–हियँः अः-अः! हियँ अः-अः!

नत्थू पंसारी मिर्चों की गन्ध से दो-एक बार छींका। भोलूशाह ने चाकू से अपनी उँगली काट ली। लाला बिशनदास लस्सी का गिलास आधा पीकर और आधा दुम हिलाती बिल्ली के लिए छोड़कर जल्दी-जल्दी मंदिर के अन्दर चला गया, क्योंकि दो सुन्दर लड़कियाँ उस समय अन्दर जा रही थीं।

मुनीम गुरांदित्तामल भी जल्दी-जल्दी लस्सी गले में उंडेलने लगा, क्योंकि उसकी धर्मपत्नी बंसो घर से तैयार होकर आ गई थी, और बंसो का आदेश था कि वह दोनों समय नहीं तो कम से कम एक समय ठाकुर जी के दर्शन किया ज़रूर करे।

जब गुरांदित्तामल अपनी धर्मपत्नी के साथ मंदिर के अन्दर चला गया तो सत्तू और मोहनलाल एक-दूसरे की आँखों में देखकर मुसकराए।

"भगवान बड़ा कारसाज़ है", सत्तू ने कहा। मोहनलाल ने पलकें झपककर इसका अनुमोदन किया।

मोहनलाल ने पलकें झपकाकर स्वीकृति दी।

"भाव वही पिछला ही है!" सत्तू ने उसी तरह कहा।

मोहनलाल ने फिर उसी तरह पलकें झपकाकर स्वीकृति दी। फिर वह भी किसी तरह अपने शरीर को धकेलता और काले माथे के नीचे जड़ी लाल आँखों से नाक की सीध में देखता हुआ मंदिर के अन्दर चला गया, क्योंकि पुजारी ने किवाड़ खोल दिए थे और ठाकुर जी के जागने की घण्टी बजा दी थी।

आदमी और दीवार

और सत्ते की आँखें छत, फर्श और खिड़कियों से घूमती हुई फिर उस दीवार पर आकर अटक गईं।

उस लकड़ी की दीवार का एक अपना ही व्यक्तित्व था। जगह-जगह उस पर कीलों और चाकुओं से तरह-तरह की लिपियाँ खोदी गई थीं। शब्दों की आकृतियाँ कुछ ऐसी थीं कि कहीं तो ऐसा लगता था कि दीवार मुसकरा रही है और कहीं लगता था कि मुँह बिचका रही है। पिछले कई वर्षों में जो-जो किरायेदार उस घर में आकर रहे थे, उनमें से कई एक अपने अस्तित्व का लेखा-जोखा उस दीवार पर छोड़ गए थे। दीवार के एक कोने में गहरे फारसी अक्षरों में खुदाई की गई थी—"शीरीं मुमताज़ उर्फ मुमताज़ महल" उसके सामने के कोने में—जैसे साम्प्रदायिक हिसाब-किताब बराबर रखने के लिए—किसी ने बहुत बाद में देवनागरी अक्षरों में अपना नाम खोद दिया था—"दम्मो अर्थात् दमयन्ती"। दीवार के बीचोंबीच किसी ने डेढ़ फुट रकबा घेरकर अपना नाम जोड़ दिया था—"बिल्लू।" उसके नीचे बाद में किसी और ने तिरछे अक्षरों में जोड़ दिया था—"उर्फ ब्लू ब्लैक।" एक जगह पहले जैसे फारसी अक्षरों में लिखा था—"मैं अपनी रूह यहीं छोड़े जा रही हूँ—शीरीं मुमताज, 13-8-47।" उसके डेढ़ महीना बाद 30-9-47 को किसी ने उसके नीचे अपनी स्वीकृति लिख दी थी—"बहुत-बहुत मेहरबानी, शुक्रिया।" दीवार के उस भाग में, जो दरवाजे के चौखट से जा मिला था, किसी ने बहुत जल्दी में, जैसे चलते-चलते लिखा था—"मुझे तुमसे मुहब्बत है।" उसके नीचे टिप्पणी की गई थी—"मेरी जान, आप नर हैं या मादा?"

इनके अलावा और भी कई तरह की लिपियाँ थीं—कुछ अस्पष्ट और उलझे हुए नाम, कुछ आड़ी-तिरछी लकीरें और कुछ अनिश्चित-सी आकृतियाँ, जिनके तरह-तरह के अर्थ निकल सकते थे। जाने कब-कब, किस-किसने, किस-किस उद्देश्य

से वे आकृतियाँ बनाई थीं। एक गोल चेहरा था जो चेहरा न होकर किसी जानवर का पेट भी हो सकता था। एक ऊदबिलाव की आँख थी जो सारी दीवार पर अपनी मनहूस छाया डाले थी और एक गहरा ज़ख्म था, जो दीवार को छीलने के असफल प्रयास में वहाँ बन गया था...।

सत्ते को न जाने क्यों उस दीवार से चिढ़ हो रही थी। उसकी आँखें जब-जब उन शब्दों और आकृति पर पड़ती थीं, एक अव्यक्त-सी झुरझुरी उसके शरीर में भर जाती थी। दीवार की एक-एक लकीर में उसे कुछ रहस्य दिखाई देने लगता था और उसका मन होता था कि किसी तरह वे सब लिपियाँ मिट जाएँ और यह दीवार फिर से कोरी हो जाए। कम से कम उस मनहूस आँख को तो वह ज़रूर वहाँ से मिटा देना चाहता था जो उसे लगातार अपनी ही तरफ घूरती हुई लगती थी। जाने किस की आँख थी वह, और क्यों वहाँ बनाई गई थी!

उस आँख को सामने से हटाने के लिए ही वह चारपाई से उठकर खिड़की के पास चला गया। नीचे गली में कोई हलचल नहीं थी—जो बच्चे दिन-भर वहाँ खेला करते थे और जिनकी वजह से अक्सर वह परेशान हो उठता था, वे भी उस समय वहाँ नहीं थे। सामने घर की टूटी हुई नाली का पानी ही आवाज़ के साथ गली में गिर रहा था जिससे गली बिलकुल निर्जीव नहीं लगती थी। पास ही कूड़े का ढेर था जो एक चिमगादड़ की तरह अपनी जगह से चिपटा हुआ था।

जीने पर पैरों की आहट और प्याली में चम्मच हिलाने की आवाज़ ने उसका ध्यान गली से हटा दिया, मगर वह खिड़की के पास से नहीं हटा। वह यह नहीं जतलाना चाहता था कि उसने वह आवाज़ सुनी है, या उसे किसी के कमरे में आने का पता है। उसे उस आवाज़ में एक चुनौती, एक अवज्ञा-सी महसूस हो रही थी—जैसे कि वह आवाज़ केवल उसे दुखाता और हीन करना चाहती हो। कुछ क्षण वह आवाज़ थोड़े फासले पर रुकी रही, फिर उसके कानों के बहुत पास आ गई।

"चाय ले लीजिए...।"

उसने घूमकर देखा कि राजो चाय की प्याली लिए सिर झुकाए खड़ी है, उसकी आँखें रो-रोकर सूज गई हैं और उसके चेहरे पर स्याह झाइयाँ-सी पड़ गई हैं। वह जैसे बहुत कठिनाई से अपनी आवाज़ को सँभाले हुई थी। सत्ते पलभर उसे देखता रहा और फिर चुपचाप जाकर चारपाई पर बैठ गया।

"चाय ले लीजिए", राजो ने उसके पास जाकर फिर कहा।

"तुझसे किसने चाय लाने को कहा है?" सत्ते को खुद लगा कि उसकी आवाज़ जरूरत से ज्यादा तीखी है।

"बी जी ने कहा कि आपकी चाय का वक्त हो गया है...।"

"वक्त हो गया है, तो वे आप आकर चाय नहीं दे सकती थीं?"

"उन्होंने मुझसे कहा था कि मैं दे दूँ," कहते हुए राजो ने चाय की प्याली खिड़की के पास के आले में रख दी और चुपचाप नीचे को चल दी।

"सुन!" वह दलहीज लाँघने लगी, तो सत्ते लगभग चिल्लाकर बोला। राजो रुक गई और बिना कुछ कहे आँखें झुकाए वहीं खड़ी रही।

"तेरा रोना अभी बन्द होगा कि नहीं।"

राजो की आँखें पल-भर के लिए एक चमक आ गई और उसकी गरदन तन गई।

"मैं रो कहाँ रही हूँ?" उसने कहा।

"रो नहीं रही, तो मैं क्या यूँ ही बक रहा हूँ? मुझे तेरी आँखें नज़र नहीं आती?"

राजो की आँखों की चमक थोड़ी बढ़ गई और उसने अपना होंठ काट लिया।

"बोलती क्यों नहीं?" सत्ते फिर गरजा। "किसी की बात का तुझ पर कुछ असर भी होता है?"

राजो की आँखें उसके चेहरे से हट गईं और वह दहलीज़ लाँघकर सहसा नीचे को चल दी।

"सुन!" सत्ते गुस्से के मारे चारपाई से उठ खड़ा हुआ। "मैं यह चाय नहीं पिऊँगा।"

"राजो बिना कुछ कहे जीने से नीचे उतर गई।

"मैं कह रहा हूँ यह प्याली यहाँ से उठाकर ले जा।" सत्ते मारे गुस्से के बेहाल-सा होकर बोला। मगर राजो तब तक नीचे पहुँच चुकी थी। वह भन्नाता हुआ आले के पास पहुँचा। प्याली उठाकर कुछ पल हतप्रभ-सा चाय को देखता रहा, फिर झटके से चाय उसने नीचे गली में फेंक दी। मन हुआ कि प्याली को भी साथ ही पटक दे, मगर प्याली की कीमत का ध्यान आ जाने से उसने हाथ रोक लिया। फिर जीने के पास जाकर उसने जोर से कहा, "किसी को मेरे पास ऊपर आने की ज़रूरत नहीं। मुझे आज चाय या खाना कुछ भी नहीं चाहिए। खामखाह सब लोग दिन-भर मुझे परेशान करते रहते हैं...!"

कमरे में आकर उसने ज़ोर से दरवाजा बन्द कर लिया। चारपाई पर बैठते ही दीवार की लिपियाँ फिर उसके सामने आ गईं—“मैं अपनी रूह यहीं छोड़े जा रही हूँ—शीरी मुमताज़, 13-8-47।” “मेरी जान, आप नर हैं या मादा?” बी.आई.एल.एल.यू. और वह ऊदबिलाव की आँख।

वह दीवार जाने कितने साल पुरानी थी। कई जगह उसकी लकड़ी को घुन लग गया था। जब वह मकान बना था, न जाने वह दीवार तब साथ ही बनी थी, या बाद में किसी किरायेदार ने अपनी सुविधा के लिए लकड़ी का पार्टिशन डलवाकर उस बड़े कमरे को दो हिस्सों में बाँट लिया था। तख्तों के बीच की दरारों से साथ के हिस्से की रोशनी नज़र आती थी। वह हिस्सा अब घर का फालतू सामान रखने के काम में आता था। जाने क्या-क्या चीज़े वहाँ जमा थीं! खाली बोतलें, पुराने पीपे, फटे हुए बोरे, टूटी हुई कुर्सियाँ, और कई तरह की टोकरियाँ, दरातियाँ, कठौते और टीन का एक हमाम जो बरसों से पानी गरम करने के काम नहीं आया था। वह हिस्सा जैसे एक छोटा सा कब्रिस्तान था, जहाँ कितनी ही चीज़ें अपने पुराने इतिहास को अपने में समेटे न जाने कितने अरसे से दफन थीं। और इस हिस्से को उस हिस्से से अलग करती थी लकड़ी की वह दीवार...!

“दम्मो अर्थात् दमयन्ती...!”

यह दम्मो कौन थी? उसने अपना नाम दीवार पर क्यों लिखा था? वह उस घर में किन दिनों रहती थी? उसकी शक्ल-सूरत कैसी थी? उम्र कितनी थी? अब वह कहाँ होगी? आज अगर आकर वह इस दीवार पर अपना नाम लिखा हुआ देखे, तो क्या उसे खुशी होगी? या उसके मुँह से उदासी की एक लम्बी साँस निकल पड़ेगी? ...और यह बिल्लू, यह उस घर में कब रहता था? उसे अपना नाम लिखने के लिए डेढ़ फुट रकबे की ज़रूरत क्यों पड़ी थी? क्या वह इससे अपने शरीर के लम्बे-चौड़े डीलडौल को व्यक्त करना चाहता था, या अपने ठिगनेपन को छिपाना था? और जिसने उसके नाम का अर्थ ब्लू ब्लैक कर दिया था, उसे उस बिल्लू से क्या चिढ़ थी?...और शीरीं मुमताज? उसके सम्बन्ध में इतना तो निश्चित था कि वह विभाजन से पहले उस घर में थी—विभाजन से दो दिन पहले तक थी। क्या वह घर उसने 13-8-47 को ही छोड़ा था? कैसे छोड़ा था? और उसने यह क्यों लिखा था कि वह अपनी रूह यहीं छोड़े जा रही है! ‘जाने’ से उसका क्या अभिप्राय था? उस घर से, उस शहर से जाना था...? ‘शीरीं मुमताज़ उर्फ मुमताज महल!’ वह लड़की अपने को मुमताज़ महल क्यों समझती थी? क्या

उसके जीवन में भी कोई ऐसा व्यक्ति था जिससे उसे आशा थी कि वह उसके बाद उसके लिए एक ताजमहल बनवाएगा या वह दीवार ही उसका ताजमहल थी?

सत्ते ने होंठों को गीला किया और अपने घुँघराले बालों में हाथ फेर लिया। उसे लग रहा था कि कोई बहुत बड़ी बात उसके मन में घुमड़ रही है, जिसे यदि वह बाहर व्यक्त कर सके, तो वह महान रचना का रूप ले सकती है। कितनी ही बार ऐसी बातें उसके मन में आती थीं, जिनसे वह सहसा चमत्कृत हो उठता था, परन्तु जिन्हें बाहर व्यक्त करने का उसे अवसर ही नहीं मिलता था। यदि वह अपने मन की सब बातें लिख सकता, तो आज कितना बड़ा लेखक होता! दुनिया में उसकी कितनी कद्र होती! लोगों के उसके नाम कितने-कितने पत्र आते! वह जिधर से जाता, लोगों की आँखें उसकी तरफ उठ जातीं और लोग पास आकर उसके हस्ताक्षर माँगते! मगर जाने क्या बात थी कि जब वह लिखना चाहता था, तो उसके मन की बात कागज पर उतरती ही नहीं थी। हर बात जो मन में उमड़ती हुई बहुत बड़ी और महत्त्वपूर्ण लगती थी, कागज़ पर लिख देने से बहुत फीकी-सी हो जाती थी। कम से कम हरीश उसकी लिखी हुई चीजों को पढ़कर ऐसा ही भाव दिखलाता था जैसे उनमें कुछ भी सार न हो! कभी-कभी उसे लगता था कि हरीश केवल ईर्ष्या के कारण ही ऐसा करता है, उसकी व्यंग्यपूर्ण मुस्कराहट उसकी अपनी हीनता को ही प्रमाणित करती है! अन्यथा कभी तो हरीश ने उसकी किसी चीज़ की प्रशंसा की होती! एक तरफ वह था जो किसी ज़माने में हरीश की लिखी हुई रद्दी से रद्दी चीज़ को पढ़कर भी उसकी प्रशंसा किए बिना नहीं रहता था, और दूसरी तरफ वह आदमी—हरीश—जिसके पास उसके लिए सिवाय एक व्यंग्यपूर्ण मुस्कराहट के कुछ नहीं था। क्या इसका कारण इतना ही नहीं था कि उस आदमी को अपनी सतही सफलता का बहुत गुमान था? उसकी सफलता सतही सफलता ही तो थी! उसकी रचनाओं में गहराई कहाँ थी? उस बार एक समीक्षक ने किस बुरी तरह उसकी खबर ली थी? बखिए उधेड़कर रख दिए थे! बाद में लोगों से मिल-मिलाकर किसी तरह अपनी प्रशंसा लिखवा ली, तो फिर दिमाग आसमान पर चढ़ गया! आज वह स्वयं इस आदमी की रचनाओं की समीक्षा लिखे, तो एक-एक को रूई की तरह धुनकर रख दे! मगर लिखने की तो अब आदत ही छूटती जा रही है। दरअसल दिमाग काम की वजह से इतना थका रहता है कि लिखना-लिखाना उससे नहीं हो पाता। पहले घर में शब्दकोश लेकर अँग्रेज़ी की कविताओं से माथापच्ची करो, फिर जाकर तीन घण्टे कॉलेज में उनके

अर्थ लड़कों को बताओ। अगर साथ में रोटी कमाने की फिक्र न होती, और इतनी थकान न रहा करती, तो वह आज तक प्रतिष्ठित लेखक न माना जाता! यूनिवर्सिटी की परीक्षाओं में वह सदा सर्वप्रथम नहीं रहा था? वह कितनी व्यवस्था से अपना काम किया करता था जबकि हरीश उन दिनों ठीक से काम न करने की वहज से अध्यापकों के ताने ही सुना करता था। अब हरीश आवारा किस्म की ज़िन्दगी बिताता है, नौकरी-औकरी नहीं करता, इसलिए लोग भी सोचने लगे हैं कि उसमें शायद कुछ विशेषता होगी ही। इस देश में लिखने वाले लोग हैं ही कितने! जो चार पंक्तियाँ लिख लेता है, वही अपने को लेखक समझने लगता है। और देशों में इस तरह के लोगों की बात भी नहीं पूछी जाती।

उसने उठकर अलमारी खोली और सिगरेटों का डिब्बा निकाल लिया। वे 'थ्री कासल्ज; के सिगरेट उसने खास-खास मौकों पर पीने के लिए रखे थे। जब कभी मन बहुत परेशान होता था, तो वह उस डिब्बे को निकाल लिया करता था। उसने एक सिगरेट निकालकर ढीले-ढाले ढंग से मुँह में लगाया और जली हुई माचिस को क्षण-भर देखते रहने के बाद उसे सुलगा लिया। मुँह से धुआँ निकला, तो उसे लगा कि उसकी लचक में एक विशेषता है, जो वही पैदा कर सकता है। यह लचक उसके अन्दर की कलात्मकता का प्रमाण है। यदि इस कलात्मकता को सही मार्ग देने के लिए वह समुचित प्रयत्न भी कर पाता...।

''बी.आई.एलू.एलू.यू. बिल्लू–उर्फ ब्लू ब्लैक!''

सत्ते का चेहरा हँसी से फैल गया। उसे लगा कि उसे हरीश का वर्णन करना हो, तो वह कुछ ऐसे ही ढंग से करेगा। बिल्लू उर्फ ब्लू ब्लैक! उसने कठिनाई से अपनी हँसी को गले में रोके रखा। वह नहीं चाहता था कि हँसी की आवाज़ नीचे सुनाई दे, जिससे घर के लोग सोचें कि उसका गुस्सा उतर गया है। गुस्से की बात सोचने पर उसकी हँसी सचमुच गायब हो गई और उसके माथे पर लकीरें पड़ गईं, उसी आदमी की वजह से तो आज उनके घर में यह स्थिति पैदा हुई थी! कितना अच्छा होता जो कभी उसकी उस आदमी से दोस्ती न हुई होती और न ही वह उसे अपने घर में लाया होता!

आज उस आदमी की वजह से ही तो उसने राजो को पीट दिया था। आज दिन चढ़ा ही ऐसा मनहूस था कि सुबह से ही उसका सिर भन्नाया हुआ था। नींद खुलने पर उसे जो चाय मिली वह इतनी कड़वी थी कि मुँह के साथ-साथ दिमाग का जायका भी बिगड़ गया। जीने के नीचे जाते हुए एक पैड़ी से पाँव फिसल गया, जिससे बाईं कुहनी में चोट आ गई। उस पैड़ी की मरम्मत के लिए

वह कई दिनों से घर में सबसे चिल्ला-चिल्लाकर कह रहा था। उसके बाद नहाकर कंघी करते हुए सहसा उसकी नज़र उस पिटारी पर पड़ गई जिसमें कुछ चिट्ठियाँ एक रेशमी रूमाल में लपेटकर रखी हुई थीं। राजो के ट्रंक के बाहर वह पिटारी खुली हुई पड़ी थी—शायद उसे खोलने के बाद राजो को किसी काम से बाहर बुला लिया गया था और वह उसे वापस ट्रंक में रखना भूल गई थी। चिट्ठियों को देखने की ज़्यादा उत्सुकता उसे इसलिए हो आई थी कि उन अक्षरों की बनावट को वह अच्छी तरह पहचानता था। एक वक्त था जब हर दूसरे-तीसरे दिन उसे हरीश की चिट्ठी आया करती थी। वह उसकी हर चिट्ठी बहुत चाव के साथ घर के सब लोगों को पढ़कर सुनाता था। उन दिनों हरीश की उससे नई-नई मित्रता हुई थी और वह घर में उस आदमी की बहुत प्रशंसा किया करता था। यह शायद इसी का फल था कि आज उसे अपनी बहन को—उसी बहन को जिसे कभी न जाने कितने लाड़-प्यार से वह अपने कन्धों पर उठाए घूमा करता था—इस बुरी तरह पीट देना पड़ा था। राजो से उसने यह आशा नहीं की थी कि वह उसके सामने इस तरह धृष्टता करेगी...!

खुली हुई पिटारी के पास खड़ा होकर वह पल-भर स्तब्ध भाव से उन अक्षरों को देखता रहा था—यहाँ तक कि पल-भर के लिए उसे लगा था कि उसकी आँखों के सामने अँधेरा छा रहा है। न जाने क्या-क्या अकल्पित विचार एक साथ उसके मस्तिष्क में कौंध गए थे। वह व्यक्ति कब से राजो के नाम चिट्ठियाँ लिख रहा था? राजो क्यों उन्हें इस तरह सँभालकर रखे हुए थी? क्या उन दोनों के बीच किसी तरह की घनिष्ठता स्थापित हो चुकी थी? कुछ अरसा पहले एक बार हरीश उसकी अनुपस्थिति में उस घर में आया और दो-एक दिन वहाँ रहा भी था! उन दिनों उस आदमी ने उसकी अनुपस्थिति का कोई अनुचित लाभ तो नहीं उठाया? यह क्या उसका अपना ही दोष नहीं था कि उसने ऐसा मौका आने दिया जब कि वह जानता था कि घर में राजो के पास बूढ़े माँ-बाप के सिवा कोई नहीं है और वे दोनों लड़की को लाड़ लड़ाने किसी भी हद तक जा सकते हैं...!

उसने पिटारी उठा ली और उसे लिए हुए चुपचाप ऊपर अपने कमरे में चला आया। अधिकांश चिट्ठियाँ वही थीं जो हरीश ने पिछले कुछ वर्षों में स्वयं उसी के नाम लिखी थीं और जो उसने घर में पढ़कर सुनाई थीं। उसके अतिरिक्त दो-एक चिट्ठियाँ ऐसी भी थीं जो उसके पिता के नाम आई थीं और उनमें से एक में हरीश ने अपने आने की सूचना दे रखी थी और दूसरे में उनके आतिथ्य के लिए उन्हें धन्यवाद दिया था। हाँ, एक चिट्ठी थी—और वह चिट्ठी राजो के

नाम ही लिखी गई थी—जिसके अन्त में 'और' के बाद तीन बिन्दु थे—कोई बात थी जो बिना लिखे उन बिन्दुओं द्वारा व्यक्त की गई थी। दूसरे पत्रों को देखते हुए उसके मन में एक खीझ और झुंझलाहट भर रही थी। परन्तु उन बिन्दुओं ने संदेह का वास्तविक सूत्र देकर उस खीझ को एक गम्भीर भाव में बदल दिया था। वह देर तक उस पत्र को उलट-पलटकर देखता रहा था और उन बिन्दुओं के तरह-तरह के अर्थों की कल्पना करता रहा था...

कुछ देर के बाद वह पिटारी हाथ में लिए हुए फिर नीचे चला गया। और बाहर के कमरे में पहुँचकर उसने पिटारी वहाँ मेज़ पर रख दी। बी जी और बाबूजी उस समय वहीं थे। उसने गम्भीर भाव से उन दोनों को देखते हुए राजो को भी वहाँ बुला लिया। राजो रसोईघर में आटा गूँथ रही थी। गीले हाथों को दोपट्टे से पोंछती हुई वह आकर पास खड़ी हो गई।

"इस पिटारी में किसकी चिट्ठियाँ हैं?" उसने कई क्षण राजो की ओर ताकते रहने के बाद गम्भीर स्वर में पूछा।

राजो ने एक बार पिटारी की तरफ देखा और फिर हक्की-बक्की-सी उसका मुँह देखने लगी।

"मैं पूछता हूँ किसकी चिट्ठियाँ हैं?"

बी जी उठकर पिटारी के पास आ गईं। बाबूजी अपनी कुर्सी पर बैठे ही रहे—परन्तु उनकी आँखें किसी अज्ञात आशंका से फैल गईं।

"किसकी चिट्ठियाँ हैं, बताती क्यों नहीं?" बी जी ने राजो की बाँह को थोड़ा झिंझोड़ दिया।

"आपके सामने पड़ी हैं, देख लीजिए किसकी चिट्ठियाँ हैं," राजो सहसा तीखे स्वर में बोली।

"तू नहीं बता सकती?" वह चिल्लाया। गुस्से से उसके माथे की नसें फड़क रही थीं।

"आपको पता है किसकी चिट्ठियाँ हैं। आप ही के नाम आई हुई चिट्ठियाँ हैं। मैंने सँभालकर रख दी थीं कि शायद कभी आपको ज़रूरत पड़ जाए।"

मेरे नाम और लोगों की भी तो चिट्ठियाँ आती हैं। उन सबको तू सँभालकर क्यों नहीं रखती? यह एक ही आदमी ऐसा क्यों है जिसकी चिट्ठियाँ तुझे खास लगती हैं और जिन्हें सँभालकर रखने की ज़रूरत महसूस होती है?"

"मैं सोचती थी कि ये एक लेखक की चिट्ठियाँ हैं, और वह आपका दोस्त भी है, इसलिए...।"

"वह लेखक है या क्या है, वह मैं सब जानता हूँ, और यह भी जानता हूँ कि ये चिट्ठियाँ तू सँभालकर क्यों रखती है। मैं नहीं जानता था कि हमारे घर में भी इस तरह की बात कभी हो सकती है। मुझे पता होता कि मुझे ऐसे गुल खिलाने हैं, तो मैं कभी तुझे यहाँ इन लोगों के पास अकेली न छोड़ता। आप सुन रहे हैं बाबूजी, यह लड़की क्या कह रही है?"

बाबूजी ने धीरे से सिर हिलाया। उनकी आँखों में घना कोहरा-सा घिर आया था। बी जी माथे पर हाथ रखे हुए फरश पर बैठ गई थीं।

"मैं जानना चाहता हूँ कि तेरे नाम आई हुई चिट्ठी में इन बिन्दुओं का क्या मतलब है?" वह उस चिट्ठी को अलग निकालकर उसे हाथ में झटकता हुआ बोला। राजो का चेहरा सख्त हो गया और उसकी आँखों में आँसू भर आए। लगा कि वह झपटकर चिट्ठी उसके हाथ से छीन लेगी। "मैं नहीं जानती, इनका मतलब है," क्या वह बोली।

"तू नहीं जानती!" वह एकदम गरज उठा। "मैं अभी इनका मतलब तुझे बताता हूँ। पहले मैं इस पुलिंदे को आग में झोंक दूँ, फिर आकर बताऊँगा कि इनका क्या मतलब है...।"

वह चिट्ठियों का पुलिंदा लेकर कमरे से जाने लगा, तो राजो ने सहसा वह उसके हाथ से झपट लिया।

"मैंने ये चिट्ठियाँ इतने दिनों से सम्भालकर रख रखी हैं, मैं किसी को इन्हें जलाने नहीं दूँगी," वह बोली।

"तू नहीं जलाने देगी।" कहता हुआ वह पागल की तरह राजो पर झपट पड़ा और उसके हाथ से पुलिंदे को छीनने की कोशिश करने लगा। राजो चिट्ठियों को छाती से चिपटाए गठरी-सी बनकर ज़मीन पर बैठ गई।

"मैं कहता हूँ, ये चिट्ठियाँ मुझे दे दे, नहीं तो मैं आज तेरी खाल उधेड़ दूँगा।" राजो उसी तरह पत्थर की मूर्ति बनी चिट्ठियों को अपने साथ चिपटाए रही। चिट्ठियाँ छीनने के प्रयत्न में हारकर उसने लगातार तीन-चार चपत राजो की पीठ पर जमा दीं।

"तू चिट्ठियाँ देगी कि नहीं?"

"नहीं।"

"दे दे खसम खानी!" बी जी डर और गुस्से में काँपती हुई आवाज में कुछ विनय के साथ बोली, "भाई माँग रहा है, तो तू चिट्ठियाँ उसे दे क्यों नहीं देती? उसी के दोस्त की चिट्ठियाँ हैं—वह उन्हें चाहे रखे चाहे जला दे। तुझे इनका क्या करना है?"

"मुझे पता है इसे क्या करना है," वह हाँफता हुआ बोला। "मैं अभी इसकी बोटी-बोटी चीरकर रख दूँगा।" इस पर भी राजो की पकड़ ढ़ीली नहीं हुई तो उसने उसकी पीठ पर दो-एक लातें भी जमा दीं। राजो जैसे पत्थर बनकर बैठी थी, बैठी रही। परन्तु फिर जाने क्या हुआ अचानक ही उसका शरीर ढीला पड़ गया, उसने चिट्ठियों का पुलिंदा निकालकर फरश पर रख दिया और सब पर एक वितृष्णा की नज़र डालकर वहाँ से चली गई।

"बेटा, जवान लड़की पर इस तरह हाथ नहीं उठाते", राजो के चले जाने पर बी जी ने कहा।

"अभी तो मैंने इससे कुछ कहा ही नहीं", वह उसी तरह हाँफता हुआ बोला। "मेरी बहन इस तरह की हरकत करेगी, तो मैं सचमुच उसे चीरकर रख दूँगा।"

"ऐसे ही ज़िद करती है बेटा, और कोई बात नहीं, इसे चिट्ठियों का क्या करना है? तू इन्हें आग में जला या जो जी चाहे कर!" बी जी कहती रहीं।

"अभी नासमझ बच्ची है; इसे भले-बुरे की समझ नहीं है।" बाबूजी का सिर ज़रा-सा हिला और आँखें दो-एक बार झपक गईं।"

"बीस की हो चुकी है और अभी इसे समझ नहीं है", वह झल्लाकर बोला। "आप लोगों के इसी लाड़ ने ही इसका दिमाग खराब कर रखा है। बड़ा लेखक है वह—रवीन्द्रनाथ ठाकुर है—जिसकी इसने चिट्ठियाँ रख रखी हैं। आप लोगों का तो कुछ नहीं, मगर मुझे तो चार आदमी जानते हैं। मुझे तो अपनी बदनामी का ख्याल है।"

उसने उन सब चिट्ठियों को लेकर पुर्ज़ा-पुर्ज़ा कर दिया। फिर रसोईघर में जाकर उन्हें चूल्हे में डाल दिया। राजो बाँहों में सिर डाले चूल्हे के पास बैठी थी। वह उसी तरह बैठी रही और हिचकियाँ लेकर रोती रही।

"अब जाकर इनकी राख को पिटारी में भर ले।" जब आखिरी पुर्ज़ा भी जल कर गोल हो गया, तो वहाँ से चलते हुए उसने राजो से कहा और लकड़ी के ज़ीने पर धम्-धम् पैरों की आवाज़ करता हुआ ऊपर अपने कमरे में आ गया। राजो से बात करते हुए उसका मुँह न जाने क्यों कड़वा और रसीला हो गया था। वह आकर कटा-सा चारपाई पर गिर गया।

अब उस बात को चार घण्टे होने आए थे।

"मेरी जान आप नर हैं या मादा?" दीवार पर खुदे हुए अक्षर मुँह चिढ़ा रहे थे। धूप ढलने के साथ-साथ कमरे के वातावरण में हल्की ठण्डक भर गई

थी। गली से बच्चों के हँसने-रोने, खेलने और लड़ने की मिली-जुली आवाज़े आ रही थीं, मगर कमरे के अन्दर एक तरह से सन्नाटा ही था। वह सन्नाटा कमरे में ही नहीं, सारे घर में छाया हुआ लगता था। नीचे नल के पास से सिर्फ कपड़े धोने की आवाज आ रही थी। राजो उस समय से अब तक लगातार काम कर रही थी। सत्ते ने कितना ही चाहा था कि जाकर एक बार उसके सिर पर हाथ फेर दे और उसे थोड़ा पुचकार दे, मगर बात सोचते-सोचते उसका क्रोध फिर लौट आता था। राजो की आँखों में जो अवज्ञा, उपेक्षा और वितृष्णा उसने देखी थी उसकी कल्पना से ही उसके मन में चिनगारियाँ-सी फूटने लगती थीं। कमरे का वातावरण ठंडा हो रहा था, मगर उसके अन्दर रह-रहकर एक तपती हुई लहर उठ आती थी। हरीश के पत्र के उन रहस्यमय बिन्दुओं की याद हो आने से उसके माथे की नसें फिर फड़कने लगी थीं।

वह चारपाई से उठकर काफी देर कमरे में टहलता रहा। फिर खिड़की के पास जाकर गली के उदास उजाले को साँझ के गहरे रंग में घुलते देखने लगा। उसे न जाने क्यों कुछ बरस पहले की ऐसी ही उदास साँझें याद आने लगीं जब वह कितनी-कितनी देर इसी तरह खिड़की के पास खड़ा रहता था। इस समय गली में खेलते हुए सब बच्चों के चेहरे उसके लिए अपरिचित थे। हर साल गर्मी की छुट्टियों में महीना-बीस दिन के लिए वहाँ आने पर वह काफी हद तक अपने को उस घर में अजनबी-सा महसूस करता था। हर साल गली में कुछ न कुछ बदल चुका होता था। उन दिनों उसके सामने का घर इतना ऊँचा नहीं था, जितना अब था। तब तक उसकी डेढ़ मंज़िल ही बनी थी। उस घर की छत इस खिड़की से झाँकते देखकर उस छत से बच्चे उसकी तरफ मुँह बनाया करते थे। उनके मुँह बनाने पर भी वह इसी तरह खड़ा रहता था। किसी-किसी समय छत पर एक और चेहरा भी दिखाई देता था। उसी की वह प्रतीक्षा किया करता था। उसका नाम सरोज था—आँखें बड़ी-बड़ी और काली! बच्चों को उसकी तरफ मुँह बनाते देखकर, वह उन्हें डाँट देती थी। कभी-कभी सरोज की आँखें पल-भर के लिए उससे मिल जाती थीं। वह एकदम सकपका जाता था। उसे देखकर सरोज के चेहरे पर न जाने क्यों एक विचित्र कठोर-सा भाव आ जाता था। कभी वह अकेली छत पर बाल सुखा रही होती, तो उसे देखकर सामने से हट जाती थी। वह फिर भी देर-देर तक खिड़की के पास खड़ा रहता था। सरोज के सामने से हट जाने पर भी उसका खुले बालों वाला चेहरा उसकी आँखों के सामने बना रहता था। वह घण्टों रात को बिस्तर पर पड़ा सरोज के बारे में ही सोचता रहता

था। दिन में जब घर से निकलता तो एक बार आँखें उठाकर सरोज की छत की तरफ देख लेता था। उसे कितनी इच्छा होती थी कि कभी वह सरोज को पास से देख सके, उसके साथ हँसकर बात कर सके। कितनी बार उसके मन में यह बात आती थी कि किसी तरह सरोज के साथ राजो की मित्रता हो जाए और सरोज उनके घर मे आने-जाने लगे। मगर उसकी यह इच्छा इच्छा ही रही थी। सरोज कभी उनके घर में नहीं आई, और न ही कभी वह उससे बात कर सका। वह एम.ए. फाइनल में पढ़ रहा था, तो एक दिन सजधज के साथ सरोज का ब्याह हो गया। एम.ए. कर लेने के बाद जब उसकी बाहर नौकरी लगी, तो उसने सोचा था कि हर साल छुट्टियों में वहाँ आने पर उस खाली छत को देखकर उसे बहुत विचित्र-सा अनुभव होगा। मगर उसने यह भी सोचा था कि हो सकता है सरोज़ भी उन्हीं दिनों मैके आया करे और उसे सरोज को छत पर बाल सुखाते देखने का अवसर मिलता रहे। मगर उसके पहली बार आने तक ही घर किसी और ने खरीद लिया था और एक नई मंज़िल बनवाकर उस छत को हमेशा के लिए ढक दिया था...।

"यार, तू मर्द का बच्चा होकर इस तरह की बातें करता है?" हरीश को उसने अपने दिल की बात बताई थी, तो हरीश उससे मज़ाक करने लगा था। "जो एक लड़की को अपनी तरफ आकर्षित नहीं कर सकता, वह ज़िन्दगी में और क्या करेगा?" हरीश की बात से उसके मन में एक नश्तर-सा चुभ गया था। "और प्यारे! आदमी की ज़िन्दगी में एक नहीं कई-कई लड़कियाँ आती हैं। एक बार चूक हो गई सो हो गई, मगर आगे कभी ऐसी चूक न हो...।" सचमुच उस आदमी ने यह कितनी उजड्डता की बात कही थी!

गली से आती हुई बच्चों की आवाज़ें सत्ते को अच्छी नहीं लग रही थीं। उस शोर में तो पुराने दिनों की कल्पना करना भी मुश्किल था। सामने घर की नाली से पानी गिर रहा था और राजो के धोए हुए कपड़ों का साबुन-मिला पानी इधर से जाकर उस पानी को अपना रंग दे रहा था।

वह खिड़की के पास से हट आया। अब उसे अपना कमरा बहुत अकेला और उजाड़-सा लगने लगा—जैसे उसके वहाँ होते हुए भी कमरे में कोई न हो, वह बिलकुल खाली और बिलकुल निर्जीव हो। नीचे आँगन से पंखे से चूल्हे में हवा करने की आवाज़ आ रही थी। राजो कपड़े धो चुकी थी और रात की रोटी के लिए चूल्हा सुलगा रही थी। गीली लकड़ियों का धुआँ जीने से होकर रोशनदान के रास्ते कमरे में आ रहा था। सत्ते चारपाई पर लेट गया। उसे लग रहा था

जैसे नाली में बहते हुए झाग मिले पानी और रोशनदान के रास्ते कमरे में आते हुए धुएँ में उनके आकार के अतिरिक्त भी कुछ हो—ऐसा कुछ जो राजो के अन्दर से उमड़कर आ रहा था और अब नाली के दागों और जीने की स्याही में बदलता जा रहा था।

"शीरीं मुमताज़ उर्फ मुमताज महल!"

वह फिर एकटक दीवार पर खुदी हुई इबारतों को देखने लगा। उसे फिर याद आया कि उसने शीरीं मुमताज़ उर्फ मुमताज़ महल के विषय में कुछ लिखने की बात सोची थी। क्या बात सोची थी, यह ठीक से याद नहीं आया। मुमताज़ महल की रूह और उस दीवार के सम्बन्ध में कोई बात थी। फिर सोचने लगा कि वह लड़की—शीरीं मुमताज़—देखने में कैसी रही होगी, उस घर में रहकर वह क्या-क्या सोचती रही होगी और वहाँ से जाते हुए वह दीवार पर क्यों लिख गई थी कि वह अपनी रूह यहीं छोड़ जा रही है? काश कि वह उस लड़की को जानता होता, और यह भी जानता कि आज वह कहाँ है और क्या सोचती है...?

सहसा उसे राजो से सहानुभूति होने लगी। उसका मन हुआ कि एक बार उसे ऊपर बुला ले और उसे पुचकारकर उसके सिर पर हाथ फेर दे। वह उठकर जीने में चला गया। जीने में धुआँ इस तरह भर रहा था कि वहाँ साँस लेना मुश्किल था। वहाँ आते ही आँखों में जलन महसूस होने लगी। उसने किसी तरह आवाज़ दी, "राजो!"

मगर राजो ने कोई उत्तर नहीं दिया। वह उसी तरह चूल्हे में पंखा झलती रही। सत्ते ने फिर आवाज़ दी, मगर राजो ने फिर कोई उत्तर नहीं दिया। केवल जीने में आता हुआ धुआँ पहले से गाढ़ा हो गया। वह हताश क्रोध के साथ कमरे में लौट आया।

"शीरीं मुमताज़ उर्फ मुमताज़ महल!"

सत्ते को यह सोचकर और गुस्सा चढ़ने लगा कि उसके मन में कोई बात है जिसे वह चाहकर भी अपनी थकान और परेशानी के कारण ठीक से व्यक्त नहीं कर सकता—यहाँ तक कि खुद भी ठीक से समझ नहीं सकता। उसे कुछ पता नहीं चला कि कब उसने अलमारी से चाकू निकाला और कब दीवार में लिपियों को कुरेदना आरम्भ कर दिया। उसे अपने किए का अहसास तब हुआ जब वह बिल्लू के दोनों एल् सिर काटकर टी में बदल चुका, शीरीं मुमताज़ पर लम्बी-लम्बी लकीरें खींचकर उसका हुलिया बिगाड़ चुका और कोने में बनी हुई

आँख में सूराख करके उसके सब रेशे झाड़ चुका। उसेने यह काम इतनी मेहनत से किया था कि उसके माथे पर पसीना आ गया। मगर जब वह थककर चारपाई पर बैठा, तो कमरे की निर्जीवता पहले से और गहरी हो गई थी। रोशनदान से धुआँ आना चाहे बन्द हो गया था, मगर कमरे की सारी हवा धुएँ से लदकर भारी हो रही थी। कमर सीधी करने के लिए वह चारपाई पर लेटा, तो उसकी आँखें फिर दीवार से जा टकराईं। शीरीं मुमताज़ का अब वहाँ पता नहीं था, मगर वह विकृत आँख, पहले से ज़्यादा विकृत होकर उसके बनाए हुए सूराख में से उसे घूर रही थी।

एक ठहरा हुआ चाकू

अजीब बात थी कि खुद कमरे में होते हुए भी बाशी को कमरा खाली लग रहा था।

उसे काफी देर हो गई थी कमरे में आए—या शायद उतनी देर नहीं हुई थी जितनी कि उसे लग रही थी। वक्त उसके लिए दो तरह से बीत रहा था—जल्दी भी और अहिस्ता भी...उसे, दरअसल, वक्त का ठीक अहसास हो नहीं रहा था।

कमरे में कुछ-एक कुर्सियाँ थी...लकड़ी की। वैसी ही, जैसी सब पुलिस स्टेशनों पर होती हैं। कुर्सियों के बीचोंबीच एक मेज़नुमा तिपाई थी कि कुहनी ऊपर रखते ही झूलने लगती थी। आठ फुट और आठ फुट का वह कमरा इनसे पूरा घिरा था। टूटे पलस्तर की दीवारें कुर्सियों से लगभग सटी हुई जान पड़ती थीं। शुक्र था कि कमरे में दरवाजे के अलावा एक खिड़की भी थी।

बाहर अहाते में बार-बार चरमराते जूतों की आवाज़ सुनाई देती थी—यही वह सब-इन्स्पेक्टर था जो उसे कमरे के अन्दर छोड़ गया था। उस आदमी का चेहरा आँखों से दूर होते ही भूल जाता था, पर सामने आने पर फिर एकाएक याद हो आता था। कल से आज तक वह कम से कम बीस बार उसे भूल चुका था।

उसने सुलगाने के लिए सिगरेट जेब से निकाला, पर यह देखकर कि उसके पैरों के पास पहले ही काफी टुकड़े जमा हो चुके हैं, उसे वापस जेब में रख लिया। कमरे में एक ऐश-ट्रे का न होना, उसे शुरू से ही अखर रहा था। इस वजह से वह एक भी सिगरेट आराम से नहीं पी सका था। पहला सिगरेट पीते हुए उसने सोचा था कि पीकर टुकड़ा खिड़की से बाहर फेंक देगा। पर उधर जाकर देखा कि खिड़की के ठीक नीचे एक चारपाई बिछी है। जिस पर लेटे या बैठे हुए दो-एक कान्स्टेबल अपना आराम का वक्त बिता रहे हैं। उसके बाद फिर दूसरी बार वह खिड़की के पास नहीं गया।

अकेले कमरे में वक्त काटने के लिए सिगरेट पीने के अलावा भी जो कुछ किया जा सकता था, वह कर चुका था। जितनी कुर्सियाँ थीं, उनमें से हर एक पर एक-एक बार बैठ चुका था। मेज पर एक बार पेंसिल से और न जाने कितनी बार उँगली से अपना नाम लिख चुका था। एक ही काम था जो उसने नहीं किया था—वह था दीवार पर लगी क्वीन विक्टोरिया की तस्वीर को थोड़ा तिरछा कर देना। बाहर अहाते से लगातार जूते की चरमर सुनाई न दे रही होती, तो अब तक उसने यह भी कर दिया होता।

उसने अपनी नब्ज पर हाथ रखकर देखा कि बहुत तेज तो नहीं चल रही। फिर हाथ हटा लिया—कि कोई उसे ऐसा करते देख न ले।

उसे लग रहा था कि वह थक गया है और उसे नींद आ रही है। रात को ठीक से नींद नहीं आई थी। ठीक से क्या, शायद बिल्कुल नहीं आई थी। या शायद नींद में भी उसे लगता रहा था कि वह जाग रहा है। उसने बहुत कोशिश की थी कि जागने की बात भूलकर किसी तरह सो सके—पर इस कोशिश में ही पूरी रात निकल गई थी।

उसने जेब से पेंसिल निकाल ली और बाएँ हाथ पर अपना नाम लिखने लगा—बाशी, बाशी, बाशी। सुभाष, सुभाष, सुभाष।

आज सुबह यह नाम प्रायः सभी अखबारों में छपा था। रोज़ के अखबार के अलावा उसने तीन-चार अखबार और खरीदे थे। किसी में दो इंच में खबर दी गई थी, किसी में दो कॉलम में। जिसने दो कॉलम में खबर दी थी, वह रिपोर्टर उसका परिचित था। वह अगर उसका परिचित न होता, तो शायद...

वह अब अपनी हथेली पर दूसरा नाम लिखने लगा—वह नाम जो उसके नाम के साथ-साथ अखबारों में छपा था—नत्थासिंह, नत्थासिंह, नत्थासिंह।

यह नाम लिखते हुए उसकी हथेली पर पसीना आ गया। उसने पेंसिल रखकर हथेली को मेज़ से पोंछ लिया।

जूते की चरमर दरवाजे के पास आ गई। सब-इन्स्पेक्टर ने एक बार अन्दर झाँककर पूछ लिया, "आपको किसी चीज़ की ज़रूरत तो नहीं?"

"नहीं," उसने सिर हिला दिया। उसे तब ऐश-ट्रे का ध्यान नहीं आया।

"पानी-आनी की ज़रूरत होगी, तो माँग लीजिएगा।"

उसने फिर सिर हिला दिया—कि ज़रूरत होगी, तो माँग लेगा। साथ पूछ लिया, "अभी और कितनी देर लगेगी?"

"अब ज़्यादा देर नहीं लगेगी," सब इन्स्पेक्टर ने दरवाजे के पास से हटते हुए कहा, "पन्द्रह-बीस मिनट में ही उसे ले आएँगे।"

इतना ही वक्त उसे तब भी बताया गया था जब उसे उस कमरे में छोड़ा गया था। तब से अब तक क्या कुछ भी वक्त नहीं बीता था?

जूते के अन्दर, दाएँ पैर के तलवे में, खुजली हो रही थी। जूता खोलकर एक बार अच्छी तरह खुजला लेने की बात वह कितनी ही बार सोच चुका था। पर हाथ दो-एक बार नीचे झुकाकर भी उससे तस्मा खोलते नहीं बना। उस पैर को दूसरे पैर से दबाए वह जूते को ज़मीन पर रगड़कर रह गया।

हाथ की पेंसिल फिर चल रही थी। उसने अपनी हथेली को देखा। दोनों नामों के ऊपर उसने बड़े-बड़े अक्षरों में लिख दिया था—अगर।

अगर...।

अगर कल सुबह वह स्कूटर की बजाए बस से आया होता...।

अगर बर्फ खरीदने के लिए उसने स्कूटर को दायरे के पास न रोका होता...

अगर...

उसने जूते को फिर ज़मीन पर रगड़ लिया। मन में मिन्नी का चेहरा उभर आया। अगर वह कल मिन्नी से न मिला होता...

वह, जो कभी सुबह नौ बजे से पहले नहीं उठता था, सिर्फ मिन्नी की वजह से उन दिनों सुबह छह बजे तैयार होकर घर से निकल जाता था। मिन्नी ने मिलने की जगह भी क्या बताई थी—अजमेरी गेट के अन्दर हलवाई की एक दुकान! जिस प्राइवेट कॉलेज में वह पढ़ने आती थी, उसके नज़दीक बैठने लायक और कोई जगह थी ही नहीं। एक दिन वह उसे जामा मस्जिद ले गया था—कि कुछ देर वहाँ के किसी होटल में बैठेंगे। पर उतनी सुबह किसी होटल का दरवाजा नहीं खुला था। आखिर मेहतरों की उड़ाई धूल से सिर-मुँह बचाते वे उसी दुकान पर लौट आए थे। दुकान के अन्दर पन्द्रह-बीस मेज़ें लगी रहती थीं। सुबह-सुबह लस्सी-पूरी का नाश्ता करनेवाले लोग वहाँ जमा हो जाते थे। उनमें से बहुत-से तो उन्हें पहचानने भी लगे थे—क्योंकि वे रोज़ कोने की मेज़ के पास घण्टा-घण्टा भर बैठे रहते हैं। मिन्नी अपने लिए सिर्फ कोकाकोला की बोतल मँगवाकर सामने रख लेती थी—पीती उसे भी नहीं थी। लस्सी-पूरी का ऑर्डर उसे अपने लिए देना पड़ता था। जल्दी-जल्दी खाने की आदत होने से सामने का पत्ता दो मिनट में ही साफ हो जाता था। मिन्नी कई बार दो-दो पीरियड मिस कर देती थी, इसलिए वहाँ बैठने के लिए उसे और-और पूरी मँगवाकर खाते रहना पड़ता था। उससे

सुबह-सुबह उतना नाश्ता नहीं खाया जाता था, पर चुपचाप और निगलते जाने के सिवा कोई चारा नहीं होता था। मिन्नी देखती कि खा-खाकर उसकी हालत खस्ता हो रही है, तो कहती कि चलो, कुछ देर पास की गलियों में टहल लिया जाए। सड़क पर वे नहीं टहल सकते थे; क्योंकि वहाँ कॉलेज की और लड़कियाँ आती-जाती मिल जाती थीं। हलवाई की दुकान के साथ से गली अन्दर को मुड़ती थी—उससे आगे गलियों की लम्बी भूल-भुलैया थी, जिसमें वे किसी भी तरफ को निकल जाते थे। जब चलते-चलते सामने सड़क का मुहाना नज़र आ जाता, तो वे वहीं से लौट पड़ते थे।

"इस इतवार को कोई देखने आनेवाला है," उस दिन मिन्नी ने कहा था।

"कौन है—काठमाण्डू से आया है। दस दिन में शादी करके लौट जाना चाहता है।"

"फिर?"

"फिर कुछ नहीं। आएगा, तो मैं उससे साफ-साफ सब कह दूँगी।"

"क्या कह दोगी?"

"यह क्यों पूछते हो? तुम्हें पूछने की जरूरत नहीं है।"

"अगर उस वक्त तुम्हारी ज़बान न खुल सकी, तो?"

"तो समझ लेना कि ऐसी ही बेकार की लड़की थी...इस लायक थी ही नहीं कि तुम उससे किसी तरह की प्रीत रखते।"

"पर तुमने पहले ही घर में क्यों नहीं कह दिया?"

"यह तुम जानते हो कि मैंने नहीं कहा?" कहते हुए मिन्नी ने उसकी उँगलियाँ अपनी उँगलियों में ले ली थीं। "अभी तो तुम दूसरे के घर में रहते हो। जब तुम अपना घर ले लोगे, तो मैं...तब तक मैं ग्रेजुएट भी हो जाऊँगी।"

एक बहते नल का पानी गली में यहाँ से वहाँ तक फैला था। बचने की कोशिश करने पर भी दोनों के जूते कीचड़ से लथपथ हो गए थे। एक जगह उसका पाँव फिसलने लगा तो मिन्नी ने बाँह से पकड़कर उसे सँभाल लिया। कहा, "ठीक से देखकर नहीं चलते न! पता नहीं, अकेले रहकर कैसे अपनी देखभाल करते हो?"

अगर...

अगर मिन्नी ने यह न कहा होता, तो वह उतना खुश-खुश न लौटता। उस हालत में ज़रूर स्कूटर के पैसे बचाकर बस से आया होता।

अगर घर के पास के दायरे में पहुँचने तक उसे प्यास न लग आई होती...

उसने स्कूटर को वहाँ रोक लिया था—कि दस पैसे की बर्फ खरीद ले। महीना जुलाई का था, फिर भी उसे दिन-भर प्यास लगती थी। दिन में कई-कई बार वह बर्फ खरीदने वहाँ आता था। दुकानदार उसे दूर से देखकर ही पेटी खोल लेता था और बर्फ तोड़ने लगता था।

पर तब तक अभी बर्फ की दुकान खुली नहीं थी।

बर्फ खरीदने के लिए उसने जो पैसे जेब से निकाले थे, उन्हें हाथ में लिए वह लौटकर स्कूटर के पास आया, तो एक और आदमी उसमें बैठ चुका था। वह पास पहुँचा, तो स्कूटरवाले ने उसकी तरफ हाथ बढ़ा दिया—जैसे कि वहाँ उतरकर वह स्कूटर खाली कर चुका हो।

''स्कूटर अभी खाली नहीं है,'' उसने स्कूटरवाले से न कहकर अन्दर बैठे आदमी से कहा।

''खाली नहीं से मतलब?'' उस आदमी का चेहरा सहसा तमतमा उठा। वह एक लम्बा-तगड़ा सरदार था—लुंगी के साथ मलमल का कुरता पहने। लम्बा शायद उतना नहीं था, पर तगड़ा होने से लम्बा भी लग रहा था।

''मतलब कि मैंने अभी इसे खाली नहीं किया है।''

''खाली नहीं किया, तो मैं अभी कराऊँ तुझसे खाली?'' कहते हुए सरदार ने दाँत भींच लिए। ''जल्दी से उसके पैसे दे, और अपना रास्ता देख, वरना...''

''वरना क्या होगा?''

''बताऊँ तुझे क्या होगा?'' कहते हुए सरदार ने उसे कॉलर से पकड़कर अपनी तरफ खींच लिया और उसके मुँह पर एक झाँपड़ दे मारा...''यह होगा। अब आया समझ में? दे जल्दी से उसके पैसे और दफा हो यहाँ से।''

उसका खून खौल गया—कि एक आदमी, जिसे वह जानता तक नहीं, भरे बाज़ार में उसके मुँह पर थप्पड़ मारकर उससे दफा होने को कह रहा है! उसका चश्मा नीचे गिर गया था। उसे ढूँढ़ते हुए उसने कहा, ''सरदार, जरा ज़बान सँभालकर बात कर।''

''क्या कहा? ज़बान सँभालकर बात करूँ? हरामज़ादे तुझे पता है मैं कौन हूँ?'' जब तक उसने आँखों पर चश्मा लगाया, सरदार स्कूटर से नीचे उतर आया था। उसका एक हाथ कुरते की जेब में था।

''तू जो भी है, इस तरह की बदतमीज़ी करने का तुझे कोई हक नहीं,'' कहते न कहते उसने देखा कि सरदार जी की जेब से निकलकर एक चाकू उसके सामने खुल गया है। ''तू अगर समझता है कि...'' यह वाक्य वह पूरा नहीं कर

पाया। खुले चाकू की चमक से उसकी ज़बान और छाती सहसा जकड़ गई। उसके हाथ से पैसे वहीं गिर गए और वह वहाँ से भाग खड़ा हुआ।

"ठहर मादर...अब जा कहाँ रहा है?" उसने पीछे से सुना।

"पैसे साहब!" यह आवाज़ स्कूटरवाले की थी।

उसने जेब में हाथ डाला और जितने सिक्के हाथ में आए निकालकर सड़क पर फेंक दिए। पीछे मुड़कर नहीं देखा। घर की गली बिल्कुल सामने थी, पर उस तरफ न जाकर वह जाने किस तरफ को मुड़ गया। कहाँ तक और कितनी देर तक भागता रहा, उसका उसे होश नहीं रहा। जब होश हुआ, तो वह एक अपरिचित मकान के जीने में खड़ा हाँफ रहा था...

उसने पेंसिल हाथ में से रख दी और हथेली पर बने शब्दों को अँगूठे से मल दिया। तब तक न जाने कितने शब्द और वहाँ लिखे गए थे जो पढ़े भी नहीं जाते थे। सब मिलाकर आड़ी-तिरछी लकीरों का एक गुँझल था जो मल दिए जाने पर भी पूरी तरह मिटा नहीं था। हथेली सामने किए वह कुछ देर उस अधबुझे गुँझल को देखता रहा। हर लकीर का नोक-नुक्ता कहीं से बाकी था। उसने सोचा कि वहाँ कहीं एक वाश-बेसिन होता, तो वह दोनों हाथों को अच्छी तरह मलकर धो लेता।

"हलो...!"

उसने सिर उठाकर देखा। महेन्द्र, जिसके यहाँ वह रहता था, और वह रिपोर्टर जिसकी दो कॉलम में खबर दी थी, उसके सामने खड़े थे। सब इन्स्पेक्टर के जूते की चरमर दरवाज़े से दूर जा रही थी।

"तुम इस तरह बुझे-से क्यों बैठे हो?" महेन्द्र ने पूछा।

"नहीं तो," उसने कहा और मुसकराने की कोशिश की।

"ये लोग उसे लॉक-अप से यहाँ ले आए हैं। अभी थोड़ी देर में उसे शनाख्त के लिए इधर लाएँगे।"

उसने सिर हिलाया। वह अब भी वाश बेसिन की बात सोच रहा था।

"थानेदार बता रहा था कि सुबह-सुबह उसके घर जाकर इन्होंने उसे पकड़ा है। ये लोग कब से उसके पीछे थे—पर पकड़ने का कोई मौका इन्हें नहीं मिल रहा था। कोई भला आदमी उसकी रिपोर्ट ही नहीं करता था।"

उसने अब फिर मुसकराने की कोशिश की। पेंसिल उसने मेज़ से उठाकर जेब में डाल ली।

"मैं आज फिर अखबार में उसकी खबर दूँगा," रिपोर्टर बोला–"जब तक इस आदमी को सजा नहीं हो जाती, हम इसका पीछा नहीं छोड़ेंगे।"

उसे लगा कि उसके कान गरम हो रहे हैं। उसने हलके से एक कान को सहला लिया।

"तय हुआ है," महेन्द्र ने कहा, "कि उसे साथ लिए हुए चार सिपाही अहाते में दाईं तरफ से आएँगे और बाईं तरफ से निकल जाएँगे। उसे यह पता नहीं चलने दिया जाएगा, कि तुम यहाँ हो। तुम यहाँ बैठे-बैठे उसे देख लेना और बाद में बता देना कि हाँ, यही आदमी है जिसने तुम पर चाकू चलाना चाहा था। वह थानेदार के सामने इतना तो मान गया है कि कल उसने स्कूटर को लेकर झगड़ा किया था, पर चाकू निकालने की बात नहीं माना। कहता है कि चाकू-आकू तो उसके पास होता ही नहीं–उसके दुश्मनों ने खामखाह उसे फँसाने के लिए रिपोर्ट लिखवा दी है। यह भी कह रहा था कि वह तो अब इस इलाके में रहना नहीं चाहता–दो-एक मुकदमों का फैसला हो जाए, तो वह इस इलाके से चला जाएगा।"

वह कुछ देर क्वीन विक्टोरिया की तस्वीर को देखता रहा। फिर अपनी उँगलियों को मसलता हुआ आहिस्ता से बोला, "मेरा ख्याल है, हमें रिपोर्ट नहीं लिखवानी चाहिए थी।"

"तुम फिर वही बुज़दिली की बात कर रहे हो?" महेन्द्र थोड़ा तेज़ हुआ। "तुम चाहते हो कि ऐसे आदमी को गुण्डागर्दी की खुली छूट मिली रहे?"

उसकी आँखें तस्वीर से हटकर पल-भर महेन्द्र के चेहरे पर टिकी रहीं। उसे लगा कि जो बात वह कहना चाहता है, वह शब्दों में नहीं कही जा सकती।

"आपको डर लग रहा है?" रिपोर्टर ने पूछा।

"बात डर की नहीं...।"

"तो और क्या बात है?" महेन्द्र फिर बोल उठा। "तुम कल भी कम्प्लेंट लिखवाने में आना-कानी कर रहे थे...।"

"मैंने यह बात भी अपनी रिपोर्ट में लिखी है," रिपोर्टर ने कहा और एक सिगरेट सुलगा लिया।"

"खैर, रिपोर्ट तो अब हो गई है और उस आदमी को गिरफ्तार भी कर लिया गया है," महेन्द्र बोला। "तुम्हें डरना नहीं चाहिए। इतने लोग तुम्हारे साथ हैं।"

"मैं समझता हूँ कि गुण्डागर्दी को रोकने में आदमी की जान भी चली जाए, जो उसे परवाह नहीं करनी चाहिए," रिपोर्टर ने कश खींचते हुए कहा। "इन लोगों के हौसले इतने बढ़ते जा रहे हैं कि ये किसी को कुछ समझते ही नहीं।

पिछले दो साल में ही गुण्डागर्दी की घटनाएँ पहले से पौने तीन गुना हो गई हैं—यानी पहले से एक सौ पचहत्तर फीसदी ज़्यादा। अगर अब भी इनकी रोक-थाम न की गई, तो पाँच साल में आदमी के लिए घर से निकलना मुश्किल हो जाएगा।''

रिपोर्टर के सिगरेट की राख उसने घुटने पर आ गिरी। उसने हलके से उसे झाड़ दिया और बाहर की तरफ देखने लगा।

''ये लोग अब उसके घर चाकू तलाश करने गए हैं,'' महेन्द्र दोनों जेबों में हाथ डाले चलने के लिए तैयार होकर बोला। ''हो सकता है, तुमसे चाकू की शनाख्त के लिए भी कहा जाए,''

''चाकू की शनाख्त कैसे होगी?'' उसने उसी स्वर में पूछ लिया।

''कैसे होगी?'' महेन्द्र फिर उत्तेजित हो उठा। ''देखकर कह देना होगा कि हाँ, यही चाकू है—और शनाख्त कैसे होती है?''

''पर मैंने तो चाकू ठीक से नहीं देखा था।''

''नहीं देखा था, तो अब देख लेना। हम थोड़ी देर में फोन करके यहाँ से पता कर लेंगे। तुम यहाँ से निकलकर सीधे घर चले जाना और रात को मेरे लौटने तक घर पर ही रहना।''

वे लोग चले गए, तो कमरा उसे फिर खाली लगने लगा—बिल्कुल खाली—जिसमें वह खुद भी जैसे नहीं था। सिर्फ कुर्सियाँ थीं, दीवारें थीं और एक खुला दरवाजा था—बाहर जूते की चरमर अब सुनाई नहीं दे रही थी।

''सुनो...'' उसे लगा जैसे उसने मिन्नी की आवाज़ सुनी हो। उसने आसपास देखा। कोई भी वहाँ नहीं था। सिर्फ सिर के ऊपर घूमता पंखा आवाज़ कर रहा था। उसे हैरानी हुई कि अब तक उसे इस आवाज़ का पता क्यों नहीं चला। उसे तो इतना अहसास भी नहीं था कि कमरे में एक पंखा भी है।

सिर कुर्सी की पीठ से टिकाए वह पंखे की तरफ देखने लगा—उसकी तेज़ रफ्तार में अलग-अलग परों को पहचानने की कोशिश करने लगा। उसे खयाल आया कि उसके सिर के बाल बुरी तरह उलझे हैं और वह सुबह से नहाया नहीं है। आज सुबह से ही नहीं, कल सुबह से...।

कल दिन-भर वे लोग स्कूटरों और टैक्सियों में घूमते रहे थे। वह और महेन्द्र। घर पहुँचकर उसने महेन्द्र को उस घटना के बारे में बतलाया, तो वह तुरन्त ही उस सम्बन्ध में 'कुछ करने' को उतावला हो उठा था। पहले उन्होंने दायरे के पास जाकर पूछ-ताछ की। वहाँ कोई भी कुछ बतलाने को तैयार नहीं था। जो मोची दायरे के पास बैठा था, वह सिर झुकाए चुपचाप हाथ के जूते को सीता

रहा। उसने कहा कि वह घटना के समय वहाँ नहीं था—नल पर पानी पीने गया था। और भी जिस-जिससे पूछा, उसने सिर हिलाकर मना कर दिया कि वह उस आदमी के बारे में कुछ नहीं जानता। सिर्फ मेडिकल स्टोर के इंचार्ज ने दबी आवाज़ में कहा, "नत्थासिंह को यहाँ कौन नहीं जानता। अभी कुछ ही दिन पहले उसके आदमियों ने पिछली गली में एक पानवाले का कत्ल किया है। वे तीन-चार भाई हैं और इस इलाके के माने हुए गुण्डे हैं। खैरियत समझिए कि आपकी जान बच गई, वरना हममें से तो किसी को इसकी उम्मीद नहीं रही थी। अब बेहतरी इसी में है कि आप इस चीज़ को चुपचाप पी जाएँ और बात को ज़्यादा बिखरने न दें। यहाँ आपको एक भी आदमी ऐसा नहीं मिलेगा, जो उसके खिलाफ गवाही देने को तैयार हो। अगर आप पुलिस में रिपोर्ट करें और पुलिस यहाँ तहकीकात के लिए आए, तो सब लोग साफ मुकर जाएँगे कि यहाँ पर ऐसा कुछ हुआ ही नहीं।"

पर महेन्द्र का कहना था कि रिपोर्ट ज़रूर करेंगे—ऐसे आदमी को सज़ा दिलवाए बगैर नहीं छोड़ा जा सकता।

थानेदार से बात करने पर उसने कहा, "हाँ-हाँ, रिपोर्ट आपको ज़रूर लिखवानी चाहिए। इन गुण्डों से मत्था लेने में यूँ थोड़ा-बहुत खतरा तो रहता ही है—और कुछ न करें, आप पर एसिड-वेसिड ही डाल दें। ऐसा उन्होंने दो-एक बार किया भी है। पर हम आपकी हिफाज़त के लिए हैं, आपको डरना नहीं चाहिए। एक अच्छे शहरी होने के नाते आपका फर्ज़ है कि आप रिपोर्ट ज़रूर लिखवाएँ। हम लोगों को भी तो इनके खिलाफ कार्रवाई करने का मौका इसी तरह मिल सकता है।"

रिपोर्ट लिखवाने के बाद वे लोग अखबारों के दफ्तरों में गए—एस.पी. और डी.एस.पी. से मिले। उस दौरान कई बातों का पता चला—कि उस आदमी का मुख्य धन्धा लड़कियों की दलाली करना है—कि ऊँचे सरकारी और राजनीतिक हलके के अमुक-अमुक व्यक्तियों को वह लड़कियाँ सप्लाई करता है—कि उसकी कितनी भी रिपोर्टें की जाएँ, कभी उसके खिलाफ कार्रवाई नहीं की जाती—कि नीचे से अमुक-अमुक लोग उससे पैसे खाते हैं—कि नीचे से कार्रवाई कर भी दी जाए, तो ऊपर से अमुक-अमुक का फोन आ जाता है जिससे कार्रवाई वापस ले ली जाती है...।

"वह तो बेचारा सिर्फ दलाली करता है," डी.एस.पी. ने ज़रूरी फाइलों पर दस्तखत करते हुए कहा, "कत्ल-अत्ल करने का उसका हौसला नहीं पड़ सकता। हम उसके खिलाफ कार्रवाई करेंगे—आपको डरना बिलकुल नहीं चाहिए।"

अखबारों के चीफ-क्राइम रिपोर्टर ने तीस हज़ारी कैंटीन की ठण्डी चाय के लिए छोकरे को डाँट-फटकार करते हुए सलाह दी, "आप पहला काम यही कीजिए कि जाकर अपनी रिपोर्ट वापस ले लीजिए। थानेदार मेरा वाकिफ है, आप चाहें तो उससे मेरा नाम ले सकते हैं–कि पण्डित माधोप्रसाद ने यह राय दी है वह अकेला नहीं है, एक बहुत बड़ा गिरोह उसके साथ है। हम लोग इनसे उलझ लेते हैं क्योंकि एक तो हम इन सबको पहचानते हैं और दूसरे हिफाज़त के लिए रिवाल्वर-आल्वर अपने साथ रखते हैं। वे भी जानते हैं कि जितने बड़े गुण्डे ये दूसरों के लिए हैं, उतने ही बड़े गुण्डे हम इनके लिए हैं। इसलिए हमसे डरते भी हैं। पर आप जैसे आदमियों को तो ये एक दिन में साफ कर देंगे–आपको इनसे बचकर रहना चाहिए...।"

अपनी अनेक राजनीतिक व्यस्तताओं से समय निकालकर उस विभाग के मन्त्री ने भी अपने लॉन में चहलकदमी करते हुए शाम को एक मिनट उनसे बात की। छूटते ही पूछा, "किस चीज़ की अदावत थी तुम लोगों में?"

"अदावत का तो कोई सवाल नहीं था," वह जल्दी-जल्दी कहने लगा, "मैं सुबह स्कूटर में घर की तरफ आ रहा था...।"

"तुम अपनी शिकायत एक कागज़ पर लिखकर सेक्रेटरी को दे दो," मंत्री ने कहा, "उस पर जो कार्रवाई करनी होगी, कर दी जाएगी।" और वे लॉन में खड़े दूसरे ग्रुप की तरफ मुड़ गए।

रात को घर लौटने पर उसे अपने हाथ-पैर ठण्डे लग रहे थे। पर महेन्द्र का उत्साह कम नहीं हुआ था। वह आधी रात तक इधर-उधर फोन करके तरह-तरह के आँकड़े जमा करता रहा। "उसे कम से कम तीन साल की सजा होनी चाहिए," उसने सोने से पहले आँकड़ों के आधार पर निष्कर्ष निकाल लिया।

महेन्द्र के सो जाने के बाद वह काफी देर साथ के कमरे से आती साँसों की आवाज़ सुनता रहा था–उस आवाज़ में उतनी सुरक्षा का अहसास उसे पहले कभी नहीं हुआ था। वह आवाज़–एक जीवित आवाज़–उसके बहुत पास थी और लगातार चल रही थी। जितनी जीवित वह आवाज़ थी, उतना ही जीवित था उसे सुन सकना–चुपचाप लेटे हुए, बिना किसी कोशिश के, अपने कानों से सुन सकना। गर्मी और उमस के बावजूद रात ठण्डी थी–कुछ देर पहले से हलकी-हलकी बूँदें पड़ने लगी थीं। कभी-कभी उसे सन्देह होता कि जो आवाज़ वह सुन रहा है, वह रात की ही तो आवाज़ नहीं–सिर्फ पत्तों के हिलने और बूँदों के गिरने की आवाज। कि सुनना भी कहीं सुनना न होकर अपने से बाहर

का कोरा शब्द ही तो नहीं। तब वह करवट बदलकर अपने हाथ-पैरों का 'होना' महसूस करता और फिर से साँसों का शब्द सुनने लगता...

खिड़की से कभी-कभी हवा का झोंका आता जिससे रोंगटे सिहर जाते थे। उस सिहरन में हवा के स्पर्श के अतिरिक्त भी कुछ होता—शायद रोंगटों में अपने अस्तित्व की अनुभूति। एक झोंके के बीत जाने पर वह दूसरे की प्रतीक्षा करता, जिससे कि फिर से उस स्पर्श और सिहरन को अपने में महसूस कर सके। उस सिहरन के बाद उसे अपना हाथ खाली-खाली-सा लगता। मन होता कि हाथ में कसने के लिए एक और हाथ उसके पास हो—मिन्नी का पतली और चुभती उँगलियों वाला हाथ। कि हाथ के अलावा मिन्नी का पूरा शरीर भी पास में हो—इकहरा, पर भरा हुआ शरीर—जिसके एक-एक हिस्से से अपने सिर और होंठों को रगड़ता हुआ वह अपने नाक-कान-गालों से उसकी साँसों का शब्द और उतार-चढ़ाव महसूस कर सके। पर मिन्नी वहाँ नहीं थी—और उसके हाथ ही नहीं, पूरा अपना-आप खाली था। उसकी आँखें दर्द कर रही थीं। और कनपटियों की नसें फड़क रही थीं। अगर वह रात रात न होकर सुबह होती—एक दिन पहले की सुबह—वह अभी मिन्नी से बात करके उससे अलग न हुआ होता, और स्टैण्ड पर आकर अभी स्कूटर में न बैठा होता...!

कोई चीज़ हलक में चुभ रही थी—एक नोक की तरह। वह बार-बार थूक निगलकर उस चुभन को मिटा लेना चाहता था। कभी-कभी उसे लगता कि किसी हाथ ने उसका गला दबोच रखा है और यह चुभन गले पर कसते नाखूनों की है। तब वह जैसे अपने को उन हाथों से छुड़ाने के लिए छटपटाने लगता। उसे अपने अन्दर से एक हौलनाक सी आवाज़ सुनाई देती—अपनी तेज़ चलती साँसों की आवाज़। रात तब दिन में और कमरा सड़क में घुल-मिल जाता और वह अपने को फूली साँस और अकड़ी पिण्डलियों से बेतहाशा सड़क पर भागते पाता। सड़क है—सिर्फ सलेटी सड़क—जिसका कोलतार जहाँ-तहाँ से पिघल रहा है। उस पर, जैसे उससे आगे-आगे, दो पैर हैं—उसके अपने पैर। जूते के फीते खुले हैं। पतलून के पायंचे जूते में अटक-अटक जाते हैं। पर वह सरपट भाग रहा है—जैसे जूते और पायंचों के ऊपर-ऊपर से। आगे एक-दूसरे में गडमड मकान हैं, नालियाँ हैं, लोग हैं। सब उसके रास्ते में हैं—पर कोई भी, कुछ भी, उसके रास्ते में नहीं हैं। सिर्फ सड़क है, वह है, और भागना है...।

आँख खुल जाती, तो बाहर बिजली चमकती दिखाई देती। फिर मूँद जाती तो कोई चीज़ अन्दर कौंधने लगती।...एक जीने की सीढ़ियों ने उसे रस्सियों को

तरह लपेट रखा है। एक तेज़ धार का चाकू उन रस्सियों को काटता आता है। उसके पास आने से पहले ही उसकी धार जैसे शरीर में चुभने लगती है। यह उसकी पीठ है...पीठ नहीं, छाती है। चाकू की नोक सीधी उसकी छाती की तरफ...नहीं, गले की तरफ...आ रही है। वह उस नोक से बचने के लिए अपना सिर पीछे हटा रहा है...पर पीछे आसमान नहीं, दीवार है। वह कोशिश कर रहा है कि उसका सिर दीवार में गड़ जाए...दीवार के अन्दर छिप जाए। एक दीवार दीवार नहीं रस्सियों का जाल है, और जाल के उस तरफ...फिर वही चाकू की नोक है। जाल टूट रहा है। सीढ़ियाँ पैरों के नीचे से फिसल रही हैं। क्या वह किसी तरह सीढ़ियों में—रस्सियों में—उलझा रहकर अपने को नहीं बचा सकता?

आँख फिर खुल जाती, तो उसे तेज़ प्यास महसूस होती। पर जब तक वह उठने और पानी पीने की बात सोचता, तब तक आँख फिर झपक जाती।

चाप् चाप् चाप्...।

जूते की आवाज़ फिर दरवाज़े के पास आ गई। वह कुर्सी पर सीधा हो गया।

"आप तैयार हैं?" सब-इन्स्पेक्टर ने अन्दर आकर पूछा।

उसने सिर हिलाया। उसे लग रहा था कि रात से अब तक उसने पानी पिया ही नहीं।

"तो अपनी कुर्सी ज़रा तिरछी कर लीजिए और बाहर की तरफ देखते रहिए। हम लोग अभी उसे लेकर आ रहे हैं," कहकर सब-इन्स्पेक्टर चला गया।

चाप् चाप् चाप्...।

उसे लगा कि उसके हाथों की उँगलियाँ काँप रही हैं—ऐसे जैसे वे हाथों से ठीक से जुड़ी न हों।

साथ के कमरे में एक आदमी रो रहा था—धौल-धप्पे से कोई चीज़ उससे कबुलवाई जा रही थी।

क्वीन विक्टोरिया की तस्वीर जैसे दीवार से थोड़ा आगे को हट आई थी—उसके और ज़मीन के बीच का फासला भी अब पहले जितना नहीं लग रहा था।

चाप् चाप् चाप्—यह कई पैरों की मिली-जुली आवाज़ थी। साथ के कमरे में पिटाई चल रही थी—"बोल हरामज़ादे, तू किस रास्ते से घुसा था घर के अन्दर?" और इसके जवाब में आती आवाज—"नहीं, मैं नहीं घुसा था। मैं तो उस घर की तरफ गया भी नहीं था...।"

चार सिपाही कमरे के बाहर आ गए थे, और उनके बीच था वही सरदार—उसी तरह लूंगी के साथ मलमल का लम्बा कुरता पहने। हथकड़ी के बावजूद उसके हाथ बँधे हुए नहीं लग रहे थे।

पल-भर के लिए बाशी को लगा जैसे उसे उस आदमी का नाम भूल गया हो। कल दिन में कितनी ही बार, कितने ही लोगों के मुँह से, वह नाम सुना था। जिस किसी से बात हुई थी, वह उस आदमी को पहले से ही जानता था। अभी कुछ ही देर पहले उसने वह नाम अपनी हथेली पर लिखा था। क्या नाम था वह?

दरवाज़े के पास आकर वे लोग रुक गए थे—जैसे किसी चीज का पता करने के लिए। थानेदार और सब-इन्स्पेक्टर में से कोई उनके साथ नहीं था।

"कहाँ चलना है? इस तरफ?" कहता हुआ सरदार उसी दरवाजे की तरफ बढ़ आया। अब वे दोनों आमने-सामने थे। चारों सिपाही पीछे चुपचाप खड़े थे।

बाशी को अचानक उसका नाम याद हो आया। नत्थासिंह। सुबह प्रायः सभी अखबारों में यह नाम पढ़ा था। तब उसे इस आदमी की सूरत याद नहीं आ रही थी। सोच रहा था कि उसे देखकर पहचान भी पाएगा या नहीं। पर अब वह सामने था, तो उसकी सूरत बहुत पहचानी हुई लग रही थी, जैसे कि वह उसे एक मुद्दत से जानता हो।

वह आदमी सीधी नज़र से उसकी तरफ देख रहा था—जैसे कि उसका चेहरा आँखों में बिठा लेना चाहता हो। पर बाशी अपनी आँखें हटाकर दूसरी तरफ देखने की कोशिश कर रहा था—खिड़की की तरफ। खिड़की के बाहर पेड़ के पत्ते हिल रहे थे। पेड़ की डाल पर एक कौआ पंख फड़फड़ा रहा था।

वह एक लम्बा वक्फा था—खामोश वक्फा—जिसमें कि उसके कान की नहीं गाल भी दहकने लगे। पैर में तेज़ खुजली उठ रही थी, फिर भी उसने उसे दूसरे पैर से दबाया नहीं। उसकी आँखें खिड़की से हटकर ज़मीन में धँस गईं और तब तक धँसी रही जब तक कि वह वक्फा गुज़र नहीं गया। उन लोगों के चले जाने के कई क्षण बाद उसने आँखें दरवाजे की तरफ मोड़ीं। तब थानेदार अहाते में खड़ा सब-इन्स्पेक्टर को डाँट रहा था, "मैंने तुमसे कहा नहीं था कि उसे यहाँ रोकना नहीं, चुपचाप दरवाजे के पास से निकालकर ले जाना?"

सब-इन्स्पेक्टर अपनी सफाई दे रहा था कि कसूर उसका नहीं, सिपाहियों का है—उन लोगों ने, लगता है, बात ठीक से समझी नहीं।

थानेदार माफी माँगता हुआ उसके पास आया, और आश्वासन देकर कि उसे फिर भी डरना नहीं चाहिए, वे लोग उसकी हिफाज़त करेंगे, बोला, "उसे पहचान लिया है न, आपने? यही आदमी था न जिसने आप पर चाकू चलाना चाहा था?"

बाशी कुर्सी से उठ खड़ा हुआ। उठते हुए उसे लगा कि उसके घुटनों में खून जम गया है। उसे जैसे सवाल ठीक से समझ ही नहीं आया—वे जैसे अलग-अलग शब्द थे जिन्हें मिलाकर उसके दिमाग में पूरी वाक्य नहीं बन पाया था।

"यह वही आदमी था न?"

उसके पैरों में पसीना आ रहा था। बगलों में भी। साथ के कमरे में ठुकाई करते हुए पूछा जा रहा था, "तू नहीं था, तो कौन था कुत्ते के बीज? सीधे से बता दे—क्यों अपनी पसलियाँ तुड़वाता है?" जवाब में मार खानेवाला न जाने क्या कहने की कोशिश कर रहा था।

अब तक वाक्य उसके दिमाग में स्पष्ट हो गया था। जो सवाल पूछा गया था, उसका जवाब उसे 'हाँ' में देना था। यह बात पहले से ही तय थी—तब से ही जब कि उसे उस कमरे में लाया गया था। वह आदमी वही है, यह सब जानते थे—वह भी, थानेदार भी और दूसरे लोग भी। फिर भी उसके 'हाँ' कहने पर ही सब कुछ निर्भर करता था।

उसने कमीज़ के निचले हिस्से से बगलों का पसीना पोंछ लिया। फिर उसे खयाल आया कि वह दो दिन से नहाया नहीं है, और कि मिन्नी हमेशा उसे सुबह नहाकर न आने के लिए ताना देती है। आज सुबह मिन्नी ठीक वक्त पर वहाँ पहुँची होगी। उसके वहाँ न मिलने से उसने जाने क्या सोचा होगा!

उसे यह भी लग रहा था कि वह जाने कोट-टाई पहन कर क्यों आया है—उसे क्या थाने में नौकरी के लिए दरख्वास्त देनी थी?

"आप क्या सोच रहे हैं? थानेदार ने पूछा, "आपने उस आदमी को पहचाना नहीं?"

यह एक नया विचार था। अगर सचमुच उसने उस आदमी को न पहचाना होता?...और पहचानने के बाद भी इस वक्त अगर वह कह दे कि उसने नहीं पहचाना?

पर इस विचार के दिमाग में ठीक से बनने के पहले ही, पहले की तय की बात उसके मुँह से निकल गई, "हाँ, वही आदमी है यह।"

जवाब सुनते ही थानेदार व्यस्ततापूर्वक वहाँ से हट गया। सब इन्स्पेक्टर पलभर उसकी तरफ देखता रहा, फिर यह कहकर कि 'अब आप घर जा सकते हैं। चाकू, शनाख्त के लिए, आपके पास वहीं भेज दिया जाएगा,'' वह भी वहाँ से चला गया।

वह अपने में उलझा हुआ थाने से बाहर आया। बाहर की तेज़-खुली धूप में उसे अपना-आप बहुत असुरक्षित और नंगा-सा लगा। लगा, जैसे वह अपना बहुत कुछ उस कमरे में छोड़ आया हो—कल तक का सारा संघर्ष, मिन्नी का चेहरा और आगे की सब योजनाएँ। फुटपाथ, सड़क और खम्भे पहले कभी उसे इतने सपाट और नंगे नहीं लगे थे। सामने जो पहली इमारत नज़र आ रही थी, और जिसकी ओट में जाकर वह अपने को कुछ ढ़का हुआ महसूस कर सकता था, वह भी सौ गज़ से कम फासले पर नहीं थी। खुले में चारों तरफ से सबको दिखाई देते हुए, उतना फासला तय करना उसे असम्भव लग रहा था। 'अब मैं उस इलाके में नहीं रह पाऊँगा,' उसने सोचा। और वह घर छोड़ देना पड़ा, तो और कहाँ रहूँगा? नौकरी तो अब तक मिली नहीं...।'

उसने एक असहाय नज़र से चारों तरफ देख लिया। एक खाली टैक्सी पीछे से आ रही थी। उसने जेब के पैसे गिने और हाथ देकर टैक्सी को रोक लिया। फिर चोर नज़र से आस-पास देखकर उसमें बैठ गया। टैक्सी वाले को घर का पता देकर वह नीचे को झुक गया जिससे खिड़की के बाहर सिवाए सिर के, जिस्म का और कोई हिस्सा दिखाई न दे।

पैर में खुजली बहुत बढ़ गई थी। वह उसी तरह झुके-झुके काँपती उँगलियों से जूते का फीता खोलने लगा।

फौलाद का आकाश

ड्राइंग-रूम काफी खुला और बड़ा था, अकेले बैठने के लिए बहुत ही बड़ा। रात को वहाँ से गुज़रकर पैंट्री में जाना पड़ता तो मीरा को अपने अन्दर एक डर-सा महसूस होता। ड्राइंग-रूम का खालीपन एक तसवीर की तरह लगता, दीवारों के चौखटे में जड़ी तसवीर की तरह। बेडरूम के अलावा और सब कमरों की बत्तियाँ बुझाकर जब शंकर अपने क्वार्टर में सोने चला जाता, तो किसी न किसी काम से रोज़ उसे उधर जाना पड़ता था। कभी अपनी ज़रूरत से, कभी रवि के कुछ माँगने पर। बिजली के बटन पर हाथ रखने तक गद्दों और कुर्सियों की आकृतियाँ उसे अँधेरे में ऊँघती-सी जान पड़तीं। कई बार वह बटन दबाने का हौसला न करती—कि कहीं ऊँघती आकृतियों की बत्ती जल जाने से उलझन न हो।

रवि रात को देर तक काम करता रहता था। ढ़ेर-ढ़ेर कागज़ आँकड़ों और ग्राफों से भरे रहते थे। उसके हाथ इस तरह हिलते रहते थे जैसे काम करने के लिए उसे ज़रा भी सोचना न पड़ता हो। कागज़ पर उसकी कलम फिसलती जाती थी, फिसलती जाती थी। फिर एकाएक वह कागज़ सरकाकर कुर्सी की पीठ से टेक लगा लेता और दाएँ हाथ को बाएँ हाथ से दबाने लगता। तब भी मीरा को लगता कि दिमाग उसका नहीं थका, सिर्फ हाथ थक जाने से उसे मजबूरन रुक जाना पड़ा है। चीखने की-सी हल्की आवाज़ के साथ चिप्स के फर्श पर कुर्सी पीछे को सरकती और रवि उठता हुआ कहता, ''तो तुम अभी तक जाग रही हो? कितनी बार तुमसे कहा है कि वक्त पर सो जाया करो।''

मीरा मुसकराती हुई उठती और उसे गिलास में पानी दे देती। वह जानती थी कि रवि जान-बूझकर रोज़ तकल्लुफ में यह बात कहता है। उसके काम खत्म करने तक अगर वह सचमुच सो जाए, तो रवि को झुंझलाहट होती है। ऐसे में

वह सुराही से पानी लेने में भी इतनी आवाज़ करता है कि खामखाह दूसरे की नींद खुल जाए। या फिर भारी कदमों से कमरे में चहलकदमी करने लगता है। या अलमारी से मोटी-मोटी किताबें निकालकर धप्-धप् उनकी धूल झाड़ने लगता है। चैन उसे तभी मिलता है जब किसी न किसी आवाज़ से वह अचानक जाग जाती है। उस पर भी वह तकल्लुफ छोड़ता नहीं। कहता है, "ओर तुम जरा-सी आवाज़ से जाग गईं? बहुत कच्ची नींद है तुम्हारी।"

बिस्तर में लेट जाने के बाद अचानक रवि को अपनी किसी फाइल का ध्यान हो आता, जिसे वह बाहर बरामदे में भूल आया होता। या हल्की भूख का एहसास होता, या अपनी मल्टी विटामिन टिकिया की याद हो आती। कहता वह बहुत उलझे ढंग से, "देखो, हो सके तो..." या, "देखो, कर सको तो..." दस साल साथ रहकर मीरा जान चुकी थी कि इस तरह बात उसकी मर्जी पर नहीं छोड़ी जाती, सिर्फ आदेश को तकल्लुफ का जामा पहना दिया जाता है। वह चुपचाप उठती, ड्राइंग-रूम पार करके जाती है और जो कुछ माँगा गया होता, लेकर लौट आती। आदेश का पालन हो चुकने पर रवि के मन में न जाने कैसी कुण्ठा जाग आती कि वह उसे कसकर बाँहों में भरने का प्रयत्न करता। पूछने लगता, "मेरे साथ अपनी जिन्दगी तुम्हें बहुत रूखी लगती है न?" कहकर किसी भी उत्तर की प्रतीक्षा या अपेक्षा वह न करता—कुछ भी बोलने से पहले उसके होंठों को अपने होंठों से भींच देता। फिर फुसफसाकर कहता, "मैं बहुत बुरा हूँ, हूँ न?" इस पर भी उसे किसी उत्तर की आशा न रहती। वह अपने-आप सवाल पर सवाल किए जाता। "तुम्हें मैं बहुत दुःखी करता हूँ, नहीं? पर अब तो तुम्हें सहने की आदत हो गई है, नहीं?" साथ ही उसके हाथ उसके शरीर की गोलाइयों को मसलने लगते, उसके दाँत जगह-जगह उसके माँस को काटने लगते। "साथ तुम यह भी जानती हो कि मैं तुम्हें कितना प्यार करता हूँ, कितना ज्यादा प्यार करता हूँ, नहीं?" और मंज़िल दर मंज़िल शारीरिक निकटता की हदें पार होती जातीं। आखिर जब पसीना-पसीना होकर वह उससे अलग होता, तो भी मीरा को यही लगता जैसे अब भी लिखते-लिखते हाथ थक जाने से उसने कागज़ परे हटा दिए हों और इसके बाद अब पानी का गिलास माँगने जा रहा हो। वह अनायास ही उसे पानी देने के लिए उठना चाहती, पर तब तक रवि के खर्राटे भरने की आवाज़ सुनाई देने लगती है। वह चुपचाप कुछ देर उसके माथे के ज़ख्म को और अधपके बिखरे बालों को देखती रहती, फिर उसाँस भरकर सिर तकिए पर डाल लेती। कुछ देर बाद उठकर गुसलखाने में जाती और वापस आकर फिर उसी तरह लेटी

रहती। बाहर कच्ची सड़क से कोई टूटी साइकिल खरड़-खरड़ की आवाज़ करती निकल जाती।

बीच रात में अचानक नींद खुलने पर मीरा को लगा कि वह किसी ऐसी साइकिल की आवाज़ सुनकर ही जागी है। सुबह-सुबह दूधवाले बड़े-बड़े पीपे साइकिलों से लटकाए उधर से गुज़रकर जाया करते थे। पर सुबह अभी हुई नहीं थी, रोशनदान के शीशों की स्याही अभी ज़रा भी नहीं बुझी थी। बाहर झींगुरों की तेज़ आवाज़ सुनाई दे रही थी—जैसे की एक तेज़ चर्खी लगातार घूम रही हो। मीरा को वह आवाज़ उस वक्त रोज़ से ज़्यादा ऊँची, ज़्यादा तेज़ ज़्यादा चुभती हुई लगी। खिड़की के बाहर पेड़ों के पीछे जितना आकाश झुक आया था, उसमें एक सितारा बहुत तेज़ चमक रहा था। इतना तेज़ कि वह सितारा नहीं लगता था। मीरा बिस्तर से उठी कि खिड़की बन्द कर दे—कि हवा और झींगुरों की आवाज़ उससे कुछ कम हो जाए। पर खिड़की के पास आई तो देर तक वहीं रुकी रही। फौलादी जाली से आँख सटाकर उस सितारे को देखती रही। फौलाद का ठण्डा स्पर्श आँख पर अच्छा नहीं लगा तो ड्राइंग-रूम में से होकर बाहर बरामदे में आ गई। आते हुए नजर पड़ी ड्राइंग-रूम की रोगनी मूर्तियों पर अज़हदे की शक्ल की ऐश-ट्रे पर, वाट सिक्स्टी नाइन की बोतल के बने टेबल लैम्प पर और असमिया मछुओं की टोपी जैसी वाल-प्लेट पर। बत्ती जलते ही ये सब चीजें एक साथ चमक उठी थीं। बरामदे में आकर उसने मुक्ति की साँस ली—उन सब चीजों से मुक्ति की। उस सितारे की सीध में पेड़ों और पत्तियों के पीछे काँपता आकाश जैसे उसके अन्दर बहुत गहरे में किसी चीज को छू गया। उसने अपने ठण्डे चेहरे को हथेलियों से छुआ और बरामदे में पड़ी आराम कुर्सी पर ढीली-सी बैठ गई। हवा से पत्तियों का काँपना, घास का सरसराना और उँगलियों का सर्द पड़ते जाना उसे ऐसे लगा जैसे कोई कसी हुई गाँठ उसके अन्दर ढीली पड़ रही हो, कोई सोई हुई चीज़ धीरे-धीरे करवट बदल रही हो। उसकी हथेलियाँ गालों से फिसलकर आँखों पर आ गईं, जिससे ठण्डी आँखें कुछ गरमा गईं, हथेलियाँ कुछ ठण्डी पड़ गईं। फिर उसने चार-चार उँगलियों की नालियों से बाहर देखा, तो लगा कि सितारा लॉन की घास पर उतर आया है—वहाँ से आँख झपकता हुआ उसे ताक रहा है। वह उठी और अपनी रबड़ की चप्पल वहाँ छोड़कर लॉन में उतर गई। पास जाकर देखा कि शबनम की एक अकेली बूँद उस सितारे को अपने में समेटे है। अँधेरे के बावजूद घास की नमी में सुबह की ताज़गी भर आई थी। वह अपने तलुओं से उस ताज़गी को पीती हुई चलने लगी। शबनम

के कई-कई कतरे शरीर को सिहरा गए। लगा कि घास की महक से सारा शरीर पुल्लकित हो उठा है।

पैर बहुत ठण्डे पड़ गए थे, जब पुरवइया के स्पर्श ने शरीर को फिर सिहरा दिया। पूरब में अँधेरे की सतह पर एक हल्की लाल किरण तैर आई थी। मीरा देखती रही कि कैसे वह लाली उजली होकर सफेद होती है, कैसे रंगों की झिलमिल अँधेरे में धुलती-फैलती अपनी तरफ बढ़ती आती है। एकाएक वह अपने मन में चौंक गई। उसे अहसास हुआ कि पच्छिम का आकाश आज रात गहरा काला रहा है, फौलाद की भट्ठी की तांबई लौ वहाँ दिखाई नहीं दी। फौलाद की भट्ठी चौबीसों घण्टे सुलगती रही थी, पर उसका आभास मिलता था रात को ही—जब वह साथ आस-पास के आकाश को भी सुलगा देती थी। उसे पहली बार उस तरह देखा था, तो लगा था कि जंगल या किसी घर-मोहल्ले में आग लग गई है। बताए जाने पर भी विश्वास नहीं हुआ था कि वह लौ फौलाद की भट्ठी की है। बाद में धीरे-धीरे ऐसी आदत हो गई थी कि लगता था उतने हिस्से में आकाश का रंग ही वैसा है। रात के वक्त ड्राइव से लौटने पर मीलों दूर से आकाश का चेहरा तमतमाया नज़र आता था। वह रवि से देखने को कहती, तो वह झुंझला उठता। "क्या बच्चों की-सी बातें करती हो? आज फौलाद का युग है। देखना एक दिन पूरे आसमान का रंग बदलकर ऐसा हो जाएगा।" वह कल्पना में सारे आकाश को उस रंग में सुलगते देखती और काँप जाती। क्या बिना सितारों के तांबई आकाश के नीचे भी ज़िन्दगी उसी तरह जी जाएगी?

यह पहला मौका था जब पच्छिम के आकाश में एक सितारा चमकता दिखाई दिया था। आठ महीने में पहली बार उधर का आकाश तांबई नहीं था। उसे आश्चर्य हुआ कि इतनी बड़ी घटना पहले उसके ध्यान में क्यों नहीं आई? हर रात सुलगता रहने वाला आकाश आज धुएँ की कालिख की तरह निर्जीव था और सुबह की लौ ने अब उसमें हल्की काई निकाल दी थी। उसका मन हुआ कि जाकर रवि से कहे कि उठो, देखो आज फौलाद की भट्ठी बुझ गई है। पर यह सोचकर उसका उत्साह ठण्डा पड़ गया कि रवि शायद यह बात पहले से जानता होगा। वह झुंझलाकर इतना ही कहेगा, "तुम्हें मैंने बतलाया नहीं था कि आज से प्लांट में स्ट्राइक है?" और उसे याद आया कि दिन में किसी वक्त सचमुच रवि ने प्लांट की स्ट्राइक का ज़िक्र किया था। सुनकर उसने अनमने ढंग से हूँ-हाँ भी किया था जैसे कि उसकी हर बात पर किया करती थी। यह नहीं सोचा था कि स्ट्राइक होने से आसमान से वह रंग भी बुझ जाएगा।

पैर सुन्न हो रहे थे। उसने बरामदे में आकर चप्पल पहनी और कमरे में लौट आई। रवि तब तक जाग गया था। उसके पास आते ही करवट बदलकर बोला, "शंकर से कहोगी चाय दे जाए?" वह चुपचाप वापस चल दी। जानती थी। चाय लाने के लिए उसी से कहा गया है। शंकर इतनी जल्दी नहीं उठता, यह रवि अच्छी तरह जानता था।

नीम की टहनियों पर काँपती सुबह धीरे-धीरे कमरे में उतर आई। धूप की चकत्तियाँ रोज़ की परिचित जगहों पर छितरा गईं। सुबह-सुबह कितने ही लोग रवि से मिलने आ गए। मैनेजमेंट का दासचौधरी, पर्सनेल का मुकर्जी और श्रम-विभाग का जे. दारूवाला। शाम को क्लब में मिलने वाले लोगों का सुबह-सुबह घर आना एक नई-सी बात थी। मीरा खुद किचन में व्यस्त रहकर शंकर के हाथ उन्हें चाय भिजवाती रही। रवि से कोई भी मिलने के लिए आए, किसी भी समय आए, चाय की माँग ज़रूर होती थी। नाश्ते से पहले तीन बार चाय जा चुकी थी, अब चौथी बार ट्रे तैयार हो रही थी। सब लोग ड्राइंग-रूम में थे, पर लगता था जैसे कहीं दूर बैठे बात कर रहे हों। विषय वही था—प्लांट के मज़दूरों की हड़ताल। जे. दारूवाला के हर दिन के मज़ाक उस समय उसकी ज़बान पर नहीं आ रहे थे। हकला भी वह रोज़ से ज़्यादा रहा था। मुकर्जी बहुत कम बात कर रहा था। ज़्यादातर आवाज़ दासचौधरी की ही सुनाई दे रही थी। जब रवि बोलता, तो उसकी बात में शब्द कम और आँकड़े ज़्यादा होते। आँकड़े आँकड़े, आँकड़े! क्या बिना आँकड़ों के रवि कोई बात सोच ही नहीं सकता था? मीरा को लगता कि उससे प्यार करते वक्त भी वह मन ही मन चुम्बनों की गिनती करता रहता होगा...तभी तो न उसका आवेश एक चरम पर पहुँचकर एकाएक रुक जाता था।

इस बार चाय की ट्रे वह खुद बाहर ले गई। उसके आने पर पल-भर के लिए बातचीत रुक गई। फिर रवि ने ही बात को आगे बढ़ाया, "मुझसे पूछा जाए, तो इसमें बहुत-कुछ लंच के मीनू पर निर्भर करता है," उसने कहा।

मीरा एक तरफ हटकर बैठ गई जिससे उसकी उपस्थिति उनकी बातचीत के रास्ते में न आए और प्यालियों में चाय बनाने लगी। रवि की बात पर पहली बार सब लोगों के गले से हँसी फूटी। दारूवाला के सुर्ख चेहरे की लकीरें फैल गईं। "दैट्स इट," उसने कहा, "मेरा तजुर्बा भी यही कहता है कि जो काम वैसे बहुत मुश्किल नज़र आते हैं, लंच का मीनू ठीक होने से वे आसान हो जाते हैं।"

मीरा ने प्यालियाँ उन्हें दे दीं। मीनू की बात ने उसके मन में उत्सुकता जगा दी थी। उसे आश्चर्य हो रहा था कि रवि जो प्लेट में सामने पड़ी चीजों

को कभी ध्यान से देखता भी नहीं, वह आज कैसे लंच के मीनू में इतनी दिलचस्पी दिखा रहा है!

दासचौधरी ने मीनू बताया, तो रवि उसमें संशोधन करने लगा। मीरा स्थिर दृष्टि से उसके चेहरे की तरफ देखती रही। क्या सचमुच रवि रोस्ट मटन और रोस्ट चिकन के अन्तर को महत्त्वपूर्ण समझता था?

वापस किचन में पहुँचने तक वह इतना जान गई कि मालिकों और मज़दूरों के झगड़े में मध्यस्थता करने के लिए कोई व्यक्ति बाहर से आ रहा है, और दोनों पक्ष अपना-अपना केस आज उसके सामने रखने जा रहे हैं। दोपहर को स्थानीय कांग्रेस के प्रधान के यहाँ उसकी दावत है। उसी खाने का मीनू इस वक्त यहाँ तय किया जा रहा है। वह जब वहाँ से उठी, तो रवि कह रहा था, मैं उसे अच्छी तरह जानता हूँ। मुझे पता है उसके मेदे को क्या चीज़ मुआफिक आती है।"

लोगों के चले जाने के बाद रवि दफ्तर जाने के लिए तैयार हुआ, तो मीरा ने पूछ लिया, "देखो, आज वहाँ कुछ गड़बड़ तो नहीं होगी?"

"हड़ताल प्लांट में है, दफ्तर में नहीं," रवि ने कुछ उलझकर कहा, "तुम नाहक परेशान होने लगती हो।"

मीरा पल-भर रवि के ऊँचे डीलडौल को, कसे हुए भूरे सूट और नुकीले जूते को देखती रही। रवि को जब उसने अपने लिए पसन्द किया था, तो उसमें उसका ऊँचा डीलडौल क्या एक बड़ा कारण नहीं था? उन दिनों रवि की ज़बान पर हर वक्त आँकड़े नहीं रहते थे और वह इतना उलझता भी नहीं था। तब वह एक डिग्री कॉलेज में साधारण लेक्चरर था—स्टील प्लांट में लेबर-एडवाइज़र नहीं।

"यह रंग तुम्हारे जिस्म पर बहुत खिलता है," मीरा ने आँखों की चोरी पकड़ जाने से कहा। रवि के माथे पर हल्की शिकन पड़ गई। "तुम आज भी उन दिनों जैसी ही बातें करती हो," कहते हुए उसका निचला होंठ खास ढंग से सिकुड़ गया, "इतने साल साथ रहकर भी तुममें ज़रा फर्क नहीं आया।"

मीरा की आँखें छलछला आईं। रवि जब ऐसी बात कह देता था, तो वह अपने को उससे बहुत दूर महसूस करती थी। रवि के चेहरे का भाव उस फासले को और भी बढ़ा देता था। उस फासले को भरने की कोशिश उसे ऐसा झूठ लगता था जो वह दस साल से लगातार अपने से बोल रही थी। रात-दिन साथ रहकर भी वह फासला कम होने में नहीं आता था। जितना ही वह उसके नज़दीक आती, फासले का एहसास उतना ही ज़्यादा होता था।

चलते वक्त अपनी फाइलें समेटते हुए रवि ने कहा, "आज मैं लंच के लिए घर नहीं आऊँगा। शुक्ला जी के यहाँ आज राजकृष्ण की दावत है। मुझे भी वहाँ जाना है।"

"राजकृष्ण यहाँ आया है?"

"हाँ," रवि घड़ी देखता हुआ दरवाज़े की तरफ बढ़ गया, "वह सरकिट हाउस में ठहरा है। हो सके, तो तुम किसी वक्त उसे फोन कर लेना। नहीं तो वह बुरा मानेगा कि उसके यहाँ होने की बात जानते हुए भी तुमने उससे मिलने या बात करने की कोशिश नहीं की।"

मीरा भी उसके साथ-साथ बरामदे में आ गई। रवि कार में बैठकर उसे रिवर्स में बाहर ले चला, तो वह वहीं खड़ी उसे देखती रही। कार के निकल जाने पर कच्ची सड़क की धूल बरामदे की तरफ बढ़ आई। मीरा फिर भी खड़ी रही, जैसे कि धूल में घिर जाना ही उसका उद्देश्य रहा हो।

अज़दहे की शक्ल की ऐश-ट्रे में काफी राख और टुकड़े जमा हो गए थे। रवि किसी बात से उत्तेजित होता था, तो उसके चेहरे से उतना पता नहीं चलता था, जितना उसके लगातार सिगरेट फूँकने से। पिछले कुछ सालों में उसका सिगरेट पीना लगातार बढ़ता गया था। डॉक्टर का कहना था कि इसका उसकी सेहत पर बुरा असर पड़ रहा है, फिर भी वह सिगरेट पीना कम नहीं कर पाता था। कभी-कभी तो आधी रात को न जाने क्या सोचता हुआ वह बिस्तर से उठ पड़ता था और खिड़की के पास खड़ा लगातार एक के बाद एक सिगरेट फूँकता जाता था।

मीरा ने ऐश-ट्रे उठाकर झाड़ दी। फिर राख लगे हाथों को साबुन से धो लिया। ऐश-ट्रे झाड़ते हुए उसे हमेशा लगता था जैसे वह भुरभुरी राख रवि के व्यक्तित्व का ही एक हिस्सा हो—जैसे लगातार सिगरेट पीने से रवि का शरीर अन्दर से वैसा ही हो गया। उसे रवि से सहानुभूति होती, पर उस सहानुभूति में एक तटस्थता भी रहती। ब्याह से पहले वह जिस तरह रवि के व्यक्तित्व के साथ घुल-मिल जाने की बात सोचा करती थी, उसका आभास भी अब उसे अपने में नहीं मिलता था। अन्तरंग से अन्तरंग क्षणों में भी अपने को रवि से अलग, बिलकुल अलग, पाती थी। कभी उसे लगता कि ऐसा उम्र के बढ़ते सालों की वजह से है। पर इससे आगे के सालों की बात सोचकर मन में और टीस जागती। कभी उसे लगता कि इसमें सारा दोष रवि का है। कभी लगता कि दोषी रवि नहीं, वह स्वयं है।

रवि को लंच के लिए घर नहीं आना था, इसलिए उसे खाना बनाने का उत्साह नहीं हो रहा था। बहुत उत्साह पहले भी नहीं होता था, पर रोज़ की बँधी हुई लकीर वक्त पर उसे गैस के चूल्हे के पास ले जाती थी। शंकर के हाथ का खाना रवि को पसन्द नहीं था; इसलिए दोनों वक्त का खाना वह अपने हाथ से ही बनाती थी? दो आदमियों का खाना बनाने में देर भी कितनी लगती थी? कभी यह सोचकर भी उसके शरीर में झुरझुरी भर जाती कि इतने सालों से वह हर रोज़ दोनों वक्त, दो आदमियों का, सिर्फ दो आदमियों का खाना बनाती आ रही है। ज़िन्दगी की यह एकतारता दो-एक बार तभी टूटी थी, जब उसकी एबार्शन हुई थी और उसे अस्पताल जाना पड़ा था।

शंकर को उसने दोपहर के लिए छुट्टी दे दी थी, इसलिए उसका पूरा वक्त खाली ड्राइंग-रूम में अलसाते हुए बीता। तीन बजे के करीब शंकर लौटकर आया। उससे पता चला कि प्लांट के बाहर मज़दूरों का बहुत भारी जमघट है। मज़दूर इस तरह बेकाबू हो रहे हैं कि उनके नेताओं के लिए भी उन्हें सँभालना मुश्किल हो रहा है। कोई मिनिस्टर फैसला कराने के लिए बाहर से आए हैं, पर मज़दूरों का एक बहुत बड़ा वर्ग उनकी मध्यस्थता स्वीकार करना नहीं चाहता। नेता लोग उन्हें समझा रहे हैं, पर मज़दूरों का जोश अभी काबू में नहीं है।

मीरा को इस सब में खास दिलचस्पी नहीं थी। फिर भी अकेलेपन की ऊब को कम करने के लिए वह यह सब सुनती रही। फिर अचानक उसे याद आया कि रवि ने जाते हुए राजकृष्ण को फोन करने के लिए कहा था। उसने वहीं सोफे से हाथ लम्बा करके सरकिट हाउस का नम्बर मिलाया। नाम और काम पूछने के बाद उसे बताया गया कि मिनिस्टर साहब अभी-अभी बाहर से लौटकर आए हैं। होल्ड-ऑन करें, तो उनसे पूछ लिया जाए कि वह इस वक्त बात कर सकेंगे या नहीं। एक मिनट बाद उससे कहा गया कि मिनिस्टर साहब फोन पर हैं, वह बात कर ले। फिर उधर से राजकृष्ण की भारी आवाज़ सुनाई दी, ''कहो मीरा, क्या हाल हैं?''

मीरा को समझ नहीं आया कि वह क्या उत्तर दे। बातें सब की सब जैसे एकाएक दिमाग से गायब हो गईं। उसे अजीब लगा कि जिस आदमी के साथ कभी एक ही टीम में वह यूनिवर्सिटी की डिबेटों में हिस्सा लिया करती थी, आज टेलीफोन पर उसकी आवाज़ सुनकर वह एकाएक पथरा क्यों गई है? उसने कोशिश करके किसी तरह कहा, ''रवि ने आज सुबह बताया था कि आप आए हुए हैं...।''

"हाँ, अभी थोड़ी देर पहले एक लंच में रवि से मुलाकात हुई थी," उधर की आवाज़ पहले से भी भारी लगी, "उसने बताया था कि तुम भी यहीं हो और शायद किसी वक्त फोन करोगी।"

मीरा को अपने अँधेरे दिमाग में टटोलते हुए अब भी कुछ कहने को नहीं मिल रहा था। पल-भर के वक़्फे के बाद उधर से आवाज़ आई, "हलो, आर यू ऑन द लाइन?"

"हाँ-हाँ," मीरा बोली, "आप अभी दो-एक दिन रुकेंगे न यहाँ?"

"मुझे रात के प्लेन से चले जाना है," उधर से सुनाई दिया। "मगर उससे पहले किसी वक्त मिल सको, तो बहुत अच्छा है। इधर चार-पाँच साल से तो तुम्हें देखा ही नहीं है। मैं शाम को खाली हूँ, पाँच और छः के बीच। चाय तुम यहीं आकर पियो। रवि के पास वक्त हो, तो उसे भी साथ ले आना।"

रिसीवर रखने के बाद मीरा का हाथ देर तक वहीं रुका रहा। जिस आदमी के साथ कितनी ही बार कॉलेज की कैण्टीन में बैठकर चाय पी थी, आज उसी के साथ सरकिट हाउस में चाय पीना इतना अस्वाभाविक क्यों लग रहा था?

पहले से आए हुए लोग अन्दर बात कर रहे थे इसलिए उसे बाहर के कमरे में इन्तज़ार करने को कहा गया। सरकिट हाउस की इमारत उसके लिए अपरिचित नहीं थी। दो-एक बार पहले भी वह वहाँ आ चुकी थी। पर उस वक्त वह जगह उसे बेगानी-सी लग रही थी। रोशनदान से झाँकती एक चिड़िया जैसे लगातार कोई सवाल पूछ रही थी, "चि-चि-चि-चि-चु-चु-चु-चि-चि...?" लॉन में बिखरी अलसाई धूप फीकी पड़ रही थी। धूप की उदासी उसे अपने तन-मन में समाती-सी लगी, तो अपनी जगह से उठकर वह अलमारी के पास चली गई। अलमारी में सभी किताबें बहुत पुरानी थीं...अँग्रेज़ों के ज़माने की खरीदी हुईं। जिल्दों का सुनहरा रंग गर्द की परतों से मटियाला हो चला था। चमड़े में सफेदी उभर आई थी और गत्ते कागज़ों से चिपक गए-से लगते थे। सालों की बास जैसे काँच की दीवारें लाँघकर बाहर आ रही थी। वहाँ से हटते हुए उसने दीवार-घड़ी की तरफ देखा। दिए गए वक्त से पन्द्रह मिनट ऊपर हो चुके थे।

"साहब ने कहा है कि अभी पाँच मिनट में बुला रहे हैं," उस दुबले-से व्यक्ति ने आकर कहा जो उसे वहाँ छोड़ गया था। "तब तक आपके लिए ठण्डा या गरम कुछ भेजूँ?"

"मुझे कुछ नहीं चाहिए," मीरा ने अन्यमनस्कता से कहा और अपने में व्यस्त हो रही। "वह खाली हों, तो मुझे पता दे दें।"

दीवारों पर लगी तसवीरें भी शायद जॉर्ज पंचम के ज़माने की थीं। बिगबेन... सेण्ट पॉल्ज़...टेम्ज़ का पुल...उसे लगा जैसे उस कमरे में ज़िन्दगी बरसों से एक जगह पर रुकी है...वक्त को सन् चालीस के मॉडल की दीवार घड़ी ने अपने में बन्द कर रखा है...और टिक्-टिक् की आवाज़ लगातार उस पर पहरा दे रही है।

"आइए, साहब बुला रहे हैं।" दुबले व्यक्ति ने कुछ देर बाद फिर आकर कहा। वह चौंककर उसके साथ चल दी। बरामदे से गुज़रते हुए उसने इस तरह हवा को अन्दर खींचा जैसे जॉर्ज पंचम के ज़माने की सारी गर्द अपने फेफड़ों से बुहार देना चाहती हो।

राजकृष्ण हाल के उस तरफ छोटे कमरे में था। हाल में से गुजरते हुए मीरा को लगा कि कितनी ही आँखें एकटक उसे देख रही हैं। न जाने किस-किस काम से कितने-कितने लोग वहाँ आकर बैठे थे। भीड़ में अचानक किसी परिचित व्यक्ति से नज़र न मिल जाए, इसलिए वह आँखें नीची किए रही। छोटे कमरे का दरवाज़ा खुलते ही वह जल्दी से अन्दर चली गई।

राजकृष्ण ने उसे देखकर हाथ के कागज़ मेज़ पर रख दिए और उठकर उसकी तरफ बढ़ आया। वही उजला खादी का लिबास जो वह उन दिनों पहना करता था। लम्बे चेहरे पर वही चमक, वही गोराई। वही आँखें—ऑपरेशन के औज़ारों की तरह तीखी। "आओ मीरा," उसने कहा, "ज़्यादा देर तो नहीं बैठना पड़ा?"

"ज़्यादा नहीं, सिर्फ बीसेक मिनट!" वह मुसकराई।

"मुझे बहुत अफसोस है, पर किया क्या जाए?" राजकृष्ण ने सोफे की तरफ इशारा कर दिया, "वही स्ट्राइक वाला मामला फँसा हुआ है। लोग किसी भी तरह मानने में नहीं आते। आजकल लेबर के नखरे इतने बढ़े हुए हैं कि कुछ पूछो नहीं...।"

मीरा बैठ गई। राजकृष्ण पास आ बैठा। "तुम बहुत दुबली लग रही हो," उससे कहा।

"मैं दुबली लग रही हूँ, नहीं तो..." मीरा ने अपने को थोड़ा समेट लिया। वह इतनी आत्मीयता के लिए तैयार नहीं थी।

"या कहो कि मुझे तुम्हारे उन दिनों के चेहरे की ठीक से याद नहीं रही।"

मीरा अन्दर ही अन्दर सकपका गई। क्या ज़रूरी था कि इस वक्त उनकी चर्चा की जाए? "कह नहीं सकती," वह कुछ अटकती हुई बोली। "छः-सात साल से वज़न तो मेरा लगभग एक-सा रहा है।"

"मैंने वज़न की बात नहीं कही।"

मीरा को लगा कि राजकृष्ण की आँखें कैण्टीन के दिनों की तरह उस वक्त भी उसकी आँखों से अपने को बचा रही हैं कि वह उसी तरह उन बचती आँखों का पीछा कर रही हैं—कहीं किसी तरह उन्हें अपनी पकड़ में ले आना चाहती है।

"यूँ मेरा ख्याल है, देखने में भी मैं अब तक वैसी ही लगती हूँ," उसने कहा।

"अपना चेहरा आईने में देखती हो न?"

मीरा और सकपका गई, "मुझे तो नहीं लगता कि मुझमें कोई खास फर्क आया है।"

"हाँ, जिस तरह का फर्क आना चाहिए, उस तरह का फर्क नहीं आया।"

मीरा को लगा कि अब राजकृष्ण की आँखें बचने की जगह उसकी आँखों का पीछा कर रही हैं। "मतलब?" उसने पूछ लिया।

"मतलब कुछ नहीं। बस ऐसे ही कह रहा था। शायद इसलिए कि मन में कहीं ख्याल था कि दो-एक बच्चे-अच्चे हो जाने से अब तक तुम मुटिया गई होगी।"

मीरा को अपना गला खुश्क होता जान पड़ा। सहसा कोई भी बात उसके होंठों पर नहीं आई। बैरा तभी चाय की ट्रे लेकर आ गया, इसलिए वह कुछ कहने से बची रही।

लौटकर घर आते ही मीरा ने अपना कमरा अन्दर से बन्द कर लिया। उससे पहले शंकर से कह दिया कि रात का खाना वही बना ले, उसकी तबीयत ठीक नहीं है। यह भी कि साहब आएँ, तो भी उसे न बुलाया जाए—वह कुछ देर सोना चाहती है। मगर कमरा बन्द करके वह लेटी नहीं, पलंग की पीठ पर हाथ रखे काफी देर चुपचाप खड़ी रही।

उसे लग रहा था कि उसके दाँत दर्द कर रहे हैं, माथा दर्द कर रहा है, आँखें दर्द कर रही हैं। गले से नीचे साँस की नाली में भी उसे दर्द महसूस हो रहा था। नाभि के दाईं तरफ एक गाँठ-सी पड़ गई लगती थी, जैसे किसी ने उस हिस्से को मुट्ठी में कस लिया हो और ज़ोर से भींच रहा हो। अपने-आप से, सामने बिस्तर पर बिखरे कपड़ों से, और कोने में रवि की टेबल पर रखे कागज़ों से जॉर्ज पंचम के जमाने की चिपचिपी किताबों की बू आ रही थी। लग रहा था कि वह बू उसकी साँसों में और रोम-रोम में समा गई है। बू के मारे एक

चिड़िया पंख फड़फड़ाती हुई पास ही कहीं तड़फ रही है—चि-चि-चु-चु-चु-चु-चि... चि-चि-चि-चि।

खिड़की के बाहर शाम गहराकर रात में घुल रही थी। पेड़, पत्ते, घास, सड़क और सड़क पर चलते लोग—सब स्याह धूल की परतों में ओझल होते जा रहे थे। हवा से पत्ते सरसराते, तो सारे शरीर पर नाखून-से रेंगने लगते। कच्ची सड़क पर आती मोहरों की बत्तियाँ दूर से अपने को घूमती हुई लगतीं। मैदान के उस तरफ पुरानी बस्ती के घर ऐसे लग रहे थे जैसे शराब पीकर औंध पड़े हों। सिर चकरा रहा था और उसे लग रहा था कि अभी उसे कै होने लगेगी।

उसने साड़ी निकाल ली और माथा पकड़ बिस्तर पर बैठ गई। हर आहट से मन चौंक जाता कि रवि आ गया है और अभी दरवाज़े पर दस्तक देने वाला है। कोशिश करके अपने को समझाना पड़ता कि रवि के आने से पहले बाहर कार का हार्न सुनाई देगा, फिर कर अन्दर आकर रुकेगी, फिर दरवाज़ा बन्द होने के साथ रवि की आवाज़ सुनाई देगी, "शंकर!"

हर बार यह विश्वास हो जाने पर कि रवि अभी नहीं आया, मन को कुछ सहारा मिलता। अन्दर और बाहर की हर आहट से वह बची रहना चाहती थी। रवि से, या किसी से भी, बात करने से पहले वह वक्त चाहती थी—अभी काफी और वक्त। इतना कि कम से कम उसके बीतने में सुबह हो जाए।

उसका दायाँ हाथ सरककर कन्धे पर आ गया...वहाँ जहाँ राजकृष्ण ने कुछ देर पहले उसे छुआ था। उसे लगा कि राजकृष्ण की गरम साँस अब भी उसके गाल को चुन-चुना रही है, उसके होंठों से निकलते शब्द अब भी कानों में लकीरें खींच रहे हैं। "कितनी बार सोचता हूँ, मीरा, कि तब मैंने कितनी गलती की थी। खामखाह झूठे आदर्शवाद में पड़कर तुम्हें और अपने को छलता रहा कि वह ज़िन्दगी मेरे लिए नहीं है जो तुम मुझे देना चाहती थी...।"

राजकृष्ण का हाथ कन्धे से हटाकर, अपने होंठों पर झुके उसके होंठों से बचकर, वह एकाएक उठ खड़ी हुई थी। राजकृष्ण कुछ देर अपनी जगह से हिला नहीं था, वहीं बैठ चुभती नज़र से उसे देखता रहा था। "मेरी बात से तुम्हें चोट पहुँची है?" उसने पूछा था।

तब तक उसने अपने को थोड़ा सँभाल लिया था और मेज़ के सहारे खड़ी होकर बालों की पीनें ठीक कर रही थी। "मुझे अब चलना चाहिए," उसने कहा था, "रवि के आने का वक्त हो रहा है।"

"रवि को यह पता तो है कि तुम यहाँ आई हो," राजकृष्ण कुछ अटकते स्वर में बोला था, "अभी कुछ देर पहले वह यूनियन के नेताओं के साथ यहीं था। घर पहुँचने में आज उसे काफी देर हो जाएगी।"

"फिर भी मुझे चलना चाहिए," रूमाल से मुँह और माथे का पसीना पोंछते हुए उसने कहा था, "घर पर खाना मैं खुद बनाती हूँ–आज मेरी तबीयत भी कुछ ठीक नहीं है।"

राजकृष्ण अपनी जगह से उठा, तो उसे लगा कि उसके पैर डर के मारे ज़मीन से चिपक गए हैं। "आज बहुत थका हुआ था," राजकृष्ण ने कहा, "सोचा था, तुम आओगी तो कुछ देर थोड़ा रिलैक्स कर लूँगा। तुम सोच भी नहीं सकतीं कि इस ज़िन्दगी में रात-दिन कितना तनाव मन में रहता है...।"

वह ठीक से सोच भी नहीं पा रही थी कि कब और कैसे राजकृष्ण के होंठ उसके होंठों से आ मिले थे। उसने ज़ोर से चीखना चाहा था, पर गले से आवाज़ नहीं निकली थी। "मुझे जाने दीजिए," सिर्फ इतना कहकर और उसकी बाँहों से अपने को अलग करके जल्दी से वह बाहर चली आई थी। यह ध्यान भी उसे बाद में आया था कि अपना रूमाल और पर्स वह उस कमरे में ही भूल आई है।

गाँठ कस रही थी और शरीर पसीने से तर-ब-तर हो रहा था। मन हो रहा था कि बाकी कपड़े भी जिस्म से उतार दे और जाकर शॉवर के नीचे खड़ी हो जाए। घण्टा-दो घण्टे फुहार को अपने ऊपर लेती रहे, जिससे जिस्म का एक-एक हिस्सा, एक-एक मुसाम, सीज जाए और उसमें उस सीजन के अलावा कुछ महसूस करने की शक्ति न रहे। साथ ही एक नामालूम-सा डर उसके रोएँ-रोएँ में काँप गया। यह साँस-साँस में उभरती जलन...यह कसती गाँठ में बसा हुआ दर्द...आज तक क्या कभी उसका शरीर पसीने से इस तरह भीगा था?

शरीर सुन्न होता-सा लगा, तो उसने जैसे डर से सिहरकर दरवाजे की चटखनी खोल दी। ड्राइंग-रूम की बत्ती जल रही थी। जल्दी से उसने शरीर को साड़ी में लपेट लिया। मन में बहुत अचम्भा हुआ। रवि कब आया और कब ड्राइंग-रूम में सोफे पर लेटकर किताब पढ़ने लगा? फाटक के बाहर गाड़ी का हार्न क्यों सुनाई नहीं दिया? अन्दर आकर उसने शंकर को आवाज़ क्यों नहीं दी?

तकिये का सहारा लेकर वह बिस्तर पर लेटने जा रही थी कि रवि के जूते की आवाज़ बहुत पास सुनाई दी। अन्दर आकर भी रवि ने बत्ती नहीं जलाई थी। "कैसी तबीयत है?" उसने बिस्तर पर पास बैठकर पूछा। स्वर में वही

उदासीनता थी जिससे वह दस साल से लड़ती आ रही थी। मन में शायद अब भी रवि दफ्तर की, स्ट्राइक की, आँकड़ों की, बात सोच रहा था।

"ठीक नहीं है," उसने फुसफुसाकर कहा और रवि के कन्धे का सहारा ले लिया। सिर उसका रवि की छाती पर झुक गया।

"डाक्टर को दिखाना चाहोगी?"

फिर सवाल! पर वह जानती थी कि रवि के किसी सवाल का अर्थ निश्चयात्मक नहीं होता। उसकी साँस तेज़ हो गई। सिर झुककर रवि की छाती पर और नीचे आ गया और उसके होंठ उसके सीने के बालों को सहलाने लगे।

"मुझे अभी फिर जाना होगा," रवि ने कहा, "राजकृष्ण को एयरपोर्ट पर सी ऑफ करना है।"

मीरा ने सिर उसकी छाती से हटा लिया और तकिए में मुँह छिपाकर पड़ रही।

"कहो तो पहले डाक्टर को बुला दूँ?" रवि बात करता रहा, "नहीं तो आते हुए साथ लेता आऊँगा...राजकृष्ण ने मेरे आँकड़ों के आधार पर ही झगड़े का निपटारा किया है...सबसे कहता रहा कि हम लोग बहुत पुराने दोस्त हैं...।"

मीरा ने चादर ओढ़कर जैसे अपने को ओट में कर लिया। "तुम्हें जाना है, जाओ," उसने कहा, "मेरी तबीयत ऐसी ज़्यादा खराब नहीं है। तुम्हारे लौटने तक शायद ठीक भी हो जाऊँगी।"

रवि ने उसकी बाँह को हल्के से थपथपा दिया और वहाँ से चलने के लिए उठ खड़ा हुआ। "बत्ती जला दूँ?" उसने चलते-चलते पूछा।

"नहीं, रहने दो," मीरा ने करवट बदल ली। "जरूरत होगी, तो शंकर से कहकर जलवा लूँगी।"

रवि के जूते की आवाज़ ड्राइंग-रूम से होकर बाहर चली गई। कार का दरवाज़ा खुलकर बन्द हुआ। कार के पहिये कच्ची सड़क पर दूर तक आवाज़ करते रहे।

मीरा तकिए में सिर छिपाए कल्पना में देखती रही—पहियों के नीचे कुचलती सड़क...व्याकुल होकर पनाह के लिए इधर-उधर चक्कर काटती धूल...पीछे पेड़ों की घनी रेखाएँ...दूर नई बस्ती के घरों की बत्तियाँ...और उस के पीछे फौलाद की भट्ठी का तांबई आकाश...स्ट्राइक खत्म हो गई थी। चार दिन में भट्ठी फिर जल उठेगी।

मीरा ने सिर उठाया और तकिए में अपने सिर से बने निशान पर हाथ रखे आकाश में वह जगह ढूँढ़ने लगी जहाँ सुबह-सुबह एक सितारा चमकता देखा

था...यह सोचकर उसकी उदासी गहरी हो गई कि भट्ठी जलने के बाद वह अब फिर वहाँ दिखाई नहीं देगा—कभी, किसी भी सुबह...।

तलुओं में सुबह की घास और शबनम की ठण्डक ताज़ा हो आई। मन हुआ कि कुछ देर फिर उसी तरह घास पर टहले, वहाँ से खुले आकाश को देखे। अभी तीन-चार रातें तो पच्छिम में सितारों की चमक देखी ही जा सकती थी।

साड़ी ठीक से बाँधकर उसने बालों में पिनें फिर से लगाईं। चलते-चलते आईने में अपने पर एक नज़र डाली और बाहर ड्राइंग-रूम में आ गई। ड्राइंग-रूम उस वक्त उसे और दिनों से भी खुला और बड़ा लगा। अज़दहे की शक्ल की ऐश-ट्रे में कितनी ही सिगरटें बुझी हुई थीं और वहीं पास में तिपाई पर उसका पर्स और रूमाल रखा था। इससे पहले कि वह शंकर से पूछती, शंकर ने खुद ही उसे बता दिया, "सरकिट हाउस का चौकीदार ये चीज़ें दे गया था।"

मीरा पल-भर उन चीज़ों को देखती रही। फिर बरामदे से होकर बाहर लॉन में आ गई, आते हुए शंकर से कह आई, "देखो, पर्स उठाकर अलमारी में रख दो। और रूमाल...रूमाल को धोबी के कपड़ों में डाल देना।"

मरुस्थल

मरुस्थल अर्थात् रेत और गुबार का देश। मगर उससे रूखा एक और भी मरुस्थल है।

मेरे कमरे का वातावरण बहुत रूखा और बोझिल है। घड़ी में केवल घण्टे की सूई है और जीवन उसी के हिसाब से चलता है। हर चीज़ जैसे अँगड़ाइयाँ ले रही हैं। किताबें शेल्फ में सो जाना चाहती हैं, दरी फर्श पर बेसुध-सी ऊँघ रही है। बाहर जहाँ तक आँख जाती है, रेत ही रेत फैली है। रेत के बवंडर बार-बार खिड़की के किवाड़ों में आ टकराते हैं। हवा हू-हू की आवाज़ करती हुई बार-बार किवाड़ों को हिला जाती है।

उधर साथ के कमरे में इन्दु बेताब करवटें ले रही है।

रतनाडा रोड का यह बंगला जोधपुर शहर से दो मील के फासले पर है। बंगले में हम दस व्यक्ति रहते हैं और सबका परिचय अपने इस दायरे तक ही सीमित है। काम अलग-अलग होते हुए भी हम सबका पेशा एक है—सब राजस्थान फिल्म कार्पोरेशन में नौकर हैं। नसीम और सकीना कभी वेश्याएँ थीं, अब अभिनेत्रियाँ कहलाती हैं। धनपतराय कभी थियेटर में पर्दे खींचता था, आज फिल्म कार्पोरेशन का मनेजिंग डायरेक्टर है। शंकर, शर्मा और लतीफ तीनों एक्टर हैं। इन्दु नसीम की बेटी है। धनपतराय उसका बाप है। सकीना उसकी छोटी माँ अर्थात् माँ की बहन है।

इन्दु छटपटा रही है, नसीम अपने कमरे में घुटकर रो रही है, सकीना उसे दिलासा दे रही है और धनपतराय अपने कमरे में शराब पी रहा है। बाकी लोग बड़े कमरे में बैठकर ताश खेल रहे हैं।

जब मैं पहले-पहल आया तो यह सारा घर नसीम और सकीना के कहकहों से गूँजा करता था। वे दोनों मिलकर ऐसे हँसती थीं, जैसे खोटी चाँदी के बहुत-से

सिक्के एक साथ खनखनाए जा रहे हों। दोनों बहनें दिन-भर बरामदे में आवारा घूमती रहती थीं। अब कई दिनों से अपने कमरे के बाहर उनकी सूरत भी नज़र नहीं आती।

इन्दु बिलकुल मेरे साथ के कमरे में है, इसलिए उसकी हर कराहट मुझे सुनाई दे जाती है। शुरू-शुरू में वह सारा दिन मेरे कमरे में आकर चहकती रहती थी। इस बंगले में आने पर, पहले दिन से वह मुझसे बहुत हिलमिल गई थी। हर रोज़ चार-छः बार आकर वह मेरा दरवाजा खटखटाती—'इन्दु बाई अन्दर आ सकती है?''

और अपने-आप 'हाँ, आ सकती है' कहकर वह अन्दर आ जाती। फिर वह बैठ कर देर-देर तक बताती रहती थी कि दिल्ली और कलकत्ते में उसकी कौन-कौन सहेलियाँ हैं, उसे दिल्ली शहर और शहरों की अपेक्षा क्यों ज़्यादा अच्छा लगता है और जब वह बड़ी होगी तो अपनी कोठी किस ढंग से बनवाएगी। वह कभी मुझे अपने साथ खेलने के लिए मजबूर करती। कभी मुझे नाचकर दिखाती और कभी मेरे गले में बाँहें डालकर सौ-सौ तरह के सवाल पूछती। बंगले के लोगों में उसे ही मुझमें सबसे ज़्यादा दिलचस्पी थी और मेरा ज़्यादातर समय उसी के साथ बीतता था।

उस दिन बाहर बहुत ज़ोर के बवंडर उठ रहे थे, जब इन्दु ने रोज़ की तरह दरवाजा खटखटाया, ''इन्दु बाई अन्दर आ सकती है?'' और दरवाज़ा खोलकर वह अन्दर आ गई। उसके पीछे-पीछे एक अपरिचित युवक भी कमरे में आ गया। इन्दु ने उसका परिचय दिया, ''ये गोपाल बाबू हैं, आपसे मिलने आए हैं।''

गोपाल ने पहले सारे कमरे में नज़र दौड़ाकर देखा, फिर अनुगृहीत करने के ढंग से मेरी ओर हाथ-बढ़ा दिया। मेरे कहने पर वह पल-भर के लिए कुर्सी पर बैठ गया और बड़े आदमियों की तरह दो बातें करके, समय कम होने की शिकायत करता हुआ चला गया। उसके चले जाने पर इन्दु मेरी गोद में आ बैठी और बोली, ''इस आदमी से हमको डर लगता है। यह हमको बहुत घूर-घूरकर देखता है।''

''मैं भी तो तुझे घूर-घूरकर देखता हूँ, मुझे मुझसे डर नहीं लगता?'' मैंने मुसकराकर पूछा।

''तुम इसकी तरह थोड़े ही देखते हो?'' वह बोली, ''यह तो ऐसे देखता है जैसे मैं कोई तसवीर हूँ। यह बाबूजी का दोस्त है और अम्मी के साथ आजकल बहुत घुलकर बातें किया करता है। आज यह अम्मीं से एक बहुत बुरी बात कहता था।''

पहले उसने वह बात नहीं बताई। मेरे बहुत पूछने पर बहुत धीरे-से बोली, ''अम्मी से कहता था कि तू क्यों धनपतराय के साथ ज़िन्दगी खराब करती है? मैं होटल खोलता हूँ, तू मेरे साथ चलकर काम कर, हम लाखों रुपया कमाएँगे। फिर हमारी तरफ देखकर बोला—अच्छा, तू इन्दु को मेरे हवाले कर दे, उसका जो तू चाहे ले ले। मैं तो ऐसी बात पर इसके थप्पड़ मारती, मगर अम्मी चुपचाप सुनकर हँसती रही।''

मैंने उसके सिर को थपथपाया और कहा, ''पगली, वह मज़ाक करता होगा।''

''नहीं जी, मज़ाक की बात और होती है, हमको सब पता है,'' और फिर आवाज़ और भी धीमी करके बोली, ''अम्मी वैसे तो हमको पीटती है, पर उसके सामने ऐसे तारीफ करती थी जैसे सचमुच हमको बेचना ही हो।''

नौ बरस की इन्दु सचमुच बहुत कुछ जानती थी। गोपाल वाकई नसीम पर डोरे डाल रहा था और नसीम उनमें उलझ रही थी। गोपाल के वायल के कुर्ते की जेब में सौ-सौ के नोट चमकते रहते थे जिनके बल पर उसे लखपति होने का दावा था। नसीम के सौदे में उसकी आँख ज़्यादा इन्दु पर ही थी। एक दिन वह खूब पिए हुए मेरे कमरे में आ गया। नशे की बहक में उसने सारी बात मेरे सामने उगल दी। वह बम्बई में होटल खोलने की सोच रहा था, जिससे उसे लाखों की आमदनी की आशा थी। उसने उल्लास से झूमते हुए कहा, ''देखना, चार दिन में वह धनपत के मुँह पर थूककर मेरे साथ चली जाएगी। उसने मेरे साथ पक्का वायदा कर लिया है।''

फिर वह काफी देर मिले और कारखाने चलाने के प्रोग्राम बनाता रहा, और अन्त में ठण्डे पानी का गिलास पीकर चला गया।

धनपतराय गोपाल की चाल न समझता हो, ऐसा नहीं था। वह बहुत खुर्राट आदमी है और अपने-आपको बहुत कुछ समझता भी है। वैसे उसके हाथ-पैर भी काफी मज़बूत हैं। पचपन बरस का होकर भी वह बात-बात में जवानी की कसम खाकर पुरुषत्व की डींग मारता है। गोपाल से उसने कुछ नहीं कहा, लेकिन एक दिन नसीम की लगामें खींच दीं। नसीम दो-चार दिन गोपाल से दूर-दूर रही। मगर वास्तव में इसमें भी गोपाल की योजना ही काम कर रही थी।

एक दिन इन्दु ताश का एक पैकेट मुझे दिखाने के लिए लाई। मेरे कन्धे के साथ सटकर वह धीरे-से बोली, ''बाबूजी, आज बाहर गए हुए हैं न, अम्मी ने गोपाल को आज फिर बुलाया है। आज वो कमरे में बैठे धीरे-धीरे बात कर रहे हैं।''

"तू यह ताश कहाँ से लाई है?" मैंने बात बदलने के लिए पूछा।

"वही गोपाल लेकर आया है। हमने पहले नहीं लिए तो अम्मीं हमको डाँटने लगी। फिर हमने ले लिए तो हमसे कहा कि बाहर जाकर खेलो। गोपाल कहता था कि कल तेरे लिए छोटा पियानो लेकर आऊँगा।"

"अच्छा?" मैंने कहा, "यह ताश तो वह बहुत बढ़िया लाया..."

"बढ़िया हो चाहे कैसा हो, हम यह ताश नहीं खेलेंगे," इन्दु हठ और तिरस्कार के साथ बोली, "वह पियानो लाएगा तो हम उसका पियानो भी नहीं बजाएँगे।"

"क्यों, उससे लड़ाई हो गई है?"

"अम्मीं आज फिर उसके साथ बम्बई जाने की सलाह बना रही है।"

"सच?"

"सच नहीं तो क्या? अम्मीं कहती थीं कि बाबूजी हमें पैसा नहीं देते। वह बोला कि चलकर दो-चार साल तू आप कमा ले, फिर तेरी इन्दु लाखों की हो जाएगी।"

मैं उसे बाँहों में लिए हुए चुपचाप उसके बालों के साथ खेलता रहा। कुछ रुककर वह फिर बोली, "मैं बड़ी होकर डाक्टरी पढ़ूँगी। मेरी सहेली की बड़ी बहन डाक्टरी पढ़ती है।"

मैंने उस समय लक्षित किया कि उसका चेहरा पहले से कुछ पीला पड़ गया है और उसके गोरे गालों पर बारीक नीली धारियाँ उभर आई हैं। वह उस दिन काफी देर तक मेरे पास बैठकर मुझसे बातें करती रही। मैं उसे बाहर-बाहर से बहलाने के लिए अपना एलबम दिखलाने लगा। एलबम में मेरे एक मित्र के ब्याह के समय की तसवीर को वह देर तक देखती रही। फिर उसने पूछा, "ये कौन हैं?"

"यह मेरा दोस्त है और यह उसी की बीवी है," मैंने कहा।

"आप भी अपने ब्याह के दिन ऐसी फोटो खिंचवाएँगे?" उसने फिर पूछा।

मैं पल-भर उसके मासूम चेहरे को देखता रहा। फिर मैंने कहा, "मेरा ब्याह पता नहीं होगा कि नहीं, पर जिस दिन तेरा ब्याह, होगा, उस दिन तेरी ज़रूर ऐसी तसवीर खिंचेगी।"

"हिश्!" वह बोली, "हम तो डाक्टरी पढ़ेंगे, हम ब्याह थोड़े ही करवाएँगे?"

कुछ देर वह चुपचाप एलबम के पन्ने उलटती रही। फिर उसने पूछा, "अच्छा आप बताइए मैं हिन्दू हूँ कि मुसलमान?"

"तेरा नाम क्या है?" मैं उसे बहलाने लगा।

"इन्दु।"

"तो तू हिन्दू है।"

"नाम से क्या होता है?" वह बोली, "बाबूजी हिन्दू हैं और अम्मीं मुसलमान हैं। मैं न हिन्दू हूँ न मुसलमान।"

"नहीं है तो न सही। "हिन्दू-मुसलमान होने से क्या होता है?"

"अब तो नहीं होता, पर जब मैं बड़ी हो जाऊँगी, तब तो होगा।"

"क्या होगा?"

"यह आप अपने-आप समझ लें। हम नहीं बताएँगे।"

मैंने उसे अपने साथ सटा लिया और कहा, "क्या होगा? कुछ नहीं होगा। तू तो बिलकुल पागल लड़की है।"

और मैं देर तक उसके बालों में हाथ फेरता रहा।

मगर उसी रात नंगी वास्तविकता पर्दे से बाहर आ गई।

रात के साढ़े ग्यारह या बारह बजे थे। मुझे अभी नींद नहीं आई थी। मैं बरामदे में अपनी चारपाई पर करवटें ले रहा था। पास के कमरे में घड़ी की टिक-टिक लगातार सुनाई दे रही थी। अचानक नीरवता की छाती में एक नश्तर-सा चुभा। नसीम की एक लम्बी चीख वातावरण में फैल गई। साथ धनपतराय की कर्कश आवाज़ सुनाई देने लगी, "इन्दु को लेकर बम्बई जाने की तैयारियाँ कर रही है? तेरी खाल न उधेड़ दूँ, हरामज़ादी! नौ बरस से उसे पाल रहा हूँ, हज़ारों रुपए उस पर खर्च किए हैं, अब कमाई के दिन आए तो उसे तेरे साथ भेज दूँ? तुझे जाना है, जा, अभी निकल जा। उसे हाथ भी लगाया तो तेरा खून पी लूँगा।"

फिर एक घूँसा, एक थप्पड़ और नसीम के रोने की आवाज़ और धनपतराय की ज़ोर-ज़ोर की गालियाँ...

बरामदे में सोए हुए प्रायः सभी लोग जाग गए थे सब दम साधे चारपाइयों पर ही पड़े रहे। धनपतराय बड़बड़ाता रहा, "कहती है अपनी बेटी को लेकर जा रही हूँ। बेटी तू बाप के घर से लेकर आई थी? आज से उसे हाथ लगाएगी तो तेरे हाथ न चीर दूँ तो कहना। बड़ी बेटीवाली आई है।"

सारी रात नसीम सुबक-सुबककर रोती रही। इन्दु सहमी हुई रात-भर अपनी चारपाई पर सीधी लेटी रही। शंकर शर्मा और लतीफ ऐसे सिर-मुँह ओढ़कर पड़े रहे जैसे वे इस घटना से बिलकुल बेखबर हों। मैं सुबह तक न जाने कितनी बार सोया और कितनी बार जागा।

मगर सुबह सब लोग दबे-दबे उसी विषय को लेकर बात करते रहे। हर

एक को धनपतराय से किसी न किसी तरह की शिकायत थी, इसलिए नसीम के साथ सबको सहानुभूति थी। शंकर ने मुझे बतलाया कि थियेटर में धनपतराय इसी तरह थप्पड़ मार-मारकर अपने कलाकारों को संवाद याद कराया करता था। मगर नसीम पर उसका हाथ कल पहली बार ही उठा था।

इस घटना के बाद गोपाल को सख़्त निराशावाद ने घेरे लिया। वह दूसरे दिन थोड़ी देर के लिए आया और मेरे पास बैठकर अध्यात्मवाद से लेकर साम्यवाद तक की चर्चा करता रहा। उस निराशा की बहक में वह नसीम और सकीना के विषय में न जाने क्या-क्या कह गया। अन्त में बेमतलब बकते रहने के लिए क्षमा माँगकर वह जाता हुआ उस घर में कभी न आने की कसम खा गया।

उस रात की घटना के बाद से ही नसीम का लापरवाही से घूमना बन्द हो गया। तब से वह बहुत तत्परता के साथ धनपतराय के हर आदेश का पालन करने लगी। आप उसका खाना लगाती, और जब उसकी बुलाहट होती तो शराब की बोतल लेकर चुपचाप उसके कमरे में चली जाती। उसका चेहरा भी पहले से बदलने लगा। चेहरे की सुर्खी धोने पर ऐसा लगता जैसे उसे यरकान हो रहा हो। लिपस्टिक के नीचे उसके होंठों की पपड़ियाँ छिप नहीं पातीं। वह दिन-भर कमरे में बन्द रहती और शाम को कभी-कभी बंगले से दूर टहलने चली जाती।

उस घटना के कुछ ही दिन बाद एक दिन धनपतराय ने दो बड़े-बड़े सेठों को चाय पर बुलाया। चाय की टेबुल पर नसीम और सकीना मेज़वान थीं। दोनों सेठ सफेद खद्दर में सजे हुए, पान चबाते हुए बैठे थे। इन्दु भड़कीली फ्राक पहने धनपतराय की गोद में बैठी हुई गुड़िया की तरह उन लोगों की तरफ देख रही थी। सुना गया था कि वे सेठ कम्पनी में दो लाख रुपया लगाएँगे।

बात चलते-चलते इन्दु पर आ गई और धनपतराय सेठों को उसकी मार्केट वैल्यू समझाने लगा। वह इन्दु का इस तरह बखान करने लगा जैसे एक जीवित बच्ची की नहीं, एक पुतली की बात कर रहा हो कि मैं इस पुतली को जैसे चाहूँ नचा सकता हूँ; इसे नचाने के लिए किसी तार की जरूरत नहीं, मेरे हाथ में तिजुर्बा है, चौबीस साल का तिजुर्बा। सेठ लोग इन्दु को देखते हुए सिर हिलाते रहे। धनपतराय ने उन्हें विदा करते समय शीघ्र ही एक दिन वेरायटी शो रखने और उन्हें इन्दु की कला दिखाने का वायदा किया।

सेठों की सुविधा को देखते हुए इसके लिए इतवार का दिन निश्चित हुआ। बंगले के वातावरण में उस एक दिन के लिए काफी हलचल भर गई।

इन्दु पैर में घुँघरू बाँधे हुए बरामदे में घूम रही थी। मैं उसकी बाँह पकड़कर

उसे बरामदे से अपने कमरे में ले आया। वह खुशबू से महक रही थी। आसमानी रंग के रेशमी फ्राक के साथ उसके बालों में बँधा हुआ सुनहरा रिबन बहुत खिल रहा था। मगर उसकी बड़ी-बड़ी आँखें जैसे बरसने को हो रही थीं। मैंने उसे हाथों में उठा लिया और कहा, "इन्दु आज तो तू बिलकुल परी लग रही है!"

दो आँसू ढुलककर इन्दु के गालों पर आ गए। मैं उसे सोफे पर बिठाकर उसके पास बैठ गया। वह सोफे की बाँह पर सिर रखकर सुबकने लगी। मैंने उसे थपथपाकर कहा, "क्या बात है पगली, रोती क्यों है?"

इन्दु ने सोफे की बाँह से सिर हटाकर मेरी छाती में मुँह छिपा लिया और उसी तरह सुबकती हुई बोली, "आप आज मुझे दिल्ली ले चलिए। मेरी वहाँ एक सहेली है, मुझे उसके घर छोड़ आइए।"

"कौन सहेली है तेरी वहाँ?"

"कमला का घर वहाँ है। मैं कमला के घर रहूँगी। मैं यहाँ नहीं नाचूँगी।"

"क्यों, नाचने में क्या है?" मैंने चुमकारकर उसके गालों को थपथपाया और कहा, "तुझे इतना अच्छा तो नाचना आता है। आज इतने बड़े-बड़े लोग तेरा नाच देखने आएँगे। आज तो तुझे कितने ही इनाम मिलेंगे।"

इन्दु ने सिर उठाकर मेरी ओर देखा और बोली, "हमने लोगों से इनाम लेने के लिए थोड़े ही नाचना सीखा है? कमला को भी नाचना आता है। पर वह तो अपने घर में ही नाचती है। मैं कोई तमाशा हूँ?"

उसके होंठ काँपने लगे और आँखें जल्दी-जल्दी झपकती रहीं।

"तू आज अकेली थोड़ी ही नाचेगी।" मैंने रूमाल से उसकी आँखें पोंछते हुए कहा, "तेरी अम्मी भी तो नाचेगी।"

"अम्मी तो थियेटर में भी नाचती थीं," वह बोली, "पता है, लोग उनको क्या-क्या कहते हैं? मैं नाचूँगी तो वही बातें मुझको भी कहेंगे।"

"नहीं, नहीं तुझको कैसे कहेंगे? इन्दु रानी को भला कोई कुछ कह सकता है?"

"क्यों नहीं कह सकता?" वह उसी तरह काँपते हुए होंठों से बोली, "शंकर अभी-अभी शर्मा से कह रहा था कि यह लड़की बड़ी होकर अपनी माँ को भी मात करेगी।"

"शंकर, यह कह रहा था?"

"हाँ, शंकर शर्मा से कह रहा था और शर्मा उससे बोला कि हाँ, रंडी की औलाद है, रंडियों के तो खून में नखरा होता है।"

और कुछ क्षण चुपचाप आँखें झपकाकर उसने पूछा, "आप बताइए, मैं रंडी हूँ?"

मैंने उसकी ठुड्डी हाथ से उठाकर उसका माथा चूम लिया और कहा, "जो ऐसी बात कहता है, उसकी अपनी ज़बान गंदी होती है। तू ऐसी बात सुनती ही क्यों है?" और फिर मैंने रूमाल से उसकी आँखें पोंछ दीं।

उस रात काफी देर तक चहल-पहल रही। खाना हो चुकने पर पहले धनपतराय ने एक गीत गाया। फिर नसीम और सकीना के गीत और नसीम का एक नाच हुआ। उसके बाद इन्दु ने बादल में चमकती हुई बिजली का नृत्य किया था। वह थिरकती हुई जब बाँहें फैलाती तो नेपथ्य में बादल की गर्जन सुनाई देता। फिर वह सहमी-सी सिमटने लगती। जब उसने वह नृत्य समाप्त किया तो बहुत देर तक तालियों का शोर सुनाई देता रहा।

मैंने मेकअप के कमरे में जाकर उसे शाबाशी दी और पूछा, "बता, तुझे इसके लिए क्या इनाम दूँ?"

"कुछ नहीं, तुम यहाँ हमारे पास बैठो, बस!" वह बोली, "हमसे कहीं कुछ खराब तो नहीं हुआ?"

"नहीं। क्यों?" मैंने देखा कि उसकी आँखों का भाव कुछ और-सा हो रहा है।

"हमसे रिहर्सल में थोड़ा बिगड़ गया था तो बाबूजी ने थप्पड़ मारा था।" उसने पुतलियों को फैलाकर और पलकें जल्दी-जल्दी झपकाकर उमड़ते हुए आँसुओं को वापस लौटा देने की चेष्टा की और उस चेष्टा को कामयाब बनाने के लिए हँसने लगी।

दूसरी बार वह फूलों की रानी बनकर आई। उसे सिर से पैर तक फूलों से लादा गया था। वह एक हाथ में एक फूलों से भरी हुई डाली लिए थी और दूसरे हाथ में फूलों के गजरे। उसे उस रूप में देखकर सेठ लोगों के सिर ज़रा-ज़रा हिले। धनपतराय के चेहरे पर चमक आ गई। इन्दु ने नाचना आरम्भ किया।

धीरे-धीरे तबले के साथ उसके पैरों की तेजी बढ़ने लगी। उसके पैर ताल के अनुसार ठीक पड़ तो रहे थे, मगर शायद उससे फूलों का बोझ सँभाला नहीं जा रहा था, या शायद उसका ध्यान कहीं और हट गया था...मैंने लक्षित किया कि वह दो-एक जगह बीच में उखड़ गई है। अगले ही क्षण यह निश्चय करना कठिन हो गया कि वह डगमगा रही है या नाच रही है...बस उसकी बाँहें हिल रही थीं और कदम चल रहे थे! आखिर उसके पैर उखड़ गए और फूलों की डाली और गजरे उसके हाथ से गिर गए। इन्दु गिरने को हुई लेकिन सँभल गई, मगर सँभलती-सँभलती फिसलकर गिर गई।

साज़ रुक गए। पल-भर के लिए खामोशी छाई रही।

ऐसे अवसर पर धनपतराय का तिबुर्जा काम आ गया। वह उसी क्षण मंच पर पहुँच गया और गिरी हुई इन्दु को बाँहों में उठाकर मुसकराता हुआ उपस्थित लोगों को सलाम देने लगा। साज़ बजने लगे और ज़ोर-ज़ोर से तालियाँ पीटने लगे, जैसे इन्दु का गिरना भी तमाशा ही था। जैसे तालियों के शोर से गुदगुदाई जाकर भी वह धनपतराय की बाँहों पर पड़ी हुई अपना अभिनय ही पूरा कर रही थी। धनपतराय बाँहें हिला-हिलाकर सलाम देता रहा और लोग तालियाँ पीट-पीटकर उसका अभिनन्दन करते रहे...।

आज उस बात को आठ दिन हो गए हैं। इन्दु की बेहोशी तो दूसरे दिन दूर हो गई थी, मगर उसका बुखार अभी तक नहीं उतरा। सात दिन में उसके शरीर की हड्डियाँ निकल आई हैं। बुखार के दबाव में जब वह आँखें उघाड़कर देखती है तो उसकी आँखें देखी नहीं जातीं। उसके सामने से हट जाने पर भी वे आँखें बार-बार सामने आकर यह सवाल पूछती हैं, "मैं रंडी हूँ?"

धनपतराय के कमरे में उसका दौर अभी तक चल रहा है...सकीना नसीम के पास से उठकर धनपतराय के कमरे में चली गई है।

उधर बड़े कमरे में शंकर और लतीफ ज़ोर-ज़ोर से चिल्ला रहे हैं। उन्होंने शायद ताश की बाजी जीत ली है।

गुमशुदा[1]

दरम्याने कद का आदमी था वह, कुछ दुबला, मगर बहुत दुबला नहीं। बाल ठीक ढंग से कटे हुए थे, मगर कुछ इस तरह उलझे हुए थे कि लगता था, जैसे ज़रूरत से ज़्यादा बढ़ गए हों। आँखें बहुत पैनी थीं, और बहुत ही अस्थिर। किसी एक जगह वे दस सेकेंड से ज़्यादा टिक ही नहीं पाती थीं। एकाध बार मैंने उसे पहले भी देखा था, कनाट प्लेस के किसी बरामदे में से गुज़रते हुए। यूँ हज़ारों आदमी उन बरामदों में पास से निकल जाते हैं, मगर मन पर उनकी कोई छाप ही नहीं रहती। उन्हें देखना एक दरिया की लहरें देखने की तरह होता है। मगर इसकी बात अलग थी। तब भी, जब मैंने इसे देखा था, तो मुझे लगा था, जैसे कोई चीज़ मुझसे कन्धा छीलकर निकल गई हो, या गर्द का कोई जर्रा आकर आँख में अटक गया हो और हज़ार कोशिश करने पर भी निकल न रहा हो।

और इस बार वह मेरे बिल्कुल पास ही बैठा था। बीच में एक शीशे की मेज़ थी और उसके एक तरफ वह था और दूसरी तरफ मैं। उसके हाथ में शाम का अखबार था, जिसे वह पढ़ नहीं रहा था। कॉफी हाऊस में उस समय काफी भीड़ थी, शोर था और कहकहे लग रहे थे। हम दोनों अपनी-अपनी कॉफी पी चुके थे और मैं वहाँ से उठने की बात सोच रहा था। वह आदमी मेरे लिए अजनबी था और किसी अजनबी के साथ ज़्यादा देर एक मेज़ पर बैठे रहना बहुत अजीब लगता है। और मैं उठ भी गया होता, अगर अचानक ही उसने बात शुरू न कर दी होती।

---

1. यह कहानी राकेश की फाइलों में से प्राप्त हुई है। कहानी टाइप की हुई है और इसमें राकेश की ही हस्तलिपि में कुछ संशोधन किए हुए हैं। शीर्षक भी उन्हीं का दिया हुआ है।

—काफी गर्मी हो गई है—उसने एक नज़र छत पर डालकर कहा—अब तो इन लोगों को यहाँ पंखें चला देने चाहिए। और उसके स्वर से मुझे ऐसा लगा कि अगर पंखे चल रहे होते, तो भी वह छत पर नज़र डालकर कहता—अभी इतनी गर्मी कहाँ हुई है? और इन कमबख्तों ने अभी से पंखे चला दिए हैं।

बात का जाल ऐसा होता है कि एक बार ऊपर आ पड़े, तो उसमें से अपने को निकाल लेना बहुत कठिन हो जाता है। मैंने उसकी बात के उत्तर में कहा—जी हाँ, गर्मी तो इस साल काफी जल्दी ही उतर आई है, और उसने झट से मुझे अपनी बातों के जाल में ले लिया। दो मिनट मौसम की बात करके वह राजनीति की बात करने लगा और फिर साहित्य के रास्ते से होता हुआ रंगमंच की बात पर आ गया। वह बहुत तेज़ी से बात कर रहा था, जैसे उसे डर हो कि कहीं उसका जाल ढ़ीला न पड़ जाए और मैं उसमें से निकलकर चल न दूँ।

मुझे भी कोई काम नहीं था, इसलिए मैं उससे बात करता बैठा रहा। मगर आध-पौन घण्टे के बाद जब मैंने फिर चलने के इरादे से अपनी कमर सीधी की, तो वह बोला—आप शायद बहुत जल्दी में हैं।

—नहीं, जल्दी में तो नहीं हूँ, मैंने कहा—मगर अब यहाँ बैठे काफी देर हो गई, इसलिए सोचता हूँ कि अब यहाँ से चलना चाहिए।

—मैं भी अब यहाँ से उठने की सोच रहा हूँ,—वह बोला—आपको फुरसत हो, तो चलिए, चलकर कोई पिक्चर देखी जाए। मुझे अकेले पिक्चर देखना कभी अच्छा नहीं लगता। वैसे तो पिक्चर-इक्चर सब ऐसी ही होती हैं, मगर दो-अढ़ाई घण्टे तो बीत ही जाते हैं, फुरसत हो, तो चलिए। मुझे कहने का हक नहीं है फिर भी मैं कह रहा हूँ। चल सकते हों, तो ज़रूर चलिए।

—देखिए, इस समय..., मैं टालने की कोशिश करने लगा।

—आप टालिए नहीं,—वह झट से बोला—तुझे अकेले जाना अच्छा नहीं लगता और कोई बात नहीं। यही समझिएगा कि दो-तीन घण्टे किसी के लिए जाया कर दिए। हाँ, तो जहाँ तक हमारे रंगमंच की तकनीक का सवाल है..

और उसने इस तरह आगे बात शुरू कर दी, जैसे मेरे साथ चलने की बात तय हो ही गई हो। मुझे उस समय फुरसत ही फुरसत थी और मैं पिक्चर देखने न जाता, तो घर जाकर कोई किताब पढ़ता। मैं उसके साथ पिक्चर देखने चला गया। मगर हाल में बैठे हुए मुझे लगता रहा कि वह सामने पर्दे पर जो कुछ हो रहा है, उसे नहीं देख रहा, अपने ही अन्दर के पर्दे की किन्हीं तस्वीरों में उलझा हुआ है। सारे समय वहाँ भी वह इतना अस्थिर लग रहा था कि लगता

था किसी भी समय वहाँ उठकर बाहर चल देगा। जब हम सिनेमाघर से बाहर निकले; तो वह हठ करने लगा कि मैं खाना भी उसके साथ खाऊँ और घण्टे-भर में जब हम एक रेस्तराँ से खाना खाकर बाहर आए, तो वह अनुरोध करने लगा कि थोड़ी देर लॉन में बैठकर कुछ बातचीत की जाए। मुझे सचमुच उसके साथ रहना भारी था, मगर उसके साथ सिनेमा देखने और खाना खाने के बाद मैं एकदम से दामन छुड़ाकर जा भी नहीं सकता था।

—मैंने आज आपका बहुत समय बर्बाद किया है—कनाट प्लेस के बीच के लॉन में बैठकर उसने बाँहें पीछे को फैलाए हुए कहा। उन कुछ घण्टों में मुझे इस तरह लगने लगा था जैसे वह गर्द का जर्रा इस बुरी तरह मेरी आँख में गड़ रहा हो कि मेरी आँख फूलने को आ गई हो। एक तो उसका हुलिया ही ऐसा था, फिर उसने कपड़े बहुत ढीले-ढाले पहन रखे थे और सबसे चुभने वाली बात यह थी कि वह बात करते हुए चारों तरफ इस तरह देखता रहता था, जैसे उसकी कोई चीज़ वहाँ पर खो गई हो और उसे हर आदमी पर चोर होने का संदेह हो—सचमुच मैंने आपका बहुत ही समय बर्बाद किया है, वह कहता रहा—मगर मैं सोचता हूँ कि हम जिन्दगी में कुछ भी करें, उसमें समय बर्बाद ही तो होता है। समय का उपयोग क्या है? और इन्सान की जिंदगी का ही उपयोग क्या है?

अच्छा खाना खा चुकने के बाद बहुत-से लोगों पर निराशावाद का भूत सवार हो जाता है, मगर मुझे यह भरे हुए पेट का निराशावाद न लगकर उससे कहीं गहरी चीज़ लग रही थी। वह अचानक सीधा होकर बैठ गया और कहने लगा—मैं अपनी जिंदगी को ही देखता हूँ। मेरी कुछ समझ में नहीं आता कि मैं क्यों जी रहा हूँ। मेरे पास अच्छी नौकरी है, अच्छा सजा हुआ घर है, सुन्दर पत्नी है जो मुझसे काफी प्रेम करती है, काम करने के लिए नौकर हैं, सब कुछ है, मगर फिर भी मुझे ज़िंदगी फीकी-फीकी और अर्थहीन-सी लगती है। मेरी कुछ समझ में ही नहीं आता कि मैं क्यों जी रहा हूँ? मैंने अपनी जिंदगी में कई तरह के काम करके देखे हैं। एक ज़माना था, जब मुझे कला का शौक था और मैं अपने को रंगमंच और चित्रकला में खो देना चाहता था। मगर थोड़े दिनों ही बाद मुझे वह सब निरर्थक लगने लगा और मैंने एक बीमा कम्पनी में नौकरी कर ली। उसके बाद मैं विदेश चला गया और कुछ दिन वहाँ एक पत्र का संवाददाता रहा। यहाँ लौटकर और कुछ करने को नहीं मिला, तो एक होटल में मैनेजर लग गया। आजकल मैं एक इम्पोर्ट और एक्सपोर्ट के दफ्तर में नौकर हूँ और मुझे बारह सौ के लगभग तनखाह मिलती है। मगर फिर भी मुझे हर चीज बेकार

लगती है और पाँच बजे जब मैं दफ्तर से निकलता हूँ तो मुझे कुछ समझ ही नहीं आता कि मुझे क्या करना चाहिए। क्लब मुझे बकवास लगते हैं, घर में बन्द होकर मुझसे नहीं बैठा जाता, कहीं जाना-आना मुझे अच्छा नहीं लगता। समय बिताना मुझे इतनी बड़ी समस्या लगती है कि मैं आपको बता नहीं सकता।

एक तो मुझे उससे सहानुभूति हो रही थी और दूसरे उसने मेरे ऊपर इतना खर्च किया था, इसलिए मैं भी बदले में उसके लिए कुछ करना चाहता था। मैं उससे इस विषय में बात करने लगा कि इनसान का ज़िन्दगी को देखने का नज़रिया ठीक हो, तो ज़िंदगी कभी उसे निरर्थक नहीं लग सकती क्योंकि व्यक्ति या समय का परिस्थितियाँ कितनी भी खराब क्यों न हों, जीवन अपने में निरर्थक नहीं है। और अपनी बात उसके दिमाग में बैठाने के लिए मैं अपना आज तक का पढ़ा-सुना-सोचा हुआ सब कुछ काम में ले आया।

वह बाँहें पीछे फैलाए और आँखें बंद किए हुए चुपचाप मेरी बातें सुनता रहा। बीच-बीच में वह कभी कह देता—मगर क्यों? मगर कैसे?—और फिर चुप होकर सुनता रहता। यह सोचकर कि मैं एक व्यक्ति के जीवन से निराशावाद को निकालने में सहायक हो रहा हूँ, मैं बहुत उत्साह से अपनी बात स्पष्ट करने का प्रयत्न करता रहा, यहाँ तक कि बोलते-बोलते मेरा गला थक गया। शायद मैं डेढ़ घण्टे से ज़्यादा बोल गया था।

जब मैंने अपनी बात समाप्त की, तो उसने आँखें खोलीं, और थोड़ा मुसकराया।

—मैं आपसे एक बात कहूँ?—वह बोला—इस तरह की जितनी भी बातें लोग कहते हैं, या कह सकते हैं, मैं उन्हें भी बिल्कुल निरर्थक समझता हूँ। ये बातें भी समय काटने का एक बहाना ही हैं...आइए, अब चला जाए।

और वह उठा, तो मैं भी खिसियाना-सा उसके साथ ही उठ खड़ा हुआ। लॉन से बाहर फुटपाथ पर आकर उसने अपना हाथ मेरी तरफ बढ़ा दिया—मैं आपका बहुत ही शुक्रगुज़ार हूँ,—उसने कहा—आज मेरी बीवी भी घर में नहीं है और मेरे लिए समय काटना सचमुच बहुत ही कठिन हो रहा था। आपकी वजह से इतना अच्छा समय बीत गया। अब मैं समझता हूँ कि घर जाकर मुझे ठीक से नींद आ जाएगी। अच्छा...

और उसके चले जाने के बाद काफी देर मैं सड़क पार करके सामने के फुटपाथ तक भी नहीं जा सका। रात के बारह बज रहे थे, इक्का-दुक्का गाड़ियाँ सड़क से गुज़र रही थीं और मैं अनायास ही हाथ से अपने थके हुए गले को सहला रहा था...

कटी हुई पतंगें[1]

लाल पतंग आकाश में कट गई थी। हवा की लहरों में डगमगाती और चक्कर खाती हुई वह नीचे की ओर आ रही थी। बहुत-से बच्चे इधर-उधर से भागकर सड़क के बीचों-बीच जमा हो गए थे और इस आशा में थे कि पतंग गिरे और उसे दबोचें। एक बच्चा, जिसके कपड़े औरों की अपेक्षा अधिक साफ थे, सड़क के किनारे ही आकर रुक गया था और वहीं से बाँहें उठा-उठाकर चिल्ला रहा था—छीपो! मेरा ई माल! छीपो! मेरा ई माल! (पंजाब में कटी हुई पतंगों को देखकर बच्चे इस तरह चिल्लाने लगते हैं और उनका विश्वास रहता है कि इस तरह कहने से कटी हुई पतंग उनके ही हाथ आ जाएगी!)

पतंग अभी धरती से कई फुट ऊपर ही थी कि लूटने वालों के हाथों ने उसे एक साथ दबोचा और निमिष-भर में ही उसकी धज्जियाँ करके उसके मसले हुए कलेवर को कीच में फेंककर भाग गए।

उनके चले जाने पर वह बच्चा, जो सड़क के किनारे खड़ा था, मसली हुई पतंग के पास आया। नीचे झुककर उसने पतंग को ध्यान से देखा, फिर उस पर अपने पैरों की छाप लगाकर नाचता-डगमगाता वापस लौट गया।

रवि मुसकराया। जब बच्चा आँखों से अदृश्य हो गया, तो उसने पुनः उड़ती हुई पतंगों की ओर देखा। नीली और जामुनी पतंगों का पेच लड़ रहा था। वे पतंगें जिस दिशा में बढ़ रही थीं, उसी दिशा में कुछ और ऊपर जनवरी महीने के सूखे बादल अपने-आपको कई-कई तरह के चित्रों के बदल रहे थे। वे हलके और प्रसन्न थे, क्योंकि वे बूँदें बरसा चुके थे। उनके पीछे कुछ और भी गहरे-गहरे

---

1. यह कहानी राकेश ने अक्तूबर 1951 में शिमला में लिखी थी। इसका पहला ड्राफ्ट उन्हीं की हस्तलिपि में उपलब्ध है। शीर्षक उसी से लिया गया है। उसकी संशोधित प्रति उन्होंने स्वयं प्रारूप के आधार पर तैयार की थी।

बादल थे, जो अभी बरसे नहीं थे। उन पर से हटकर रवि की आँखें उस दिशा में घूम गईं, जिधर से उसकी बस आने वाली थी। समय हो चुका था, पर बस अभी भी आ नहीं रही थी।

उस दिन जनवरी सन् '51 की 26 तारीख थी। भारत के गणराज्य घोषित होने के दूसरे वर्ष दिन के उपलक्ष्य में जो उत्सव मनाया जा रहा था, वह उसके बीच से ही उठकर चला आया था, क्योंकि उसे भूख लग आई थी। आते समय रास्ते में उस पर बूँदें उतर आई थीं, जिससे उसका कोट, जो गहरा भूरा होने के कारण कभी मैला नहीं होता, पूरा भीग गया था। कोट की जेब के अन्दर रुपए वाला वह नोट भी भीग गया था, जिसकी खाल कई जगह से उधड़ रही थी। भीगकर नोट की अवस्था विचित्र हो गई थी, परन्तु उस अवस्था में भी उसमे भूख मिटाने की सामर्थ्य तो थी ही।

प्रोफेसर सत्यमूर्ति विद्यालंकार ने रवि के कन्धे पर हाथ रखा। दोनो बाँहों में पुस्तकें, एक हाथ में परचे और एक हाथ में छाता लिए प्रोफेसर सत्यमूर्ति विद्यालंकार सचमुच ही विद्या के अलंकार लग रहे थे।

—पैदल नहीं चलते?—प्रोफेसर विद्यालंकार ने अपने गोल और चिकने चेहरे को प्रश्नसूचक बनाकर पूछा।

रवि बस की प्रतीक्षा करते-करते दो पतंगों के पेच देख चुका था। वह तुरन्त प्रोफेसर विद्यालंकार का साथ देने के लिए तैयार हो गया। मन ही मन उसने रास्ते को मंज़िलों में बाँट लिया—गाँधी कैंप, पटेल चौक, अड्डा कपूरथला और रैनक बाज़ार। एक ही लम्बा रास्ता तय करने की अपेक्षा वह पाँच-छह छोटे-छोटे रास्ते तय किया करता था। इससे थकान कुछ कम महसूस होती थी। चलते-चलते वह अपने कदम गिनने लगा।

सहसा एक बूँद उसके सिर पर गिरी। फिर दो बूँदें उसके कॉलर पर गिरीं। फिर कितनी ही मोटी-मोटी बूँदें चारों ओर गिरने लगीं।

प्रोफेसर सत्यमूर्ति विद्यालंकार ने जल्दी से अपनी पुस्तकें और परचे उस पर लादकर छाता खोलने की चेष्टा की। छाता खोलने में उन्होंने सत्य और मूर्ति, दोनों का ज़ोर लगा दिया पर छाता नहीं खुला। छाता वास्तव में जंग खाए हुए था और मनुष्य न होने के कारण विवश नहीं था कि जैसे भी हो सके, अपने स्वामी की इच्छा पालन करे।

छाता दबाने, झटकने और ठोकरें मारने पर भी नहीं खुला, तो हारकर वे दोनों पक्की ईंटों के बने गाँधी गेट की ओर भागे, जिसके न इस ओर कोई दीवार है, न उस ओर, और जो गाँधी कैंप के तम्बुओं के आगे दिन-रात मन मारे खड़ा रहता

है। जब कड़ी धूप पड़ती है, या तेज़ आँधी आती है, मूसलाधार वर्षा होती है, तब गाँधी गेट उन सबके सामने सत्याग्रह करके कहता है कि हे आकाश की शक्तियों स्वतन्त्र भारत के इन स्वतन्त्र शरणार्थियों पर आक्रमण करने के पहले तुम मुझ पर वार करो, क्योंकि मेरा नाम गाँधी गेट है और मैं महात्मा गाँधी का स्मारक हूँ।

गाँधी गेट के नीचे आकर रवि ने सिर के बालों को निचोड़ा। गेट की छाया में उस समय और भी बहुत-से लोग थे। परन्तु उन्हें देखकर यह नहीं लगता था कि वे वर्षा के कारण भागकर वहाँ आए हैं। वे वहाँ थे, जैसे कंकड़-पत्थर और कागज़ वहाँ थे। रवि की दृष्टि पुरुषों वाली पंक्ति के पीछे एक किवाड़ के ऊपर लगे हुए टीन के बोर्ड से टकराई, जिस पर लिखा था—आटे का डिपो।

आटे का डिपो—ईश्वर और शैतान, दोनों की भाईचारे की दुकान। रवि को अपनी भूख याद हो आई। वर्षा तेज़ होती जा रही थी। बहुत-से लोग तम्बुओं में से निकलकर गाँधी गेट की शरण में आते जा रहे थे। थोड़ी ही देर में रवि के चारों ओर इतने व्यक्ति एकत्र हो गए कि वह दूसरों की साँसें सूँघने के लिए विवश हो गया। जब दबाव कुछ और भी बढ़ा, तो उसने देखा कि न जाने कैसे प्रोफेसर विद्यालंकार ने अपना छाता खोल लिया है और टूटे हुए जूते को घसीटते हुए सड़क की सीध में चले जा रहे हैं।

जब उसकी आँखें प्रोफेसर विद्यालंकार के ऊँचे तंग पायजामें, नीले कोट और काली टोपी से हटकर समूह की ओर आई, तो वहाँ उसने एक युवती की आँखों को अपनी ओर देखते पाया।

युवती की त्वचा भूरे रंग की थी। भूरा रंग उसके कोट जितना भूरा तो नहीं, हाँ, इतना भूरा अवश्य था कि उससे चेहरे का मैल सहसा दिखाई न दे। वह उसकी ओर ऐसी दृष्टि से देख रही थी, जैसे आकाश में उड़ती हुई किसी चील को देख रही हो।

पहले तो रवि को लगा कि उस युवती की आकृति किसी परिचित, पर भूली हुई आकृति से मिलती-जुलती है, फिर सहसा ही वह उसे पहचान गया। वह राजकरनी थी—वही राजकरनी, जो आदत न होने पर भी उसे देखकर सकुचाने की चेष्टा करती थी। लाहौर कृष्णानगर के जिस कबूतरखाने में वह किरायेदार था, उसी कबूतरखाने की बीच वाली कोठरी में धाया लज्जावती रहती थी, जिसकी वह लड़की थी। वह उसे जानता था, पर उसका परिचित नहीं था। कबूतरखाने की सीढ़ियाँ चढ़ते-उतरते वे कई बार आमने-सामने पड़ जाया करते थे। वह एक ओर को हट जाती और वह निकल जाता, या वह एक ओर हट जाता और वह निकल जाती। दो साल तक वे इस तरह सीढ़ियों में एक-दूसरे को रास्ता देते

रहे, परन्तु उसकी ओर वह एक विचित्र संकोच के साथ देखा करती थी। राजकरनी का वह संकोच उसे बहुत मीठा लगा करता था।

परन्तु आज वह जिस दृष्टि से देख रही थी, उसमें न वह संकोच था और न वह मिठास। उसका शरीर स्त्री-पुरुषों की भीड़ में भिंचा जा रहा था। उसे इसकी चिन्ता नहीं थी। शरीर को दूसरों के स्पर्श से बचाकर रखना है, ऐसा कोई भाव उसके चेहरे पर नहीं था। वह उसकी ओर केवल देखने ही के लिए देख रही थी, यद्यपि उसकी आँखों में एक घायल इतिहास झाँक रहा था। तेज नाखून, विकराल पंजे, माँस की बोटियाँ, लहू की लकीरें, उबली हुई ज़मीन, उबला हुआ आकाश, चीत्कार-चीत्कार और शेष दो टिमटिमाती हुई मौन आँखें।

वह उसे उन्हीं टिमटिमाती हुई आँखों से देख रही थी। रवि के मन में आया कि वह उसके पास जाकर उससे बातें करे। परन्तु...

वह सड़क पर भीगते हुए गधों को देखने लगा। आठ-दस गधे थे, जो एक-दूसरे के अस्तित्व से उदासीन वर्षा की ठण्डी मार खा रहे थे। उसने महसूस किया कि जिस भीड़ में वह खड़ा है, वह भीड़ भी कुछ ऐसी ही है और वह स्वयं भी उसी भीड़ की एक इकाई है।

सड़क पर बस छींटे उड़ाती हुई आ रही थी। बस के हॉर्न की आवाज़ सुनकर गधे सहसा बिदक उठे और किसी राष्ट्रीय अंतःप्रेरणा से सीधे गाँधी गेट की ओर भागे। गेट के नीचे एकत्र भीड़, जो अपनी इकाइयों से उदासीन थी, इन नई इकाइयों के समावेश से बौखला उठी और उन्हें रास्ता देने के लिए दो भागों में बँट गई

दो-तीन गधे अपने इस सम्मान को गंभीरतापूर्वक ग्रहण करके सधी हुई चाल से चलते हुए गेट के दूसरी ओर निकल गए। उनके पीछे तीन-चार गधे दोनों ओर की भीड़ को देखकर प्रसन्नतापूर्वक सिर हिलाते हुए ऐसे निकल कर गए, जैसे किसी अभिनन्दन-पत्र का उत्तर दे रहे हों। एक गधा, जो स्वयं बाहर ठहरकर दूसरों को पहले निकलने का अवसर दे रहा था, सबके अंत में पुलिस-इन्स्पेक्टर की तरह प्रविष्ट हुआ और एक बार अपने शरीर को चारों ओर घुमाकर, रुककर और जाते हुए गरदन ऐंठकर नथूने फुलाता हुआ यह व्यक्त कर गया कि उसे इस तरह के डिसिप्लिन से तनिक भी सन्तोष नहीं। उस गधे के निकल जाने पर बीच की दरार फिर से मिल गई। परन्तु उस दरार के मिलते न मिलते एक कर्मश स्वर उभरकर सुनाई देने लगा। यह स्वर किसी अभ्यस्त स्त्री-कण्ठ से निकलने का था—रंडी! कुत्ती! खसमाँ नूं खानी!

रवि ने देखा कि गालियाँ देने वाली की बुझी हुई आँखें राजकरनी को घूरकर देख रही हैं। वे आँखें, जो लाल होने की असफल चेष्टा कर रही थीं, वास्तव में इतनी बुझी

हुई थीं कि उनमें कोई भी भावना अपनी झलक नहीं दिखा सकती थीं। गालियाँ देने वाली की आयु तीस-बत्तीस से अधिक नहीं थी, परन्तु उसके सूखे और काले होंठों में जीवन नाममात्र को भी नहीं था। फिर भी वह इतने आवेश में आकार गालियाँ दे रही थी, मानो उन गालियों पर ही उसके जीवन की विजय या पराजय निर्भर करती हो।

—अन्धी हो गई है रंडी! बहुत मस्ती चढ़ी है, तो जाकर अपने यारों को दिखा!

परन्तु राजकरनी चुपचाप थी, वह लड़की, जिसे कृष्णानगर के उस मोहल्ले की लड़कियाँ 'बिल्ली', 'बाघन', 'रीछनी', कहा करती थीं, आज मरे हुए शिकार की तरह न कुछ सुन रही थी, न समझ रही थी।

राजकरनी की चुप्पी से गालियाँ देने वाली और भी उत्तेजित होती जा रही थी—माँ रंडी मर गई सौदे करती...।

सहसा राजकरनी भड़क उठी—माँ को गाली मत दे री, नहीं तो यहीं पर भुरता कर डालूँगी!

उत्तेजना में उसका जो स्वर रवि ने सुना, वह वही था, जो वह लाहौर में सुना करता था। रवि ने महसूस किया कि उसके अन्दर आज भी वही लहू है, जीवन है और जीने की शक्ति है—वह क्रोध में उबलकर फिर से वही हो गई हैं, जो पाँच साल पहले थी।

—कर दे भुरता, तुझे जवानी की मार! कुछ आज़ादी ने किया है, कुछ तू कर दे!—और गालियाँ देने वाली रोने लगी।

राजकरनी फिर मुरझा गई। क्षण-भर के लिए जो लाली उसके चेहरे पर आई थी, वह अदृश्य हो गई, और उसके स्थान पर वही निर्जीविता फैल गई, जो पाँच साल से उसकी कोमलता को, उसके शरीर की चिकनाहट को, उसके कपड़ों की सफेदी को और उसकी रोटियों के स्वाद को खा रही थी। परन्तु उस क्षण-भर की लाली ने जिन-जिन आँखों को अपनी ओर खींचा, वे आँखें उसके चेहरे पर जमीं रह गईं। रवि ने देखा कि उन आँखों में वही लूटने वाला भाव है, जो पतंग लूटने वाले बच्चों की आँखों में था। उसने चाहा कि वह उसे बाँह से पकड़कर उन आँखों से परे ले जाए, परन्तु...फिर वही प्रश्न सामने आया कि किस सम्बन्ध से? और सम्बन्ध से नहीं, तो किस उद्देश्य से?

वर्षा थम जाने पर जब रवि सड़क पर आया, तो उसने महसूस किया कि वह उसे एक कटी हुई पतंग को लूटने वालों की भीड़ में छोड़ आया है, परन्तु जब वह उस भीड़ से दूर पहुँच गया, तो उसे महसूस हुआ कि उसकी अपनी स्थिति भी उस बालक जैसी है, जो सड़क के किनारे खड़ा होकर पुकार रहा था—छीपो! मेरा ई माल! छीपो! मेरा ई माल!

सतयुग के लोग[1]

ग्यारह सौ ग्यारह नम्बर की जीप गली के बाहर रुकती है। ताली घुमाकर हज़ारासिंह ड्राइवर जीप से उतरता है, तो नंदू हलवाई के तीनों कुत्ते कर्मभूमि में उतर आए हैं और उसके गली में कदम रखते ही बेतहाशा भूँकने लगे हैं। पहलवान, उपनाम पलटा, सामने से उसकी तरफ लपकता है और डब्बू और कालू दो तरफ से उसकी टाँगों के गिर्द हो लिए हैं। नंदू ने पैतृक गर्व से कुत्तों के कर्तव्य-पालन को देखा है और ढीले हाथ से दूध हिलाता हुआ बोला है—निकल जाइए, निकल जाइए, सरदार साहब! ये कुत्ते भूँकते ही हैं, काटते नहीं। बहुत असील कुत्ते हैं।—और रस्सी के सहारे आगे को उचककर वह कुत्तों को पुचकारने लगता है—चल इधर डब्बू! आ कालू! चलो इधर......।

डब्बू और कालू उसकी आवाज़ सुनकर लौटने को होते हैं, परन्तु यह देखकर कि उनकी लीडर पलटा आगंतुक को आगे तक पहुँचाने जा रहा है, वे भी भूँकते हुए उसके साथ-साथ कुएँ तक चले गए हैं। वहाँ से बाल कौर की घुड़की खाकर वे लौट पड़े हैं और आकर नंदू की गद्दी के नीचे जूठी बाटियों के ढेर में दुबककर बैठ गए हैं।

मक्खनसिंह अपनी गौएँ लिए हुए अभी नहीं पहुँचा है, परन्तु उससे दूध लेने वाले लोग निहाल के चौतरे के पास जमा होने लगे हैं। अभी बाल और ब्राह्मणी पल्ले से चौतरे की धूल झाड़ ही रही है कि शाहनी राम कौर हाँफती हुई आ पहुँची है और केवल मलमल की एक धोती में लिपटे हुए अपने शरीर को उसने चौतरे के अधिक से अधिक भाग में फैल जाने दिया है। बाल कौर के अन्दर

1. कहानी और रिपोर्ताज़ का मिला-जुला रूप राकेश जी की इस रचना में मिलता है। इसकी मूल पाण्डुलिपि टाइप की हुई है।

से विद्रोह की साँस उठी है, परन्तु शाहनी की कलह-शक्ति का स्मरण करके वह चुप रह गई है। उसने माथे का पसीना पोंछकर ओठों पर ज़बान फेरी है और एक ओर कोने में बैठकर स्तोत्र-पाठ करने लगी है—

शिरी रामजी के कमल नेतर कटि पीताम्बर अधर मुरली, धीरज धरम्
मुकुट कुंडल कर लकुटिया, साँवरे राधे वरम्।

—अच्छा, अच्छा, शाहनीजी पहले ही आई हुई है? वाह-वाह! वाह-वाह! जय गोपाल! जय गोपाल!—कुएँ के पीछे की गली से लाला राम दिगमल खन्ना की आकृति प्रकट हुई है। शाहनी को अभी भी साँस ठीक से नहीं आ रही है, इसलिए उत्तर में उसके होंठ थोड़ा हिलकर रह गए हैं। खन्नाजी गद्‌गद् भाव से चारों ओर दृष्टि डालकर नम्रता की मूर्ति बने, और जैसे अपने अस्तित्व के लिए संसार-भर से क्षमायाचना करते हुए एक ओर खड़े हो गए हैं। जीतो दाई उनके सामने ही बैठी है और लाखा सिंह दलाल, जिसकी कुहनियाँ कमीज़ से तथा घुटने पाजामें से बाहर निकले पड़ रहे हैं, घूर-घूरकर उसकी ओर देख रहा है। खन्नाजी की आँखें झुकीं, उठीं और फिर झुक गई हैं। अपनी भूरी खादी की टोपी उतारकर उन्होंने सिर पर हाथ फेरा है और एक लम्बी साँस ली है। पैंतीसवें साल में पहुँचकर भी जीतो के छरहरे शरीर की रेखाएँ अभी वैसी ही हैं। उसके चेहरे का तिल अब भी उतना ही सुन्दर लगता है, जितना बीस साल पहले। वह अपनी तीखी आँखों से एक बार देख लेती है, तो शरीर में दूर तक कुछ चुभता चला जाता है। खन्नाजी ने पैर के अँगूठों को दो-एक बार हिलाया है।

—श्री हरि, श्री हरि, श्री हरि!—और उनके चेहरे पर क्षमा-याचना का भाव और गहरा हो गया है।

भगतरामजी दास को आते देखकर नंदू ने दूध हिलाना छोड़कर फिर रस्सी को पकड़ लिया है। भरत कन्धे झुकाए हुए इस तरह राम नाम का उच्चारण करता आ रहा है, जैसे दर्द से कराह रहा हो। उसकी रूखी पीली आँखें जैसे आसपास कुछ खोज रही हैं। क्यों रामजी...? उसके सामने आने पर नंदू की दोनों आँखें हिली हैं और चेहरे पर लम्बी मुसकराहट फैल गई है। भगत ने कराहना बन्द कर दिया है और उसके पीले दाँत बाहर निकल आए हैं।

आ गया पुष्पक विमान?—उसने एक बार जीप की ओर देख लिया है—दुनिया तरक्की कर गई है रामजी।—नंदू फिर दूध हिलाने लगा है। तुम्हारी तरह नहीं कि जो राम का नाम पचास साल पहले लेते थे, वही आज भी लेते हो।

भगत के होंठ फैल गए हैं और आँखें रसपूर्ण हो उठी हैं—सब प्रभु की अपरंपार माया है, नंदू शाह! देख क्या-क्या खेल खेल रहा है।

नन्दू ने एक बार दाएँ-बाएँ देखा है। फिर थोड़ा आगे को झुक गया है—मैंने तो सुना कि बंसी इसके सख्त खिलाफ है।

भगत फिर चुंधी आँखों से जीप की ओर देख रहा है। उधर से आँखें हटाकर उसने अपना खाली गिलास दुकान के तख्ते पर रख दिया है और थोड़ा और नंदू के नज़दीक हो गया है।

—कल इसी बात को लेकर घर में बहुत लड़ाई हुई है। चंचला देई ने कल वो-वो कही हैं, वो-वो कहीं हैं कि बस...।

—अच्छा?—नंदू का हाथ क्षण-भर के लिए रुका है और फिर अनासक्त भाव से दूध को हिलाने लगा है—चंचला देई कह देती है। वह नहीं दिल में रखती। क्या-क्या कही उसने।

—यही कही कि लड़की को ऐसी नौकरी करानी है, तो कम्पनी बाग में कोठी ले लो।

नंदू का फूला हुआ पेट हँसी से थलथलाया है और उसकी मुँछें फैल गई हैं। भगत ने अन्दर से उमड़कर आती हुई हँसी को दो बार रोका है। और फिर खिलखिला उठा है।

—शाहजी, मावा हो गया है।—नंदू का नौकर परमा कड़ाही लिए हुए पास आ गया है। उसकी जाँघों तक स्याही चढ़ी है और आधी कमीज़ स्याह हो रही है। तौलिए की जिन टाकियों से वह कड़ाही पकड़े हैं, वे भी स्याह हैं। उसने कड़ाही छोटी अँगीठी पर रख दी है।

—रामजी, अभी जाना नहीं।—और हाथ से भी उसे रुकने का संकेत करके नंदू मावा देखने लगा है। तीन-चार बार अच्छी तरह खुरपे से हिलाकर उसने आग उगलती आँखों से परमे की ओर देखा है—मेरी माँ का सिर हुआ है! ले जा, अभी और हिला!

परम क्षण-भर चुप खड़ा रहा है। उसकी चुप्पी ऐसी है, जैसे गाली दे रहा हो। फिर वह झटके से कड़ाही उठाकर अन्दर ले गया है। दूसरा नौकर नरोत्तम बर्तन मलता हुआ बिल्ली की-सी हँसी हँसा है।

—चुप रह वे बिल्ली के बच्चे!—नन्दू उसकी ओर देखकर गरजा है—दही के कूंडे निकालकर बाहर रख और बर्फ वाले को देख अभी लस्सी के ग्राहक आने लगेंगे।—फिर हाथ से माथे का पसीना पोंछकर हाथ को पैसों वाली संदूकची पर मलता हुआ वह भगत की ओर देखकर बोला है—हाँ, फिर?

—बहुत कहा-सुनी हुई।—वह अपनी चार दिन की सफेद दाढ़ी को खुजलाने लगा है।

—अच्छा।

—प्रकाश कौर ने कहा कि तू अपनी लड़की को सँभाल, जिसके चरित्र की सारी गली में धूम मची है।

नंदू का मुँह पल-भर के लिए खुला रह गया है—

—कह दिया?

—एक बात कही उसने? उसने भी आगे-पीछे की सारी कसर निकाल दी!

—मतलब, खूब गर्मागर्मी हुई?

भगत ने गंभीर जानकार के रूप में सिर हिलाया है।

—बंसी नहर में डूबने जा रहा था।

—हाँ?

—चंचला देई ने बड़ी मुश्किल से बाँह पकड़कर रोका। उसने कहा कि तुम सीढ़ियाँ उतरोगे, तो मैं खिड़की से छलाँग लगा दूँगी। बंसी आधी रात तक सिर पर हाथ मारकर पीटता रहा।

—वाह रे माँ के बंसीलाल!—नंदू का पेट फिर थलथलाया है और मुँह से हँसी का फव्वारा फूट निकला है—रामजी, तुम भी पूरे सी.आई.डी. हो!

इस प्रशंसा से भगत का चेहरा खिल उठा है और उसने पहरेदार रघपत सिंह के तख्त की ओर रुख कर लिया है—सब अपरंपार की माया है, नंदू शाह! जितनी दिखा देता है, देख लेते हैं।

हज़ारासिंह ड्राइवर को आते देखकर भगत का बढ़ा हुआ कदम रुक गया है। हज़ारासिंह बगल में लोहे की ट्रे सँभाले है और कैलास उसके पीछे-पीछे आ रही है। भगत कैलाश के लाल दोपट्टे और आगे पड़ी हुई चोटियों को देखता रहा है। कुछ ही क्षणों में कैलाश हज़ारासिंह के बराबर जीप में बैठ गई है और जीप स्टार्ट हो गई है।

भगत नंदू की ओर देखकर मुसकराया है। परन्तु नंदू उसकी ओर न देखकर जाती हुई जीप की ओर देख रहा है। भगत चलकर रघपतसिंह के तख्त के पास पहुँच गया है।

भगत को आते देखकर रघपतसिंह पहले ही तख्त से उठ खड़ा हुआ है। उसने अपना आसन अर्थात् टाट नीचे गली में बिछा लिया है और चूल्हे में सिकड़ी लगाकर तीन चौथाई टूटे हुए पंखे से उसे सुलगाने लगा है भगत निहाल के चौतरे के पास एकत्र समुदाय पर एक दृष्टि डालकर तख्त पर बैठ गया है। उसके पालथी मारकर बैठने से बुड्ढे तख्त की चूलें हिल गई हैं। खन्नाजी हाथ जोड़कर 'जय

गोपाल जय गोपाल, कहते हुए उसके निकट आ गए हैं। लाखासिंह ने एक बार वितृष्णा की दृष्टि से भगत की ओर देखा है और उसकी आँखें फिर जीतो की ओर घूम गई हैं, जो शाहनी राम कौर के साथ अपनी ज्ञानचर्चा में संलग्न है।

—घोर कलिकाल है, खन्नाजी!—भगत ने लाखासिंह की ओर देखकर खन्नाजी को आँख मारी है। खन्नाजी ऐसे गम्भीर रहे हैं, जैसे उन्होंने भगत की आँख के अर्थ को न समझा हो। परन्तु उनके चेहरे पर एक खिसियाना-सा भाव आ गया है।

—इसमें क्या संदेह है—उन्होंने कहा है, जैसे भगत की बात का एक और ही अर्थ रहा हो—जिन बातों की कल्पना भी नहीं करते थे, वे सब बातें आज अपनी आँखों से देखते हैं। ऐसा समय भी आना था कि लरकियाँ कमाएँ और घड़ वाले बैठ कर खाएँ।

भगत का ध्यान भी लाखासिंह से हट गया है और उसके मस्तिष्क में जीप के पहिए घूम गए हैं—देख लो तुम्हारी स्त्री-शिक्षा क्या कर रही है?—वह अंगोछे से गले का पसीना पोंछने लगा है—शास्त्रों में कहा है कि कलजुग में धर्म एक पैर पर खड़ा रहता है, अब वह भी नहीं रहेगा। आजकल स्कूल-कालेजों में इन लड़के-लड़कियों को क्या साहित्य पढ़ाया जाता है! वह साहित्य, जो भ्रष्टाचार की शिक्षा देता है। उन दिन एक पुस्तक पढ़ रहे थे। क्या पढ़ा उस पुस्तक में?

भगत ने आँखों में प्रश्नात्मक भाव लिए हुए आसपास खड़े दो-एक और व्यक्तियों की ओर भी देखा है, जो थोड़ा-थोड़ा तख्त के निकट आ गए हैं। भगत ने अंगोछे से गले का पसीना पोंछते हुए क्षण-भर के लिए एक नाटकीय विराम दिया है और बोला है—पढ़ा कि एक पुरुष स्वयं...महाराज स्वयं...स्वयं अपनी पत्नी को अपने मित्र के लिए छोड़कर घर से चला गया। पीछे वह पति के उस मित्र के साथ जंगल में चली गई। और वहाँ? वहाँ जाकर क्या हुआ? वहाँ जाकर उसने पति के मित्र के सामने अपने सब वस्त्र उतार दिए...। हे जानकी वल्लभ रघुनाथ स्वामी...। तो बोलो। यह आजकल का साहित्य है! कभी रामायण-महाभारत साहित्य था, आजकल यह साहित्य है! द्वापर में दुःशासन ने द्रौपती का चीर-हरण किया तो महाभारत हो गया और आज? स्कूलों-कालेजों में इस सबकी शिक्षा दी जाती है। यह इस देश की स्वतन्त्रता है! आज जिनके हाथों में इस देश का राज-काज है, उनकी भी गाथा सुन लीजिए...क्यों महाराज, सुनाएँ उनकी गाथा?

भगत के आसपास लोगों का घेरा खड़ा हो रहा है। भगत के चेहरे पर चमक आ गई है। उसने टोपी उतारकर तख्त पर रख दी है और टाँगें नीचे लटकाकर थोड़ा आगे को झुक गया है।

—जब भगवान रामचन्द्र वनों को चले, तो अजुध्यावासी उनके साथ हो लिए ...ध्यान से सुनो खन्ना जी, पते की बात सुना रहे हैं। यह मत समझना कि रामायण सुनाने लगे हैं। तो आगे-आगे भगवान् चल रहे हैं। और पीछे-पीछे सब अजुध्यावासी। कहते हैं कि भगवन, हम भी आपके साथ ही वनों में जाकर रहेंगे। जब अजुध्या से निकल आए, तो भगवान को बहुत चिन्ता हुई। चिन्ता यह हुई कि यह सारी जनता यदि साथ चली तो वनों में जाकर निर्वाह कैसे होगा? हाँ महाराज, इतनी जनता कि एक समय भी खाए तो सौ योजन के कन्द-मूल-फल खा जाए। तो भगवान मर्यादा-पुरुषोत्तम ने उन्हें मर्यादा का उपदेश दिया और अजुध्या लौट जाने को कहा। कहा कि मेरे चरणों में तुम्हें तनिक भी अनुराग है, तो सब नर-नारी यहाँ से लौट जाओ। तो महाराज, भगवान का आदेश सिर-आँखों पर धरकर सब नर-नारी यहाँ से लौट जाते हैं और भगवान वनों को चले जाते हैं।

भगत से लक्षित लिया कि उसके प्रवचन में लोगों की रुचि लगभग समाप्त हो चली है। उसने तख्त पर हाथ मारा है और थोड़ा और आगे को सरक गया है।

—एक-एक कर चौदह बरस बीत जाते हैं। भगवान राक्षसों का दमन करके लक्ष्मण और भगवती सीता के साथ वनों से लौटकर आते हैं तो क्या देखते हैं?

भगत ने फिर क्षण-भर का विराम दिया है और श्रोताओं की ओर देख मुसकराया है।

—देखते हैं कि जहाँ से उन्होंने अजुध्यावासियों को लौटने को कहा था, वहाँ पर बहुत-से हिजड़े एकत्र हैं। भगवान ने समझा कि वे लोग उनके स्वागत के लिए आए हैं, सो बहुत प्रसन्न हुए। परन्तु निकट जाकर उनसे पूछते हैं, तो क्या पता चलता है? पता चलता है कि वे पन्द्रह बरस से वहीं पर बैठे हैं। भगवान सुनकर आश्चर्य में पड़ जाते हैं और पूछते हैं कि वे पन्द्रह बरस से वहाँ किसलिए बैठे हैं। इस पर उनका मुखिया हाथ जोड़े हुए कहता है क्या कहता है? कहता है कि हे प्रभु, दीनबन्धु, अंतर्यामी, आपने आदेश दिया था कि सब नार-नारी लौटकर अजुध्या चले जाएँ। परन्तु हमारे लिए प्रभु, आपने कोई आदेश नहीं दिया था। सो हम आपके सेवक, दासानुदास, तब से आदेश की प्रतीक्षा में यहीं बैठे हैं। भगवान ने सुना, तो चित्त प्रेम से गद्‌गद् हो गया। प्रसन्न होकर कहते हैं, कि भक्तो, तुम्हारी इस भावना ने मेरा हृदय और तन-मन-प्राण सब कुछ जीत लिया है, माँगों, क्या माँगते हो? भगवान ने कहा, माँगो, क्या माँगते हो, तो उनमें आपस में कलह छिड़ गया। किसी को धन चाहिए, किसी को पद चाहिए, किसी को पुत्र-रत्न चाहिए। बहुत समय व्यतीत हो गया, परन्तु कोई निश्चय नहीं कर सके

कि क्या माँगे, क्या नहीं माँगें। एक कहता है, यह दो, तो दूसरा कहता है कि यह नहीं, यह दो। जब कलह शान्त करने का कोई उपाय दृष्टिगोचर नहीं होता, तो भगवान अंतर्यामी उनसे कहते हैं—क्या कहते हैं...? कहते हैं, जाओ भक्तो, तुम्हें मैं यह वरदान देता हूँ कि कलजुग में एक समय आएगा, तब सम्पूर्ण भारतवर्ष में तुम्हारा राज होगा और तुममें से प्रत्येक की मनोकामना पूरी होगी। तो महाराज, भगवान का वरदान वृथा नहीं जाता। अब देख लो, कलिकाल में आकर सम्पूर्ण भारतवर्ष में उनका राज हो गया है और प्रत्येक की मनोकामना पूरी हो रही है। क्यों लाखासिंह, हो रही है कि नहीं?

लाखासिंह को सम्बोधित करते हुए भगत का स्वर ऊँचा हो गया है। बाईं आँख को ज़रा-सा दबाकर उसने श्रोताओं को देखा है और सीधा हो गया है। लोग खिलखिला उठे हैं। अपनी बात के प्रभाव को लक्षित करते हुए भगत के होंठों पर हँसी की रेखा धीरे-धीरे फैली है। दो-एक बार उसने उसे फैलने से रोका है, फिर अपेक्षित प्रभाव का विश्वास हो जाने पर पूरी तरह फैल जाने दिया है। श्रोताओं की आँखों में तथा नासिकाओं के अग्रभाग पर देर तक हँसी की थिरकन बनी रही है। भगत टोपी से गले को हवा करने लगा है।

—तो महाराज, इसीलिए इस राज को रामराज कहते हैं। इस राज में स्त्रियों के कर्म पुरुषों ने ले लिए हैं और पुरुषों के कर्म स्त्रियों ने। इसलिए न स्त्रियों में स्त्रीत्व रहा है, न पुरुषों में पुरुषत्व। सतजुग में क्या स्त्रियों को शिक्षा नहीं दी जाती थी? परन्तु उस काल की शिक्षा क्या होती थी...? क्या होती थी उस काल की शिक्षा...?

—तत् तत्! तत् तत्!—गौओं को रस्सी से सहलाता हुआ मक्खनसिंह गली में आ पहुँचा है। उसे देखते ही भगत के आस-पास से श्रोताओं का जमघट सहसा बिखर गया है। भगत कई पल इधर-उधर देखता रहा है कि कोई एक आध श्रोता भी हो, तो वह अपनी बात जारी रखे, परन्तु किसी के भी आँख न मिलाने पर उसने क्षोभ और निराशा की लम्बी साँस लेकर टोपी सिर पर रख ली है। अंगोछा कन्धे पर डाल लिया है। और रूखी आँखों से शून्य में देखता हुआ राम-नाम का उच्चारण करने लगा है। बाल कौर ब्राह्मणी इस समय उसके प्रवचन पर टिप्पणी कर रही है।

भगवान सब अंतर्यामी थे। उन्हें नहीं पता चला कि हिजड़े वहाँ पर क्यों बैठे हैं...? निरा झूठ! भगवान के नाम पर झूठ बोलते लोगों को शर्म नहीं आती। भगत बने फिरते हैं।

भगत ने क्रोधपूर्ण दृष्टि से बाल कौर को देखा है और आँखें दूसरी ओर फेर ली हैं। पहले एक बार 'विधिहूँ न नारि हृदय गति जानी' की व्याख्या करते हुए उसकी बाल कौर से लड़ाई हो चुकी है। प्रभु कृपा से भगत की एक आँख कुछ भैंगी है जिससे कई बार यह पता नहीं चलता कि वह किसे लक्षित करके बात कह रहा है। बाल कौर का कहना है कि वह उसकी ओर देख रहा था और उसी की हृदय-गति की चर्चा कर रहा था जब कि भगत की आँख उस समय जीतो के चेहरे पर टिकी थी और हृदय-गति के सम्बन्ध में वह अपनी पत्नी कुंती की बात सोच रहा था।

सपरेटा दूध की बटलोई सिर पर रखे तनकर चलता हुआ मक्खनसिंह निहाल के चौतरे पर पहुँच गया है। छाती उभरी होने से उसके कन्धे पीछे को हटे-से लगते हैं।

—शाहनी, बटलोई के लिए तो जगह छोड़ दिया कर—उसने बटलोगई सिर से उतारते हुए कहा।

—मुए पोस्ती, इतनी देर क्यों कर देता है?—शाहनी थोड़ा एक ओर को हट गई है।

—मैं देर नहीं करता, शाहनी माता, तू जल्दी आ जाती है। तू आप न आया कर, शाह को भेजा कर।

—मुए, शाह तुझे खरे पैसे देता है, मैं खोटे देती हूँ?—शाहनी के माथे पर क्रोध की रेखा भी है और ओठों पर मुस्कराहट भी। यह निश्चय नहीं कर पाई है कि उसे क्रोध करना चाहिए, या प्रसन्न होना चाहिए।

मक्खनसिंह शाहनी के भाव को देखकर मुस्कराया है और उसने दो बार मूँछों पर हाथ फेरा है। नहीं शाहनी माता, तेरा रुपया तो सत्रह आने का होता है। मगर शाह को आध सेर का डेढ़ पाव भी दे दो, तो वह ले जाता है और तू आध सेर का अढ़ाई पाव लेती है। तू उसे ही भेजा कर।

इस निश्चय पर पहुँचकर कि उसकी प्रशंसा हो रही है, शाहनी प्रसन्न हो गई है और उसके मुँह के चारों दाँत दिखाई दे गए हैं—यह मुआ मुझे आध सेर का अढ़ाई पाव दूध देता है।—वह जीतो की ओर देखकर बोली है—यह नहीं कहता कि रोज़ मुझे ठग लेता है।

—शाहनी माता, तू तो ब्रह्मा को ठगकर धरती पर आई है, तुझे कौन ठगेगा?

शाहनी को लगा है कि इस बार उसकी प्रशंसा नहीं निन्दा की गई है। उसने मक्खनसिंह की धूर्ततापूर्ण मुस्कराहट को भी देखा है। उसके मुँह से अमृत

वर्षा होने लगी—मुए, ज़बान खींच लूँगी। छोटी जात, जो मुँह से आए, बकता जाता है। मैं तेरे बाप का दिया खाती हूँ, जो तेरी जान पर भारी हूँ? तेरी माँ चुड़ैल आई होगी ब्रह्मा को ठगकर। नीच जात। जितना मुँह लगाओ, उतना ही खुलते जाते हैं। तुझे नहीं पुजता, तो न दिया कर दूध। इतना बढ़-बढ़कर बातें क्यों करता है?

—छिमा कर माता, छिमाकर।—मक्खनसिंह ने अपनी ढीली पगड़ी उतारकर चौतरे पर रख दी है—तू आध सेर का तीन पाव दूध लिया कर, मगर इस तरह गुस्सा न कर। तेरी तो सारी बरकत है। तू न आएगी, तो बरकत कहाँ रहेगी?

मक्खनसिंह ने कमीज़ भी उतारकर एक ओर रख दी है और बटलोई धोने के लिए कुएँ की ओर चला गया है। वहाँ से लौटकर उसने भूरी गाय के थन सहलाने शुरू किए, तो आधे लोग जाकर उसके इर्द-गिर्द खड़े हो गए हैं।

—मक्खनसिंह, मुझे पहली गाय का दूध दे देना।—रोशन सराफ ने उसके सिर पर पहुँचकर ऐसे स्वर में कहा है, जैसे वही उनका एकमात्र आत्मीय हो। वह रोज़ की तरह नया पजामा-कुरता पहनकर दूध लेने आया है और मक्खनसिंह के ऊपर झुके हुए भी उसकी आँखें कहीं और देख रही हैं। पालसिंह दरजी की दुकान के पास खड़ी निर्मला के चेहरे पर हलकी-सी लाली फैल गई है।

—सबसे पहले तुम्हें दूँगा।—मक्खनसिंह बटलोई में धारें निकालने लगा।

—और हम जो तड़के से खड़े हैं? लाखासिंह बैठे हुए गले से चिल्लाया है। उसका चेहरा ऐसे हो गया है जैसे कोई मरने-मारने की समस्या खड़ी हो गई हो।

—इससे पहले तुम्हारी बारी है।

बटलोई में झाग बनने लगा है।

—और हमारी?—भगत भी राम नाम का उच्चारण छोड़कर आगे आ गया है।

—पहले तुम्हारी, फिर लाखासिंह की।

—मैं सबसे पहले आकर बैठी हूँ, मक्खनसिंह।—बाल कौर ब्राह्मणी ने दूर से फरियाद की है।

—तेरा नाम भी रजिस्टर में लिखा है, कौरा। बैठी रह, फिक्र न कर।

मक्खनसिंह के दूध दुहकर उठने पर आसपास खड़े लोगों में कन्धेबाजी आरम्भ हो गई है। मक्खनसिंह ने गाय की रस्सी खोलकर कन्धे पर डाल ली है और उस जमघट से निकलकर चौतरे पर आ गया है। उनके वहाँ पहुँचते न पहुँचते उसके चारों ओर बाँहों का घेरा बन गया है। मक्खनसिंह ने दूध का पौवा

भरकर पलभर सबको सन्देह में रखा है, फिर शाहनी राम कौर के गिलास में डाल दिया है। दूध लेकर भी शाहनी का हाथ पीछे नहीं हटा है।

—मुए, यह दूध है? सारा झाग ही झाग है।—वह अन्य हाथों से अपना हाथ आगे रखने के लिए संघर्ष करती रही है।

रोशन सराफ का हाथ घेरे में होते हुए भी आगे नहीं बढ़ रहा है। उसकी बाँह निर्मला की बाँह से छू रही है और उस संगति ने धीरे-धीरे और भी कोमल और पुलकमय स्पर्श का अवकाश प्रस्तुत कर दिया है।

दूध चूक जाने पर मक्खनसिंह ने पगड़ी से मुँह और गले का पसीना पोंछा है और सेर सवा सेर सपरेटा दूध बटलोई में डालकर झाग बैठाकर और दूध माँगनेवाले ग्राहकों को निपटाने लगा है। लगातार गिलास हिलाने से शाहनी राम कौर की धोती यथास्थान नहीं रही है और उसके हिलते हुए मांस-पिण्ड बाहर दिखाई दे रहे हैं। मक्खनसिंह ने एक घूँट दूध उसके गिलास में डाला और चिल्लाया है—ले, खुले भण्डारों वाली माता, तेरे भण्डार भरे रहें।

मुए, अभी झाग ही झाग है। शाहनी फिर भी गिलास हिलाकर झाग बैठाती रही है।

—ले माता, और ले। मक्खनसिंह ने आधा घूँट दूध और डाल दिया है।—कहे तो बटलोई ही तेरे घर पर छोड़ आऊँ।

—मुआ, कमजात।—और शाहनी दूध हिलाती रही है।

लाखासिंह को दूध नहीं मिला है, इसीलिए वह उसका दूध छोड़ देने की धमकी दे रहा था।

—तेरे आसरे हैं, लाखासिंह छोड़ जाएगा, तो हम भी गली छोड़ देंगे। कल से साइकल पर दो टीन लगाकर बेच लिया करेंगे। हम यहाँ दूध बेचने के लिए थोड़े ही आते हैं। हम इसीलिए आते हैं कि यहाँ तुम लोगों के दर्शन-पर्शन हो जाते हैं। बस दो मिनट ठहर जा, अभी दुहकर देता हूँ। और लाखासिंह की दाढ़ी को हाथ लगाकर मक्खनसिंह काली गाय के थन सहलाने लगा है और आँख दबाकर इधर-उधर देखते हुए जैसे जाप करता जा रहा है—ऐ खुले भण्डारों वाली माता, तेरे भण्डार भरे रहें...।

जानवर और जानवर

स्कूल की नई मेट्रन का नाम अनिता मुकर्जी था और उसकी आँखें बहुत अच्छी थीं। पर वह आँट सैली की जगह आई थी, इसलिए पहले दिन बैचलर्स डाइनिंग-रूम में किसी ने उससे खुलकर बात नहीं की।

उसने जॉन से बात करने की कोशिश की, तो वह 'हूँ-हाँ' में उत्तर देकर टालता रहा। मणि नानावती को वह अपने चायदानी में से चाय देने लगी, तो उसने हल्का-सा धन्यवाद देकर मना कर दिया। पीटर ने अपना चेहरा ऐसे गम्भीर बनाए रखा जैसे उसे बात करने की आदत ही न हो। किसी तरफ से लिफ्ट न मिलने पर वह भी चुप हो गई और जल्दी से खाना खाकर उठ गई।

"अब मेरी समझ में आ रहा है कि पादरी ने सैली को क्यों निकाल दिया," वह चली गई, तो जॉन ने अपनी भूरी आँखें पीटर के चेहरे पर स्थिर किए हुए कहा।

पीटर की आँखें नानावती से मिल गईं। नानावती दूसरी तरफ देखने लगी।

वैसे उनमें से कोई नहीं जानता था कि आंट सैली को फादर फिशर ने क्यों निकाल दिया। उसके जाने के दिन से जी जॉन मुँह ही मुँह बड़बड़ाकर अपना असन्तोष प्रकट करता रहता था। पीटर भी उसके साथ दबे-दबे कुढ़ लेता था।

"चलकर एक दिन सब लोग पादरी से बात क्यों नहीं करते?" एक बार हकीन ने तेज़ होकर कहा।

जॉन ने पीटर को आँख मारी और वे दोनों चुप रहे। दूसरे दिन सुबह पादरी के सिर-दर्द की खबर पाकर हकीम उसकी मिज़ाजपुर्सी के लिए गया तो जॉन पीटर से बोला, "ए, देखा? पहुँच गया न उसके तलुवे सूँघने? सन ऑव् ए गन! हमें उल्लू बनाता था।"

आंट सैली के चले जाने से बैचलर्स डाइनिंग-रूम का वातावरण बहुत रूखा-सा हो गया। आंट सैली के रहते वहाँ के वातावरण में बहुत घरेलूपन-सा रहता था। सरदी में तो खास तौर से आंटी बीच आ बैठने से वह कमरा एक परिवार का भरा-पूरा घर-सा बन जाता था। वह अपनी कमर पर हाथ रखे बाहर से ही मज़ाक करती आती–

''पीटर के लिए आज मगज़ का शोरबा बना है या वह मेरा मगज़ खाएगा।?''

या–

''...हो हो हो! मुझे नहीं पता था कि आज मणि इस तरह गज़ब ढा रही है। नहीं तो मैं भी ज़रा सज-सँवरकर आती।''

ऐसे मौके पर पाल उसके सफेद बालों पर बँधे लाल या नीले फीते की तरफ संकेत करके कहता, ''आंटी, यह फीता बाँधकर तो तुम बिलकुल दुलहिन जैसे लगती हो!''

''अच्छा, दुलहिन जैसी लगती हूँ? तो कौन करेगा मुझसे शादी, तुम करोगे!'' और उसकी आँखें मिच जातीं, होंठ फैल जाते और गले से छलछलाती हँसी का स्वर सुनाई देता।

एक बार पीटर ने कहा, ''आंटी, पाल कह रहा था कि वह आजकल में तुमसे ब्याह का प्रस्ताव करने वाला है।''

आंटी ने चेहरा ज़रा तिरछा करके आँखें पीटर के चेहरे पर स्थिर किए हुए उत्तर दिया, ''तो मुझे और क्या चाहिए? मुझे एक साथ पति भी मिल जाएगा और बेटा भी।''

फिर वही हँसी, जैसे बहते पानी के वेग में छोटे-छोटे पत्थर फिसलते चले जाएँ।

आंट सैली के चले जाने से अकेले लोगों का वह परिवार काफी उखड़ गया था। कुछ दिन पहले इसी तरह मीराशी चला गया था। उसके बाद पाल की छुट्टी कर दी गई थी। मीराशी तो खैर बिगड़ैल आदमी था, मगर पाल को बैचलर्स डाइनिंग-रूम के बैचलर्स–जिनमें दो स्त्रियाँ भी सम्मिलित थीं–बहुत चाहते थे। हालाँकि जॉन को पाल का अंग्रेज़ी फिल्मों के बटलर की तरह अकड़कर चलना पसन्द नहीं था और उन दोनों में प्रायः आपस में झड़प हो जाती थी, फिर भी उसकी पीठ पीछे वह उसकी तारीफ ही करता था। जिस दिन पाल गया, उस दिन जॉन खिड़की के पास बैठा सिर हिलाकर पीटर से कहता रहा, ''अच्छा हुआ जो यह लड़का यहाँ से चला गया। अभी तो यह बाहर जाकर कुछ बन भी जाएगा, वरना यहाँ रहकर इसका क्या बनना था? तुम भी जवान आदमी हो, तुम यहाँ किसलिए पड़े हो?''

और पीटर घड़ी को चाबी देता हुआ चुपचाप दीवार की तरफ देखता रहा।

पाल और मीराशी के निकाले जाने की वजह का तो खैर सबको पता था। मीराशी का अपराध बिलकुल सीधा था। उसने फादर फिशर के माली को पीट दिया था। पाल का अपराध दूसरी तरह का था। उसने आवारा नस्ल का एक हिन्दुस्तानी कुत्ता पाल लिया था जिसे वह हर समय अपने साथ रखता था। हालाँकि कुत्ते में कोई खासियत नहीं थी—बहुत सादा-सी सूरत, फीका बादामी रंग और लम्बूतरा-सा उसका कद था—फिर भी क्योंकि पाल ने उसे पाल लिया था, इसलिए वह उसे बहुत लाड़ से रखता था। उसका नाम उसने 'बेबी' रख रखा था और कई बार उसे बगल में लिए खाना खाने आ जाता था। जल्दी ही बेबी बैचलर्स डाइनिंग-रूम में खाना खानेवाले सब लोगों का बेबी बन गया—एक मणि नानावती को छोड़कर जो उसकी सूरत देखते ही घबरा जाती थी। घबराहट में उसके चेहरे का रंग सुर्ख हो जाता और उसका नाटा छरहरा शरीर काबू में न रहता। एक बार बेबी उसके हाथ में हड्डी देखकर उसके घुटने पर चढ़ने की कोशिश करने लगा तो वह घबराकर कुरसी पर खड़ी हो गई और दोनों हाथ हवा में झटकती हुई चिल्लाने लगी, "आई ओई हिश्, गो अवे! प्लीज़ पाल, टेक हिम अवे! प्लीज...!"

पाल पुलाव का चम्मच मुँह के पास रोककर धूर्तता के साथ मुस्कराया और बेबी को डाँटकर बोला, "चल इधर बेबी! इस तरह खानदान को बदनाम करता है?"

मगर बेबी को हड्डी का कुछ ऐसा शौक था कि वह डाँट सुनकर भी नहीं हटा। वह नानावती की कुरसी पर चढ़कर उसके जिस्म के सहारे खड़ा होने की कोशिश करने लगा। इस जद्दोजहद में नानावती कुरसी से गिरने ही जा रही थी कि पाल ने जल्दी से उठकर उसे बगल से पकड़कर नीचे उतार दिया। फिर उसने बेबी को दो चपत लगाईं और उसे कान से खींचता हुआ अपनी सीट के पास ले आया। बेबी पाल की टाँगों के आसपास मँडराने लगा।

"मेरा सारा ब्लाउज़ खराब कर दिया!" नानावती हाँफती हुई रूमाल से अपना ब्लाउज़ साफ करने लगी। उसके उभार पर एकाध जगह बेबी का मुँह छू गया था।

बेबी अब पाल के घुटने से अपनी नाक रगड़ रहा था। पाल ने उसकी पीठ सहलाते हुए कहा, "नॉटी चाइल्ड! ऐसी भी क्या शरारत कि इंसान एटिकेट तक भूल जाए!"

"जॉन पीटर की तरफ देखकर मुस्कराया। नानावती भड़क उठी, "देखो पाल, मुझे इस तरह का मज़ाक कतई पसन्द नहीं।" गुस्से से उसका पूरा शरीर तमतमा गया था। अगर वह और शब्द बोलती तो साथ रो देती।

मगर उसे गम्भीर देखकर भी पाल गम्भीर नहीं हुआ। बोला, "मुझे खुद ऐसा मज़ाक पसन्द नहीं, मादाम! मैं इसकी हरकत के लिए बहुत शर्मिन्दा हूँ!" और उसके निचले होंठ पर हल्की-सी मुसकराहट आ गई।

नानावती क्षण-भर रुँधे हुए आवेश के साथ पाल को देखती रही। फिर अपना नेपकिन मेज़ पर पटककर तेज़ी से कमरे से चली गई। उसके जाते ही जॉन ने अपनी भूरी आँखें फैलाकर सिर हिलाया और कहा, "आज तुम्हारे साथ कुछ न कुछ होकर रहेगा। वह अब सीधी उस शुतरमुर्ग के पास शिकायत करने जाएगी...कुतिया!"

मगर नानावती ने कोई शिकायत नहीं की। बल्कि दूसरे दिन सुबह उसने पाल से अपने व्यवहार के लिए क्षमा माँग ली। जॉन को अपनी भविष्यवाणी के गलत निकलने का खेद तो हुआ, पर इससे नानावती के प्रति उसका व्यवहार पहले से बदल गया। उसने उसकी अनुपस्थिति में उसके लिए वेश्यावाचक शब्दों का प्रयोग बन्द कर दिया। यहाँ तक कि एक दिन वह एटकिन्सन के साथ इस सम्बन्ध में विचार करता रहा कि इतनी अच्छी मेहनती लड़की को उसके पति ने घर से क्यों निकाल रखा है?

नानावती ने भी उसके बाद बेबी को देखते ही 'ओई ओई हिश्' करना बन्द कर दिया। गाहे-बगाहे वह उसे देखकर मुस्करा भी देती। एक बार तो उसने बेबी की पीठ पर हाथ भी फेर दिया, हालाँकि ऐसा करते हुए सिर से पाँव तक सिहर गई।

बैचलर्स डाइनिंग-रूम में पाल के ज़ोर-ज़ोर के कहकहे रात को दूर तक सुनाई देते। बेबी को लेकर नानावती से तरह-तरह के मज़ाक किए जाते। मज़ाक सुनकर जॉन भी भूरी आँखों में चमक आ जाती और वह सिर हिलाता हुआ मुसकराता रहता।

मगर एक दिन सुबह बैचलर्स डाइनिंग-रूम में सुना गया कि रात को फादर फिशर ने बेबी को गोली मार दी है।

जॉन अपनी चुंधियाई आँखों को मेज़ पर स्थिर किए चुपचाप आमलेट खाता रहा। नानावती का छुरी वाला हाथ ज़रा-ज़रा काँपने लगा। एक बार सहमी नज़र से जॉन और पीटर को देखकर वह अपनी नज़रें प्लेट पर गड़ाए रही। पीटर स्लाइस का टुकड़ा काटने में इस तरह व्यस्त हो रहा जैसे बहुत महत्त्वपूर्ण काम कर रहा हो।

"पाल अभी नहीं आया, ए?" जॉन ने किरपू से पूछा।

किरपू ने नमकदानी पीटर के पास से हटाकर जॉन के सामने रख दी।

"नहीं।"

"वह आज आएगा? हिः!" जॉन ने आमलेट का बड़ा-सा टुकड़ा काटकर मुँह में भर लिया।

"बेज़बान जानवर को इस तरह मारने से...मैं कहता हूँ...मैं कहता हूँ...", आमलेट जॉन के गले में अटक गया।

किरपू चटली की बोतल रखने के बहाने जॉन के कान के पास फुसफुसाया, "पादरी आ रहा है!"

सबकी नज़रें प्लेटों पर जम गईं। पादरी लबादा पहने, बाइबल लिए, गिरजे की तरफ जा रहा था। वह खिड़की के पास से गुज़रा तो तीनों अपनी-अपनी कुरसी से आधा-आधा उठ गए।

"गुड मार्निंग, फादर!"

"गुड मार्निंग माई सन्ज़!"

"आज अच्छा सुहाना दिन है!"

"परमात्मा का शुक्र करना चाहिए।"

पादरी खट्टी की बाड़ से आगे निकल गया, तो जॉन बोला, "यह अपने को पादरी कहता है! सवेरे परमात्मा से संसार-भर का चरित्र सुधारने के लिए प्रार्थना करेगा और रात को...हरामज़ादा!"

नानावती सिहर गई।

"ऐसी गाली नहीं देनी चाहिए," वह दबे हुए और शंकित स्वर में बोली।

"तुम इसे गाली कहती हो?" जॉन आवेश के साथ बोला, "मैं कहता हूँ इसमें ज़रा भी गाली नहीं है। तुम्हें इसकी करतूतों का पता नहीं है? यह पादरी है?"

नानावती का चेहरा फीका पड़ गया। उसने शंकित नज़र से इधर-उधर देखा, पर चुप रही। जॉन के चौड़े माथे पर कई लकीरें खिंच गई थीं। वह बोतल से इस तरह चटनी उडेलने लगा, जैसे उसी पर अपना सारा गुस्सा निकाल लेना चाहता हो।

पीटर सारा समय खिड़की से बाहर देखता रहा।

डिंग-डांग! डिंग-डांग! गिरजे की घण्टियाँ बजने लगीं। नानावती जल्दी से नेपकिन से मुँह पोंछकर उठ खड़ी हुई और पल-भर दुविधा में रहकर बाहर चली गई।

“चुहिया! कितना डरती है, ए?” जॉन बोला।

मिसेज़ मर्फी एटकिन्सन के साथ बात करती हुई खिड़की के पास से निकलकर चली गई। गिरजे की घण्टियाँ लगातार बज रही थीं—डिंग-डाँग! डिंग-डाँग! डिंग-डाँग!

जॉन जल्दी-जल्दी चाय के घूँट भरने लगा। जल्दी में चाय की कुछ बूँदें उसके गाउन पर गिर गईं।

“गाश्!” वह प्याली रखकर रूमाल से गाउन साफ करने लगा।

“गिरजे नहीं चल रहे?” पीटर ने उठते हुए पूछा।

जॉन ने जल्दी-जल्दी दो-तीन घूँट भरे और बाकी चाय छोड़कर उठ खड़ा हुआ। उनके दरवाज़े से बाहर निकलते ही किरपू और ईसरसिंह में बचे हुए मक्खन के लिए छीना-झपटी होने लगी, जिसमें एक प्याली गिरकर टूट गई। हकीम और बैरों को आते देखकर ईसरसिंह जल्दी से पैंटी में चला गया और किरपू कपड़े से मेज़ साफ करने लगा।

हकीम कन्धे झुकाकर चलता हुआ बैरो को रात की घटना सुना रहा था। डाइनिंग-रूम के पास आकर उसका स्वर और धीमा हो गया—“यू सी, बेबी को डॉली के साथ देखते ही पादरी को एकदम गुस्सा आ गया और वह अन्दर जाकर अपनी राइफल निकाल लाया। एक ही फायर में उसने उसे चित कर दिया। डॉली कुछ देर बिटर-बिटर पादरी को देखती रही। फिर बाड़ के पीछे भाग गई। बाद में सुना है पादरी ने उसे गरम पानी से नहलवाया और डॉक्टर को बुलाकर उसे इन्जेक्शन भी लगवाए...!”

“कहाँ पादरी की बिस्कुट और सैंडविच खाकर पली हुई कुतिया और कहाँ बेचारा बेबी!” बैरो मुस्कराया।

“मगर उस बेचारे को क्या पता था?”

वे दोनों हँस दिए।

“बेबी को मालूम होता कि यह कुतिया कैनेडा से आई है और इसकी कीमत तीन सौ रुपया है, तो शायद वह...।”

और वे दोनों फिर हँस दिए।

“यह तो था कि कल पादरी ने देख लिया, पर इससे पहले अगर...!”

बैरो ने हकीम को आँख मारी। वह चुप कर गया। बाड़ के मोड़ के पास जॉन और पीटर खड़े थे। पीटर अपने जूते को फीता फिर से बाँध रहा था।

“गुड मार्निंग, पीटर!”

"गुड मार्निंग, बैरो।"

"आज बहुत चुस्त लग रहे हो। बाल आज की कटाए हैं?"

"नहीं, दो-तीन दिन हो गए।"

"बहुत अच्छे कटे हैं।"

"शुक्रिया!"

सहसा डिंग-डाँग की आवाज़ रुक गई। वे सब तेज़ी से गिरजे के अन्दर चले गए।

पन्द्रहवाँ साम गाने के बाद प्रार्थना शुरू हुई। सब लोग घुटनों के बल होकर आँखों पर हाथ रखे पादरी के साथ-साथ बोलने लगे–

"...अवर फादर, हू आर्ट इन हैवन, हैलोड बी दाई नेम, दाई किंगडम कम, दाई विल बी डन, इन दिस वर्ल्ड एज़ इन हैवन..."

बैरो ने प्रार्थना करते हुए बीच में अपनी बीवी के कान के पास फुसफुसाकर कहा, "मेरी, तुम्हारा पेटीकोट नीचे से दिखाई दे रहा है।"

मेरी एक हाथ आँखों पर रखे दूसरे हाथ से अपना स्कर्ट नीचे सरकाने लगी।

"...नाउ एण्ड फॉर एवर मोर, आमेन।"

गिरजे में उस दिन और उससे अगले दिन पाल की सीट खाली रही। इस बात को नोट हरएक ने दिया, मगर किसी ने इस बारे में दूसरे से बात नहीं की। पाल ईसाई नहीं था, मगर फादर फिशर के आदेश के मुताबिक स्टाफ के हर आदमी का गिरजे में उपस्थित होना अनिवार्य था–जो ईसाई नहीं थे, उनका रोज़ आना और भी ज़रूरी था। पादरी गिरजे से निकलता हुआ उन लोगों की सीटों पर एक नज़र जरूर डाल लेता था। तीसरे दिन भी पाल अपनी सीट पर दिखाई नहीं दिया, तो पादरी गिरजे से निकलकर सीधा स्टाफ-रूम में पहुँच गया। वहाँ पाल एक कोने में मेज़ के पास खड़ा कोई मैगज़ीन देख रहा था। पादरी पास पहुँच गया, तो भी उसकी तनी हुई गरदन में खम नहीं आया।

"गुड मार्निंग पादरी!" वह क्षण-भर के लिए आँख उठाकर मैगज़ीन देखने लगा।

"तुम तीन दिन से गिरजे में नहीं आए," उत्तेजना में पादरी का हाथ पीठ पीछे चला गया। वह बहुत कठिनाई से अपने स्वर को वश में रख पाया था।

"जी हाँ, मैं तीन दिन से नहीं आया," मैगज़ीन नीचे करके पाल ने गम्भीर नज़र से पादरी की तरफ देख लिया।

"मैं वजह जान सकता हूँ?"

"वजह कुछ भी नहीं है।"

पादरी ने उत्तेजना के मारे बाइबल को दोनों हाथों में भींच लिया और त्योरी को डालकर कहा, "तुम जानते हो कि जो अच्छा-भला होकर भी सुबह गिरजे में नहीं आता उसे यहाँ रहने का अधिकार नहीं है?"

गुस्से के मारे पाल के जबड़ों के मांस में खिंचाव आ गया था। उसने मैगज़ीन मेज़ पर रखकर हाथ जेबों में डाल लिए और बिलकुल सीधा खड़ा हो गया। बड़ी खिड़की के पास जॉन नज़र झुकाए बैठा था और आठ-दस लोग नोटिस बोर्ड और चिट्ठियों वाले रैक के पास खड़े अपने को किसी न किसी तरह उदासीन ज़ाहिर करने की कोशिश कर रहे थे। उनमें से किसी ने पाल के साथ आँख नहीं मिलाई। पाल का गला ऐसे काँप गया जैसे वह कोई बहुत सख्त बात कहने जा रहा हो।

"पादरी, हम गिरजे में जो प्रार्थना करते हैं, उसका कोई मतलब भी होता है?"

एक लकीर दूर तक खिंचती चली गई। पादरी का चेहरा गुस्से से स्याह हो गया।

"तुम्हारा कहने का मतलब है..." उसके दाँत भिंच गए और वाक्य उससे पूरा नहीं हुआ। नोटिस बोर्ड के पास खड़े लोगों के चेहरे फक पड़ गए।

"मेरा मतलब है पादरी, कि रात को तो हम गरीब जानवरों को गोली मारते हैं, और सुबह गिरजे में उनकी रक्षा के लिए ईश्वर से प्रार्थना करते हैं—इसका कुछ मतलब निकलता है?"

पादरी पल-भर खून-भरी आँखों से पाल को देखता रहा। उसकी साँस तेज हो गई थी।

"मतलब निकलता है और वह यह कि हर जानवर एक-सा नहीं होता। जानवर और जानवर में फर्क होता है," उसने दाँत भींचकर कहा और पास के दरवाज़े से बाहर चला गया—हालाँकि उसके घर का रास्ता दूसरे दरवाज़े से था।

पन्द्रह मिनट बाद स्कूल का क्लर्क आकर पाल को चिट्ठी दे गया कि उसे उस दिन से नौकरी से बरखास्त कर दिया गया है। वह चौबीस घण्टे के अन्दर अपना क्वार्टर खाली करके चला जाए।

"यह पादरी नहीं, राक्षस है," जॉन मुँह से बड़बड़ाया।

पीटर को उस दिन शहर में काम निकल आया, इसलिए वह रात को देर से लौटा। हकीम और बैरो खेल के मैदानों की जाँच में व्यस्त रहे। नानावती को हल्का-सा बुखार हो आया। पाल को चलते वक्त सिर्फ जॉन ही अपने कमरे में मिला। वह अपनी खिड़की में रखे गमलों को ठीक कर रहा था।

"जा रहे हो," उसने पाल से पूछा।

"हाँ, तुमसे गुड बाई कहने आया हूँ।"

जॉन गमलों को छोड़कर अपनी चारपाई पर जा बैठा।

"मैं जवान होता, तो मैं भी तुम्हारे साथ चला चलता," उसने कहा, "मगर मुझे यहाँ से निकलकर पता नहीं कब्र की राह भी मिलेगी या नहीं। मेरी हड्डियों में दम-खम होता, तो तुम देखते..."

पाल ने मुस्कराकर उसका हाथ दबाया और उसके पास से चल दिया।

"विश यू बेस्ट आफ लक।"

"थैंक यू।"

पाल के चले जाने के बाद आंट सैली ने बैचलर्स डाइनिंग-रूम में आना बन्द कर दिया और कई दिन खाना अपने क्वार्टर में ही मँगवाती रही। जॉन और पीटर भी अलग-अलग वक्त पर आते, जिससे बहुत कम उनमें मुलाकात हो पाती। नानावती अब पहले से भी सहमी हुई आती और जल्दी-जल्दी खाना खाकर उठ जाती। फादरी फिशर ने उसे पाल वाला क्वार्टर दे दिया था। इसलिए वह अपने को अपराधिनी-सी महसूस करती थी। जॉन ने उसके बारे में अपनी राय फिर बदल ली थी।

मगर धीरे-धीरे स्थिति फिर पुरानी सतह पर आने लगी थी। बैचलर्स डाइनिंग-रूम में फिर कहकहे और बहस-मुबाहिसे सुनाई देने लगे थे जब एक रात सुना गया कि आंट सैली को भी नोटिस मिल गया है।

"सैली को?" जॉन के होंठ खुले रह गए। "किस बात पर?"

"बात का पता नहीं है," पीटर सूप में चम्मच चलाता रहा।

जॉन का चेहरा गम्भीर हो गया। वह मक्खन की टिकिया खोलता हुआ बोला, "मुझे लगता है कि इसके बाद अब मेरी बारी आएगी। मुझे पता है कि उसकी आँखों में कौन-कौन खटकता है। सैली का कसूर यह था कि वह रोज़ उसकी हाज़िरी नहीं देती थी और न ही वह...' और वह नानावती की तरफ देखकर चुप रह गया। पीटर कुछ कहने को हुआ, मगर बाहर से हकीम को आते देखकर चुपचाप नेपकिन से होंठ पोंछने लगा।

हकीम के आने पर कई क्षण चुप्पी छाई रही। किरपू हकीम के सामने प्लेट और छुरी-काँटे रख गया।

"तुम्हारे क्वार्टर में नए पर्दे बहुत अच्छे लगे हैं," जॉन हकीम से बोला।

"तुम्हें पसन्द हैं?"

"बहुत।"

''शुक्रिया!''

''मेरा ख्याल है चॉप्स में नमक ज़्यादा है।''

''अच्छा?''

''लेकिन पुडिंग अच्छा है।''

खाना खाकर जॉन और पीटर लॉन में टहलते रहे। आंट सैली के क्वार्टर को जानेवाले मोड़ के पास रुककर जॉन ने पूछा, ''सैली से मिलने चलोगे?''

''चलो।''

''उस हरामी ने हमें इस वक्त जाते देख लिया तो...।''

''तो कल सुबह न चलें?''

''हाँ, इस वक्त देर भी हो गई है।''

''बेचारी सैली!''

''इस पादरी जैसा ज़ालिम आदमी मैंने आज तक नहीं देखा। फौज में बड़े-बड़े सख्त अफसर थे, मगर ऐसा आदमी कोई नहीं था।''

पीटर जंगले के पास घास पर बैठ गया।

''मुझे फिर से फौज की ज़िन्दगी मिल जाए तो मैं एक दिन भी यहाँ नहीं रहूँ...।''

घास पर बैठकर जॉन पीटर को अपनी फौज की ज़िन्दगी के वही किस्से सुनाने लगा जो वह पहले भी कई बार सुना चुका था।

''पूरी-पूरी बोतल, ए! रोज़ रात को रम की एक पूरी बोतल मैं पी जाता था। मेरा एक साथी था जो पास के गाँव से दो-दो लड़कियों को ले आया करता था।...कभी-कभी हम रात को निकलकर उसके गाँव चले जाते थे। अफसर लोग देखते थे मगर कुछ कह नहीं सकते थे। वे खुद भी तो यही कुछ करते थे। वह ज़िन्दगी ज़िन्दगी थी। यह भी कोई ज़िन्दगी है, ए?''

मगर पीटर उसकी बात न सुनकर बिना आवाज़ पैदा किए, मुँह ही मुँह एक गीत गुनगुना रहा था।

''वैसे दिन फिर से मिल जाएँ, तो कुछ नहीं चाहिए, ए?''

ऊपर देवदार की छतरियाँ हिल रही थीं। हवा से जंगल साँय-साँय कर रहा था। होस्टल की तरफ से आती पगडण्डी पर पैरों की आवाज़ सुनकर जॉन थोड़ा चौंक गया।

''कोई आ रहा है, ए?''

पीटर सिर उठाकर जंगले से नीचे देखने लगा।

पैरों की आहट के साथ सीटी की आवाज़ ऊपर आती गई।

''बैरो है!''

''यह भी एक हरामज़ादा है।''

पीटर ने उसका हाथ दबा दिया।

''अभी क्वार्टर में नहीं गए टैफी?'' बैरों ने अँधेरे से निकलकर सामने आते हुए पूछा।

''नहीं, यहाँ बैठकर ज़रा हवा ले रहे हैं।''

''आज हवा काफी ठण्डी है। पन्द्रह-बीस दिन में बर्फ पड़ने लगेगी।''

जॉन जंगले का सहारा लेकर उठ खड़ा हुआ।

''अच्छा, गुड नाइट पीटर! गुड नाइट बैरो!''

''गुड नाइट!''

कुछ रास्ता पीटर और बैरो साथ-साथ चलते रहे। बैरो चलते-चलते बोला, ''जॉन अब काफी सठिया गया है, क्यों? इसे अब रिटायर हो जाना चाहिए।''

''हाँ-आँ!'' पीटर के शरीर में एक सिहरन भर गई।

''मगर यह तो यहीं अपनी कब्र बनाएगा, नहीं?''

पीटर ने मुँह तक आई गाली होंठों में दबा ली।

बैरो का क्वार्टर आ गया।

''अच्छा, गुड नाइट!''

''गुड नाइट!''

सुबह नाश्ते के वक्त जॉन ने पीटर से पूछा, ''सैली चली गई, ए?''

''पता नहीं,'' पीटर बोला, ''मेरा खयाल है, अभी नहीं गई।''

''वह आ रही है!'' नानावती नेपकिन से मुँह पोंछकर उसे हाथ में मसलने लगी। जॉन और पीटर की आँखें झुक गईं।

आंट सैली का रिक्शा डाइनिंग-रूम के दरवाज़े के पास आकर रुक गया। वह कन्धे पर झोला लटकाए उतरकर डाइनिंग-रूम में आ गई।

''गुड मानिंग एवरीबड़ी!'' उसने दहलीज़ लाँघते ही हाथ हिलाया।

''गुड मार्निंग सैली!'' जॉन ने भूरी आँखें उसके चेहरे पर स्थिर किए हुए भारी आवाज़ में कहा। जो वह मुँह से नहीं कह सका, वह उसने अपनी नज़र से कह देने की चेष्टा की।

''बस, आज ही जा रही हो।'' नानावती ने डरे-सहमे हुए स्वर में पूछा और एक बार दाएँ-बाएँ देख लिया। आंट सैली ने आँखें झपकते हुए मुसकराकर सिर हिला दिया।

"मैं सुबह मिलने आ रहा था," पीटर बोला, "मगर तैयार होने में देर हो गई। मेरा खयाल था कि तुम शायद शाम को जा रही हो...।"

आंट सैली ने धीरे-से उसका कन्धा थपथपा दिया और उसी तरह मुसकराते हुए कहा, "मैं जानती हूँ मेरे बच्चे! मैं चाहती हूँ कि तुम खुश रहो।"

"आंटी, कभी-कभार खत लिख दिया करना," पीटर ने उसका मुरझाया हुआ नरम हाथ अपने मजबूत हाथ में लेकर हिलाया। आंट सैली आँखें डबडबा आईं और उसने उन पर रूमाल रख लिया।

"अच्छा, गुड बाई!" कहकर वह दहलीज़ पार करके रिक्शा की तरफ चली गई।

"गुड बाई सैली!" जॉन ने पीछे से कहा।

"गुड बाई आंटी!"

"गुड बाई!"

आंट सैली ने रिक्शा में बैठकर उनकी तरफ हाथ हिलाया। मज़दूर रिक्शा खींचने लगे।

कुछ देर बाद नानावती ने कहा, "किरपू, एक बटर स्लाइस।"

जॉन पीछे की तरफ देखकर बोला, "मुझे चाय का थोड़ा गर्म पानी और दे दो।"

पीटर जैम के डिब्बे में से जैम निकालने लगा।

जिस दिन अनिता आई, उसी शाम से आकाश में सलेटी बादल घिरने लगे। रात को हल्की-हल्की बरफ भी पड़ गई। अगले दिन शाम तक बादल और गहरे हो गए। पीटर खेतानी गाँव तक घूमकर वापस आ रहा था, जब अनिता उसे ऊपर की पगडण्डी पर टहलती दिखाई दे गई। वह उस ठण्ड में भी साड़ी के ऊपर सिर्फ एक शाल लिए थी। पीटर को देखकर वह मुसकराई। पीटर ने उसकी मुसकराहट का उत्तर अभिवादन से दिया।

"घूमने जा रही हो?" उसने पूछा।

"नहीं, यूँ ही ज़रा टहलने के लिए निकल आई थी।"

"तुम्हें ठण्ड नहीं लग रही है?"

"ठण्ड तो है ही, मगर क्वार्टर में बन्द होकर बैठने को मन नहीं हुआ।" उसने शाल से अपनी बाँहें भी ढाँप लीं।

"तुम तो ऐसे घूम रही हो जैसे मई का महीना हो।"

"मेरे लिए मई और नवम्बर दोनों बराबर हैं। मेरे पास ऊनी कपड़े हैं ही नहीं।" वह फिसलन पर से सँभलती हुई पगडण्डी से उतरकर उसके पास आ गई।

ऊनी कपड़े तो तुमने पादरी के डिनर की रात के लिए सँभालकर रख रखे होंगे। तब तक सरदी से बीमार न पड़ जाना।" पीटर ने मज़ाक के अन्दाज़ में अपना निचला होंठ सिकोड़ लिया।

"सच, मेरे पास इस शाल के सिवा और कोई ऊनी कपड़ा है ही नहीं," अनिता उसके साथ-साथ चलती हुई बोली, "सच पूछो तो यह भी प्रेजेंट का है। हमें उधर गरम कपड़ों की ज़रूरत ही नहीं पड़ती।"

"तो परसों तक एक बढ़िया-सा कोट सिला लो। परसों फादर का डिनर है।"

"परसों तक?...ओह?" और वह मीठी-सी हँसी हँस दी।

"क्यों? एक दिन में यहाँ अच्छे से अच्छा कोट सिल जाएगा।"

"मेरे पास इतने पैसे होते तो मैं यहाँ नौकरी करने ही क्यों आती?" तुम्हें पता है, मैं नौ सौ मील से यहाँ आई हूँ...अ..."

"पीटर–या सिर्फ विकी।...।"

"मैं अपने घर में अकेली कमानेवाली हूँ। मेरी माँ पहले बटुए सिया करती थी, पर अब उसकी आँखें बहुत कमज़ोर हो गई हैं। मेरा छोटा भाई अभी पढ़ता है। उसके एम.एस-सी. करने तक मुझे नौकरी करनी है।"

पीटर ने रुककर एक सिगरेट सुलगा लिया। बरफ के हल्के-हल्के गाले पड़ने लगे थे। उसने आकाश की तरफ देखा। बादल बहुत गहरा था।

"आज काफी बरफ पड़ेगी," उसने कोट के कॉलर ऊँचे उठाते हुए कहा। "चलो, तुम्हें तुम्हारे क्वार्टर तक छोड़ आऊँ।...तुम सी कॉटेज में हो न?"

"हाँ!...चलो मैं तुम्हें वहाँ चाय की प्याली बनाकर पिलाऊँगी।"

"इस मौसम में चाय मिल जाए, तो और क्या चाहिए?"

वे सी काटेज को जानेवाली पगडण्डी पर उतरने लगे। कुहरा घना हो जाने से रास्ता दस कदम से आगे दिखाई नहीं दे रहा था। अनिता एक जगह पत्थर से ठोकर खा गई।

"चोट लगी?"

"नहीं।"

"मेरे कन्धे का सहारा ले लो।"

अनिता ने बराबर आकर उसके कन्धे का सहारा ले लिया। जब वे सी काटेज के बरामदे में पहुँचे, तो बरफ के बड़े-बड़े गाले गिरने लगे थे। घाटी में जहाँ तक आँख जाती थी, बादल ही बादल भरा था। एक बिल्ली दरवाज़े से सटकर काँप रही थी। अनिता ने दरवाज़ा खोला, तो वह म्याऊँ करके अन्दर घुस गई।

दरवाज़ा खुलने पर पीटर ने उसके सामान पर एक सरसरी नज़र डाली। स्कूल के फर्नीचर के अलावा उसे एक टीन का ट्रंक और दो-चार कपड़े ही दिखाई दिए। मेज़ पर एक सस्ता टेबल लैम्प रखा था और उसके पास ही एक युवक का फोटोग्राफ था। पीटर चारपाई पर बैठ गया। अनिता स्टोव जलाने लगी।

चारपाई पर एक पुस्तक और आधा लिखा पत्र पड़ा था। पीटर ने पत्र ज़रा हटाकर रख दिया और पुस्तक उठा ली। पुस्तक पत्र-लेखन के सम्बन्ध में थी और उसमें हर तरह के पत्र दिए हुए थे। पीटर उसके पन्ने उलटने लगा।

अनिता ने स्टोव जलाकर, केतली चढ़ा दी। फिर उसने बाहर देखकर कहा, ''बरफ पहले से तेज़ पड़ने लगी है।''

पीटर ने देखा कि बरामदे के बाहर ज़मीन पर सफेदी की हल्की तह बिछ गई है। उसने सिगरेट का टुकड़ा बाहर फेंका, तो वह धुन्ध में जाते ही बुझ गया।

''आज सारी रात बरफ पड़ती रहेगी,'' उसने कहा।

अनिता स्टोव पर हाथ सेंकने लगी।

बरामदे में पैरों की आहट सुनकर पीटर बाहर निकल आया। जॉन भारी कदमों से चलता आ रहा था।

''ए पीटर!''

''हलो टैफी!...इस वक्त बर्फ में कैसे निकल पड़े?''

''तुम्हारे क्वार्टर में गया था। तुम वहाँ नहीं मिले तो सोचा, शायद यहाँ मिल जाओ।'' और वह मुसकरा दिया।

''वैसे घूमने के लिए मौसम अच्छा है?'' पीटर ने कहा।

वे दोनों कमरे में आ गए। अनिता प्यालियाँ धो रही थी। एक प्याली उसके हाथ से गिरकर टूट गई।

''ओह!''

''प्याली टूट गई?''

''हाँ, दो थीं, उनमें से भी एक टूट गई।''

''कोई बात नहीं। सॉसर तो हैं, उनसे प्यालियों का काम चल जाएगा।''

पीटर फिर चारपाई पर बैठ गया। जॉन मेज़ पर रखे फोटोग्राफ के पास चला गया।

''फिआँसे—ए?''

अनिता ने मुसकराकर सिर हिला दिया।

''यह चिट्ठी भी उसी को लिखी जा रही थी?''

जॉन ने चारपाई पर रखे पत्र की तरफ संकेत किया। पीटर पुस्तक का वह पृष्ठ पढ़ने लगा जिस पर से वह पत्र नकल किया जा रहा था।

जॉन स्टोव के पास जा खड़ा हुआ और अनिता के शाल की तारीफ करने लगा।

चाय तैयार हो गई तो अनिता ने प्याली बनाकर जॉन को दे दी। अपने और पीटर के लिए सॉसर में चाय डालती हुई बोली, ''हमारे घर में कुल दो ही प्यालियाँ थीं। वही मैं उठा लाई थी। आते ही एक टूट गई।''

जॉन और पीटर ने एक-दूसरे की तरफ देखकर आँखें हटा लीं।

''यह सी कॉटेज है तो अच्छी, मगर ज़रा दूर पड़ जाती है,'' पीटर दोनों हाथों से सॉसर सँभलता हुआ बोला, ''तुम पादरी से कहो कि तुम्हें डी या ई कॉटेज में जगह दे दें। वे दोनों खाली पड़ी हैं। उनमें दो-दो बड़े कमरे हैं।''

''अच्छा?'' अनिता बोली, ''वैसे मेरे लिए तो यही कमरा बहुत बड़ा है। घर में हमारे पास इससे भी छोटा एक ही कमरा है जिसमें हम तीन जने रहते हैं...। उसमें से भी आधा कमरा मेरे भाई ने ले रखा है और आधे कमरे में हम माँ-बेटी गुज़ारा करती हैं। अब मैं आ गई हूँ तो माँ को जगह की कुछ सहूलियत हो गई होगी।...मैं अपनी माँ को बहुत प्यार करती हूँ। पहला वेतन मिलने पर मैं उसके लिए कुछ अच्छे-अच्छे कपड़े भेजना चाहती हूँ। उसके पास अच्छे कपड़े नहीं हैं।''

पीटर और जान की आँखें पल-भर मिली रहीं। जान का निचला होंठ थोड़ा सिकुड़ गया।

''चाय बहुत अच्छी है!''

''खूब गरम है और फ्लेवर भी बहुत अच्छा है।''

''रोज़ बरफ पड़े तो मैं रोज़ यहाँ आकर चाय पिया करूँ।''

पीटर के सॉसर के चाय छलक गई।

''सॉरी!''

बरफ और कुहरे के वजह से बाहर बिलकुल अँधेरा हो गया था। बरफ के गाले दूध-फेन की तरह निःशब्द गिर रहे थे। जॉन और पीटर अनिता के क्वार्टर से निकलकर ऊपर की तरफ चले, तो पगडण्डी पर दो-दो इंच बरफ जमा हो चुकी थी। अँधेरे में ठीक से रास्ता दिखाई नहीं दे रहा था, इसलिए जॉन ने पीटर की बाँह पकड़ ली।

''अच्छी लड़की है, ए?''

"बहुत सीधी है।"

"मुझे डर है कि यह भी कहीं नानावती की तरह...।"

"रहने दो–तुम उसके साथ इसका मुकाबिला करते हो?"

"वह आई थी तो वह भी ऐसी ही थी...।"

"मैं इसे इन लोगों के बारे में सब-कुछ बता दूँगा।"

जॉन को थोड़ी खाँसी आ गई। वे कुछ देर खामोश चलते रहे। उनके पैरों के नीचे कच्ची बरफ कचर-कचर करती रही।

कुछ फासले से आकर टार्च की रोशनी उनकी आँखों से टकराई। पल-भर के लिए उनकी आँखें चुँधियाई रही। फिर उन्होंने ऊपर से उतरकर आती आकृति को देखा।

"गुड ईवनिंग बैरो!"

"गुड ईवनिंग टैफी! किधर से घूमकर आ रहे हो?"

"यूँ ही बरफ पड़ती देखकर थोड़ी दूर निकल गए थे।"

"बरफ में घूमना सेहत के लिए अच्छा है!"

पीटर ने जान की उँगली दबा दी।

"तुम भी सेहत बनाने निकले हो?"

इस बार जॉन ने पीटर की उँगली दबा दी।

"हाँ, मौसम अच्छा है, मैंने भी सोचा, थोड़ा घूम लूँ।"

"अच्छा, गुड नाइट!"

"गुड नाइट!"

टार्च की रोशनी काफी नीचे पहुँच गई, तो जान पैर से रास्ता टटोलता हुआ बोला, "यह पादरी का खुफिया है खुफिया। मैं इस हरामी की रग-रग पहचानता हूँ।"

पीटर खामोश चलता रहा।

सुबह जिस समय पीटर की आँख खुलीं, उसने देखा कि वह जॉन के क्वार्टर में एक आराम-कुरसी पर पड़ा है–वहीं उस पर दो कम्बल डाल दिए गए हैं। सामने रम की खाली बोतल रखी है। वह उठा, तो उसकी गरदन दर्द कर रही थी। उसने खिड़की के पास आकर देखा कि जान चाय का फ्लास्क लिए डाइनिंग-रूम की तरफ से आ रहा है। वह ठण्डी सलाखों को पकड़े दूर तक फैली बरफ को देखता रहा।

जॉन कमरे में आ गया और भारी कदमों से तख्ते आवाज़ करता हुआ पीटर के पास आ खड़ा हुआ।

"कुछ सुना, ए?"

पीटर ने उसकी तरफ देखा।

"रात को पादरी ने उसे अपने यहाँ बुलाया था...।"

"किसे, अनिता को?"

जॉन ने सिर हिलाया। उसकी आँखें क्षण-भर पीटर की आँखों से मिली रहीं। पीटर गम्भीर होकर दीवार की तरफ देखने लगा।

"टैफी, मैं उससे कहूँगा कि वह यहाँ से नौकरी छोड़कर चली जाए। उसे पता नहीं है कि यहाँ वह किन जानवरों के बीच आ गई है!"

जॉन फ्लास्क से प्यालियों में चाय उँडेलने लगा।

"उसमें खुद्दारी हो तो उसे आप ही चले जाना चाहिए," वह बोला, "किसी के कहने से क्या होगा! कुछ नहीं।"

"हो या न हो, मगर मैं उससे कहूँगा ज़रूर...।"

"तुम पागल हुए हो? हमें दूसरों से मतलब? वह अनजान बच्ची तो है नहीं।"

पीटर कुछ न कहकर दीवार की तरफ देखता हुआ चाय के घूँट भरने लगा।

"अब जल्दी से तैयार हो जाओ, गिरजे का वक्त हो रहा है!"

पीटर ने दो घूँट में ही चाय की प्याली खाली करके रख दी। "मैं गिरजे में नहीं जाऊँगा।"

जॉन कुरसी की बाँह पर बैठ गया।

"आज तुम्हारी सलाह क्या है?"

"कुछ नहीं, मैं गिरजे में नहीं जाऊँगा।"

जॉन मुँह ही मुँह बड़बड़ाकर ठण्डी चाय की चुस्कियाँ लेता रहा।

दो दिन की बरफबारी के बाद फादर फिशर के डिनर की रात को मौसम खुल गया। डिनर से पहले घण्टा-भर सब लोग 'म्यूज़िकल चेयर्स' का खेल खेलते रहे। उस खेल में मणि नानावती को पहला पुरस्कार मिला। पुरस्कार मिलने पर उससे जो-जो मज़ाक किए गए, उनसे उसका चेहरा इतना सुर्ख हो गया कि वह थोड़ी देर के लिए कमरे से बाहर भाग गई। मिसेज़ मर्फी उस दिन बहुत सुन्दर हैट और रिबन लगाकर आई थी; उसकी बहुत प्रशंसा की गई। डिनर के बाद लोग काफी देर तक आग के पास खड़े बातें करते रहे। पादरी ने सबसे नई मेट्रन का परिचय कराया। अनिता अपने शाल में सिकुड़ी सबके अभिवादन का उत्तर मुसकराकर देती रही।

एटकिन्सन मिसेज़ मर्फी को आँख से इशारा करके मुसकराया।

हिचकाक अपनी मुसकराहट ज़ाहिर न होने देने के लिए सिगार के लम्बे-लम्बे कश खींचने लगा। जॉन उधर से नज़र हटाकर हिचकाक से बात करने लगा।

"तुम्हें तली हुई मछली अच्छी लगी?...मुझे तो ज़रा अच्छी नहीं लगी।"

"मुझे मछली हर तरह की अच्छी लगती है, कच्ची हो या तली हुई...हाँ मछली हो।"

जॉन ने मुँह बिचकाया।

"रम की बोतल साथ हो तो भी तुम्हें अच्छी नहीं लगती?"

जॉन दाँत खोलकर मुसकराया और सिर हिलाने लगा।

मजलिस बरखास्त होने पर जब सब लोग बाहर निकले तो हिचकाक ने धीरे स्वर में जॉन से पूछा, "क्या बात है, आज पीटर दिखाई नहीं दिया...?"

जॉन उनका हाथ दबाकर उसे ज़रा दूर ले गया और दबे हुए स्वर में बोला, "उसे पादरी ने जवाब दे दिया है।"

"पीटर को भी?"

जॉन ने सिर हिलाया।

"वह कल सुबह यहाँ से चला जाएगा।"

"क्या कोई खास बात हुई थी?"

जॉन ने उसका हाथ दबा दिया। पादरी और बैरो के साथ-साथ अनिता सिर झुकाए शाल में छिपी-सिमटी बरामदे से निकलकर चली गई। जान की भूरी आँखें कई गज़ उनका पीछा करती रहीं।

"यह आप भी गरम पानी से नहाता है या नहीं?"

"क्यों?" बात हिचकाक की समझ में नहीं आई।

"इसने डाली को गरम पानी से नहलाया था न—!"

हिचकाक हो-हो करके हँस दिया। बरामदे में से गुज़रते हुए हकीम ने आवाज़ दी, "खूब कहकहे लग रहे हैं?"

"मैं तली हुई मछली हज़म कर रहा हूँ," हिचकाक ने उत्तर दिया, और ऊँची आवाज़ में जॉन को बतलाने लगा कि बगैर काँटे की मासेर मछली कितनी ताकतवर होती है।

सुबह जॉन, अनिता, नानावती और हकीम बैचलर्स डाइनिंग-रूम में नाश्ता कर रहे थे, जब पीटर का रिक्शा दरवाजे के पास से निकलकर चला गया। पीटर रिक्शे में सीधा बैठा रहा। न उसे किसी ने अभिवादन किया, और न ही वह

किसी को अभिवादन करने के लिए रुका। अनिता की झुकी हुई आँखें और झुक गईं—जॉन ऐसे गरदन झुकाए रहा जैसे उस तरफ उसका ध्यान ही न हो। बैचलर्स डाइनिंग-रूम में कई क्षण खामोशी छाई रही।

सहसा पादरी को खिड़की के पास से गुज़रते देखकर सब लोग अपनी-अपनी सीट से आधा-आधा उठ गए।

"गुड मार्निंग फादर!"

"गुड मार्निंग माई सन्स!"

"कल रात का डिनर बहुत ही अच्छा रहा," हकीम ने चेहरे पर विनीत मुसकराहट लाकर कहा।

"सब तुम्हीं लोगों की वजह से है।"

"मैं तो कहता हूँ कि ऐसे डिनर रोज़ हुआ करें..."

पादरी आगे निकल गया, तो भी कुछ देर हकीम के चेहरे पर वह मुसकराहट बनी रही।

"मेरे लिए उबला हुआ अण्डा अभी तक क्यों नहीं आया?" सहसा जॉन गुस्से से बड़बड़ाया। अनिता स्लाइस पर मक्खन लगाती हुई सिहर गई। किरपू ने एक प्लेट में उबला हुआ अण्डा लाकर जॉन के सामने रख दिया।

"छीलकर लाओ!" जॉन ने उसी तरह कहा और प्लेट को हाथ मार दिया। प्लेट अण्डे समेत नीचे गिरी और टूट गई।

उधर गिरजे की घण्टियाँ बजने लगीं...डिंग-डाँग! डिंग-डाँग! डिंग-डाँग!"

परमात्मा का कुत्ता

बहुत-से लोग यहाँ-वहाँ सिर लटकाए बैठे थे जैसे किसी का मातम करने आए हों। कुछ लोग अपनी पोटलियाँ खोलकर खाना खा रहे थे। दो-एक व्यक्ति पगड़ियाँ सिर के नीचे रखकर कम्पाउण्ड के बाहर सड़क के किनारे बिखर गए थे। छोले-कुलचे वाले का रोज़गार गरम था, और कमेटी के नल के पास एक छोटा-मोटा क्यू लगा था। नल के पास कुर्सी डालकर बैठा अर्ज़ीनवीस धड़ाधड़ अर्ज़ियाँ टाइप कर रहा था। उसके माथे से बह कर पसीना उसके होंठों पर आ रहा था, लेकिन उसे पोंछने की फुरसत नहीं थी। सफेद दाढ़ियों वाले दो-तीन लम्बे-ऊँचे जाट, अपनी लाठियों पर झुके हुए, उसके खाली होने का इन्तज़ार कर रहे थे। धूप से बचने के लिए अर्ज़ीनवीस ने जो टाट का परदा लगा रखा था, वह हवा से उड़ा जा रहा था। थोड़ी दूर मोढ़े पर बैठा उसका लड़का अंग्रेज़ी प्राइमर को रट्टा लगा रहा था—सी.ए.टी. कैट—कैट माने बिल्ली, बी.ए.टी. बैट—बैट माने बल्ला; एफ.ए.टी. फैट—फैट माने मोटा...। कमीज़ों के आधे बटन खोले और बगल में फाइलें दबाए कुछ बाबू एक-दूसरे से छेड़खानी करते, रजिस्ट्रेशन ब्रांच से रिकार्ड ब्रांच की तरफ जा रहे थे। लाल बेल्ट वाला चपरासी, आस-पास की भीड़ से उदासीन, अपने स्टूल पर बैठ मन ही मन कुछ हिसाब कर रहा था। कभी उसके होंठ हिलते थे, और कभी सिर हिल जाता था। सारे कम्पाउण्ड में सितम्बर की खुली धूप फैली थी। चिड़ियों के कुछ बच्चे डालों से कूदने और फिर ऊपर को उड़ने का अभ्यास कर रहे थे और कई बड़े-बड़े कौए पोर्च के एक सिरे से दूसरे सिरे तक चहल कदमी कर रहे थे। एक सत्तर-पचहत्तर की बुढ़िया, जिसका सिर काँप रहा था और चेहरा झुर्रियों के गुँझल के सिवा कुछ नहीं था, लोगों से पूछ रही थी कि वह अपने लड़के के मरने के बाद उसके नाम एलाट हुई ज़मीन की हकदार हो जाती है या नहीं...?

अन्दर हाल कमरे में फाइलें धीरे-धीरे चल रही थीं। दो-चार बाबू बीच की मेज़ के पास जमा होकर चाय पी रहे थे। उसमें से एक दफ्तरी कागज़ पर लिखी अपनी ताज़ा ग़ज़ल दोस्तों को सुना रहा था और दोस्त इस विश्वास के साथ सुन रहे थे कि वह ग़ज़ल उसने 'शमा' या 'बीसवीं सदी'- के किसी पुराने अंक में से उड़ाई है।

"अज़ीज़ साहब, ये शे'र आपने आज ही कहे हैं, या पहले के कहे हुए शे'र आज अचानक याद हो आए हैं?" साँवले चेहरे और घनी मूँछों वाले एक बाबू ने बाईं आँख को ज़रा-सा दबाकर पूछा। आस-पास खड़े सब लोगों के चेहरे खिल गए।

"यह बिलकुल ताज़ा ग़ज़ल है," अज़ीज़ साहब ने अदालत में खड़े होकर हलफिया बयान देने के लहजे में कहा, "इससे पहले भी इसी वज़न पर कोई और चीज़ कही हो तो याद नहीं।" और फिर आँखों से सबके चेहरों को टटोलते हुए वे हल्की हँसी के साथ बोले, "अपना दीवान तो कोई रिसर्चदाँ की मुरत्तब करेगा...।"

एक फरमायशी कहकहा लगा जिसे 'शी-शी' की आवाज़ों ने बीच में ही दबा दिया। कहकहे पर लगाई गई इस ब्रेक का मतलब था कि कमिश्नर साहब अपने कमरे में तशरीफ ले आए हैं। कुछ देर का वक्फा रहा, जिसमें सुरजीत सिंह वल्द गुरमीत सिंह की फाइल एक मेज़ से एक्शन के लिए दूसरी मेज़ पर पहुँच गई, सुरजीत सिंह वल्द गुरमीत सिंह मुसकराता हुआ हाल से बाहर चला गया, और जिस बाबू की मेज़ से फाइल गई थी, वह पाँच रुपए के नोट को सहलाता हुआ चाय पीने वालों के जमघट में आ शामिल हुआ। अज़ीज़ साहब अब आवाज़ ज़रा धीमी करके ग़ज़ल का अगला शे'र सुनाने लगे।

साहब के कमरे से घण्टी हुई। चपरासी मुस्तैदी से उठकर अन्दर गया, और उसी मुस्तैदी से वापस आकर फिर अपने स्टूल पर बैठ गया।

चपरासी से खिड़की का पर्दा ठीक कराकर कमिश्नर साहब ने मेज़ पर रखे ढेर-से कागज़ों पर एक साथ दस्तखत किए और पाइप सुलगाकर 'रीडर्ज़ डाइजेस्ट' का ताज़ा अंक बैग से निकाल लिया। लेटीशिया बाल्ड्रिज का लेख कि उसे इतालवी मर्दों से क्यों प्यार है, वे पढ़ चुके थे। और लेखों में हृदय की शल्य चिकित्सा के सम्बन्ध में जे.डी. रैटक्लिफ का लेख उन्होंने सबसे पहले पढ़ने के लिए चुन रखा था। पृष्ठ एक सौ ग्यारह खोलकर वे हृदय के नए ऑपरेशन का ब्योरा पढ़ने लगे।

तभी बाहर से कुछ शोर सुनाई देने लगा।

कम्पाउण्ड में पेड़ के नीचे बिखरकर बैठे लोगों में चार नए चेहरे आ शामिल हुए थे। एक अधेड़ आदमी था जिसने अपनी पगड़ी ज़मीन पर बिछा ली थी और हाथ पीछे करके तथा टाँगें फैलाकर उस पर बैठ गया था। पगड़ी के सिरे की तरफ उससे ज़रा बड़ी उम्र की एक स्त्री और एक जवान लड़की बैठी थी; और उनके पास खड़ा एक दुबला-सा लड़का आस-पास की हर चीज़ को घूरती नज़र से देख रहा था, अधेड़ मरद की फैली हुई टाँगें धीरे-धीरे-पूरी खुल गई थीं और आवाज़ इतनी ऊँची हो गई थी कि कम्पाउण्ड के बारह से भी बहुत-से लोगों का ध्यान उसकी तरफ खिंच गया था। वह बोलता हुआ साथ अपने घुटने पर हाथ मार रहा था। "सरकार वक्त ले रही है! दस-पाँच साल में सरकार फैसला करेगी कि अर्ज़ी मंज़ूरी होनी चाहिए या नहीं। सालो, यमराज भी तो हमारा वक्त गिन रहा है। उधर वह वक्त पूरा होगा और इधर तुमसे पता चलेगा कि हमारी अर्ज़ी मंज़ूर हो गई है।"

चपरासी की टाँगें ज़मीन पर पुख्ता हो गईं, और वह सीधा खड़ा हो गया। कम्पाउण्ड में बिखरकर बैठे और लेटे हुए लोग अपनी-अपनी जगह पर कस गए। कई लोग उस पेड़ के पास आ जमा हुए।

"दो साल से अर्ज़ी दे रखी है कि सालो, ज़मीन के नाम पर तुमने मुझे जो गड्ढा एलाट कर दिया है, उसकी जगह कोई दूसरी जमीन दो। मगर दो साल से अर्ज़ी यहाँ के दो कमरे ही पार नहीं कर पाई!" वह आदमी अब जैसे एक मजमें में बैठकर तकरीर करने लगा, "इस कमरे से उस कमरें में अर्ज़ी के जाने में वक्त लगता है! इस मेज़ से उस मेज़ तक जाने में भी वक्त लगता है! सरकार वक्त ले रही है! लो, मैं आ गया हूँ आज यहीं पर अपना सारा घर-बार लेकर। ले लो जितना वक्त तुम्हें लेना है!...सात साल की भुखमरी के बाद सालों ने ज़मीन दी है मुझे—सौ मरले का गड्ढा! उसमें क्या मैं बाप-दादों की अस्थियाँ गाड़ूँगा।? अर्जी दी थी कि मुझे सौ मरले की जगह पचास मरले दे दी—लेकिन ज़मीन तो दो! मगर अर्ज़ी दो साल से वक्त ले रही है! मैं भूखा मर रहा हूँ, और अर्ज़ी वक्त ले रही है!"

चपरासी अपने हथियार लिए हुए आगे आया—माथे पर त्योरियाँ और आँखों में क्रोध। आस-पास की भीड़ को हटाता हुआ वह उसके पास आ गया।

"ए मिस्टर, चल हियाँ से बाहर!" उसने हथियारों की पूरी चोट के साथ कहा, "चल...उठ...!"

"मिस्टर आज यहाँ से नहीं उठ सकता!" वह आदमी अपनी टाँगें थोड़ी और चौड़ी करके बोला, "मिस्टर आज यहाँ का बादशाह है। पहले मिस्टर देश के बेलाज बादशाहों की जय बुलाता था। अब वह किसी की जय नहीं बुलाता। अब वह खुद यहाँ का बादशाह है...बेलाज बादशाह। उसे कोई लाज-शरम नहीं है। उस पर किसी का हुक्म नहीं चलता। समझे, चपरासी बादशाह!"

"अभी तुझे पता चल जाएगा। कि तुझ पर किसी का हुक्म चलता है या नहीं," चपरासी बादशाह और गरम हुआ, "अभी पुलिस के सुपुर्द कर दिया जाएगा तो तेरी सारी बादशाही निकल जाएगी...।"

"हा-हा!" बेलाज बादशाह हँसा। "तेरी पुलिस मेरी बादशाही निकालेगी? तू बुला पुलिस को। मैं पुलिस के सामने नंगा हो जाऊँगा और कहूँगा कि निकालो मेरी बादशाही! हममें से किस-किसकी बादशाही निकालेगी पुलिस? ये मेरे साथ तीन बादशाह और हैं। यह मेरे भाई की बेवा हैं—उस भाई की जिसे पाकिस्तान में टांगों से पकड़कर चीर दिया गया था। यह मेरे भाई का लड़का है जो अभी से तपेदिक का मरीज़ है। और यह मेरे भाई की लड़की है जो अब ब्याहने लायक हो गई है। इसकी बड़ी कुँवारी बहन आज भी पाकिस्तान में है। आज मैंने इन सबको बादशाही दे दी है। तू ले आ जाकर अपनी पुलिस, कि आकर इन सबकी बादशाही निकाल दे। कुत्ता साला...!"

अन्दर से कई-एक बाबू निकलकर बाहर आ गए थे। "कुत्ता साला' सुनकर चपरासी आपे से बाहर हो गया। वह तैश में उसे बाँह से पकड़कर घसीटने लगा। "तुझे अभी पता चला जाता है कि कौन साला कुत्ता है! मैं तुझे मार-मारकर..." और उसने उसे अपने टूटे हुए बूट की एक ठोकर दी। स्त्री और लड़की सहमकर वहाँ से हट गईं। लड़का एक तरफ खड़ा होकर रोने लगा।

बाबू लोग भीड़ को हटाते हुए आगे बढ़ आए और उन्होंने चपरासी को उस आदमी के पास से हटा लिया। चपरासी फिर भी बड़बड़ाता रहा। "कमीना आदमी, दफ्तर में आकर गाली देता है। मैं अभी तुझे दिखा देता कि..."

"एक तुम्हीं नहीं, यहाँ तुम सबके-सब कुत्ते हो," वह आदमी कहता रहा, "तुम सब ही कुत्ते हो, और मैं भी कुत्ता हूँ। फर्क सिर्फ इतना है कि तुम लोग सरकार के कुत्ते हो—हम लोगों की हड्डियाँ चूसते हो और सरकार की तरफ से भौंकते हो। मैं परमात्मा का कुत्ता हूँ। उसकी दी हुई हवा खाकर जीता हूँ, और उसकी तरफ से भौंकता हूँ। उसका घर इन्साफ का घर है। मैं उसके घर की रखवाली करता हूँ। तुम सब उसके इन्साफ की दौलत के लुटेरे हो। तुम पर भौंकना मेरा फर्ज़ है, मेरे मालिक का फरमान है। मेरा तुमसे अज़ली बैर है। कुत्ते का

बैरी कुत्ता होता है। तुम मेरे दुश्मन हो, मैं तुम्हारा दुश्मन हूँ। मैं अकेला हूँ, इसलिए तुम सब मिलकर मुझे मारो। मुझे यहाँ से निकाल दो। लेकिन मैं फिर भी भौंकता रहूँगा। तुम मेरा भौंकना बन्द नहीं कर सकते। मेरे अन्दर मेरे मालिक का नर है, मेरे वाहगुरु का तेज़ है। मुझे जहाँ बन्द कर दोगे, मैं वहाँ भौंकूँगा, और भौंक-भौंककर तुम सबके कान फाड़ दूँगा। साले, आदमी के कुत्ते, जूठी हड्डी पर मरनेवाले कुत्ते दुम हिला-हिलाकर जीनेवाले कुत्ते...!''

''बाबा जी, बस करो,'' एक बाबू हाथ जोड़कर बोला, ''हम लोगों पर रहम खाओ, और अपनी यह सन्तबानी बन्द करो। बताओ तुम्हारा नाम क्या है, तुम्हारा केस क्या है...?''

''मेरा नाम है बारह सौ छब्बीस बटा सात! मेरे माँ-बाप का दिया हुआ नाम खा लिया कुत्तों ने। अब यही नाम है जो तुम्हारे दफ्तर का दिया हुआ है। मैं बारह सौ छब्बीस बटा सात हूँ। मेरा और कोई नाम नहीं हैं मेरा यह नाम याद कर लो। अपनी डायरी में लिखा लो। वाहेगुरु का कुत्ता—बारह सौ छब्बीस बटा सात।''

''बाबा जी, आज जाओ, कल या परसों आ जाना। तुम्हारी अर्ज़ी की कार्रवाई तक़रीबन-तकरीबन पूरी हो चुकी है...।''

''तकरीबन-तकरीबन पूरी हो चुकी है! और मैं खुद ही तकरीबन-तकरीबन पूरा हो चुका हूँ! अब देखना यह है कि पहले कार्रवाई पूरी होती है, कि पहले मैं पूरा होता हूँ! एक तरफ सरकार का हुनर है और दूसरी तरफ परमात्मा का हुनर है! तुम्हारा तकरीबन-तकरीबन अभी दफ्तर में ही रहेगा और मेरा तकरीबन-तकरीबन कफन में पहुँच जाएगा। सालों ने सारी पढ़ाई खर्च करके दो लफ्ज़ ईजाद किए हैं—शायद और तकरीबन। 'शायद आपके कागज़ ऊपर चले गए हैं—तकरीबन-तकरीबन कार्रवाई पूरी हो चुकी है!' शायद से निकालो और तकरीबन में डाल दो! तकरीबन से निकालो और शायद में गर्क कर दो। 'तकरीबन तीन-चार महीने में तहकीकात होगी।...शायद महीने दो महीने में रिपोर्ट आएगी।' मैं आज शायद और तकरीबन दोनों घर पर छोड़ आया हूँ। मैं यहाँ बैठा हूँ और यहीं बैठा रहूँगा। मेरा काम होना है, तो आज ही होगा और अभी होगा। तुम्हारे शायद और तकरीबन के गाहक ये सब खड़े हैं। यह ठगी इनसे करो...।''

बाबू लोग अपनी सद्भावना के प्रभाव से निराश होकर एक-एक करके अन्दर लौटने लगे।

''बैठा है, बैठा रहने दो।''

''बकता है, बकने दो।''

"साला बदमाशी से काम निकालना चाहता है।"

"लेट हिम बार्क हिमसेल्फ टु डेथ।"

बाबुओं के साथ चपरासी भी बड़बड़ाता हुआ अपने स्टूल पर लौट गया। "मैं साले के दाँत तोड़ देता। अब बाबू लोग हाकिम हैं और हाकिमों का कहा मानना पड़ता है, वरना..."

"अरे बाबा, शान्ति से काम ले। यहाँ मिन्नत चलती है, पैसा चलता है, धौंस नहीं चलती," भीड़ में से कोई उसे समझाने लगा।

वह आदमी उठकर खड़ा हो गया।

"मगर परमात्मा का हुक्म हर जगह चलता है," वह अपनी कमीज़ उतारता हुआ बोला, "और परमात्मा के हुक्म से आज बेलाज बादशाह नंगा होकर कमिश्नर साहब के कमरे में जाएगा। आज वह नंगी पीठ साहब के डण्डे खाएगा। आज वह बूटों की ठोकरें खाकर प्रान देगा। लेकिन वह किसी की मिन्नत नहीं करेगा। किसी को पैसा नहीं चढ़ाएगा। किसी की पूजा नहीं करेगा। जो वाहेगुरु की पूजा करता है, वह और किसी की पूजा नहीं कर सकता। तो वाहेगुरु का नाम लेकर..."

और इससे पहले कि वह अपने कहे को किए में परिणत करता, दो-एक आदमियों ने बढ़कर तहमद की गाँठ पर रखे उसके हाथ को पकड़ लिया। बेलाज बादशाह अपना हाथ छुड़ाने के लिए संघर्ष करने लगा।

"मुझे जाकर पूछने दो कि क्या महात्मा गाँधी ने इसीलिए इन्हें आजादी दिलाई थी कि ये आज़ादी के साथ इस तरह सम्भोग करें? उसकी मिट्टी खराब करें? उसके नाम पर कलंक लगाएँ? उसे टके-टके की फाइलों में बाँधकर ज़लील करें? लोगों के दिलों में उसके लिए नफरत पैदा करें? इन्सान के तन पर कपड़े देखकर बात इन लोगों की समझ में नहीं आती। शरम तो उसे होती है जो इन्सान हो। मैं तो आप कहता हूँ कि मैं इन्सान नहीं कुत्ता हूँ...!"

सहसा भीड़ में एक दहशत-सी फैल गई। कमिश्नर साहब अपने कमरे से बाहर निकल आए थे। वे माथे की त्योरियों और चेहरे की झुर्रियों को गहरा किए भीड़ के बीच में आ गए।

"क्या बात है? क्या चाहते हो तुम?"

"आपसे मिलना चाहता हूँ, साहब," वह आदमी साहब को घूरता हुआ बोला, "सौ मरले का एक गड्ढा मेरे नाम एलाट हुआ है। वह गड्ढा आपको वापस करना चाहता हूँ ताकि सरकार उसमें एक तालाब बनवा दे, और अफसर लोग शाम को वहाँ जाकर मछलियाँ मारा करें। या उस गड्ढे में सरकार एक तहखाना बनवा दे और मेरे जैसे कुत्तों को उसमें बन्द कर दे...।"

"ज़्यादा बक बक मत करो, और अपना केस लेकर मेरे पास आओ।"

"मेरा केस मेरे पास नहीं है, साहब! दो साल से सरकार के पास है—आपके पास है। मेरे पास अपना शरीर और दो कपड़े हैं। चार दिन बाद ये भी नहीं रहेंगे, इसलिए इन्हें भी आज ही उतारे दे रहा हूँ। इसक बाद बाकी सिर्फ बारह सौ छब्बीस बटा सात रह जाएगा। बारह सौ छब्बीस बटा सात को मार-मारकर परमात्मा के हुजूर में भेज दिया जाएगा...।"

"यह बकवास बन्द करो और मेरे साथ अन्दर आओ।"

और कमिश्नर साहब अपने कमरे में वापस चले गए। वह आदमी भी कमीज़ कन्धे पर रखे उस कमरे की तरफ चल दिया।

"दो साल चक्कर लगाता रहा, किसी ने बात नहीं सुनी। खुशामदें करता रहा, किसी ने बात नहीं सुनी। वास्ते देता रहा, किसी ने बात नहीं सुनी...।"

चपरासी ने उसके लिए चिक उठा दी और वह कमिश्नर साहब के कमरे में दाखिल हो गया। घण्टी बजी, फाइलें हिलीं, बाबुओं की बुलाहट हुई, और आधे घण्टे के बाद बेलाज बादशाह मुसकराता हुआ बाहर निकल आया। उत्सुक आँखों की भीड़ ने उसे आते देखा, तो वह फिर बोलने लगा, "चूहों की तरह बिटर-बिटर देखने में कुछ नहीं होता। भौंको, भौंको, सबके-सब भौंको। अपने-आप सालों के कान फट जाएँगे। भौंको कुत्तो, भौंको..."

उसकी भौजाई दोनों बच्चों के साथ गेट के पास खड़ी इन्तज़ार कर रही थी। लड़के और लड़की के कन्धों पर हाथ रखते हुए वह सचमुच बादशाह की तरह सड़क पर चलने लगा।

"हयादार हो, तो सालहा-साल मुँह लटकाए खड़े रहो। अर्ज़ियाँ टाइप कराओ और नल का पानी पियो। सरकार वक्त ले रही है! नहीं तो बेहया बनो। बेहयाई हज़ार बरकत है।"

वह सहसा रुका और ज़ोर से हँसा।

"यारो, बेहयाई हज़ार बरकत है।"

उसके चले जाने के बाद कम्पाउण्ड में और आस-पास मातमी वातावरण पहले से और गहरा हो गया। भीड़ धीरे-धीरे बिखरकर अपनी जगहों पर चली गई। चपरासी की टाँगें फिर स्टूल पर झूलने लगीं। सामने के कैण्टीन का लड़का बाबुओं के कमरे में एक सेट चाय ले गया। अर्ज़ीनवीस की मशीन चलने लगी और टिक-टिक की आवाज़ के साथ उसका लड़का फिर अपना सबक दोहराने लगा। 'पी ई एन पेन—पेन माने कलम', एच ई एन हेन—हेन माने मुर्गी; डी ई ऐन डेन—डेन माने अँधेरी गुफा...!"

मन्दी

चेयरिंग क्रास पर पहुँचकर मैंने देखा कि उस वक्त वहाँ मेरे सिवा एक भी आदमी नहीं है। एक बच्चा, जो अपनी आया के साथ वहाँ खेल रहा था, अब उसके पीछे भागता हुआ ठण्डी सड़क पर चला गया था। घाटी में एक जली हुई इमारत का ज़ीना इस तरह शून्य की तरफ झाँक रहा था जैसे सारे विश्व को आत्महत्या की प्रेरणा और अपने ऊपर आकर कूद जाने का निमन्त्रण दे रहा हो। आसपास के विस्तार को देखते हुए उस निःस्तब्ध एकान्त में मुझे हार्डी के एक लैण्डस्केप की याद हो आई, जिसके कई पृष्ठों के वर्णन के बाद मानवता दृश्यपट पर प्रवेश करती है—अर्थात् एक छकड़ा धीमीचाल से आता दिखाई देता है। मेरे सामने भी खुली घाटी थी, दूर-तक फैली पहाड़ी श्रृंखलाएँ थीं, बादल थे, चेयरिंग क्रास का सुनसान मोड़ था—और यहाँ भी कुछ उसी तरह मानवता ने दृश्यपट पर प्रवेश किया—अर्थात् एक पचास-पचपन साल का भला आदमी छड़ी टेकता दूर से आता दिखाई दिया। वह इस तरह इधर-उधर नज़र डालता चल रहा था जैसे देख रहा हो कि जो ढेले-पत्थर कल वहाँ पड़े थे, वे आज भी अपनी जगह पर हैं या नहीं। जब वह मुझसे कुछ ही फासले पर रह गया, तो उसने आँखें तीन-चौथाई बन्द करके छोटी-छोटी लकीरों जैसी बना लीं और चेहरे का गौर से मुआइना करता हुआ आगे बढ़ने लगा। मेरे पास आने तक उसकी नज़र ने जैसे फैसला कर लिया, और उसने रुककर छड़ी पर भार डाले हुए पल-भर के वक्फे के बाद पूछा, "यहाँ नये आए हो?"

"ही हाँ, "मैंने उसकी मुरझाई हुई पुतलियों में अपने चेहरे का साया देखते हुए ज़रा संकोच के साथ कहा।

"मुझे लग रहा था कि नये ही आए हो," वह बोला, "पुराने लोग तो सब अपने पहचाने हुए हैं।"

"आप यहीं रहते हैं?" मैंने पूछा।

"हाँ यहीं रहते हैं, उसने विरक्ति और शिकायत के स्वर में उत्तर दिया, "जहाँ का अन्न-जल लिखाकर लाए थे, वहीं तो न रहेंगे...अन्न-जल मिले चाहे न मिले।'

उसका स्वर कुछ ऐसा था जैसे मुझसे उसे कोई पुराना गिला हो। मुझे लगा कि या तो वह बेहद निराशावादी है, या उसे पेट का कोई संक्रामक रोग है। उसकी रस्सी की तरह बँधी टाई से यह अनुमान होता था कि वह एक रिटायर्ड सरकारी कर्मचारी है जो अब अपनी कोठी में सेब का बगीचा लगाकर उसकी रखवाली किया करता है।

"आपकी यहाँ पर अपनी ज़मीन होगी?" मैंने उत्सुकता न रहते हुए भी पूछ लिया।

"जमीन?" उसके स्वर में और भी निराशा और शिकायत भर आई। "ज़मीन कहाँ जी?" और फिर जैसे कुछ खीझ और कुछ व्यंग्य के साथ सिर हिलाकर उसने कहा, "जमीन!"

'मुझे समझ नहीं आ रहा था कि अब मुझे क्या कहना चाहिए। उसी तरह छड़ी पर भार दिए मेरी तरफ देख रहा था। कुछ क्षणों का वह खामोश अन्तराल मुझे विचित्र-सा लगा। उस स्थिति से निकलने के लिए मैंने पूछ लिया, "तो आप यहाँ कोई अपना निज का काम करते हैं?"

"काम क्या करना है जी?" उसने जवाब दिया, "घर से खाना अगर काम है, तो वही काम करते हैं और आजकल काम रह क्या गए हैं?" हर काम का बुरा हाल है!"

मेरा ध्यान पल-भर के लिए जली हुई इमारत के ज़ीने की तरफ चला गया। उसके ऊपर एक बन्दर आ बैठा था और सिर खुजलाता हुआ शायद यह फैसला करना चाह रहा था कि उसे कूद जाना चाहिए या नहीं।

"अकेले आए हो?" अब उस आदमी ने मुझसे पूछ लिया।

"जी हाँ, अकेला ही आया हूँ," मैंने जबाव दिया।

"आजकल यहाँ आता ही कौन है?" वह बोला, "यह तो बियाबान जगह है। सैर के लिए अच्छी जगहें हैं शिमला, मंसूरी वगैरह। वहाँ क्यों नहीं चले गए?"

मुझे फिर से उसकी पुतलियों में अपना साया नज़र आ गया। मगर मन होते हुए भी मैं उससे यह नहीं कह सका कि मुझे पहले पता होता कि वहाँ आकर मेरी उससे मुलाकत होगी, तो मैं ज़रूर किसी और पहाड़ पर चला जाता।

''खैर, अब तो आ ही गए हो,'' वह फिर बोला, ''कुछ दिन घूम-फिर लो। ठहरने का इन्तज़ाम कर लिया है?''

''जी हाँ,'' मैंने कहा, कथलक रोड़ पर एक कोठी ले ली है।''

''सभी कोठियाँ खाली पड़ी हैं,'' वह बोला, ''हमारे पास भी एक कोठरी थी। अभी कल ही दो रुपए महीने पर चढ़ाई है। दो-तीन महीने लगी रहेगी। फिर दो-चार रुपए डालकर सफेदी करा देंगे। और क्या!'' फिर दो-एक क्षण के बाद उसने पूछा, ''खाने का क्या इन्तज़ाम किया है।''

''अभी कुछ नहीं किया। इस वक्त इसी ख्याल से बाहर आया था कि कोई अच्छा-सा होटल देख लूँ, जो ज्यादा महँगा भी न हो।''

''नीचे बाजार में चले जाओ,'' वह बोला, ''नत्थासिंह का होटल पूछ लेना। सस्ते होटलों में वही अच्छा है। वहीं खा लिया करना। पेट ही भरना है! और क्या!''

और अपनी नहूसत मेरे अन्दर भरकर वह पहले की तरह छड़ी टेकता हुआ रास्ते पर चल दिया।

नत्थासिंह का होटल बाजार में बहुत नीचे जाकर था। जिस समय मैं वहाँ पहुँच बुड्ढा सरदार नत्थासिंह और उसके दोनों बेटे अपनी दुकान के सामने हलवाई की दुकान बैठे हलवाई के साथ ताश खेल रहे थे। मुझे देखते ही नत्थासिंह ने लपाक से अपने बड़े लड़के से कहा, ''उठ बसन्ते, ग्राहक आया है।''

बसन्ते ने तुरन्त हाथ के पत्ते फेंक दिए और बाहर निकल आया।

''क्या चाहिए साब?'' उसने आकर अपनी गद्दी पर बैठते हुए पूछा।

''एक प्याली चाय बना दो,'' मैंने कहा।

''अभी लीजिए!'' और वह केतली में पानी डालने लगा।

''अण्डे-वण्डे रखते हो?'' मैंने पूछा।

''रखते तो नहीं, पर आपके लिए अभी मँगवा देता हूँ,'' वह बोला, ''कैसे अण्डे लेंगे? फ्राई या आमलेट?

''आमलेट,'' मैंने कहा।

''जा हरबंसे, भागकर ऊपर वाले लाला से दो अण्डे ले आ,'' उसने अपने छोटे भाई को आवाज़ दी।

आवाज सुनकर हरबंसे ने भी झट से हाथ के पत्ते फेंक दिए और उठकर बाहर आ गया। बसन्ते से पैसे लेकर वह भागता हुआ बाज़ार की सीढ़ियाँ चढ गया। बसन्ता केतली भट्ठी पर रखकर नीचे से हवा करने लगा।

हलवाई और नत्थासिंह अपने-अपने पत्ते हाथ में लिए थे। हलवाई अपने पाजामे का कपड़ा उँगली और अँगूठे के बीच में लेकर जाँघ खुजलाता हुआ कह रहा था, "अब चढ़ाई शुरू हो रही है नत्थासिंह!"

"हाँ अब गर्मियाँ आई है, तो चढ़ाई शुरू होगी ही," नत्थासिंह अपनी सफेद दाढ़ी में उँगलियों, से कंघी करता हुआ बोला, "चार पैसे कमाने के यही तो दिन हैं।"

"पर नत्थासिंह, अब वह पहले वाली बात नहीं है," हलवाई ने कहा, "पहले दिनों में हज़ार-बारह सौ आदमी इधर को आते थे, हज़ार-बारह सौ उधर को जाते थे, तो लगता था कि हाँ, लोग बाहर से आए हैं। अब भी आ गए सौ-पचास तो क्या है!"

"सौ-पचास की भी बड़ी बरकत है," नत्थासिंह धार्मिकता के स्वर में बोला।

"कहते हैं आजकल किसी के पास पैसा ही नहीं रहा," हलवाई ने जैसे चिंतन करते हुए कहा, "यह बात मेरी समझ में नहीं आती। दो-चार साल सबके पास पैसा हो जाता है, फिर एकदम सबके-सब भूखे-नंगे हो जाते हैं! जैसे पैसों पर किसी ने बाँध बाँधकर रखा है। जब चाहता है छोड़ देता है, जब चाहता है रोक लेता है!"

"सब करनी कर्तार की है," कहता हुआ नत्थासिंह भी पत्ते फेंककर उठ खड़ा हुआ।

"कर्तार की करनी कुछ नहीं है," हलवाई बेमन से पत्ते रखता हुआ बोला, जब कर्तार पैदावार उसी तरह करता है, तो लोग क्यों भूखे-नंगे हो जाते हैं? यह बात मेरी समझ में नहीं आती।"

नत्थासिंह ने दाढ़ी खुजलाते हुए आकाश की तरफ देखा, जैसे खीज रहा हो कि कर्तार के अलावा दूसरा कौन है जो लोगों को भूखे-नंगे बना सकता है।

"कर्तार को ही पता है," पल-भर बाद उसने सिर हिलाकर कहा।

"कर्तार को कुछ पता नहीं है," हलवाई ने ताश की गड्डी फटी हुई डब्बी में रखते हुए सिर हिलाकर कहा और अपनी गद्दी पर जा बैठा। मैं यह तय नहीं कर सका कि उसने कर्तार को निर्दोष बताने की कोशिश की है, या कर्तार की ज्ञानशक्ति पर सन्देह प्रकट किया है!

कुछ देर बाद मैं चाय पीकर वहाँ से चलने लगा, तो बसन्ते ने कुल छः आने माँगे। उसने हिसाब भी दिया–चार आने के अण्डे, एक आने का घी और एक आने की चाय। मैं पैसे देकर बाहर निकला, तो नत्थासिंह ने पीछे से आवाज़ दी, "भाई साहब, रात को खाना भी यहीं खाइएगा। आज आपके लिए स्पेशल चीज़ बनाएँगे! ज़रूर आइएगा।"

उसके स्वर में ऐसा अनुरोध था कि मैं मुसकराए बिना नहीं रह सका। सोचा कि उसने छः आने में क्या कमा लिया है जो मुझसे रात को फिर आने का अनुरोध कर रहा है।

शाम को सैर से लौटते हुए मैंने बुक एजेन्सी से अखबार खरीदा और बैठकर पढ़ने के लिए एक बड़े से रेस्तराँ में चला गया। अन्दर पहुँचकर देखा कि कुर्सियाँ, मेज और सोफे करीने से सज़े हुए हैं, पर न तो हाल में कोई बैरा है और न ही काउंटर पर कोई आदमी है। मैं एक सोफे पर बैठकर अखबार पढ़ने लगा। एक कुत्ता जो उस सोफे से सटकर लेटा था, अब वहाँ से उठकर सामने के सोफे पर आ बैठा और मेरी तरफ देखकर जीभ लपलपाने लगा। मैंने एक बार हल्के से मेज़ को थपथपाया, बैरे को आवाज़ दी, पर कोई इन्सानी सूरत सामने नहीं आई। अलबत्ता, कुत्ता सोफे से मेज़ पर आकर अब और भी पास से मेरी तरफ जीभ लपलपाने लगा। मैं अपने और उसके बीच अखबार का परदा करके खबरें पढ़ता रहा।

उस तरह बैठे हुए मुझे पन्द्रह-बीस मिनट बीत गए। आखिर जब मैं वहाँ से उठने को हुआ, तो बाहर का दरवाजा खुला और पाजामा-कमीज पहने एक आदमी अन्दर दाखिल हुआ। मुझे देखकर उसने दूर से सलाम किया और पास आकर ज़रा संकोच के साथ कहा, "माफ कीजिएगा, मैं एक बाबू का सामान मोटर-अड्डे तक छोड़ने चला गया था। आपको आए ज़्यादा देर तो नहीं हुई?"

मैंने उसके ढीले-ढाले जिस्म पर एक गहरी नज़र डाली और उससे पूछ लिया, "तुम यहाँ अकेले ही काम करते हो?"

"जी, आजकल अकेला ही हूँ," उसने जवाब दिया, "दिन-भर मैं यहीं रहता हूँ, सिर्फ बस के वक्त किसी बाबू का सामान मिल जाए तो अड्डे तक छोड़ने चला जाता हूँ।"

"यहाँ का कोई मैनेजर नहीं है?" मैंने पूछा।

"जी, मालिक आप ही मैनेजर हैं," वह बोला, "वह आजकल अमृतसर में रहता है। यहाँ का सारा काम मेरे ज़िस्मे है।"

"तुम यहाँ चाय-वाय कुछ बनाते हो?"

"चाय, काफी—जिस चीज़ का आर्डर दें, वह बन सकती है!"

"अच्छा ज़रा अपना मेन्यू दिखाना।"

उसके चेहरे के भाव से मैंने अन्दाज़ा लगाया कि वह मेरी बात नहीं समझा। मैंने उसे समझाते हुए कहा, "तुम्हारे पास खाने-पीने की चीज़ों की छपी हुई लिस्ट होगी, वह ले आओ।"

"अभी लाता हूँ जी," कहकर वह सामने की दीवार की तरफ चला गया और वहाँ से एक गत्ता उतार लाया। देखने पर मुझे पता चला कि वह उस होटल का लायसेंस है।

"यह तो यहाँ का लायसेंस है," मैंने कहा।

"जी, छपी हुई लिस्ट तो यहाँ पर यही है," वह असमंजस में पड़ गया।

"अच्छा ठीक है, मेरे लिए चाय ले आओ," मैंने कहा।

"अच्छा जी!" वह बोला, "मगर साहब," और उसके स्वर में काफी आत्मीयता आ गई। "मैं कहता हूँ, खाने का टैम है, खाना ही खाओ। चाय का क्या पीना! साली अन्दर जाकर नाड़ियों को जलाती है।"

मैं उसकी बात पर मन ही मन मुसकराया। मुझे सचमुच भूख लग रही थी, इसलिए मैंने पूछा, "सब्जी-अब्जी क्या बनाई है?"

"आलू-मटर, आलू-टमाटर, भुर्ता, भिण्डी, कोफ्ता, रायता..." वह जल्दी-जल्दी लम्बी सूची बोल गया।

"कितनी देर में ले आओगे?" मैंने पूछा।

"बस जी पाँच मिनट में।"

"तो आलू-मटर और रायता ले आओ। साथ खुश्क चपाती।"

"अच्छा जी!" वह बोला, "पर साहब," और फिर स्वर में ही वह आत्मीयता लाकर उसने कहा, "बरसात का मौसम है। रात के वक्त रायता नहीं खाओ, तो अच्छा है। ठण्डी चीज़ है। बाज़ वक्त नुकसान कर जाती है।"

उसकी आत्मीयता से प्रभावित होकर मैंने कहा, "तो अच्छा, सिर्फ आलू-मटर ले आओ।"

"बस, अभी लो जी, अभी लाया," कहता हुआ वह लकड़ी के ज़ीने से नीचे चला गया।

उसके जाने के बाद मैं कुत्ते से जी बहलाने लगा। कुत्ते को शायद बहुत दिनों से कोई चाहने वाला नहीं मिला था। वह मेरे साथ ज़रूरत से ज़्यादा प्यार दिखाने लगा। चार-पाँच मिनट के बाद बाहर का दरवाज़ा फिर खुला और एक पहाड़ी नवयुवती अन्दर आ गई। उसके कपड़ों और पीठ पर बँधी टोकरी से ज़ाहिर था कि वह वहाँ की कोयला बेचने वाली लड़कियों में से है। सुन्दरता का सम्बन्ध चेहरे की रेखाओं से ही हो, तो उसे सुन्दर कहा जा सकता था। वह सीधी मेरे पास आ गई और छूटते ही बोली, "बाबूजी, हमारे पैसे आज ज़रूर मिल जाए।"

कुत्ता मेरे पास था, इसलिए मैं उसकी बात से घबराया नहीं।

मेरे कुछ कहने से पहले ही वह फिर बोली, "आपके आदमी ने एक किल्टा कोयला लिया था। आज छः-सात दिन हो गए। कहता था, दो दिन में पैसे मिल जाएँगे। मैं आज तीसरी बार माँगने आई हूँ। आज मुझे पैसों की बहुत ज़रूरत है।

मैंने कुत्ते को बाँहों से निकल जाने दिया। मेरी आँखें उसकी नीली पुतलियों को देख रही थीं। उसके कपड़े—पाजामा, कमीज़, वास्कट, चादर और पटका—सभी बहुत मैले थे। मुझे उसकी ठोड़ी की तराश बहुत सुन्दर लगी। सोचा कि उसकी ठोड़ी के सिरे पर अगर एक तिल भी होता...।

"मेरे चौदह आने पैसे हैं," वह कह रही थी।

और मैं सोचने लगा कि उसे ठोड़ी के तिल और चौदह आने पैसे में से एक चीज़ चुनने को कहा जाए, तो वह क्या चुनेगी?

"मुझे आज जाते हुए बाज़ार से सौदा लेकर जाना है," वह कह रही थी।

"कल सवेरे आना!" उसी समय बैरे ने ज़ीने से ऊपर आते हुए कहा।

"रोज़ मुझसे कल सवेरे बोल देता," वह मुझे लक्ष्य करके ज़रा गुस्से के साथ बोली, "इससे कहिए कल सवेरे मेरे पैसे ज़रूर दे दे।"

"इनसे क्या कह रही है, ये तो यहाँ खाना खाने आए हैं," बैरा उसकी बात पर थोड़ा हँस दिया।

इससे लड़की की नीली आँखों में संकोच की हल्की लहर दौड़ गई। वह अब बदले हुए स्वर में मुझसे बोली, "आपको कोयला तो नहीं चाहिए?"

"नहीं," मैंने कहा।

"चौदह आने का किल्टा दूँगी, कोयला देख लो," कहते हुए उसने अपनी चादर की तह में से एक कोयला निकालकर मेरी तरफ बढ़ा दिया।

"ये यहाँ आकर खाना खाते हैं, इन्हें कोयला नहीं चाहिए," अब बैरे ने उसे झिड़क दिया।

"आपको खाना बनाने के लिए नौकर चाहिए?" लड़की बात करने से नहीं रुकी, "मेरा छोटा भाई है। सब काम जानता है। पानी भी भरेगा, बरतन भी मलेगा...।"

"तू जाती है यहाँ से कि नहीं?" बैरे का स्वर अब दुतकारने का-सा हो गया।

"आठ रुपए महीने में सारा काम कर देगा," लड़की उस स्वर को महत्त्व न देकर कहती रही, "पहले एक डाक्टर के घर में काम करता था। डाक्टर अब यहाँ से चला गया है...।"

बैरे ने अब उसे बाँह से पकड़ लिया और बाहर की तरफ ले जाता हुआ बोला, ''चल-चल, जाकर अपना काम कर। कह दिया है, उन्हें नौकर नहीं चाहिए फिर भी बके जा रही है!

''मैं कल इसी वक्त उसे लेकर आऊँगी,'' लड़की ने फिर भी चलते-चलते मुड़कर कह दिया।

बैरा उसे दरवाज़े से बाहर पहुँचाकर पास आता हुआ बोला, ''कमीन जात! ऐसे गले पड़ जाती हैं कि बस...!''

''खाना अभी कितनी देर में लाओगे?'' मैंने उससे पूछा।

''बस जी पाँच मिनट में लेकर आ रहा हूँ,'' वह बोला, ''आटा गूँथकर सब्जी चढ़ा आया हूँ। जरा नमक ले जाऊँ—आकर चपातियाँ बनाता हूँ।''

खैर, खाना मुझे काफी देर से मिला। खाने के बाद मैं काफी देर ठण्डी-गरम सड़क पर टहलता रहा क्योंकि पहाड़ियों पर छिटकी चाँदनी बहुत अच्छी लग रही थी। लौटते वक्त बाज़ार के पास से निकलते हुए मैंने सोचा कि नाश्ते के लिए सरदार नत्थासिंह से दो अण्डे उबलवाकर लेता चलूँ। दस बज चुके थे, पर नत्थासिंह की दुकान अभी खुली थी। मैं वहाँ पहुँचा तो नत्थासिंह और उसके दोनों बेटे पैरों के भार बैठे खाना खा रहे थे। मुझे देखते ही बसन्ते ने कहा, ''वह लो, आ गए भाई साहब!''

''हम कितनी देर इन्तजार कर-करके अब खाना खाने बैठे हैं!'' हरबंसा बोला।

''खास आपके लिए मुर्गा बनाया था,'' नत्थासिंह ने कहा, ''हमने सोचा था कि भाई साहब देख लें, हम कैसा खाना बनाते हैं। खयाल था दो-एक प्लेटें और लग जाएँगी। पर न आप आए, और न किसी और ने ही मुर्गे की प्लेट ली। हम अब तीनों खुद खाने बैठे हैं। मैंने मुर्गा इतने चाव से, इतने प्रेम से बनाया था कि क्या कहूँ! क्या पता था कि खुद ही खाना पड़ेगा। ज़िन्दगी में ऐसे भी दिन देखने थे! वे भी दिन थे कि जब अपने लिए मुर्गे का शोरबा तक नहीं बचता था! और एक दिन यह है। भरी हुई पतीली सामने रखकर बैठे हैं! गाँठ से साढ़े तीन रुपए लग गए, जो अब पेट में जाकर खनकते भी नहीं! जो तेरी करनी मालिक!''

''इसमें मालिक की क्या करनी है?'' बसन्ता जरा तीखा होकर बोला, ''जो करनी है, सब अपनी ही है! आप ही को जोश आ रहा था कि चढ़ाई शुरू हो गई है, लोग आने लगे हैं, कोई अच्छी चीज बनानी चाहिए। मैंने कहा था कि

अभी आठ-दस दिन ठहर जाओ, जरा चढ़ाई का रुख देख लेने दो। पर नहीं माने! हठ करते रहे कि अच्छी चीज से मुहूरत करेंगे तो सीजन अच्छा गुरजेगा। लो, हो गया मुहूरत!''

उसी समय वह आदमी, जो कुछ घण्टे पहले मुझे चेयरिंग क्रास पर मिला था, मेरे पास आकर खड़ा हो गया। अँधेरे में उसने मुझे नहीं पहचाना और छड़ी पर भार देकर नत्थासिंह से पूछा, ''नत्थासिंह एक ग्राहक भेजा था, आया था?''

''कौन ग्राहक?'' नत्थासिंह चिढ़े-मुरझाए हुए स्वर में बोला।

''घुँघराले बालों वाला नौजवान था–मोटे शीशे का चश्मा लगाए हुए...?''

''ये भाई साहब खड़े हैं!'' इससे पहले कि वह मेरा और वर्णन करता, नत्थासिंह ने उसे होशियार कर दिया।

''अच्छा आ गए हैं!'' उसने मुझे लक्ष्य करके कहा और फिर नत्थासिंह की तरफ देखकर बोला, ''तो ला नत्थासिंह, चाय की प्याली पिला।''

कहता हुआ वह सन्तुष्ट भाव से अन्दर टीन की कुरसी पर जा बैठा। बसन्ता भट्ठी पर केतली रखते हुए जिस तरह से बुदबुदाया उससे जाहिर था कि वह आदमी चाय की प्याली ग्राहक भेजने के बदले में पीने जा रहा है!

आर्द्रा

बचन को थोड़ी ऊँघ आ गई थी, पर खटका सुनकर वह चौंक गई। इरावती ड्योढ़ी का दरवाजा खोल रही थी। चपरासी गणेशन आ गया था। इसका मतलब था कि छः बज चुके होंगे। बचन के शरीर में ऊब और झुँझलाहट की झुरझुरी भर गई। बिन्नी न रात को घर आया था, न सुबह से अब तक उसने दर्शन दिए थे। इस लड़के की वजह से ही वह यहाँ परदेस में पड़ी हुई थी, जहाँ न कोई उसकी जबान समझता था, न वह किसी की जबान समझती थी। एक इरावती थी, जिससे वह टूटी-फूटी हिन्दी में बात कर लेती थी, हालाँकि उसकी पंजाबी हिन्दी और इरावती की कोंकणी हिन्दी में जमीन-आसमान का अंतर था। जब इरावती भी उसके सीधे-सादे शब्दों के साथ हिन्दी में कही हुई साधारण सी बात को न समझ पाती, तो वह बुरी तरह अपनी विवशता के खेद से दब जाती। और इस लड़के को रत्ती भर चिन्ता नहीं थी कि माँ किस मुश्किल से दिन काटती है और किस बेसब्री से उसका इंतजार करती है। मन में आया तो घर आ गए नहीं तो जहाँ हुआ पड़ रहे।

एक मादा सूअर अपने छः बच्चों के साथ, जो अभी नौ-नौ इंच से बड़े नहीं हुए थे, कुएँ की तरफ से आ रही थी। तूत के बुड्ढे पेड़ के पास पहुँचकर उसने हुँफ्-हुँफ करते हुए दो-तीन बार नाली को सूँघा और फिर पेड़ के नीचे कीचड़ में लोटने लगी। उसके नन्हे आत्मज उसके उठने की राह देखते हुए वहीं आस-पास मँडराने लगे।

दिन भर गली में यही सिलसिला चलता था। आस-पास सभी घरों ने सूअर पाल रखे थे। उस बस्ती में लोगों के दो ही धंधे थे—सूअर पालना और नाजायज शराब निकालना। यह दोनों चीजें उनके रोज़ के खानपान में शामिल थीं। बस्ती सान्ताक्रुज के हवाई अड्डे से केवल आधा मील के फासले पर थी, पर पुलिस

की आँख वहाँ नहीं पहुँचती थी। मोनिका का बाप जेकब गली में ही भट्ठी लगाता था। वह गली का सबसे बड़ा पियक्कड़ था और अक्सर पीकर गली में गाता हुआ चक्कर लगाया करता था, "ओ दैट आई हैड विंग्ज़ ऑफ़ एंजल्स, हियर टु स्प्रेड एण्ड हैवनवर्ड फ्लाऽऽइ..."

उस वक़्त वह रोज की तरह कुएँ के मोड़ के पास लड़खड़ाता हुआ आ रहा था। उसके लफ्ज़ बचन की समझ के बाहर थे, मगर उसकी आवाज ही उसके दिल में दहशत पैदा करने के लिए काफी था, "ओ दैट आई हैड विंग्ज़ ऑफ़ एंजल्स, हियर टु स्प्रेड एण्ड हैवनवर्ड फ्लाऽऽइ! आई वुड सीक द गेट्स ऑफ सायन, फार बियांड द स्टाऽरी स्काऽऽइ! होइ-हो! हो-हो होऽऽ! ओ दैट आई हैड विंग्ज़ ऑफ़ एंजल्स..."

उसका चौड़ा चौकोर चेहरा वैसे ही भयानक था—अपने ढीले-ढाले काले सूट में वह और भी भयानक दिखाई देता था। चेचक के दागों और झुर्रियों से भरा उसका चेहरा दीमक खाई लकड़ी की तरह जान पड़ता था। दूर से ही उस आदमी की आवाज़ सुनकर बचन का दिल धड़कने लगता और वह अपना दरवाज़ा बन्द कर लेती। उसने कितनी ही बार बिन्नी से कहा था कि वह उस बस्ती से मकान बदल ले, मगर वह हर बार यह कहकर टाल देता था कि बम्बई की और किसी बस्ती में बीस रुपये महीने में मकान नहीं मिल सकता। बचन डर के मारे बिन्नी के आने तक लालटेन की लौ भी ज्यादा ऊँची नहीं करती थी। अँधेरा बहुत बोझिल महसूस होता था, मगर वह मन मारे बैठी रहती थी।

लालटेन की चिमनी नीचे से आधी काली हो गई थी। बचन को उसे साफ करने का उत्साह नहीं हुआ। अँधेरा होने लगा, तो उसने जैसे फर्ज पूरा करने के लिए उसे जला दिया और एक अज्ञात देवता के सामने हाथ जोड़ने की प्रक्रिया पूरी करके घुटनों पर बाँहें रखे वहीं बैठी रही। सामने मोढ़े के नीचे लाली का कार्ड रखा था। वह अक्षरों की बनावट से परिचित थी, पर हज़ार आँखें गड़ाकर भी उनका अर्थ नहीं जान सकती थी। बिन्नी के सिवा हिन्दी की चिट्ठी पढ़ने वाला वहाँ कोई नहीं था, हालाँकि बिन्नी से चिट्ठी पढ़वाकर भी उसे सुख नहीं मिलता था। वह लाली की चिट्ठी इस तरह पढ़कर सुनाता था जैसे वह उसके बड़े भाई की चिट्ठी न होकर गली के किसी गैर आदमी के नाम आई किसी नावाकिफ आदमी की चिट्ठी हो। दो मिनट में ही वह पहली सतर से लेकर आखिरी सतर तक सारी चिट्ठी गुन-गुन करके बाँच देता था, और फिर उसे कोने में फेंककर इधर-उधर की हाँकने लगता था। हर बार उससे चिट्ठी सुनकर वह कुढ़ जाती

थी। पर बिन्नी उसे नाराज़ देखता, तो तरह-तरह की बातें बनाकर खुश कर लिया करता था।

उसे खुश होते देर नहीं लगती थी। बिन्नी इतना बड़ा होकर भी जब-तब उससे बच्चों की तरह लाड़ करने लगता था कभी उसकी गोदी में सिर रखकर लेट जाता, और कभी उसके घुटनों से गाल सहलाने लगता। ऐसे क्षणों में उसका दिल पिघल जाता और वह उसके बालों पर हाथ फेरती हुई उसे छाती से लगा लेती।

"माँ, तेरा छोटा लड़का कपूत है न?" बिन्नी कहता।

"हा-ह", वह हटकने के स्वर में कहती। "तू कपूत है? तू तो मेरा चन्न है," और वह उसका माथा चूम लेती।

लेकिन अक्सर वह बहुत तंग पड़ जाती थी। बहुत-सी रातें ऐसी गुज़रती थीं जब वह घर आता ही नहीं था। अँधेरे घर की छत उसे दबाने को आती थी और वह सारी-सारी रात करवटें बदलती रहती थी। ज़रा आँख झपक जाती, तो उसे बुरे-बुरे सपने दिखाई देने लगते। इसलिए कई बार कोशिश करके आँखें खुली रखती थी।

और बिन्नी आता, तो अपने में ही उलझा हुआ और व्यस्त-सा। वह समझ नहीं पाती थी कि उस लड़के को जिस चीज़ की व्यस्तता रहती है। जहाँ तक कमाने का सवाल था, वह महीने में मुश्किल से साठ-सत्तर रुपये घर लाता था। कभी दस रुपये ज़्यादा ले आता, तो साथ अपनी माँगें सामने रख देता—'इस बार माँ, दो कमीज़ें सिल जाएँ और एक बढ़िया-सा जूता ले लिया जाए।' उसकी बातों से बचन के होंठों पर रूखी सी मुस्कराहट आ जाती थी। दस रुपये में ही उसे दुनिया-भर का सामान चाहिए! और जब वह साठ से भी कम रुपये लाता, तो महीने-भर की बड़ी आसान-सी योजना उसके सामने पेश कर देता—'दूध-सब्ज़ी का नामा। दाल, प्याज़, खुश्क फुलके और बस!'

वह जानती थी कि ये रुपये भी वह ट्यूशन-ऊशन करके ले आता हैं, वरना सही माने में वह बेकार ही है। उसके दिल में बड़े-बड़े मनसूबे ज़रूर थे और उनका बखान करते वक्त वह छोटा-मोटा भाषण दे डालता था। मगर उन मनसूबों को पूरा करने के लिए जिस दुनिया की ज़रूरत थी, वह दुनिया अभी बनी नहीं थी। वह जोश से उँगलियाँ नचा-नचाकर कहता, "माँ, जब वह दुनिया बन जाएगी, तो तुझे पता चलेगा कि तेरा नालायक बेटा कितना लायक है!"

"चुप कर खसम खाना!" वह प्रशंसा की नज़र से उसे देखती हुई कहती, "बड़ा लायक एक तू ही है।"

"माँ, मेरी लियाकत मेरे पेट में बन्द है!" वह हँसता। "जिस तरह हिरन के पेट में कस्तूरी बन्द होती है न, उसी तरह। जिस दिन वह खुलकर सामने आएगी, उस दिन तू अचम्भे से देखती रह जाएगी।"

उसे बिन्नी की बातें सुनकर गर्व होता था। मगर जब वह लड़का बहुत गुमसुम और बन्द बन्द-सा हो रहता, तो उसे उलझन होने लगती थी।

बिन्नी के साथ उसके अजीब-अजीब दोस्त घर आया करते थे। उन लोगों का शायद कोई ठौर-ठिकाना था ही नहीं, क्योंकि वे आते तो दो-दो दिन वहीं पड़े रहते थे, और खाने-पीने में किसी तरह का शरम-लिहाज नहीं बरतते थे। तवे से उतरती रोटी के लिए जब वे आपस में छीना-झपटी करने लगते, तो उसे मन में बहुत खुशी का अनुभव होता। मगर अक्सर उसकी दाल की पतीली खाली हो जाती, और यह देखकर कि उन लोगों की भूख अभी बनी है, उसे घर की गरीबी अपना अपराध प्रतीत होती। ऐसे समय उसकी आँखों में नमी भर जाती और वह ध्यान बँटाने के लिए दूसरे काम करने लगती। वे लोग रूखी नमकीन रोटियों की फरमाइश करते, तो वह चुपचाप उन्हें बना देती। मगर उन्हें खिलाने का उसका सारा उत्साह तब तक समाप्त हो चुका होता।

और उन लोगों के बहस-मुबाहिसे कभी समाप्त नहीं होते थे। वे सब ज़ोर-ज़ोर से बोलते थे और इस तरह आपस में उलझ जाते थे जैसे उनकी बहस पर ही धरती और ईश्वर का दारोमदार हो। कई बार वे इतने गरम हो जाते थे कि लगता था अभी एक-दूसरे को नोंच लेंगे, मगर सहसा उस उत्तेजना के बीच से एक कहकहा फूट पड़ता और वे उठ-उठकर एक-दूसरे से बगलगीर होने लगते। बिन्नी बचपन में बहुत खामोश लड़का था। अब उसे इस तरह हुड़दंग करते देखकर उसे हैरानी होती थी। कई-कई घण्टे घर में तूफान मचा रहता था। उसके बाद फिर खामोशी छा जाती जो बहुत ही अस्वाभाविक और दम घोटनेवाली महसूस होती। जब बिन्नी दो-दो दिन घर न आता, तो उस खामोशी के ओर-छोर गुम हो जाते और वह अपने को सदा से एक गहरे शून्य में घिरी हुई महसूस करती।

अँधेरा गहरा होने लगा और मोनिका का बाप जाकर अपने कमरे में बन्द हो गया तो उसने फिर दरवाज़ा खोल लिया। मादा सूअर और उसके बच्चे अब सामने घर के अहाते में डेरा जमाए थे और एक मोटा सूअर नाली के पास हुँफ़्-हुँफ़् कर रहा था। हवा तेज़ हो गई थी, और तूत के बुड्ढे पेड़ की डालियाँ बुरी तरह हिल रही थीं। आसमान का जो छोर दिखाई देता था, वहाँ रह-रहकर बिजली चमक जाती थी। दो महीने से प्रायः रोज वर्षा हो रही थी। घर से कुएँ तक

गली में कीचड़ ही कीचड़ रहता था। इस कीचड़ के लिए बचन को लड़के-लड़कियों की उन टोलियों से शिकायत थी जो वर्षा शुरू होने से पहले आधी-आधी रात तक गली में घूमती हुई ऊँचे स्वर में ईश्वर से पानी बरसाने के लिए प्रार्थना किया करती थीं। अब जैसे उन्हीं की वजह से सारा दिन गली में चिपड़-चिपड़ होती रहती थी।

ड्योढ़ी के दरवाज़े पर फिर दस्तक हुई। इरावती ने दरवाज़ा खोल दिया और बिन्नी मुस्कराता हुआ उधर से अन्दर आ गया।

"आगे की तरफ बहुत कीचड़ है भाभी, माफ करना," कहता हुआ वह अपने कमरे में आ गया। इरावती ने उस पर एक शिकायत की नज़र डालकर दरवाज़ा बन्द कर लिया। उसके सिर के बाल बुरी तरह उलझे थे और कुरता-पाजामा बहुत मुचड़ गया था। जाहिर था कि वह सुबह जिस हाल में सोकर उठा था, अब तक उसी हाल में था, और उसे मुँह-हाथ धोने का भी वक्त नहीं मिला था।

"माँ, जल्दी से रोटी डाल दे, भूख लगी है!" आते ही चारपाई पर फैलते हुए उसने आदेश दिया। बचन चुपचाप अपनी जगह बैठी रही। न उठी, और न ही उसने मुँह से कुछ कहा। कुछ क्षण प्रतीक्षा करने के बाद बिन्नी ने सिर उठाया और कहा, "माँ, रोटी...।"

"रोटी आज नहीं बनी है," वह बोली। "मुझे क्या पता था कि लाटसाहब आज भी घर आएँगे कि नहीं! रात की रोटी मैंने सवेरे खाई, सवेरे की अब खाई हैं मैं क्यों रोज़-रोज़ बासी रोटी खाती रहूँ? जा, किसी तन्दूर पर जाकर खा ले।"

बिन्नी हँसता हुआ चारपाई से उठ बैठा और माँ के मोढ़े के पास चला आया। "यहाँ तन्दूर है कहाँ, जहाँ जाकर खा लूँ?" वह बोला। "मेरे हिस्से की जो बासी रोटी रखी थी, वह तूने क्यों खाई? निकाल मेरी बासी रोटी..." और वह माँ का घुटना पकड़कर बैठ गया।

"मेरे पेट से निकाल ले अपनी बासी रोटी!" बचन ने आरम्भ किया मीठी झिड़की के रूप में, पर वाक्य समाप्त करते-करते उसकी आँखें गीली हो गईं!

बिन्नी ने उसकी गीली आँखें नहीं देखीं। वह उठकर रोटीवाले डब्बे के पास चला गया और बोला, "डब्बे में रखी होगी, ज़रूर रखी होगी।"

बचन ने उसकी नज़र बचाकर आँखें पोंछ लीं। बिन्नी रोटीवाला डब्बा लिए उसके सामने आ बैठा। डब्बे में कटोरा-भर-दाल के साथ चार रोटियाँ कपड़े में लपेटकर रखी थीं। बिन्नी ने जल्दी से एक रोटी का टुकड़ा तोड़ लिया।

"यह तो ताज़ा रोटी है!" वह टुकड़ा मुँह में ठूँसे हुए बोला।

"बासी रोटी खाने को माँ जो है!" कहकर बचन उठ खड़ी हुई। उसने पानी का गिलास भरकर उसके पास रख दिया। बिन्नी ने एक घूँट में गटागट गिलास खाली कर दिया और बोला, "थोड़ा और!"

बचन ने गिलास उठा लिया और सुराही से उसमें पानी डालती हुई बोली, "लाली का कार्ड आया है।"

"अच्छा!" कहकर बिन्नी रोटी खाता रहा। उसने कार्ड के बारे में जरा भी जिज्ञासा प्रकट नहीं की। बचन का दिल दुख गया। वह गिलास बिन्नी के आगे रखकर बिना एक शब्द कहे अहाते में चली गई और चारपाई पर दरी डालकर पड़ गई। उसका दिल उछलकर आँखों से आने को हो रहा था, पर वह किसी तरह चेहरा सख्त किए अपने को रोके रही। थोड़ी देर में बिन्नी जूठे पानी से हाथ धोकर मुँह पोंछता हुआ अन्दर से आ गया।

"कहाँ है कार्ड?" उसने पूछा।

"कहीं नहीं है," बचन ने रुँधे स्वर में कहा और करवट बदल ली।

"अब बता भी दे न, जल्दी से सब समाचार पढ़ दूँ।"

"सो जा, मुझे कोई समाचार नहीं पढ़वाने हैं।"

"पढ़वाने क्यों नहीं हैं, मैं अभी सब सुनाता हूँ," कहकर बिन्नी अन्दर चला गया और कार्ड ढूँढ़कर ले आया। साथ लालटेन भी उठा लाया। आधे मिनट में उसने सरसरी नज़र से सारा कार्ड पढ़ डाला।

"भैया की तबीयत ठीक नहीं है," वह लालटेन जमीन पर रखकर माँ की चारपाई के पैताने बैठ गया। बचन सहसा उठकर बैठ गई। बिन्नी ने गुनगुन करके पहली डेढ़ी पंक्ति पढ़ी और फिर उसे सुनाने लगा। लाली ने लिखा था कि उसका ब्लड प्रेशर फिर बढ़ गया था, डॉक्टर ने उसे अराम करने की सलाह दी है। कुसुम की तबीयत अब ठीक है और उसका रंग भी लाली पर आ रहा है। उन्होंने मकान बदल लिया है क्योंकि पहला मकान हवादार नहीं था और बच्चों को वहाँ से स्कूल जाने में भी दिक्कत होती थी। अब दीवाली पास आ रही है, इसलिए बच्चे दादी माँ को बहुत याद करते हैं। उसे गए छः महीने से ऊपर हो गए हैं, इसलिए हो सके, तो दीवाली के दिनों में आकर मिल जाए।

"इसके बाद सबकी नमस्ते है," कहकर बिन्नी ने कार्ड रख दिया।

"यह नहीं लिखा कि किस डॉक्टर का इलाज कर रहा है?"

"तू जैसे वहाँ के सब डॉक्टरों को जानती है।"

बिन्नी ने बात अनायास कह दी थी, पर बचन का मन छिल गया। उसके चेहरे पर फिर कठिनता आई।

"मैं कल वहाँ चली जाती हूँ," उसने कहा।

"तू चली जाएगी तो मैं यहाँ अकेला कैसे रहूँगा? मेरी रोटी...?"

बचन ने वितृष्णा से उसे देखा, जिसका मतलब था कि तेरी रोटी क्या उसकी जान से ज़्यादा प्यारी है?

"तू कौन घर की रोटी पर रहता है," मुँह से उसने इतना ही कहा।

"भैया का ब्लड प्रेशर कोई नई बीमारी तो है नहीं..." बिन्नी फिर कहने लगा।

"तू ये बातें रहने दे, मैं कल यहाँ से जा रही हूँ" बचन ने उसकी बात को बीच में ही काट दिया। कुछ क्षण दोनों खामोश रहे। फिर बिन्नी 'अच्छा' कहकर उसके पास से उठ गया।

अगले दिन सुबह वह 'अभी थोड़ी देर में आता हूँ' कहकर घर से चला गया और दोपहर तक लौटकर नहीं आया। बचन का किसी काम में मन नहीं लग रहा था। फिर भी उसने किसी तरह खाना बनाया और घर के सब छोटे-मोटे काम पूरे किए। बिन्नी की चारों-पाँचों कमीज़ें लेकर उनके टूटे बटन भी लगा दिए। फिर अपनी दरी और कपड़े एक जगह इकट्ठे कर लिए। यह तय नहीं था कि वह उस दिन वहाँ से जा पाएगी या नहीं। बिन्नी सुबह उसे निश्चित कुछ बताकर नहीं गया था। सम्भव था कि वह रात तक घर आए ही नहीं। रात को भी उसके आने का भरोसा नहीं था। यह भी डर था कि बिन्नी के पास किराये लायक पैसे शायद हों ही नहीं। उस दिन महीने की उन्नीस तारीख थी। और उन्नीस तारीख को बिन्नी के पास पैसे कब रहते थे? उस हालत में उसे तीन-चार तारीख तक जाना टालना पड़ेगा। वह यह भी नहीं जानती थी कि दीवाली इस बार किस तारीख को पड़ेगी। वह सोचने लगी कि इस बीच लाली की तबीयत और ज़्यादा खराब हो गई तो? उसे काफी ज़्यादा तकलीफ होगी, जो उसने चिट्ठी में लिखा है। नहीं वह चिट्ठी में कभी न लिखता। ऐसे में वह पन्द्रह-बीस दिन वहाँ से न जा सकी, तो?

तभी बिन्नी आ गया। उसके साथ उसका लम्बे बालों वाला दोस्त शशि भी था, जिसकी गरदन बात करते हुए तोते की तरह हिलती थी। वह उसकी दाल का सबसे बड़ा प्रशंसक था। आते ही दाल की फरमाइश करता था। हमेशा की तरह वे गली से ऊँची आवाज़ में बात करते हुए आए।

"मैं तेरा टिकट ले आया हूँ," बिन्नी ने आते ही कहा। "मंगलवाड़ी से शशि को साथ लिया, और वहीं से टिकट भी ले लिया। पर तू तो अभी तैयार ही नहीं हुई...!"

"तैयार क्या होती? तू मुझसे कहकर गया था...?"

"जब रात को तय हो गया था, तो सुबह कहने की क्या ज़रूरत थी? अच्छा, अब जल्दी से तैयार हो जा। गाड़ी में दो घण्टे हैं। तेरे लिए नकद सवा बीस खर्च करके आया हूँ, वे भी उधार के।"

बचन को बुरा लगा कि वह बाहर के आदमी के सामने ऐसी बात क्यों कह रहा है। क्या वह नहीं जानती थी कि टिकट के लिए उसे रुपये उधार लेने पड़े होंगे? वह कब चाहती थी कि उसकी वजह से उस पर उधार चढ़े? वह उससे कह देता, तो वह बारह-चौदह दिन बाद चली जाती।

वह कुछ न कहकर अपने कपड़े दरी में लपेटने लगी।

"हट माँ, तुझे बिस्तर बाँधना आता भी है?" बिन्नी आगे बढ़ आया। "उल्टी-सीधी रस्सी बाँधेगी, और कहीं से बिस्तर को मोटा कर देगी, कहीं से पतला। हट जा; मैं अभी एक मिनट में बाँध देता हूँ। ऐसा बिस्तर बँधेगा कि वहाँ पहुँचकर भी तेरा खोलने को जी नहीं करेगा।"

"तू रोटी खा ले, मैं बिस्तर बाँध लेती हूँ," बचन की आँखें भर आईं।

"रोटी खानेवाला आदमी मैं साथ लाया हूँ," वह माँ के लपेटे कपड़ों को फिर से फैलाता हुआ बोला। "यह इसीलिए आया है कि तू चली जाएगी, तो तेरे हाथ की दाल फिर इसे कहाँ मिलेगी?"

बचपन की गीली आँखों में हल्की मुसकराहट भर गई।

"इसे भी खिला दे," वह बोली, "मैं अभी दो फूलके और बना देती हूँ।"

"और बनाने की ज़रूरत नहीं। जो बने हैं, वही खा लेंगे।"

"पहले में खा लूँ, फिर जो बचें वे इसे दे देना," कहकर शशि गरदन उठाकर हंस दिया। बिन्नी बिस्तर बाँधता रहा। वह उन दोनों के लिए रोटी डालकर ले आई।

"तैयार!" बिन्नी ने हाथ झाड़े और शशि के साथ खाना खाने में जुट गया।

"माँ, अपने लिए रोटी रख लेना और जितनी बचे वह सब हमें ला देना," शशि दाल सुड़कता हुआ बोला। वे दोनों खा चुके, तो बचन ने जल्दी से बरतन समेट दिए।

"अब माँ, तू भी जल्दी से खा ले," बिन्नी ने कुल्ला करके हाथ पोंछते हुए कहा।

"मैंने खा ली है।"

"कब खा ली है?" बिन्नी ने पास जाकर उसके कन्धे पकड़ लिए।

"तेरे आने से पहले।"

"झूठी!"

"सच, मैंने खा ली है।"

"आगे तो कभी इतनी जल्दी नहीं खाती।"

"आज खा ली है।...घर से जाना था न! तुम दोनों तो भूखे नहीं रहे?"

"एक-चौथाई भूखे रह गए!" शशि ने डकार लेकर तौलिये से मुँह पोंछा और उसे खूँटी पर टाँगकर हँसने लगा।

स्टेशन पर उसे गाड़ी में बिठाकर वे दोनों प्लेटफार्म पर टहलते रहे। रात को भी उसने ठीक से नहीं खाया था, इसलिए भूख के मारे उसका सिर चकरा रहा था। वह जानती थी कि बिन्नी को पता है उसने कुछ नहीं खाया, इसीलिए उसके मना करने पर भी वह आधा दर्जन केले लेकर रख गया था। वह एक बार कह चुकी थी कि उसे भूख नहीं है, इसलिए केले वैसे ही रखे थे। बिन्नी हठ से कहता, तो वह खा लेती। मगर बिन्नी और शशि टहलते हुए दूर चले गए थे। शायद अब भी उनमें बहस चल रही थी। उसकी समझ में नहीं आता था कि ये लोग इतनी बहस क्यों करते हैं। हर वक्त बहस, बहस, बहस! बहस का कोई अन्त भी होता है! जैसे सारी दुनिया के झगड़े इन्हीं को निपटाने हों! फटे हाल रहेंगे, सेहत का ज़रा ध्यान नहीं रखेंगे, और बातें, जैसे दुनिया की दौलत के यही मालिक हों, और उसे बाँटने की समस्या इन्हीं के सिर पर आ पड़ी हो।

वे दोनों प्लेटफार्म के उस सिरे तक होकर वापस आ रहे थे। वह उनके चेहरे देख रही थी। माथे पर सलवटें डाले वे हाथ हिला-हिलाकर बातें कर रहे थे। फिर भी वे बच्चे-से दीखते थे। उस समय शायद वे यह भी भूल गए थे कि वे उसे गाड़ी पर छोड़ने आए हैं। सहसा गार्ड की सीटी सुनकर वे उसके डब्बे के पास आ गए। मगर वहाँ आकर भी उनकी बहस चलती रही—करघे का काम रुक जाएगा तो कितने आदमी बेकार हो जाएँगे। इसलिए अच्छा यही है कि मालिकों से बात चलती रहे और कामगर काम जारी रखें। बचन सोचने लगी कि ये लोग कभी अपने काम के बारे में बात क्यों नहीं करते? अपनी बेकारी की चिन्ता इन्हें क्यों नहीं सताती?

गाड़ी चलने लगी, तो बिन्नी को जैसे उसके पास होने का होश हुआ और उसका हाथ पकड़कर उसने कहा, "अच्छा माँ...।"

बचन के होंठों पर रूखी-सी मुसकराहट आ गई। उसने बारी-बारी से उन दोनों के सिर पर हाथ फेरा।

"तू कब लौटकर आएगी?"

''जब भी तू बुलाएगा।''

गाड़ी ने रफ्तार पकड़ ली। वह देर तक खिड़की से सिर निकालकर उन्हें देखती रही। दोनों हाथ में हाथ डाल गेट की तरफ जा रहे थे। उनकी बहस शायद अब भी चल रही थी।

बचन को आए पन्द्रह दिन हो गए थे।

''बिन्नी की चिट्ठी नहीं आई?'' उसने लाली के कमरे के बाहर रुककर पूछा। लाली से सवाल पूछने से उसका स्वर थोड़ा दब जाता था, वह बेटा बड़ा होते-होते इतना बड़ा हो गया था कि वह अपने को उससे छोटी महसूस करने लगी थी।

''आ जा, माँ,'' लाली ने कागज़ों से आँखें उठाकर कहा, ''चिट्ठी उसकी आज भी नहीं आई। न जाने इस लड़के को क्या हो गया है!''

''तू काम कर, मैं जा रही हूँ,'' वह बोली, ''सिर्फ चिट्ठी का ही पूछने आई थी।''

वह बरामदे से होकर अपने कमरे में आ गई। जानती थी कि लाली का समय कीमती है। वह आधी-आधी रात तक बैठकर दूसरे दिन के केस तैयार करता है। मुवक्किलों की वजह से उसका खाने-पीने का भी समय निश्चित नहीं रहता। इधर छः महीने में उसकी व्यस्तता पहले से कहीं बढ़ गई थी। नये घर में आ जाने से जगह का तो आराम हो गया था, मगर कचहरी पहले से भी दूर हो गई थी। लाली की व्यस्तता के कारण कई बार वह सारा-सारा दिन उससे बात नहीं कर पाती थी। रात को वह बैठक से उठकर आता, तो सीधा अपने सोने के कमरे में चला जाता। दिन-भर की थकान के बाद वह उसके आराम में खलल नहीं डालना चाहती थी। सवेरे वह कुसुम से पूछ लेती कि रात को उसकी तबीयत कैसी रही है। कुसुम संक्षेप में उसे बता देती।

''सोने से पहले उसके सिर में बादाम रोगन डाल दिया कर,'' वह कुसुम से कहती।

''मैं कई बार कहती हूँ, पर ये डलवाते ही नहीं,'' कुसुम जैसे रटा-रटाया उत्तर दे देती।

''मुझे बुला लिया कर, मैं आकर डाल दिया करूँगी।''

''डालने को नौकर है, पर ये डलवाते ही नहीं।''

वह जानती थी कि सिर में बादाम रोगन डलवाने के लिए लाली को किस तरह राज़ी किया जा सकता है। मगर कुसुम अपने को लाली की ज़्यादा अन्तरंग

समझती थी, और उसके सुझावों से सहमति प्रकट करती हुई भी करती वही थी जो उसके अपने मन में होता था। कुसुम जिस शिष्टता और कोमलता से बात करती थी, उससे बचन को लगता था कि वह उस घर में केवल मेहमान है। दिन-भर उसके करने के लिए वहाँ कोई काम नहीं होता था। खाना बनाने के लिए एक नौकर था, ऊपर का काम करने के लिए दूसरा। उनके काम की देख-भाल के लिए कुसुम थी। बचन जब भी कोई काम करने के लिए कहती, तो कुसुम झट उसे मना कर देती—नौकर के रहते अपने हाथ से काम करने की क्या ज़रूरत है? यह बात लाली भी कह देता था—माँ, तू काम करेगी, तो घर में दो-दो नौकर किस लिए हैं?

बचन सोचती कि काम करने के लिए नौकर हैं, और देखभाल के लिए कुसुम है, फिर घर में उसका होना किसलिए है? सवेरे पाँच बजे से रात के दस बजे तक वह क्या करे? पन्द्रह दिन पहले जब वह आई ही थी, तो बच्चे उसे घेरे रहते थे। उन्हें दादी माँ से हज़ारों बातें कहनी और शिकायतें करनी थीं। मगर चार दिन में ही उनके लिए उसकी नवीनता समाप्त हो गई थी। उनकी अपनी छोटी-छोटी व्यस्तताएँ थीं, जिनमें उनका समय बँटा हुआ था। अब भी कभी-कभी कुमुद ज़रूर उसके पास आ जाती थी, और उसके कमरे में एक तरफ खामोश खेलती रहती थी। उसे शायद दादी माँ इसलिए अच्छी लगती थी कि उसकी माँ दोनों भाइयों को ज़्यादा प्यार करती थी...।

बचन कमरे में आकर चारपाई पर लेट गई। मन ताने-बाने बुनने लगा। बिन्नी ने अभी तक चिट्ठी क्यों नहीं लिखी? वहाँ अँधेरे घर में इस वक्त वह अकेला सोया होगा। रोटी का जाने उसने क्या प्रबन्ध किया है? उसने चलते वक्त उससे पूछा भी नहीं कि वह पीछे कैसे रहेगा, कहाँ से रोटी खाएगा? उसके पास रहते वह तन-बदन की होश भूला रहता था, अब जाने उसकी क्या हालत होगी? चिट्ठी लिख देता, तो कुछ तो तसल्ली हो जाती। मगर उसे चिट्ठी लिखने की याद भी आएगी?

कमरे की खिड़की खुली थी और दूर तक खुला आकाश दिखाई दे रहा था। खिड़की से दिखाई देते उन नक्षत्रों की स्थितियों से वह परिचित थी। उन्हीं नक्षत्रों को वह बम्बई की उस मनहूस बस्ती के ऊपर भी झिलमिलाते देखा करती थी। यहाँ से वे उसे तिरछे कोण से दिखाई देते थे, वहाँ वह अहाते में लेटकर उन्हें ठीक अपने ऊपर देखा करती थी। उसी तरह लेटी हुई वह बिन्नी की आहट की प्रतीक्षा करती थी। हुंफ़्-हुंफ़् की आवाज़ें पास आतीं, और दूर चली जाती

थीं। फिर दूर से फटे गले की बेहूदा आवाज़ सुनाई देने लगती थीं, "ओ डैडाई है डिंवजो फेंजल...।" उस आवाज़ से वह कितनी नफरत करती थी! यहाँ इस एकान्त बंगले में आस-पास से कोई आवाज़ नहीं आती थी। नौ-साढ़े नौ बजे बच्चों के सो जाने के बाद बिलकुल खामोशी छा जाती थी। सिर्फ रंगीलाल के बरतन मलने या चौका धोने की ही आवाज सुनाई देती थी।

उसने करवट बदल ली कि किसी तरह नींद आ जाए। नींद न आना रोज़ की बात हो गई थी। कहाँ दस बजे से ही उसकी आँखों से नींद भर जाती थी, और कहाँ अब वह ग्यारह, बारह और एक के घण्टे गिनती रहती थी। 'जाने क्यों?' वह सोचती और करवटें बदलती रहती।

रात को वह देर से सोई, मगर सुबह जल्दी उठ गई।

उठने पर उसका दिल रात से ज़्यादा अस्थिर और अशान्त था। इतना बड़ा पहाड़-सा दिन और उसके बाद फिर वैसी ही रात! उस लम्बे खालीपन की कल्पना से एक बड़ा शून्य उसके अन्तर को घेरे था। आकाश में चिड़ियों के झुण्ड उड़े जा रहे थे। रसोईघर में रंगी स्टोव में हवा भर रहा था। उसे साहब के लिए बेड-टी ले जानी थी। बम्बई में सुबह जब वह कमरे में बाल्टी रखकर नहा रही होती, तो बिन्नी बाहर से चाय की माँग करने लगता था। इससे उसके भजन में बाधा पड़ती थी और उसे बहुत उलझन होती थी। मगर वह चुपचाप उसके लिए चाय बना देती थी। ....लेकिन आज उसे इस बात की उलझन हो रही थी कि उसका भजन में मन क्यों नहीं लगता। अब जब कि भजन के लिए पूरी सुविधा, पूरा समय, उसके पास था, तो आसन पर बैठने से ही वह क्यों जी चुराती थी?

कुछ देर बरामदे में खड़ी होकर वह सूर्योदय के सुनहले रंग को देखती रही। क्षितिज के एक कोने से दूसरे कोने तक झिलमिलाती नयी धूप धीरे-धीरे निखार पर आ रही थी। लगता था जैसे मिट्टी में बन्द उजाला फूटकर बाहर आने के लिए संघर्ष कर रहा हो। धूप की बढ़ती झलक से हर क्षण ऐसा ही आभास होता था। उसने बरामदे से उतरकर पूजा के लिए कुछ गेंदे के फूल चुन लिए और रसोईघर में चली गई।

रंगी स्टोव से केतली उतारकर चायदानी में पानी डाल रहा था। उसने अपने आँचल के फूल आले में डाल दिए। रंगी ट्रे उठाकर चलने लगा, तो उसने ट्रे उसके हाथ से ले ली।

"रहने दे, मैं ले जाती हूँ।" और वह ट्रे लिए हुए लाली के कमरे की तरफ चल दी।

“माँ जी, आप रहने दीजिए, साहब मुझ पर नाराज़ होंगे,” रंगी ने पीछे से संकोच के साथ कहा।

“इसमें उसके नाराज़ होने की क्या बात है? मैं तेरे कहने से थोड़े ही ले जा रही हूँ?” और वह थोड़ा खाँसकर लाली के कमरे में चली गई।

लाली कम्बल ओढ़कर बिस्तर में बैठा था। कुसुम अभी सो रही थी। लाली के हाथ में कुछ कागज थे जिन्हें वह ध्यान से पढ़ रहा था। उसने यह नहीं देखा था कि चाय लेकर माँ आई है। बचन ने ट्रे मेज़ पर रख प्याली में चाय बनाई और उसके पास ले गई। लाली ने जब चाय के लिए हाथ बढ़ाया, तो उसने आश्चर्य से देखा कि प्याली लिए माँ खड़ी है।

“माँ, तू?” उसने आश्चर्य के साथ कहा।

बचन ने प्याली उसके हाथ में दे दी। उसने पहली बार ठीक से देखा कि लाली के बाल कनपटियों के पास से कितने सफेद हो गए हैं। चश्मा उतार देने से उसकी आँखों के नीचे गहरे गड्ढे नज़र आ रहे थे। लाली ने कागज़ रखकर चश्मा लगा लिया।

“रंगी और नारायण क्या कर रहे हैं?” उसने पूछा।

“नारायण दूध लाने गया है,” वह बोली, “रंगी रसोईघर में है।”

“तो उससे नहीं आया जाता था? तू सुबह-सुबह उठकर चाय लाए, वाह! इससे अच्छा है मैं आप ही बनाकर पी लूँ।”

“तू ज़रूर बनाकर पी लेगा—जिसे यह नहीं पता कि दूध कौन-सा है और चीनी कौन-सी है!” वह थोड़ा हँस दी। तभी कुसुम करवट बदलकर उठ बैठी।

“माँ जी, आप...” उसने भी आँखें मलते हुए उसी आश्चर्य के साथ कहा। फिर झट-से कम्बल उतारकर वह बिस्तर से निकल आई।

कुसुम दूसरी प्याली में चाय बनाने लगी। बनाकर प्याली उसने बचन की तरफ बढ़ा दी।

“मैं अभी नहाई नहीं। अभी से चाय पी लूँ?”

“पी भी ले माँ,” लाली बोला, “कभी तो अपना धरम-करम छोड़ दिया कर।”

“नहीं, मैं ऐसे नहीं पीती। तुम लोग पियो।”

कुसुम प्याली लेकर अपने बिस्तर पर चली गई। बचन लाली के पैताने बैठ गई लाली और कुसुम खामोश चाय पीते रहे।

कमरे में हर चीज़ व्यवस्थित थी। अंगीठी पर नीले रंग का कपड़ा बिछा था जिस पर कुसुम ने सफेद डोरे से कढ़ाई की थी। वहीं एक तरफ अखरोट

की लकड़ी का बना गौतम बुद्ध का बस्ट रखा था, और दूसरी तरफ हाथी-दाँत की हँसों की जोड़ी। सन्दूकों पर गद्दे बिछाकर उन्हें लाल कपड़े से ढक दिया गया था। कोने में कुसुम की सिलाई की मशीन पड़ी थी, और वहाँ पास ही लाली की अधसिली कमीज़ के टुकड़े बँधे रखे थे। मेज़ पर छोटे-से शेल्फ में लाली की कुछ किताबें पड़ी थीं और वहाँ पास ही एक टेबल लैम्प रखा था। दो कमरों के बीच के पर्दे पर भी कुसुम ने अपने हाथ से कढ़ाई कर रखी थी। उधर से करवटें बदलने की आवाज़ें आ रही थीं। बच्चों की भी नींद खुल गई थी।

लाली ने चाय पीकर प्याली मेज़ पर रख दी। कुसुम एक खास नज़र से उसकी तरफ देख रही थी। बचन वहाँ से उठ खड़ी हुई।

''बस चल दी, माँ?'' कहते-कहते लाली ने कागज़ उठा लिए।

''हाँ, तू अपना काम कर। मैं जाकर नहा-धो लूँ।''

''कोई खास बात तो नहीं थी?''

''नहीं, बात कुछ नहीं थी। नौकर चाय ला रहा था, मैंने कहा, मैं ले जाती हूँ।''

''एक बात सोचती थी,'' वह कहने लगी।

लाली ने कागज़ फिर रख दिए।

''हाँ, हाँ, बता न।''

''इतने दिन हो गए, बिन्नी की चिट्ठी नहीं आई...।''

''मैं अब उससे कोई गिला नहीं करता,'' लाली कुछ चिढ़े हुए स्वर में बोला, ''गफलत की भी एक हद होती है। इस लड़के का घरवालों से जैसे कोई रिश्ता ही नहीं है।''

बचन चुप रही।

''यहाँ रहकर बी.ए. कर लेता तो कुछ बन-बना जाता। मगर हर बात में चलना तो उसे अपनी ही मर्जी से है। अब साहब ज़िन्दगी-भर यहाँ-वहाँ रहेंगे और आवारागर्दी किया करेंगे।''

बचन की आँखें भर आईं। उसने कोशिश की कि आँसू आँखों में ही सूख जाएँ, पर यह नहीं हुआ तो उसने पल्ले से आँखें पोंछ लीं।

''यह लड़का न जाने कब अपना होश रखना सीखेगा?...अपने शरीर की भी तो फिक्र नहीं करता। वहाँ रहकर मैं ही जो थोड़ा-बहुत देख लेती थी, सो देख लेती थी। कभी-कभी सोचती हूँ कि वहाँ उसके पास ही रहूँ, तो ठीक है।'' और वह निर्णय सुनने के भाव से लाली की तरफ देखने लगी। लाली गम्भीर हो गया। बोला कुछ नहीं।

"मैं कहती हूँ, मेरी आँखों के सामने रहेगा, तो मुझे पता चलता रहेगा कि क्या करता है, क्या नहीं करता...।" बचन के स्वर में थोड़ी याचना भी आ गई।

"माँ जी का यहाँ दिल नहीं लगता," कुसुम ने प्याली रखते हुए कहा। पल-भर लाली की आँखें उससे मिली रहीं।

"अभी तो माँ, तू आई ही है," वह बोला, "पन्द्रह दिन बाद दिवाली है...।"

"मेरा बच्चों को छोड़कर जाने को मन करता है? मैं तो वैसे ही बात कर रही थी," वह फिर से चलने के लिए तैयार होकर बोली, "पता नहीं रोटी भी ठीक से खाता है या नहीं।"

कुसुम उठकर रंगी को आवाज़ देती हुई बाहर चली गई।

"तू जाना ही चाहती है तो बात दूसरी है।" लाली के चेहरे पर कुछ उकताहट-सी आ गई।

"नहीं, जाने की बात नहीं है, मैं तो वैसे ही कह रही थी...।"

"जाने को मन हो रहा है, चली जा। नहीं, खामखाह यहाँ चिन्ता से परेशान रहेगी।"

बचन कुछ पल खामोश रही। लाली अपनी उँगलियाँ मसलता रहा।

"किस गाड़ी से चली जाऊँ?"

"रात की गाड़ी ठीक रहती है। उसमें भीड़ कम होती है।"

"तेरी तबीयत की मुझे फिक्र रहेगी...।"

"मेरी तबीयत अब ठीक ही है।"

"तू चिट्ठी लिखता रहेगा न?"

"हाँ। मैं नहीं लिख सकूँगा, तो कुसुम लिख देगी।"

"अच्छा...!"

रात को गाड़ी में उसे अच्छी जगह मिल गई। जनाने डिब्बे में उसके अलावा दो ही और सवारियाँ थीं। कुसुम नारायण को साथ लेकर उसे छोड़ने आई थी। लाली मुवक्किलों की वजह से नहीं आ पाया था। गाड़ी के चलने तक कुसुम उसके पास बैठकर उससे बातें करती रही। कहती रही कि दादी के पीछे बच्चे उदास हो जाएँगे, तीन-चार दिन घर सूना-सूना लगेगा, और कि वह रास्ते के लिए खाना बनवाकर साथ ले जाती, तो अच्छा था। गाड़ी ने सीटी दी, तो कुसुम प्लेटफार्म पर उतर गई।

"जाते ही चिट्ठी लिखिएगा," उसने कहा।

"तुम लाली की तबीयत का पता देती रहना," बचन ने कहा। सहसा उसे लाली के सफेद बालों का ध्यान हो आया।

"रात को उसे देर-देर तक मत पढ़ने देना, और उससे कहना कि दूसरे-तीसरे दिन सिर में बादाम रोगन ज़रूर डलवा लिया करे।"

क़ुसुम ने सिर हिला दिया। गाड़ी चलने लगी, तो उसने हाथ जोड़ दिए।

प्लेटफार्म पीछे रह गया, तो बचन आकाश की तरफ देखने लगी। उसके मन में फिर एक शून्य-सा भरने लगा। आकाश में वही नक्षत्र चमक रहे थे। बचन स्थिर नज़र से उन्हें देखती रही। वह जहाँ जा रही थी, उस घर का नक्शा धीरे-धीरे उसकी आँखों के सामने उभरने लगा। नीची छतवाला टूटा-फूटा कमरा, मादा सूअर और उसके बच्चों की हूंफ़्-हूंफ़् और कुएँ की तरफ से आती मोटी, भद्दी, फटी-सी आवाज़—ओ डैडाई है है ड्विंली-फेंजल...अधेरा, एकान्त, बिन्नी, शशि और उसके दोस्त, बहसें और दाल-रोटी के लिए उन लोगों की छीना-झपटी...।

उसकी आँखें भर आईं। आकाश में चमकते नक्षत्र धुँधले पड़ गए।

आँखें पोंछ लीं। नक्षत्र फिर चमकने लगे।

उलझते धागे

घण्टाघर की घड़ी ने अभी-अभी नौ बजाए हैं।

थोड़ी देर पहले रिज पर काफी चहल-पहल थी। सैर करनेवालों के झुण्ड के झुण्ड नीचे माल रोड की तरफ जा रहे थे और उधर से ऊपर की तरफ आ रहे थे। अब वहाँ पर खामोशी छा गई है। किनारे की बेंचों पर बैठकर इस लोक से उस लोक तक की चर्चा करने वाली बूढ़ों की मण्डली भी उठकर चली गई है। वह अफगानी टोपी वाला डाक्टर, जो रेलिंग के सहारे खड़ा होकर सिगरेट के कश खींच रहा था, अब बड़े अस्पताल की गोरी नर्स के साथ बातें करता हुआ कैथू के रास्ते पर चला गया है।

माल रोड सुनसान हो गई है। वैसे माल रोड इसका पुराना नाम है। अब सरकार ने इसका नाम बदलकर लाजपतराय रोड कर दिया है। परन्तु नया नाम पाकर भी इस सड़क का रंग-ढंग वही पुराना है। वही लोग आते हैं और रोज़ उसी तरह चहलकदमी करके चले जाते हैं। पर खैर, माल रोड अब सुनसान हो गई है। रिज पर वीरानी छा गई है। थोड़ी देर पहले घण्टाघर की घड़ी सूइयाँ बहुत तेज़-तेज़ चल रही थीं मगर अब जैसे एक ही जगह पर जम गई हैं। ऊपर के सिनेमाघर से आवाज़ें आ रही हैं, जैसे पहाड़ की चोटी पर कोई भटकी हुई रूह जोर-जोर से चिल्ला रही हो।

हवाघर के बाहर इस वक्त हम चार आदमियों के सिवा और कोई नहीं है। हमारे आगे हमारा खाली रिक्शा है और फिर दूर तक कोलतार की लम्बी सड़क है। हमें यहाँ बैठे सवा-डेढ़ घण्टा हो गया है। आज सारा दिन कोई भी सवारी नहीं मिली। अड्डे से संजौली और संजौली से यहाँ तक बस खाली रिक्शा ही खींचा है। अब तो नौ बज गए हैं, अब सवारी मिलने की कोई उम्मीद भी नहीं है। फिर भी बैठकर इन्तज़ार तो करेंगे ही। कहते हैं, सवारी और मौत का

कोई पता होता। सवारी और मौत!...मेरा बाप फेफड़ों के बुखार में मरा था। अब तो उसे मरे भी पाँच साल हो गए। पाँच साल से मैं सवारियाँ खींच रहा हूँ। मेरा बाप सत्रह बरस का था जब वह इस काम में लगा था। मैं जब लगा था तो मैं पूरे चौदह का भी नहीं था। हमारा यह पुश्तैनी धन्धा है। लेकिन एक बात मेरी समझ में नहीं आती—हम सवारियाँ ढोते हैं कि पेट भरें और पेट भरते हैं कि सवारियाँ ढोएँ—बड़ी अजीब बात लगती है।

हम चारों ने बीड़ियाँ सुलगा रखी हैं। बीड़ी का लम्बा कश खींचना मुझे बहुत अच्छा लगता है। बीड़ी का आगे का हिस्सा एकदम से चमक उठता है, जैसे उसमें जान आ जाती है। मुँह से हटाते ही बीड़ी फिर बेजान हो जाती है। और फिर एकदम से निकल जाती है।...रिक्शा खींचने में मुझे एक बात अच्छी लगती है। आदमी दिन-भर एक जगह से दूसरी जगह की तरफ चलता रहता है। एक जगह टिककर मज़ा नहीं आता। मगर जब कभी भरी हुई घास पर लेटने को मन हो या चीड़ की टहनियाँ तोड़ने को मन हो, तो भी रिक्शे के आगे जुते रहो, यह बुरा लगता है। जब मेंह बरसता है या ओले पड़ते हैं और बरफ गिरती है तो गाँव की दुकान के अँधेरे की याद करके बड़ा हिरख होता है। मन होता है कि घर जाकर एक कोने में दुबक ज़ाएँ और तम्बाकू पीते हुए आग तपाते रहें मगर कहाँ?...घर बैठे रहें तो धन्धा कौन करेगा और रोटी कौन कमाएगा? कभी-कभी तो पैर बरफ से सुन्न हो जाते हैं, नीचे से पैर में पत्थर गड़ते हैं, एक-एक कदम उठाना मुश्किल हो जाता है, फिर भी रिक्शा लिए भागते रहते हैं—आखिर रोटी का मामला है, काम नहीं करें तो खाना कहाँ से खाएँ?

हवाघर के अन्दर एक बाबू बीवी के साथ बैठा है। लगता है कि दोनों का नया-नया ब्याह हुआ है। दोनों एक-दूसरे से सटकर बैठे हैं, पर बिलकुल नावाकिफों की तरह कभी-कभार ही एकाध बात कर लेते हैं। कभी दोनों की आँख मिली रहती हैं और कभी हाथ। दोनों बड़े मग्न होकर बैठे हैं।

"ठण्ड हो गई है!" बीवी ज़रा काँपकर कह रही है।

बाबू होंठों में से सिर्फ चूमने की आवाज़ निकालकर चुप हो गया है। उसका ध्यान शायद दूसरी तरफ है।

"देखो, मेरे पैरे के तलुवे पर कितना बड़ा छाला पड़ गया है!" बीवी अपना सैंडल उतारकर बाबू को अपना पैर दिखा रही है, "मुझे पैदल चलने की ज़रा आदत नहीं है।"

मगर बाबू का ध्यान कहीं और है—शायद माल रोड पर, या वहाँ से भी

दूर, बहुत दूर, न जाने पहाड़ों से भी आगे—वह जाने किस सोच में पड़ा हुआ है।

यहाँ पैरों में कितने ही सूराख हो रहे हैं। पैरों को छूकर मुझे वैसी ही झुरझुरी होती है जैसी दीमक-खाई लकड़ी को छूकर होती है। यह अँगूठे के नीचे एक बड़ा सूराख है, इसके आस-पास कितने ही छोटे-छोटे सूराख और हैं। अब तो पैरों की चमड़ी बिलकुल मर गई है। बर्फ और पत्थर को छोड़कर और किसी चीज़ का पैरों के नीचे पता ही नहीं चलता। शिब्बी मेरे पैरों के सूराखों पर उँगलियाँ फेरती है तो उन उँगलियों का भी कुछ पता नहीं चलता। मगर जब वह देर तक हाथ फेरती रहती है तो जैसे इन सूराखों में जान आ जाती है। और हल्की-हल्की सिहरन महसूस होने लगती है। शिब्बी की उँगलियों को अपने हाथों में लेकर मलना मुझे बहुत अच्छा लगता है। पहले उसकी उँगलियाँ बड़ी मुलायम थीं। अब तो रोज़-रोज़ घास छीलने से उसकी उँगलियाँ भी कड़ी हो गई हैं और उसका मांस फटा-सा रहने लगा है। उसके पैरों में भी अब सूराख हो गए हैं। बेचारी रोज़ एक गट्ठर घास काटती है और ऊपर मण्डी में बेचने के लिए लाती है। उसका बाप बड़ा हरामखोर है। बुड्ढा बाप हाथ तक नहीं हिलाता और सारा काम उसी से कराता है। शिब्बी कहीं मेरे घर में आ जाए तो मैं कभी उसे घास बेचने के लिए न जाने दूँ। मण्डी वालों की नज़र कौन रोक सकता है? मगर उसके बाप को तो उसका सौ रुपया चाहिए, इतना रुपया कहाँ से आए? और जब तक रुपया नहीं, उससे ब्याह भी नहीं हो सकता। मैं कहता हूँ, बुड्ढे को छोड़ हम यहाँ से कहीं और चले चलते हैं, पर उसकी समझ में बात आती ही नहीं। मूरख बुड्ढे को रोटियाँ खिला-खिलाकर परान दे देगी।

रात को गाँव भी पहुँचना है। शिब्बी ने कहा था आज रात वह तिरशूल वाले शिखर के नीचे मिलेगी। गाँव है तो अड्ढे से दो ही मील मगर रास्ता बड़ा बेढब है। हम तीन आदमी अक्सर साथ ही जाते हैं इसलिए रास्ता ज़रा ठीक से कट जाता है। लौटते समय कभी आधी रात हो जाती है। उस वक्त हम चलते नहीं, पत्थरों पर लुढ़कते जाते हैं। मगर गाँव पहुँचकर सारी थकान दूर हो जाती है। गाँव की मिट्टी की खुशबू कुछ और-सी है। घर के पास से जो झरना बहता है उसके पानी की छल-छल सारे शरीर को थपकियाँ-सी देती है। घर की दहलीज़ के बाहर दूर तक खूब अँधेरा फैला होता है। उसमें भटकते हुए कीड़ों की आवाज़ें ऐसे आती हैं जैसे कोई पानी में डुबकियाँ लगा रहा हो। कालू और दयालू दोनों झरने की ढलान के पास बैठकर गीत गाते रहते हैं। वह झरना गीतों का घर-सा है। अड्डे पर या और कहीं बैठकर वही गीत गाएँ तो बहुत बेगाना-सा लगता है।

"कियाँ बोलदाऽ ओऽऽऽऽ कियाँऽऽ बोलदाऽऽ?
कियाँ बोलदाऽ मोरी जऽान भाबी कुक्कू कियाँ बोलदाँ?"

"यह पहाड़ी गीत कितना अच्छा है?" हवाघर में बैठी बीवी कह रही है। बाबू मुँह से सिर्फ 'पिच्' की आवाज़ करके कोट का कॉलर ऊँचा कर रहा है।

"भूख तो नहीं लगी?" वह पूछता है।

"नहीं, अभी नहीं।" और वह हवा के झोंके से सिहर कर उसके साथ और सट गई है।

सामने घाटी के पार तारादेवी का मन्दिर है। उसकी दो बत्तियाँ सुनहरी कबूतरियाँ की तरह काँप रही हैं। पहाड़ों के पीछे से गहरा बादल उठ रहा है। जब बिजली चमकती है तो घासी में दूर-दूर तक बिखरे हुए कितने ही घर दिखाई दे जाते हैं।

एक लम्बे कानों वाला कुत्ता हवाघर की तरफ मुँह करके भौंक रहा है। एक बार हवाघर का चक्कर लगाकर वह बाहर निकल आया और लगातार भौंके जा रहा है। बाबू अपनी बीवी के कोट के बालों पर हाथ फेर रहा है। उसके कोट के बाल बड़े मुलायम लगते हैं। और यह कालू यहाँ अपने रीछ जैसे बालों को खुजला रहा है। सामने स्कैंडल पाइंट की नीली बत्ती धुँधली होती जा रही है। तारादेवी की तरफ से उठता हुआ बादल हमारे आस-पास घिर आया है। इधर घण्टाघर कैसा भूत-सा लगने लगा है! सामने होटल की चिमनी और खिड़कियाँ बादल में घिरकर ओझल हुई जा रही हैं। सब तरफ बादल ही बादल घिर आया है। आसमान पर भी बादल है और चारों तरफ घाटियों में भी। बत्तियों की रोशनी छोटे-छोटे दायरों में बन्द हो गई है। कोलतार की सड़क दो-तीन गज़ दूर तक दिखाई देती है, बस। बादल गहरा होकर धीरे-धीरे ऊपर उठ रहा है। हल्की-हल्की बूँदें टीन की छतों से टकराने लगी हैं।

"ओ कियाँ बोलदाऽऽ मेरी जान भाबीऽ
कुक्कू कियाँऽऽ बोलदाऽऽऽ?
मडियाँ सुकेता भाबी सोणे साणे राऽजे, ओऽऽऽऽ
मंडियाँ सुकेतां भबी..."

रिज की खामोशी टूट गई है। नीचे वाले सिनीमा की खड्ड से एक औरत और मर्द भागते हुए आ रहे हैं। औरत बहुत भारी है, भरकम है और छोटा-सा रेशमी छाता लिए हुए आगे-आगे आ रही है। मर्द भी मोटा और नाटा है और

तेज़ भागकर उसके बराबर आने की कोशिश कर रहा है। ज्यों-ज्यों बादल ऊपर उठता जाता है, कोलतार की सड़क दूर तक निकलती आती है। पानी भी ज़ोर पकड़ रहा है। बृहस्पत की झड़ी है, शायद पूरे सात दिन बरसेगा।

औरत और मर्द कैसे तेज़ भागे आ रहे हैं?

''रिक्शा सा'ब?''

''रिक्शा मेम सा'ब?''

वे बिना बोले भागते ही जा रहे हैं। औरत बड़ी तेज़ी-से अंग्रेज़ी बोल रही है—वट एट इट फिट फिट फिट टू मच। वेल गिट गिट चैंग चिंग होम आल राइट!

उसी तरह से ये दो नौजवान लड़के बाँह में बाँह डाले आ रहे हैं। इनके पास छाता या बरसाती कोट कुछ भी नहीं है फिर भी वे कैसे आराम से बात करते आ रहे हैं? दोनों दुबले-पतले हैं, सिर्फ एक ज़रा छुटकू है और दूसरा लम्बू है। छुटकू बड़ा झूम-झूमकर चल रहा है और कोई शोर सुना रहा है—

''—जब खलाओं में उभरती हो अबाबील कोई...
आय हाय हाय, हुस्न देखा, उड़ती नहीं, तैरती
नहीं, उभरती हो अबाबील कोई—''

लम्बू वाह-वाह कर रहा है जाने किस बात पर दोनों ज़ोर से ठहाका लगा उठे हैं?

''रिक्शा सा'ब?''

''रिक्शा माँगता है सा'ब?''

वे बिना इधर की ओर देखे ही जा रहे हैं। कोलतार की सड़क पर उनके जूते तपत्-तपत् की आवाज़ कर रहे हैं।

''इन बेचारों की भी क्या ज़िन्दगी है?'' छुटकू कह रहा है।

''मज़दूर की ज़िन्दगी हो ही क्या सकती है?''

''हम भी तो मज़दूर हैं।''

''हमारी भी क्या ज़िन्दगी है?''

''चार आदमी मिलकर एक आदमी को खींचें, यह हैवानियत है।''

''तेरे पास सिगरेट के लिए एक आना है?''

''नहीं। तेरे पास?''

''नहीं!''

"इस मुल्क में आर्ट इस तरह भूखा मरता है।"

और वह फिर गुनगुना रहा है—

"जब खलाओ में उभरती हो अबाबील कोई..."

आगे पता नहीं वह क्या कह रहा है, मैं तेरे कालुको रुस्खार में कि कालुलो सुख्तार में क्या हो जाता हूँ।

कुछ लड़कियाँ दोपट्टों में सिर और मुँह लपेटे और हाथों में अपनी सलवार उठाए लक्कड़ मण्डी की तरफ भागी जा रही हैं।

पानी बहुत ज़ोर से पड़ रहा है। रिज़ पर नाखून-भर का दरिया बह रहा है। पानी के पर्दे के उस तरफ तारादेवी की पहाड़ी पर दो सुनहरी कबूतरियाँ फिर दिखाई देने लगी हैं।

"पानी इतने ज़ोर से बरस रहा है, आज घर कैसे पहुँचेंगे?"

हवा घर में बैठी बीवी कह रही है, मुझे पता होता तो मैं यह साड़ी पहनकर कभी न आती। आज रास्ते में इसका सारा बार्डर खराब हो जाएगा।"

"रिक्शा सा'ब?"

बाबू ने सिर हिला दिया है। बेचारे के पास शायद पैसे नहीं होंगे!

"थोड़ी देर बाद?"

बाबू ने सिर हिला दिया है। बेचारा बाबू!

बारिश कुछ हल्की हो रही है। अब शायद कोई सवारी नहीं मिलेगी। रिक्शा को चलकर शेड में छोड़ दें। वहाँ से मैं घण्टे-भर में गाँव पहुँच जाऊँगा। कालू और दयालू तो शायद आज शेड में ही सोएँगे। गाँव पहुँचने तक बारिश भी रुक जाएगी। शिब्बी तिरशूल वाले शिखर के नीचे ज़रूर मिलेगी। वह शायद कुछ भुने हुए दाने लेकर आए। बारिश की रात में गुड़ के साथ भुने हुए दाने मिल जाएँ, तो बस...

"कालुआ!"

"हो।"

"चलना है कि अभी बैठे रहना है?"

"चलो।"

कालू के दाँत कटकटा रहे हैं। इसे ज़रा-सी सर्दी से बुखार हो जाता है। शेड में इसके पास कुछ ओढ़ने को नहीं है। पिछली रात धरमे की लोई के साथ सटकर सो रहा था, सुबह उठते ही कहता था कि शरीर टूट रहा है। आज दिन

भर दौड़ना नहीं पड़ा, नहीं तो यह तो उलटा हो जाता। अब इसके दाँत कटकटा रहे हैं, रात को इसे फिर बुखार हो आया तो...

"ए रिक्शा!"

"लाया मेरा सा'ब!"

फिर वही बूढ़ी मेम! कहीं न कहीं, किसी न किसी चढ़ाई या उतराई पर यह रोज़ दिखाई दे जाती है इसका घर शिमले की खड्ड में है—अब इसे लेकर छोटे शिमले जाना पड़ेगा।

रिक्शा के पहिये तेज़ी से घूम रहे हैं। हमारे पैर कोलतार की सड़क पर धमक पैदा कर रहे हैं...

हवाघर पीछे छूट रहा है। लम्बे कानों वाला कुत्ता फिर हवाघर की तरफ मुँह करके भौंक रहा है। नाले में बहुत पानी आ गया है, वह आज फुफकारता हुआ बह रहा है। दूर किसी घर से हल्की-हल्की बंसरी की आवाज़ सुनाई पड़ रही है।

क्लारक होटल...

मरीना होटल...

पटियाला हौस...

मेम रिक्शे में बहुत अकड़कर बैठी है। अक्सर यह बैठी-बैठी नाहक मुसकराती रहती है। रिक्शे में बैठती हैं तो मुसकराती है, उतरती है तो मुसकराती हैं। रास्ते में कोई वाकिफ दिखाई दे जाए तो उसकी तरफ देखकर मुसकराती हैं और सिर हिलाती है। इसकी मुसकराहट जैसे होंठों में से ही पैदा हो जाती है।

सामने कच्ची उतराई है। अगले मोड़ पर गहरी ढलान है। अगर हम लोग रिक्शा छोड़कर हट जाएँ और रिक्शा को अपने-आप लुढ़कने दें तो...? रिक्शा लुढ़कता हुआ सामने की चट्टान से जा टकराएगा और मेम रिक्शा से उछलकर खड्ड में जा गिरेगी! खड्ड में गिरकर भी क्या वह एक बार उसी तरह मुसकराएगी...

पैर के नीचे शायद केंचुआ दब गया है। एक ही पल में मरकर वह शायद परलोक चला गया। अब वह वहाँ से नई जून को लेकर आएगा। हो सकता है अब यह आदमी बनकर जन्म ले। आदमी के रूप में जन्म लेकर इसको भी रोटी के लिए काम करना पड़ेगा। यह क्या काम करेगा? शायद यह भी बड़ा होकर हमारी तरह मेम का रिक्शा खींचेगा। फिर ढ़लान पर आकर इसका भी मन करेगा कि मेम का रिक्शा लुढ़कने के लिए छोड़ दे। वह भी हो सकता है कि यह मरकर

मेम की जून में पड़े और हमें इसे रिक्शे में बिठाकर खींचना पड़े। फिर यह भी मेम की तरह तनकर बैठेगा ओर मेम की तरह ही मुसकराया।

यह मेम की कोठी आ गई। मेम का कुत्ता जीभ लपलपाता हुआ अन्दर से भागा आ रहा है। मेम कुत्ते की तरफ देखकर मुसकरा रही है। मुसकराहट काफी लम्बी है और होंठों में से ही पैदा हुई नहीं लगती।

"कालुआ"

"हो।"

"तेरे दाँतों की किटकिटी बज रही हैं?"

"ठण्ठ लगती है।"

"बुखार तो नहीं?"

"क्या मालूम? पता नहीं बुखार ही हो...।"

अब तू अड्डे में जाते ही सो जा। आज धरमे की लोई में इसके साथ सो जाना। बाहर नहीं पड़े रहना। समझा?"

"धरमे पर है, धरमा अगर सुला ले तो..."

"क्यों धरमे?"

"सो जाए, रात ही काटनी है। मुझे इसकी कुछ गर्मी ही रहेगी।"

सामने वापसी की लम्बी चढ़ाई है। कच्ची सड़क की चढ़ाई चढ़ते हुए बहुत ज़ोर लगता है। पक्की सड़क आ जाए तो दूसरी तरफ से गाँव चला जाऊँ। ये लोग रात शेड में ही काटेंगे। बारिश बिलकुल रुक गई है। शिब्बी ज़रूर तिरशूल वाले शिखर के नीचे पहुँच गई होगी। तेज़ चलूँगा तो पौन घण्टे में पहुँच जाऊँगा। आज शिब्बी से फिर कहूँगा कि उस बुड्ढे का कज़िया छोड़ दे। वह कहीं बात मान ले और मेरे साथ चली चले तो...

"रिक्शा।"

"बैठिए सा'ब।"

"बालूरगंज।"

मनीजर सा'ब को आज फिर बालूरगंज जाना है। बालूरगंज में इसकी एक रखैल रहती है। पैर कोलतार की फिसलनी सड़क पर आकर बहुत धमक पैदा करते हैं। पहले यह शायद अपने होटल में रुककर शराब पिएगा। घण्टा-पौन घण्टा रिक्शा होटल के बाहर खड़ा रहेगा। फिर बालूरगंज पहुँचकर लाल कोठी के बाहर घण्टा-दो-घण्टा रुकना पड़ेगा। आधी रात को कहीं यह वापस लौटकर आएगा। कालू आज रात को ज़रूर दाँत कटकटाकर मर जाएगा।

अपने पैरों की धमक की आवाज़ भी कभी-कभी अच्छी लगती है। थप् थप् थप् थप् थप् थप्। हवा से हिलकर दियार के गुच्छे बीच-बीच में बूँदें बरसा देते हैं। आज की हवा बहुत ज़ालिम है...

हो-ओ! पैर उलटा पड़ जाने से सारी की सारी नाड़ियाँ खिंच गईं। हा-हा-! एड़ी एक कदम भी सीधी नहीं धरी जाती। अभी इस होटल से काफी दूर जाना है। पंजे के बल उतनी दूर तक कैसे जाया जा सकता है? मगर...

''तेज़ चलाओ!''

''अच्छा सा'ब!''

मनीजर सा'ब को शायद नशे की टोट आ गई है। इस समय एड़ी लगाकर भागते ही चलना ठीक है। भागते-भागते पैर अपने-आप ठीक हो जाएगा। अभी चार मील दौड़ना है, पैर दबाकर कैसे दौड़ा जा सकता है?

कालू को खाँसी उठ रही है। दौड़ते-दौड़ते उसकी ज़बान बाहर को निकल आती है। बूँदें फिर पड़ने लगी हैं...

नीचे की खाली सड़क पर जगुआ, फागन और हीरा अपना खाली रिक्शा लेकर आ रहे हैं। ये लोग शायद घर वापस जा रहे हैं। जगुआ को इस वक्त क्या गाने की मस्ती सूझी है?

''कियाँ बोलदाऽऽ मेरी जान भाबीऽऽ कुक्कू कियाँ बोलदाऽऽऽ?
ओ, ऽऽऽकियाँ बोलदाऽ...''

''ए और तेज़ चलाओ।''

''अच्छा सा'ब!''

कोलतार की सड़क पर पैर बहुत ज़ोर से धमक पैदा कर रहे हैं—थप् थप् थप् थप् थप् थप्...

जीनियस

जीनियस कॉफी की प्याली आगे रखे मेरे सामने बैठा था।

मैं उस आदमी को ध्यान से देख रहा था। मेरे साथी ने बताया था कि यह जीनियस है और मैंने सहज ही इस बात पर विश्वास कर लिया था। उससे पहले मेरा जीनियस से प्रत्यक्ष परिचय कभी नहीं हुआ था। इतना मैं जानता था कि अब वह पहला ज़माना नहीं है जब एक सदी में कोई एकाध ही जीनियस हुआ करता था। आज के ज़माने को जीनियस पैदा करने की नज़र से कमाल हासिल है। रोज़ कहीं न कहीं किसी न किसी जीनियस की चर्चा सुनने को मिल जाती है। मगर जीनियस की चर्चा सुनना और बात है, और एक जीनियस को अपने सामने देखना बिलकुल दूसरी बात। तो मैं उसे गौर से देख रहा था। उसके भूरे बाल उलझकर माथे पर आ गए थे। चेहरे पर हल्की-हल्की झुर्रियाँ थीं, हालाँकि उम्र सत्ताईस-अट्ठाईस साल से ज़्यादा नहीं थी। होंठों पर एक स्थायी मुसकराहट दिखाई देती थी, फिर भी चेहरे का भाव गम्भीर था। वह सिगरेट का कश खींचकर नीचे का होंठ ज़रा आगे फैला देता था जिससे धुआँ बजाए सीधा जाने के ऊपर की तरफ उठ जाता था। उसकी आँखें निर्विकार भाव से सामने देख रही थीं। हाथ मशीनी ढंग से कॉफी की प्याली को होंठों तक ले जाते थे, हल्का-सा घूँट अन्दर जाता था और प्याली वापस सॉसर में पहुँच जाती थी।

"हूँ!" कई क्षणों के बाद उसके मुँह से यह स्वर निकला। मुझे लगा कि उसकी 'हूँ' साधारण आदमी की 'हूँ' से बहुत भिन्न है।

"मेरे मित्र आपकी बहुत प्रशंसा कर रहे थे," मैंने वक्त की ज़रूरत समझते हुए बात आरम्भ की। जीनियस के माथे के बल गहरे हो गए और उसके होंठों पर मुसकराहट ज़रा और फैल गई।

"मैंने इनसे कहा था कि चलिए आपका परिचय करा दूँ," मेरे साथी ने कहा। साथ ही उसकी आँखें झपकीं और उसके दो-एक दाँत बाहर दिखाई दे

गए। मुझे एक क्षण के लिए सन्देह हुआ कि कहीं यह संकेत स्वयं उसी के जीनियस होने का परिचायक तो नहीं? परन्तु दूसरे ही क्षण उसकी सधी हुई मुद्रा देखकर मेरा सन्देह जाता रहा। जीनियस एक पल आँखें मूँदे रहा। फिर उसने इस तरह विस्मय के साथ आँखें खोलीं जैसे वह यह निश्चय न कर पा रहा हो कि अपने आसपास बैठे हुए लोगों के साथ उसका क्या सम्बन्ध हो सकता है। उसके फैले हुए होंठ ज़रा सिकुड़ गए। उसने सिगरेट का एक कश खींचा और तम्बाकू का धुआँ सरसराता हुआ ऊपर को उठने लगा, तो उसने कहा, "देखिए, ये सिर्फ आपको बना रहे हैं। मैं जीनियस-वीनियस कुछ नहीं, साधारण आदमी हूँ।"

मैंने अपने साथी की तरफ देखा कि शायद उसके किसी संकेत से पता चले कि मुझे क्या कहना चाहिए। मगर वह दम साधे पत्थर के बुत की तरह गम्भीर बैठा था। मैंने फिर जीनियस की तरफ देखा। वह भी अपनी जगह निश्चल था। बुश्शर्ट के खुले होने से उसकी बालों से भरी छाती का काफी भाग बाहर दिखाई दे रहा था।

वह कहवाखाने का काफी अँधेरा कोना था। आसपास धुआँ जमा हो रहा था। दूर ज़ोर-ज़ोर के कहकहे लग रहे थे और हाथों में थालियाँ लिए छायाएँ इधर-उधर घूम रही थीं।

"मैं आज तक नहीं समझ सका कि कुछ लोग जीनियस क्यों माने जाते हैं?" जीनियस ने फिर कहना आरम्भ किया, "मैंने बड़े-बड़े जीनियसों के विषय में पढ़ा है और जिन्हें लोग जीनियस समझते हैं, उनकी रचनाएँ भी पढ़ी हैं। उनमें कुछ नाम हैं—शेक्सपियर, टॉल्स्टाय, गोर्की और टैगोर। मैं इन सबको हेच समझता हूँ।"

मैं अब और भी ध्यान से उसे देखने लगा। उसके माथे के ठीक बीच में एक फूली हुई नाड़ी थी। जिसकी धड़कन दूर से ही नज़र आती थी। उसकी गलौठी बाहर की निकली हुई थी। बाईं आँख के नीचे हल्का-सा फफोला था। मैं उसके नक्श अच्छी तरह ज़हन में बिठा लेना चाहता था। डर था कि हो सकता है फिर ज़िन्दगी-भर किसी जीनियस से मिलने का सौभाग्य प्राप्त न हो।

"शेक्सपियर सिर्फ एक वार्ड था," दो कश खींचकर उसने फिर कहना आरम्भ किया "और अगर मर्लोवाली कहानी सच है, तो इस बात में ही सन्देह है कि शेक्सपियर शेक्सपियर था। टॉल्स्टाय, गोर्की और चेखव जैसे लेखकों को मैं अच्छे कॉपीइस्ट समझता हूँ—केवल कॉपीइस्ट, और कुछ नहीं। जो जैसा अपने आसपास देखा उसका हूबहू चित्रण करते गए। इसके लिए विशेष प्रतिभा की आवश्यकता नहीं। टैगोर में हाँ, थोड़ी कविता ज़रूर थी।"

वह खुलकर मुसकराया। मेरे लिए हम मुसकराहट का थाह पाना बहुत कठिन

था। पास ही कहीं दो-एक प्यालियाँ गिरकर टूट गईं। एक कबूतर पंख फड़फड़ाता हुआ कहवाखाने के अन्दर आया और कुछ लोग मिलकर उसे बाहर निकालने की कोशिश करने लगे। जीनियस की आँखें भी कबूतर की तरफ मुड़ गईं और वह कुछ देर के लिए हमारे अस्तित्व को बिलकुल भूल गया। जब उसने कबूतर की तरफ से आँखें हटाईं तो उसे जैसे नए सिरे से हमारी मौजूदगी का एहसास हुआ।

"मैं एक निहायत की अदना इन्सान हूँ," उसने हमारे कन्धों से ऊपर दीवार की तरफ देखते हुए कहा, "लेकिन यह मैं ज़रूर जानता हूँ कि जीनियस कहते किसे हैं—माफ कीजिए, कहते नहीं, जीनियस कहना किसे चाहिए।" उसने प्याली रख दी और शब्दों के साथ-साथ उसकी उँगलियाँ हवा में खाके बनाने लगीं। "आप जानते हैं—या शायद नहीं जानते—कि जीनियस एक व्यक्ति नहीं होता। वह एक फिनोमेना होता है, एक परिस्थिति जिसे केवल महसूस किया जा सकता है। उसका अपना एक रेडिएशन, एक प्रकाश होता है। उस रेडिएशन का अनुमान उसके चेहरे की लकीरों से, उसके हाव-भाव से, या उसकी आँखों से नहीं होता। वह एक फिनोमेना है जिसके अन्दर एक अपनी हलचल होती है परन्तु जो हलचल उसकी आँखों में देखने से नहीं होती। वह स्वयं भी अपने सम्बन्ध में नहीं जानता, परन्तु जिस व्यक्ति का उसके साथ सम्पर्क हो, उस व्यक्ति को उसे पहचानने में कठिनाई नहीं होती। जीनियस को जीनियस के रूप में जानने के लिए उसकी लिखी हुई पुस्तकों या उसके बनाए हुए चित्रों को सामने रखने की आवश्यकता नहीं होती। जीनियस एक फिनोमेना है, जो अपना प्रमाण स्वयं होता है। उसके अस्तित्व में एक चीज़ होती है, तो अपने-आप बाहर महसूस हो जाती है। मैं यह इसलिए कह सकता हूँ कि मैं एक ऐसे फिनोमेना से परिचित हूँ। मेरा-उसका हर रोज़ का साथ है, और मैं अपने को उसके सामने बहुत तुच्छ बहुत हीन अनुभव करता हूँ।"

उसकी मुस्कराहट फिर लम्बी हो गई थी। उसने नया सिगरेट सुलगाकर एक और बड़ा-सा कश खींच लिया। कॉफी की प्याली उठाकर उसने एक घूँट में ही समाप्त कर दी। मैं अवाक् भाव से उसके माथे की उभरी हुई नाड़ी को देखता रहा।

"मुझे उसके साथ के कारण एक आत्मिक प्रसन्नता प्राप्त होती है," वह फिर बोला, "मुझे उसके सम्पर्क से अपना-आप भी जीवन की साधारण सतह से उठता हुआ महसूस होता है। उसमें सचमुच वह चीज़ है जो दूसरे को ऊँचा उठा सकती है। मैं तब उसका रेडिएशन देख सकता हूँ। उसके अन्दर की हलचल महसूस कर सकता हूँ। जिस तरह अभी-अभी वह कबूतर पंख फड़फड़ा रहा था, उसी तरह उसकी आत्मा में हर समय एक फड़फड़ाहट, एक छटपटाहट-भरी रहती है। उस छटपटाहट

में ऐसा कुछ है जो यदि बाहर आ जाए, तो चाहे ज़िन्दगी का नक्शा बदल दे। मगर उसे उस चीज़ को बाहर लाने का मोह नहीं है। उसकी दृष्टि में अपने को बाहर व्यक्त करने की चेष्टा करना व्यवसाय–बुद्धि है, बनियापन है। और इसलिए मैं उसका इतना सम्मान करता हूँ। मैं उससे बहुत छोटा हूँ, बहुत-बहुत छोटा हूँ, परन्तु मुझे गर्व है कि मुझे उससे स्नेह मिलता है, मैं भी उसके लिए अपने प्राणों का बलिदान दे सकता हूँ। मैंने जीवन मे बहुत भूख देखी है–हर वक्त की भूख–और अपनी भूख से प्रायः मैं व्याकुल हो जाता रहा हूँ। परन्तु जब उसे देखता हूँ तो मैं शर्मिन्दा हो जाता हूँ, भूख उसने भी देखी है, और मुझसे कहीं ज़्यादा भूख देखी है–परन्तु मैंने कभी उसे ज़रा भी विचलित या व्याकुल होते नहीं देखा। वह कठिन से कठिन अवसर पर भी मुस्कराता रहता है। मेरा सिर उसके सामने झुक जाता है। मैं जीवन के हरएक मामले में उससे राय लेता हूँ, और हमेशा उसकी बताई हुई राह पर चलने की चेष्टा करता हूँ। कई बार तो उसके सामने मुझे महसूस होता है कि मैं तो हूँ ही नहीं, बस वही वह है, क्योंकि उसके रेडियएशन के सामने मेरा व्यक्तित्व बहुत फीका पड़ जाता है। परन्तु मैं अपनी सीमाएँ जानता हूँ। मैं लाख चेष्टा करूँ फिर भी उसकी बराबरी तक नहीं उठ सकता।

उसके दाँत आपस में मिल गए और चेहरा काफी सख्त हो गया। चेहरे की लकीरें पहले से भी गहरी हो गईं। फिर उसने दोनों हाथों की उँगलियाँ आपस में उलझाईं और एक बार उन्हें चटका दिया। धीरे-धीरे उसके चेहरे का तनाव फिर मुस्कराहट में बदलने लगा।

"खैर!" उसने उठने की तैयारी में अपना हाथ आगे बढ़ा दिया। मैं अब आपसे इजाज़त लूँगा। मैं भूल गया था कि मुझे एक जगह जाना है...।

"मगर..." मैं इतना ही कह पाया। मैं तब तक उसी आवक् भाव से उसे देख रहा था। उसका इस तरह एकदम उठकर चल देना मुझे ठीक नहीं लग रहा था। अभी तो उसने बात आरम्भ ही की थी।

"आप शायद सोच रहे हैं कि वह व्यक्ति कौन है जिसकी मैं बात कर रहा था..." वह उसी तरह हाथ बढ़ाए हुए बोला, "मुझे खेद है कि मैं आपका या किसी का भी उससे परिचय नहीं करा सकता। मैंने आपसे कहा था न कि वह एक व्यक्ति नहीं, एक फिनोमेना है। अपने से बाहर वह मुझे भी दिखाई नहीं देता। मैं केवल अपने अन्दर उसका रेडिएशन ही महसूस कर सकता हूँ।

और वह हाथ मिलाकर उठ खड़ा हुआ। चलने से पहले उसकी आँखों में क्षणभर के लिए एक चमक आ गई और उसने कहा, "वह मेरा इनरसेल्फ है।"

और क्षण-भर स्थिर दृष्टि से हमें देखकर वह दरवाज़े की तरफ चल दिया।

ज़ख्म

हाथ पर खून का लोंदा...सूखे और चिपके हुए गुलाब की तरह। फुटपाथ पर औंधे पीपे से गिरा गाढ़ा कोलतार...सर्दी से ठिठुरा और सहमा हुआ। एक-दूसरे से चिपके पुराने कागज़...भीगकर सड़क पर बिखरे हुए। खोदी हुई नाली का मलबा...झड़कर नाली में गिरता हुआ। बिजली के तारों से ढका आकाश...रात के रंग में रंगता हुआ। चिकने माथे पर गाढ़ी काली भौंहें...उँगली और अँगूठे से सहलाई जा रहीं।

आवाज़ों का समन्दर...जिसमें कभी-कभी तूफान-सा उठ आता। एक मिला-जुला शोर फुटपाथ की रेलिंग से, स्टालों की रोशनियों से, इससे, उससे और जिस-किसी-से आ टकराता। कुछ देर की कसमसाहट...और फिर बैठते शोर का हल्का फेन जो कि मुँह के स्वाद में घुल-मिल जाता...या सिगरेट के कश के साथ बाहर उड़ा दिया जाता।

सोचते होंठों को सोचने से रोकती सिगरेट थामे उँगलियाँ। क्रासिंग पर एक छोटे कदों का रेला...ऊँचे कदों को धकेलता हुआ। एक ऊँचे कदों का रेला... छोटे कदों को रगेदता हुआ। उस तरफ छोटे और ऊँचे कदों का एक मिला-जुला कहकहा। बालकनी पर छटके जाते बाल। एक दरम्याना कद की सीटी। सड़क पर पहियों से उड़ते छींटे।

एक-एक साँस खींचने और छोड़ने के साथ उसकी नाक के बाद हिल जाते थे। वह हर बार जैसे अन्दर जाती हवा को सूँघता था। उसका आना-जाना महसूस करता था।

उसके कॉलर का बटन टूटा हुआ था। शेव की दाढ़ी का हरा रंग गर्दन की गोराई से अलग नज़र आता था। जहाँ से हड्डी शुरू होती थी, वहाँ एक गड्ढा पड़ जाता था जो थूक निगलने या जबड़े के कसने से गहरा हो जाता था।

कभी, जब उसकी खामोशी ज़्यादा गाढ़ी होती, वह गड्ढा लगातार काँपता। कॉलर के नीचे के दो बटन हमेशा की तरह खुले थे। अन्दर बनियान नहीं थी, इसलिए घने बालों से ढकी खाल दूर तक नज़र आती थी। इतनी लाल कि जैसे किसी बिच्छू ने वहाँ काटा हो। छाती के कुछ बाल स्याह थे, कुछ सुनहरे। पर जो बटनों को लाँघकर बाहर नज़र आ रहे थे, वे ज़्यादातर सफेद थे।

सड़क के उस तरफ पत्थर के खम्भों से डोलचों की तरह लटकते कुमकुमे एक-सी रोशनी नहीं दे रहे थे। रोशनी उनके अन्दर से लहरों में उतरती जान पड़ती थी, जो कभी हल्की कभी गहरी हो जाती थी। रोशनी के साथ-साथ कारिडोर की दीवारों, आदमियों और पार्क की गई गाड़ियों के रंग हल्के-गहरे होने लगते थे। बिजली के तारों से ऊपर, आसमान से सटकर, अँधेरा हल्की धूल की तरह इधर से उधर मँडरा रहा था। कुछ अँधेरा पास के कोने में बच्चे की तरह दुबका था। ठण्डी हवा पतलून के पायंचों से ऊपर को सरसरा रही थी।

"तो?" मैंने दूसरी या तीसरी बार उसकी आँखों में देखते हुए कहा। लगा जैसे वह मेरी नहीं, किसी घूमती हुई गरारी की आवाज़ हो जो हर दो मिनट के बाद 'तो' के झटके पर आकर लौट जाती हो।

उसका सिर ज़रा-सा हिला। घने घुँघराले वालों में कुछ सफेद लकीरें रोशन होकर बुझ गईं। चकोतरे की फाँकों जैसे भरे हुए लाल होंठ पल-भर के लिए एक-दूसरे से अलग हुए, और फिर आपस में मिल गए। माथे पर उसके चिलगोज़े जितनी एक शिकन पड़ गई थी।

"तुम और भी कुछ कहना चाहते थे न!" मैंने गरारी का फीता तोड़ा। उसने रेलिंग पर रखी बाँह पर पहले से ज़्यादा भार डाल लिया। कहा कुछ नहीं। सिर्फ सिर हिलाकर मना कर दिया।

कई-कई दोमुँहा रोशनियाँ आगे-पीछे दौड़ती पास से निकल रही थीं। रोशनियों से बचने के लिए बहुत-से पाँव और साइकिलों के पहिए तिरछे होने लगते थे। रेलिंग में कई-कई ठण्डे सूरज एक साथ चमक जाते थे।

मैं समझने की कोशिश कर रहा था। अभी-अभी कोई आध घण्टा पहले घर से निकलकर बाल कटाने जा रहा था, तो पूसा रोड के फुटपाथ पर किसी ने दौड़ते हुए पीछे से आकर रोका था। कहा था कि उस तरफ टू-सीटर में कोई साहब बुला रहे हैं। दौड़कर आनेवाला टू-सीटर का ड्राइवर था। मैंने घूमकर देखा, तो टू-सीटर में पीछे से घुँघराले बालों के गुच्छे ही दिखाई दिए। ड्राइवर ने वहीं से सड़क को पार कर लिया, पर मैंने कुछ दूर तक फुटपाथ पर वापस जाने के

बाद पार किया। पार करते हुए रोज़ से ज़्यादा खतरे का एहसास हुआ क्योंकि तब तक मैं उसे देख नहीं पाया था। टू-सीटर के पास पहुँचने तक कई तरह की आशंकाएँ मन को घेरे रहीं।

मेरे पास पहुँच जाने पर भी वह पीछे टेक लगाए बैठा रहा। हुड के अन्दर देखने तक मुझे पता नहीं चला कि कौन है...घुँघराले बालों से हल्का-सा अन्दाज़ा हालाँकि मुझे हो रहा था। जब पता चल गया कि वही है, तो खतरे का एहसास मन से जाता रहा।

"मुझे लग रहा था कि तुम्हीं हो," मैंने कहा। पर मुस्कराया नहीं। सिर्फ कोने की तरफ को थोड़ा सरक गया।

"कहीं जा रहे थे तुम?" मैं पास बैठ गया, तो उसने पूछा।

"बाल कटाने," मैंने कहा, "इस वक्त सैलून में ज्यादा भीड़ नहीं होती।" वह सुनकर खामोश रहा, तो मैंने कहा, "बाल मैं फिर किसी दिन कटा सकता हूँ। इस वक्त तुम जहाँ कहो, वहाँ चलते हैं।"

"मैं नहीं, तुम जहाँ कहो...," उसने जिस तरह कहा, उससे मुझे कुछ अजीब-सा लगा...हालाँकि बात वह अक्सर इसी तरह करता था। उसका पिए होना भी उस वक्त मुझे खास तौर से महसूस हुआ, हालाँकि ऐसा बहुत कम होता था कि वह पिए हुए न हो। उसके होंठ खुले थे और एक बाँह टू-सीटर की खिड़की पर रखकर वह इस तरह कोने की तरफ फैल गया था कि डर लगता था, झटके से नीचे न जा गिरे।

"घर चलें?" मैंने कहा। वह पल-भर सीधी नज़र से मुझे देखता रहा। फिर जवाब देने की जगह होंठ गोल करके ज़बान ऊपर को उठाए हुए हँस दिया।

"कुछ देर बाहर ही कहीं बैठना चाहो, तो कनाट प्लेस चले चलते हैं।"

जवाब उसने फिर भी नहीं दिया। सिर्फ ड्राइवर को इशारा किया कि टू-सीटर को पीछे की तरफ मोड़ ले।

सड़क के गड्ढों पर से हिचकोले खाता टू-सीटर नाले से आगे बढ़ आया, तो एक बार वह मुश्किल से गिरते-गिरते सम्भला। मैंने अपनी बाँह उसके कन्धे पर रखते हुए कहा, "आज तुमने फिर बहुत पी है।"

"नहीं," उसने मेरी बाँह हटा दी, "पी है पर बहुत नहीं। सिर्फ...मैं बहुत खुश हूँ।"

मैं थोड़ा सतर्क हो गया। वह जब भी पीकर धुत हो जाता था, तभी कहता था, "मैं बहुत खुश हूँ।"

मैंने हँसने की कोशिश की...बहुत कुछ मन को घेरती आशंका और उससे पैदा हुई अस्थिरता की वजह से। उसका हाथ भी उसी वजह से अपने हाथों में ले लिया और कहा, "मुझे पता है तुम जब बहुत खुश होते हो, तो उसका क्या मतलब होता है।"

उसका सिर टू-सीटर के कोने से सटा हुआ था। उसने वहीं से उसे हिलाया और कहा, "तुम समझते हो कि तुम्हें पता है...तुम हर चीज़ के बारे में यही समझते हो कि तुम्हें पता है।"

मुझे अब भी लग रहा था कि वह झटके से बाहर न जा गिरे, पर अब उसके कन्धे पर मैंने बाँह नहीं रखी। अपने हाथों में लिए हुए उसके हाथ को थोड़ा और कस लिया...।"

आती-जाती बसों, कारों और साइकिलों के बीच रास्ता बनाता टू-सीटर लगभग सीधा चल रहा था। खड़खड़ाहट के साथ गुर्र-गुर्र की आवाज़ ऊँची उठकर धीमी पड़ने लगती थी। बीच में किसी खुमचे या घोड़ा-गाड़ी के सामने पड़ जाने से ब्रेक लगता और हम सीट से ऊपर को उछल जाते। आर्यसमाज रोड के बड़े दायरे पर एक बस के झपाटे से बचकर टू-सीटर फुदकता हुआ गोल घूमने लगा। घूमकर लिंक रोड पर आने तक मैं बाईं तरफ के पोस्टर पढ़ता रहा...जिससे मन इर्द-गिर्द के बड़े ट्रैफिक की दहशत से बचा रहे।

पर वह उस बीच एकटक ट्रैफिक की तरफ देखता रहा। लिंक रोड पर आ जाने पर उसने अपना हाथ मेरे हाथों से छुड़ा लिया।

"मैं आज तुमसे एक बात करने आया था," उसने कहा। आँखें उसकी अब सड़क को बीच से काटती पटरी को देख रही थीं...और उससे आगे पेट्रोल पम्प के अहाते को।

मैं क्षण-भर उसे और अपने को जैसे पेट्रोल पम्प के अहाते में खड़ा होकर देखता रहा...टू-सीटर के साथ-साथ बैठे और हिचकोले खाते हुए। लगा जैसे हम लोगों के उस वक्त उस तरह वहाँ से गुज़रकर जाने में कुछ अलग-सी बात हो जिसे बाहर खड़े होकर पेट्रोल पम्प की दूरी से ही देखा और समझा जा सकता हो।

"तुम बात अभी करना चाहोगे या पहले कहीं चलकर बैठ जाएँ?" मैंने पूछा। दूसरी जगह का जिक्र इसलिए किया कि अच्छा है बात कुछ देर और टली रहे।

"तुम जब जहाँ चाहो," उसने दोनों हाथ घुटनों पर रख लिए और कोने से थोड़ा आगे को झुक गया। "बात सिर्फ इतनी है कि आज से मैं और तुम...मैं और तुम आज से...दोस्त नहीं हैं।"

इतनी देर में मन में जो तनाव महसूस हो रहा था वह सहसा कम हो गया...शायद इसलिए कि वह बात मुझे सुनने में ज़्यादा गम्भीर नहीं जान पड़ी। कुछ वैसी ही बात थी जैसी बचपन में कई बार कई दूसरों के मुँह से सुनी थी। यह भी लगा था कि शायद वह नशे के बहक में ही ऐसा कह रहा है। मैं पहले से ज़्यादा खुलकर बैठ गया। अपना हाथ मैंने टू-सीटर की खिड़की पर फैल जाने दिया।

पंचकुइयाँ रोड पर टू-सीटर को कहीं भी रुकना नहीं पड़ा। सड़क उसे साफ मिलती रही। बत्तियाँ भी दोनों जगह हरी मिलीं। मैंने अपना ध्यान दुकानों के बाहर रखे फर्नीचर की आड़ी-तिरछी बाँहों और लैंप शेड्स के गोल और लम्बूतरे चेहरों में उलझाए रखा। ऊपर से ज़ाहिर नहीं होने दिया कि मैंने उसकी बात को ज़्यादा गम्भरतापूर्वक नहीं लिया। एकाध बार बल्कि इस तरह उसकी तरफ देख लिया जैसे मुझे आगे की बात सुनने की उत्सुकता हो...और उत्सुकता ही नहीं, साथ गिला भी हो कि उसने ऐसी बात क्यों कही।

पंचकुइयाँ रोड पार करके अन्दर के दायरे में आते ही उसने ड्राइवर से रुक जाने को कहा। फिर मुझसे बोला, "आओ, यहीं उतर जाएँ।" मैं जेब से पैसे निकालने लगा, तो उसने मेरा हाथ रोक दिया और अपना बटुआ निकाल लिया।

कुछ देर हम लोग खामोश चलते रहे। मैं अपने पैरों को और सामने की पटरी को देखता रहा। लगा कि पैरों के नाखून बहुत बढ़ गए हैं...कि इतनी ठण्ड में मुझे सिर्फ चप्पल पहनकर घर से नहीं निकलना चाहिए था। कुछ गीली मिट्टी चप्पलों में घुसकर पैरों से चिपक गई थी। पैर ठण्ड के बावजूद पसीने से तर थे...हमेशा की तरह। मैंने सोचा कि इन दिनों मोज़ा तो कम से कम मुझे पहनना ही चाहिए।

चलते-चलते एक क्रॉसिंग के पास आकर वह रेलिंग के सहारे रुक गया। तब मैंने पहली बार देखा कि उसकी पतलून और बुश्शर्ट पर लहू के दाग हैं। दाईं हथेली पर छिगुनी के नीचे डेढ़ इंच का ज़ख्म मुझे कुछ बाद में दिखाई दिया।

"तुम्हारी बुश्शर्ट पर ये दाग कैसे हैं?" मैंने पूछा।

उसने भी एक नज़र उन दागों पर डाली—ऐसे जैसे उन्हें पहली बार देख रहा हो। "कैसे हैं?" उसने ऐसे कहा जैसे मैंने उस पर कोई इल्ज़ाम लगाया हो। "हाथ कट गया था, उसी के दाग होंगे।"

"हाथ कैसे कट गया?"

उसका चेहरा कस गया। "कैसे कट गया?" वह बोला, "कैसे भी कटा हो, तुम्हें इससे क्या है?"

कुछ देर खामोश रहकर हम इधर-उधर देखते रहे...बीच-बीच में एक-दूसरे की तरफ भी। नियॅन साइनूस की जलती-बुझती रोशनियाँ गीली सड़क में दूर अन्दर तक चमक जाती थीं। पहियों की कई-कई फिरकियाँ उसके ऊपर से फिसलती हुई निकल जाती थीं। जब वह मेरी तरफ न देख रहा होता, तो सड़क पर फिसलती रोशनियाँ उसकी आँखों में भी बनती-टूटती नज़र आतीं।

मैं मन ही मन कल के ताने-बाने को आज से जोड़ रहा था। कल वह सिन्धिया हाउस के चौराहे पर मेरे साथ खड़ा हँस रहा था। दस आदमियों के घेरे में से खुद ही मुझे उठाकर ले आया था। फुटपाथ पर चलते हुए ज़िद के साथ उसने मेरा सिगरेट सुलगाया था। फिर मुझे अपने कमरे में चलने और चलकर बियर पीने को कहा था। मेरे कहने पर कि उस वक्त मैं नहीं चल सकूँगा, उसने बुरा भी नहीं माना था। मुझे छोड़ने बस-स्टाप तक आया था। क्यू में मेरे साथ खड़ा रहा था। बस की भीड़ में मेरे फुटबोर्ड पर पाँव उठा लेने पर उसने दूर से हाथ हिलाया था। मैं जवाब में हाथ नहीं हिला सका, क्योंकि मेरे दोनों हाथ भीड़ के कब्जे में थे। बस चल दी, तब वह स्टाप से थोड़ा हटकर अँधेरे में खड़ा मेरी तरफ देखता रहा था। मुझसे आँख मिलने पर हल्के से मुस्करा दिया था।

कल हम घण्टा-भर साथ थे, पर उस दौरान हमारे बीच कोई खास बात नहीं हुई थी। उसने कहा था कि अब जल्दी ही कोई अच्छी-सी लड़की देखकर वह शादी कर लेना चाहता है...अकेलेपन की ज़िन्दगी उससे और बर्दाश्त नहीं होती। पर यह बात उसने पिछले हफ्ते भी कही थी, महीना-भर पहले भी कही थी, और चार साल पहले भी। मैंने हमेशा की तरह सरसरी तौर पर हामी भर दी थी। हमेशा की तरह यह भी कहा था कि पहले ठीक से सोच ले कि कहाँ तक वह उस ज़िन्दगी को निभा सकेगा। कहीं ऐसा न हो कि बाद में आज से ज़्यादा छटपटाहट महसूस करे। सिन्धिया हाउस के चौराहे पर इसी बात पर वह हँसा था। "मुझे मालूम था।" उसने कहा था, "कि तुम मुझसे यही कहोगे। यह बात तुम आज पहली बार नहीं कह रहे।" मुझे इससे थोड़ी शरम आई थी, क्योंकि सचमुच मैं उससे यह बात कई बार कह चुका था...शिमला में डेविकोज की बिस्तर में लेटे हुए...इलाहाबाद में गज़दर के लान में चहलकदमी करते हुए...और बम्बई में कफ परेड पर समन्दर में जाती गन्दी नाली की उस सँकरी डण्डी पर चलते हुए, जहाँ नाजायज़ शराब पीना और नाजायज़ प्रेम करना दोनों ही नाजायज़ नहीं हैं। इनके अलावा और भी कई जगह यह बात मैंने उससे कही होगी क्योंकि नौ साल की दोस्ती में ज़्यादातर हमारी बात स्त्री और पुरुष के सम्बन्धों को लेकर ही होती रही थी।

"कल रात तक तो हमारे बीच ऐसी कोई बात नहीं थी," मैंने कहा, "उसके बाद इस बीच ऐसा क्या हो गया जिससे...?"

वह हँसा। "क्या हो सकता था उसके बाद?...उसके बाद मैं अपने कमरे में चला गया और जाकर सो गया।" रेलिंग पर रखी उसकी बाँह शरीर के बोझ से एक बार फिसल गई। वह जिस तरह रेलिंग से सटकर खड़ा था उससे लग रहा था कि अब आगे चलने का उसका इरादा नहीं है।

"आज दिन-भर कहाँ रहे?"

"वहीं अपने कमरे में। इसके बाद अगर पूछोगे कि क्या करता रहा, तो जवाब है कि टहलता रहा, किताब पढ़ता रहा, शराब पीता रहा।"

उसका ज़ख्मी हाथ अब मेरे सामने था। नियॅन साइन्स के बदलते रंगों में लहू का रंग हरा-नीला होकर गहरा-भूरा हो जाता था।

किसी-किसी क्षण मुझे लगता कि शायद वह मज़ाक कर रहा है, कि अभी वह ठहाका लगाकर हँसा और बात वहीं समाप्त हो जाएगी। मगर उसकी आँखों में मज़ाक की कोई छाया नहीं थी। जिस हाथ पर ज़ख्म नहीं था उससे वह लगातार अपनी भौंहों को सहला रहा था। इस तरह भौंहों को वह तभी सहलाता था, जब 'बहुत खुश' होता था।

इस तरह 'बहुत खुश' उसे मैंने कितनी ही बार देखा था। एक बार शिमला में, जब कम्बरमियर पोस्ट ऑफिस के बाहर उसने अपने एक साथी को पीट दिया था। वह आदमी इसके दफ्तर का स्टेनो था...और इसका पीने और उधार लेने का साथी था। उस घटना के बाद दोनों की डिपार्टमेण्टल इन्क्वायरी हुई और उन्हें शिमला से ट्रान्सफर कर दिया गया। फिर इलाहाबाद के एक बार में, जब किसी ने पास आकर अपने गिलास की शराब इसके मुँह पर उछाल दी थी। यह उसके बाद रात-भर अपनी चारपाई के गिर्द चक्कर काटता रहा और कहता रहा कि उस आदमी की जान लिए बगैर अब यह नहीं सो सकेगा। बम्बई के दिनों में तो यह अक्सर ही 'बहुत खुश' रहता था। मैं उन दिनों चर्चगेट के एक गेस्टहाउस में रहता था। यह दिन में या रात में किसी भी वक्त मेरे पास चला आता... दो में से एक बार अपनी भौंहों को सहलता हुआ। कभी झगड़ा उस घर के लोगों से हुआ होता जिनके यहाँ यह पेइंग गेस्ट था...कभी कोलाबा के बूट-लेगर्ज़ से जो नौ बजने के साथ ही अपने दरवाज़े बन्द कर लेना चाहते थे। एकाध बार जब इसे लगा कि उस तरह पीकर आने पर मैं भी इससे कतराता हूँ, तो यह मेरे पास न आकर रात-भर कफ परेड के खुले पेवमेण्ट पर सोया रहा।

वह जिस ढंग से जीता था, उससे कई बार खतरा महसूस करते हुए भी मुझे उसके व्यक्तित्व में एक आकर्षण लगता था। वह बिना लाज-लिहाज़ के किसी के भी मुँह पर सच बात कह सकता था...दस आदमियों के बीच अलफ-नंगा होकर नहा सकता था...अपनी जेब का आखिरी पैसा तक किसी को भी दे सकता था। पर दूसरी तरफ यह भी था कि किसी लड़की या स्त्री के साथ दस दिन के प्रेम में जान देने और लेने की स्थिति तक पहुँचकर चार दिन बाद वह उससे बिलकुल उदासीन हो सकता था। अक्सर कहा करता था कि किसी ऐसी स्त्री के साथ ही उसकी पट सकती है जो एक माँ की तरह उसकी देखभाल कर सके। यह शायद इसलिए कि बचपन में माँ का प्यार उसके बड़े भाई को उससे ज़्यादा मिला था। इसी वजह से शायद ज़्यादातर उसका प्रेम विवाहित स्त्रियों से ही होता था...पर उसमें उसे यह बात सालती थी कि वह स्त्री उसके सामने अपने पति से बात भी क्यों करती है...बच्चों के पास न होने पर भी उनका ज़िक्र ज़बान पर क्यों लाती है! ''मुझे यह बर्दाश्त नहीं'' वह कहता, ''कि मेरी मौजूदगी में वह मेरे सिवा किसी और के बारे में सोचे, या मुझसे उसका ज़िक्र करे।''

नौ साल में मैं उसे उतना जान गया था जितना कि कोई भी किसी को जान सकता है। उसकी ज़िन्दगी जितनी दुर्घटनापूर्ण होती गई थी, उतना ही मेरा उससे लगाव बढ़ता गया था। यह लगाव उसकी दुर्घटनाओं के कारण शायद उतना नहीं था जितना अपनी दुर्घटनाओं को बचाकर चलने के कारण। मेरी जानकारी में वह अकेला आदमी था जो दाएँ-बाएँ का खयाल न करके सड़क के बीचोंबीच चलने का साहस रखता था। सिर्फ हठ या ज़िद की वज़ह से ऐसा नहीं करता था...उसका स्वभाव ही यह था। कई बार जब गहरी चोट खा जाता, तो यह भी कोशिश करता कि अपने इस स्वभाव को बदल सके। तब वह बड़े-बड़े मनसूबे बाँधता, योजनाएँ बनाता और अपने इरादों की घोषणा करता। कहता कि उसे समझ आ गया है कि ज़िन्दगी के बारे में उसका अब तक का नज़रिया कितना गलत था।...कि अब से वह एक निश्चित लकीर पकड़कर चलने की कोशिश करेगा...कि अब अपने को ज़िन्दगी से और निर्वासित नहीं करेगा...कि अब जल्दी ही शादी करके सही ढंग से जीना शुरू करेगा। जब तक नौकरी लगी रहती और पीने को काफी शराब मिल जाती, तब तक वह कहता, ''नहीं, मैं तुम लोगों की तरह नहीं जी सकता...मैं अपने वक्त का हिस्सा नहीं, उसका निगहबान हूँ। मैं जीता नहीं, देखता हूँ...क्योंकि जीना अपने में बहुत घटिया चीज़ है। जीने के नाम पर तो पेड़-पौधे भी जीते हैं...पशु-पक्षी भी जीते हैं।'' पर जब कभी लम्बी

बेकारी के दौर से गुज़रना पड़ता, और कई-कई दिन शराब छूने को न मिलती, तो वह भूल-भुलैया में खोए आदमी की तरह कहता, "मुझे समझ आ रहा है कि मैं बिलकुल कट गया हूँ...हर चीज़ से बहुत दूर हो गया हूँ।" अभी चन्द महीने पहले नई नौकरी मिलने पर उसने कहा था, "मुझे खुशी है, मैं अपनी दुनिया में लौट आया हूँ। इस बार बेकारी में तो मुझे लग रहा था कि मैं तुमसे भी कट गया हूँ–...अपने में बिलकुल अकेला पड़ गया हूँ। मुझे यह भी एहसास हो रहा था कि तुम सब लोगों ने मुझे बीता हुआ मान लिया है...बीता हुआ और गुमशुदा।"

उसके बाद मैंने उसे लगातार कोशिश करते देखा था–अपने को वक्त का निगहबान बनने से रोकने की। अब काम के वक्त के बाद वह अपने को कमरे में बन्द करता था...इधर-उधर लोगों से मिलने चला जाता था। जिन लोगों के नाम से ही कभी भड़क उठता था, उनके साथ बैठकर चाय-कॉफी पी लेता था। उनके मज़ाक में शामिल होकर साथ मज़ाक करने की कोशिश भी करता था। इसी बीच दो-एक मैट्रिमोनियल विज्ञापनों के उत्तर में उसने पत्र भी लिखे थे...दो-एक लड़कियों को जाकर देख भी आया था। एक लड़की देखने में साधारण थी... दूसरी साधारण भी नहीं थी। वैसे दोनों लड़कियाँ नौकरी में थीं। "मैं किसी ऐसी ही लड़की से शादी करना चाहता हूँ" उसने कहा था, "जो अपना भार खुद सम्भाल सकती हो। ताकि आगे कभी बेकारी आए, तो मुझे दुहरी तकलीफ में से न गुज़रना पड़े।"

पर दोनों में से किसी भी जगह वह बात तय नहीं कर पाया...बात सिरे पर पहुँचने से पहले ही किसी बहाने उसने उन्हें टाल दिया। अभी दस दिन हुए, एक चायघर में बैठे हुए अचानक ही वह लोगों के बीच से उठ खड़ा हुआ था। "मैं जाऊँगा," उसने कहा था, "मेरी तबीयत ठीक नहीं है। लग रहा है मेरा दिन 'सिंक' कर रहा है।" चेहरा उसका सचमुच ज़र्द हो रहा था। सर्दी के बावजूद माथे पर पसीने की बूँदें झलक रही थीं।

मैं तब उसके साथ उठकर बाहर चला आया था। बाहर फुटपाथ पर आकर वह खोई नज़र से इधर-उधर देखता रहा था। "किसी डॉक्टर के यहाँ चलें?" मैंने उससे पूछा, तो वह जैसे चौंक गया। बोला, "नहीं-नहीं, डॉक्टर को दिखाने की ज़रूरत नहीं। मैं अपने कमरे में जाकर लेट रहूँगा, तो सुबह तक ठीक हो जाऊँगा।" दूसरे-तीसरे दिन मैं उसके कमरे में उसे देखने गया, तो वह वहाँ नहीं था। ताले में किसी के नाम उसकी चिट लगी थी, "मैं रात को देर से आऊँगा। मेरा इन्तज़ार मत करना।" तीन दिन बाद मैं फिर गया, तो पता चला कि उसके

मकान-मालिक ने एक रात अपनी बीवी को बुरी तरह पीट दिया था...उस औरत के रोने-चिल्लाने की आवाज़ सुनकर यह मकान-मालिक को पीटने जा पहुँचा था। उसके बाद से बहुत कम अपने कमरे में नज़र आया था। यह अस्वाभाविक नहीं लगा क्योंकि एक बार जब दफ्तर में उसके सामने की कुर्सी पर बैठने वाले अधेड़ बैचलर की हार्ट-फेल से मौत हो गई थी, तो यह कई दिन दफ्तर नहीं गया था और कोशिश करता रहा था कि उसकी मेज़ उस कमरे से उठवाकर दूसरे कमरे में रखवा दी जाए।

पर कल मुलाकात होने पर वह मुझे हमेशा की तरह मिला था। न उसने अपने मकान-मालिक का जिक्र किया था, न ही अपनी सेहत की शिकायत की थी। बल्कि मैंने पूछा कि अब तबीयत कैसी है, तो उसने आँखें मूँदकर सिर हिला दिया था कि बिलकुल ठीक है...हालाँकि जिस तरह वह मुझे उठाकर लाया था, उससे मुझे लगा था कि वह कोई खास बात करना चाहता है। क्या बात होगी...यह मैं बस चढ़ने के बाद भी सोचता रहा था।

एक परिचित चेहरा सामने की भीड़ से हमारी तरफ आ रहा था। सफेद बाल और नुकीली ठोड़ी। आँखें बचाने पर भी वह व्यक्ति मुस्कराता हुआ पास आ खड़ा हुआ। "क्या हो रहा है?" उसने बारी-बारी से दोनों को देखते हुए पूछा।

"कुछ नहीं, ऐसे ही खड़े थे," मैंने कहा। इस पर वह हाथ मिलाकर चलने को हुआ, तो अचानक उसकी नज़र ज़ख्मी हाथ पर पड़ गई। "यह क्या हुआ है यहाँ?" उससे पूछ लिया।

"यह कुछ नहीं है," ज़ख्मी हाथ रेलिंग से कटकर नीचे चला गया। "कल खिड़की खोलते हुए कट गया था...खिड़की के काँच से। बन्द खिड़की थी...खुल नहीं रही थी। उसी का ज़ख्म है...खिड़की के काँच का।"

"पर यह ज़ख्म कल का तो नहीं लगता," उस व्यक्ति ने अविश्वास के साथ हम दोनों की तरफ देख लिया।

"नहीं लगता? नहीं लगता, तो आज का होगा, इसी वक्त का। यह ठीक है?"

उस व्यक्ति की आँखें पल-भर के लिए चौकन्नी-सी हो रहीं। फिर एक बार सन्देह की नज़र उस हाथ पर डालकर और कुछ हमदर्दी के साथ मेरी तरफ देखकर वह भीड़ में आगे बढ़ गया। उसके सफेद बाल सलेटी-से होकर कुछ दूर तक नज़र आते रहे।

"तो?"

वह हिला नहीं। और भी गहरी नज़र से मेरी तरफ देखने लगा। जैसे आँखों से मेरी चीड़-फाड़ कर रहा हो।

"कुछ देर कहीं चलकर बैठें?" मैंने पूछा।

उसने सिर हिला लिया। "मैं अब जा रहा हूँ," उसने कहा।

"कहाँ जाओगे?"

"अपने कमरे में...या जहाँ भी मन होगा।"

"पर मेरा खयाल था कि तुम अभी कुछ और बात करना चाहोगे।"

"मैं और बात करना चाहूँगा?" वह हँसा। "मैं अब किसी से भी और बात करना चाहूँगा?"

"पर मैं तुमसे बात करना चाहूँगा," मैंने कहा, "तुम कहो, तो यहीं कहीं बैठते हैं। नहीं तो कुछ देर के लिए मेरे घर चल सकते हैं।

"तुम्हारे घर?" नियॅनलाइट्स के रंग उसकी आँखों में चमककर बुझ गए। "तुम्हारा घर कल से आज में कुछ और हो गया है?"

बात मेरी समझ में नहीं आई। मैं चुपचाप उसकी तरफ देखता रहा। वह पहले से थोड़ा और मेरी तरफ को झुककर बोला, "तुम्हारा घर वही है न जहाँ तुम कल भी गए थे...अकेले? बस के फुटबोर्ड पर लटके हुए...? कल तुम्हें मेरे साथ रहने से...मुझे साथ ले जाने से—डर लगता था...आज नहीं लगता? मैं जैसा बेकार कल था 'वैसा ही आज भी हूँ...बिलकुल उतना ही बेकार और उतना ही बदचलन।"

ट्रैफिक की आवाज़ से हटकर एक और आवाज़—आसमान में बादल की हल्की गड़गड़ाहट। मैंने ऊपर की तरफ देखा...जैसे कि देखने से ही पता चल सकता हो कि बारिश फिर तो नहीं होने लगेगी। बिजली के तारों के ऊपर धुँधला अँधेरा था और उससे भी ऊपर हल्की-हल्की सफेदी। मुझे लगा कि मेरे पैर पहले से ज़्यादा चिपचिपा रहे हैं, और चप्पल के अन्दर गई मिट्टी की परतें दोनों तलवों से चिपक गई हैं। मेरे दोनों होंठ भी आपस में चिपक रहे थे। उन्हें कोशिश से अलग करके मैंने कहा, "तुमने कल नहीं बताया कि तुमने यह नौकरी भी छोड़ दी है।"

"तुम्हारा खयाल है, मैं नौकरी छूटने की वजह से यह बात कर रहा हूँ?" वह अपनी आँखें अब और पास ले आया। "तुम समझते हो कि इसी वजह से कल मैं तुमसे चिपका रहना चाहता था?...पर खातिर जमा रखो, नौकरी न रहने पर भी मैं दस-आदमियों को खिला सकता हूँ...खाता मैं कभी किसी से नहीं। और यह भी विश्वास रखो कि मुझे अभी बीस साल और जीना है...कम से कम बीस साल।"

नीचे से चिपचिपाते पैर ऊपर से मुझे बहुत नंगे और ठण्डे महसूस हो रहे थे। सामने रोशनी का एक दायरा था जिसमें कई-एक स्याह बिन्दु हिल-डुल रहे थे। उस दायरे में घिरा एक और दायरा था...तारीकी का...जिसमें कोई बिन्दु अलग नज़र नहीं आता था, पर जो पूरा का पूरा हल्के-हल्के काँप रहा था।

उसने पास से गुज़रते एक टू-सीटर को हाथ के इशारे से रोका, तो मैंने फिर कहा, 'चलो, घर चलते हैं। वहीं चलकर बात करेंगे।''

''तुम जाओ अपने घर,'' उसने मेरा हाथ अपने ज़ख्मी हाथ में लेकर हिला दिया। ''...क्योंकि तुम्हारे लिए एक ही जगह है जहाँ तुम जा सकते हो। पर जहाँ तक मेरा सवाल है, मेरे लिए एक ही जगह नहीं है...मैं कहीं भी जा सकता हूँ।'' और रेलिंग के नीचे से निकलकर वह टू-सीटर में जा बैठा। टू-सीटर स्टार्ट होने लगा, तो उसने बाहर की तरफ झुककर कहा, ''पर इतना तुम्हें बता दूँ, कि मुझे कम से कम बीस साल और जीना है। तुम्हारे या दूसरे लोगों के बारे में मैं नहीं कह सकता...पर अपने बारे में कह सकता हूँ कि मुझे ज़रूर जीना है।''

मेरे हाथ पर ठण्डा-सा जज़ीरा बन गया था...वहाँ जहाँ वह उसके ज़ख्म से छुआ था। उसका टू-सीटर दायरे में घूमता हुआ काफी आगे निकल गया, तो भी मैं कुछ देर रेलिंग के सहारे वहीं खड़ा हाथ के जज़ीरे को सहलाता रहा। दो-एक और खाली टू-सीटर सामने से निकले, पर मैंने उन्हें रोका नहीं। जब अचानक एहसास हुआ कि मैं बेमतलब वहाँ खड़ा हूँ, तो वहाँ से हटकर कॉरिडोर में आ गया और शीशे के शो-केसों में रखे सामान को देखता हुआ चलने लगा। कुछ देर बाद मैंने पाया कि कनाट प्लेस पीछे छोड़कर मैं पार्लियामेंट स्ट्रीट के फुटपाथ पर चल रहा हूँ...उस स्टॉप से कहीं आगे जहाँ से कि रोज़ घर के लिए बस पकड़ा करता था।

❑❑❑